KB108703

남아 있는 나날

남아 있는 나날

THE REMAINS OF THE DAY

가즈오 이시구로 장편소설

송은경 옮김

민음사

레노어 마셜 부인을 추억하며

차례

달링턴 홀

요 며칠 사이에 나의 상상을 붙들어 온 그 여행을 정말 감행하게 될 가능성이 높아지고 있는 것 같다. 아마도 패러데이 어르신의 안락한 포드를 타고 나 홀로 즐기게 될 여행, 잉글랜드의 수려한 산하를 거쳐 서부 지방으로 나를 데려다줄 여행, 그리고 예상컨대 무려 닷새나 엿새 동안 나를 달링턴 홀에서 떼어 놓을 여행이다. 이 여행의 발상 자체가 패러데이 어르신의 지극히 고마운 권유에서 비롯되었다는 점을 언급하고 넘어가지 않을 수 없다. 두 주 전쯤이던가, 어느 날 오후 서재의 초상화들을 청소하고 있던 내게 그분이 직접 제안하셨던 것이다. 그때 나는 접이사다리에 올라서서 웨더비 자작의 초상화에 낀 먼지를 털고 있었던 것으로 기억되는데, 어르신께서 선반에 다시 꽂아 놓을 생각이셨는지 책 몇 권을 들고 들어오셨다. 나를 보신 그분이 마침 잘 만났다는 듯 8월과 9월 사이에 다섯 주 정도 미국에 돌아가 지내기로 방금 막 계획을 확정했노라고 말씀하셨다. 그렇게 통고한 후 어르신은 책들을 탁자에 내려놓고 침대 겸 의자에 앉아 두 다리를 쭉 뻗으셨다. 그리고 잠시 후 나를 올려다보며 이렇게 말씀하셨다.

"이봐요, 스티븐스. 내가 나가 있는 동안 내내 집에 갇혀 지내지는 않았으면 좋겠소. 차로 어디든 며칠 다녀오는 게 어때요? 보아하니 휴가를 잘 활용할 수 있을 것 같은데."

나로서는 그야말로 뜻밖의 말씀이었으므로 그 같은 권유에 어떻게 대답해야 할지 생각이 영 떠오르지가 않았다. 일단 그분의 배려에 감사를 표했던 것으로 기억되지만 어르신께서 곧바로 덧붙인 말씀을 보건대 내가 딱히 분명하게 대답하지는 않았을 가능성이 높다.

"정말이오, 스티븐스. 내가 볼 때 당신은 정말 휴식이 필요해요. 차 연료비는 내가 부담하리다. 집안일을 챙기느라 늘 이런 큰 집에만 갇혀 살아야 하니 당신 같은 사람들은 조국의 아름다운 산천을 대체 구경이나 해 보겠소?"

사실 어르신께서 그런 의문을 제기하신 것은 처음이 아니었다. 그분께는 그 점이 정말 마음에 걸리시는 모양이었다. 어쨌거나 그때 사다리에 올라서 있을 때 나 나름대로 대답이 떠오르기는 했다. '이 나라의 전원을 여행하고 아름다운 곳을 직접 찾아다니는 것으로 치자면 저희 같은 직업의 소유자들은 물론 많은 것을 보지는 못한다고 할 수 있지요. 그러나 저희는 이 땅의 가장 위내한 신사 숙녀들이 한자리에 모이는 저택에서 살기 때문에 사실 영국에 대해선 일반인들보다 많은 것을 본다고 할 수 있습니다.' 그러나 주제넘은 이야기로 받아들여질 게 뻔했으므로 물론 패러데이 어르신께는 그 같은 견해를 내비치지 못하고 이렇게 말하는 것으로 족했다.

"저는 오랜 세월 이 저택의 담장 안에서 영국의 진면목을 보는 특권을 누려 왔습니다, 어르신."

패러데이 어르신이 내 말뜻을 이해하신 것 같지는 않았다. 곧바로 다음과 같이 말씀하셨으니까.

"내 말이 그 말이오, 스티븐스. 사람이 자기 나라도 한번 둘러볼 수 없다는 건 뭔가 잘못된 거요. 내 권유를 받아들여요, 며칠 집 밖으로 나가 보라고요."

여러분도 짐작하겠지만 그날 오후 나는 패러데이 어르신의 제안을 전혀 심각하게 고려하지 않았다. 저분이 미국 신사시니까 영국의 관행에 익숙하지 않다는 것을 보여 주는 또 하나의 사례이거니 여겼다. 그런데 며칠 사이 그분의 권유로 내게 변화가 생겼는데 정말 잉글랜드 서부 지방으로 여행을 간다는 생각이 점점 더 내 머릿속을 장악해 가고 있었다. 주된 원인은 말할 것도 없이(내가 무엇 때문에 숨기겠는가?) 켄턴 양이 크리스마스카드를 제외하고는 거의 칠 년 만에 처음 보내온 편지에 있었다. 이 말이 무슨 뜻인지 여기서 분명하게 짚고 넘어가야겠다. 내 말은 내가 여기 이 달링턴 홀에서 봉착한 업무상의 문제들과 관련해 켄턴 양의 편지가 어떤 생각의 고리를 제공해 주었다는 뜻이다. 다시 말해 내가 어르신께서 내놓으신 선의의 제안을 새삼 재고하게 된 것은 업무상의 문제들로 인한 고민에서 비롯되었다는 점을 분명히 해 두고 싶다. 그 내막을 좀 더 설명해 보겠다.

지난 몇 달 사이 직무 수행 과정에서 내가 책임져야 할 일련의 작은 과오들이 발생했다. 사실 하나같이 아주 사소한 실수들이었다고 감히 말할 수 있다. 하지만 그렇다고는 해도 그 같은 실수를 범하는 데 익숙하지 않은 사람에게는 상당히 마음에 걸리는 사태였고, 그 점은 아마 여러분도 이해가 될 듯하다. 그래서 나는 과오의 원인을 두고 기우에 가까운 온갖 가정들을 검토하기 시작했다. 이러한 상황들에서 너무나 흔히 발생하는 일이지만 나는 명백한 사실을 보지 못하고 있었다. 다시 말해서 내가 그 간단한 사실을 깨달을 수 있었던 것은 켄턴 양의 편지에 함축된 의미를 곱씹어 본 연후였다. 그 간단한 사실이란 최근 몇 달간의 작은 실수들이 인력 관리 체계에서 비롯되었다는 것이며, 체계를 잘못 짠 것은 아니지만 불길한 조짐을 안고 있다는 사실이다.

물론 집사라면 누구나 최대한 세심하게 인력 관리안을 짜야 할 의무가 있다. 집사가 계획 작성 단계에서 아무렇게나 처리한 탓에 다툼과 허위 고발, 불필요한 해고가 발생하고 전도양양했던 경력이 막혀 버리곤 하는 일이 얼마나 많은지 누가 알겠는가? 사실 나도 훌륭한 인력 관리안을 작성하는 능력이야말로 성실한 집사가 갖추어야 할 기본이라고 말하는 사람들과 견해를 같이한다고 말할 수 있다. 내 경우로 말하자면 오랜 세월에 걸쳐 수많은 관리안을 작성해 왔지만 수정해야 했던 경우는 거의 없었다 해도 결코 지나친 자기 자랑은 아닐 것이다. 그러니 만약 이번 관리안에 결함이 있다면 어느 누구도 아닌 바로 내 탓이라고 할 수 있다. 다만 이번 경우는 유난히 어려운 작업에 속했다는 점도 감안하고 넘어가야 공정할 것이다.

지금까지의 사정은 이러했다. 거래, 다시 말해 달링턴 가문이 200년 넘게 소유해 왔던 이 저택을 인수하는 거래가 끝나자 패러데이 어르신은 당장 입주하시지는 않고 미국에서 넉 달 정도 더 머물며 여러 가지 일을 마무리할 계획이라고 전해 오셨다. 그러나 전 주인을 모셔 온 직원들의 높은 명성은 패러데이 어르신도 들으신 바이기에 이 직원들이 달링턴 홀에 계속 남아 주기를 강력히 원하셨다. 그런데 그분이 말씀하신 '직원들'은 사실 최소한의 뼈대만 갖춘 팀에 불과했다. 거래가 진행되고 마무리될 때까지 저택을 관리하라며 달링턴 경의 친지들이 남겨 놓은 인원은 고작 여섯 명이었으니까. 그 후 매입 절차가 완결되고 나자 클레먼츠 부인을 뺀 나머지 직원들은 모두 다른 일자리를 구해 이곳을 떠나갔고, 패러데이 어르신으로 하여금 그 일을 막도록 하는 데 나로서는 할 수 있는 일이 거의 없었다는 유감스러운 이야기를 해야겠다. 내가 새 주인 어르신께 편지로 상황이 이렇게 된 데 대해 유감의 뜻을 전하자 미국에서 "웅장하고 유서 깊은 영국 저택에 손색이 없는" 새 직원들을 모집하라는 지시가 담긴 답변이 날아왔다. 나는 어르신의 뜻대로 실행하고자 즉각 작업에 착수했지만 알다시피 요즘 시절에 만족할 만한 수준의 새 직원들을 구하는 것은 결코 쉬운 일이 아니다. 클레먼츠 부인의 추천으로 로즈메리와 애그니스를 고용한 것까지는 좋았는데 패러데이 어르신과 업무상 첫 만남을 갖게 될 때까지도 더는 진척을 보지 못했다. 그 만남은 작년 봄에 패러데이 어르신께서 예비 방문차 잠시 우리 땅에 다니러 오셨을 때 이루어졌고, 텅 비어서 낯선 느낌을 주는 달링턴 홀의 집무실에서 내가 어르신과 첫 악수를 나눈 것도 바로 그때였다. 그러나 당시 우리는 이미 서로 낯설다고 할 수는 없는 사이였다. 그동안 직원 모집 문제 외에도 몇 가지 사안들이 있어 새 주인 어르신께서 나의 자질을 필요로 했고, 감히 말하건대 내가 다행히도 갖추고 있었던 자질, 즉 믿음직스러운 면을 발견하신 적이 몇 차례 있기 때문이다. 어르신께서 나를 보시고는 대뜸 믿는다는 듯한 태도로 실질적인 이야기에 들어갈 수 있었던 것도 아마 그 때문이었을 것이다. 그래서 우리의 만남이 끝날 무렵이 되자 어르신은 장차 당신이 와서 생활하는 데 필요한 것들을 챙기라며 결코 적지 않은 액수의 돈을 내게 맡기고 관리하게 하셨다. 아무튼 이야기의 요지는 바로 이 첫 면담 때 내가 당시 쓸 만한 직원을 모집하는 과정에서 겪고 있던 애로 사항을 털어놓았다는 것이다. 어르신은 잠시 생각해 보시더니 현재 있는 네 명의 직원, 다시 말해 클레먼츠 부인과 새로 뽑은 젊은 처녀 둘, 그리고 나만으로 집안일이 굴러갈 수 있도록 최선을 다해 보라고 하셨다. 어르신의 표현에 따르면 "이를테면 일종의 당번제 같은" 인력 관리안을 짜 보라고 내게 요청하신 것이다.

"그렇게 될 경우 저택의 일부 구역에 '보를 씌우게' 되리란 건 나도 잘 알지만, 그러한 손실을 최소화할 수 있도록 당신의 모든 경륜과 전문 지식을 발휘해 주겠소?"

돌이켜 보면 나는 한때 열일곱 명의 직원을 거느렸던 사람이다. 그리고 이곳 달링턴 홀에서 스물여덟 명의 직원이 일했던 것이 그리 오래전 일도 아니다. 그런 집을 네 명의 직원으로, 다시 말해 가장 최소한의 인원으로 굴릴 방안을 짜 보라니 생각만 해도 엄두가 나지 않았다. 내 딴에는 티를 내지 않으려고 안간힘을 썼지만 나의 회의적인 생각이 은연중에 드러났던 모양이다. 안심시키려는 듯 패러데이 어르신께서 곧바로 다음과 같이 덧붙이셨기 때문이다.

"필요하다고 판단되면 직원을 추가로 고용할 수도 있어요."

그러나 또 한 번 되풀이하셨다.

"네 명으로 되게끔 해 주면 나로서는 정말 고맙겠소."

우리 대부분이 그렇지만 물론 나도 옛날 방식을 지나치게 많이 바꾸는 것을 좋아하지 않는다. 그러나 일각에서 목격되듯 단지 전통 그 자체를 위해 전통에 매달리는 식의 집착은 아무런 가치가 없다. 전기와 현대식 난방 장치가 일상화된 이 시대에 한 세대 전에나 필요했을 많은 인원을 고용할 필요는 없는 것이다. 실제로 나는 한동안 오로지 전통을 고수하기 위해 불필요한 인원을 계속 유지하여 그 결과 고용인들의 건강을 해칠 만큼 시간이 남아도는 것이야말로 우리의 직업 수준을 심각하게 떨어뜨리는 중요한 요인이라고 믿던 사람이다. 게다가 패러데이 어르신은 지난날 달링턴 홀에서 자주 볼 수 있었던 것 같은 대규모 사교 행사는 앞으로 극히 드물 것이라고 분명하게 못 박으셨다. 그 후 나는 패러데이 어르신께서 맡기신 과업을 꽤 헌신적으로 수행했다. 인력 관리안을 짜는 데 할애한 시간도 물론 많았지만, 다른 직무를 수행하면서나 일과를 끝내고 잠자리에 들어서도 그 문제를 재고하느라 적지 않은 시간을 바쳤다. 괜찮은 실행안이 되어 간다 싶을 때마다 혹시 놓친 부분이 있는지 철저하게 파헤치고 생각할 수 있는 모든 각도에서 검증해 보곤 했다. 그러다 마침내 비록 패러데이 어르신의 요청에 정확하게 부응하지는 못할지라도 내가 볼 때 사람이 짜낼 수 있는 최상의 계획이라고 판단되는 안을 도출해 냈다. 이 안에 따르면 저택 내부의 매력적인 구역들이 거의 온전한 기능을 유지할 수 있었다. 뒤쪽 복도와 조용한 방 두 개, 낡은 세탁실을 포함한 널찍한 하인 숙소와 3층 객실 복도에는 먼지 가리개 보를 씌우기로 했고, 1층 주요 방들과 넉넉한 수의 객실들은 모두 그대로 남겼다. 자신 있게 말하지만 현재 네 명으로 된 우리 팀에 일용 잡부를 몇 명만 보강하면 얼마든지 소화해 낼 수 있었다. 따라서 나의 관리안에는 정원사와 청소부의 용역이 포함되어 있었다. 정원사는 일주일에 한 번, 여름에는 두 번씩 오게 하고 청소부 둘은 각각 매주 두 번씩 오는 식이었다. 그러나 상주하는 네 명의 고용인들 입장에서 이 관리안은 종래에 담당해 온 각자의 직무에 엄청난 변화가 온다는 의미가 될 터였다. 두 처녀는 그러한 변화를 별 무리 없이 감당하리라 예상되었지만 클레먼츠 부인의 경우 직무에 큰 변화가 없도록 배려하기 위해 내 나름대로 최선을 다했다. 그야말로 관대한 집사가 아니고는 기대할 수 없을 만큼 갖가지 직무들을 내가 직접 떠맡으면서 말이다.

지금까지도 나는 그것을 형편없는 관리안이라고는 말하지 못한다. 어쨌거나 네 명의 직원으로 기대 이상의 분야까지 다룰 수 있는 안이니까. 여러분도 동의하지 않을 수 없겠지만 정녕 최고의 인력 관리안이 되기 위해서는 고용인 중 누가 몸이 아프거나 이런저런 이유로 평소보다 몸 상태가 좋지 못한 날들까지 고려하여 착오가 생길 경우까지 분명하게 제시해야 하는 법이다. 물론 이 같은 경우에 대비해 내게 약간 과다한 직무를 부과하긴 했지만 그래도 나는 혹시 남아 있을지 모르는 '유휴 노동력'을 간과하지 않고 통합하고자 했다. 내가 특히 신경을 쓴 부분은 클레먼츠 부인이나 두 처녀 쪽에서 종래의 범위를 넘어서는 직무들을 맡게 된 데 반감을 가질 수 있다는 것, 거기에 자신의 부담이 크게 늘어난 듯한 느낌이 덧붙여질 수도 있다는 점이었다. 그래서 인력 관리안을 붙들고 씨름할 당시 나는 클레먼츠 부인과 처녀들에게 더 '절충적인' 이 역할들을 채택하는 데 따르는 거부감만 극복한다면 이번 직무 배분이 아주 고무적일 뿐 아니라 부담도 크지 않다는 점을 이해시키고자 상당히 많은 시간을 고심했다.

그러나 지금 생각해 보면 내가 클레민츠 부인과 처녀들의 지지를 확보하는 데 너무 집착한 나머지 나 자신의 한계를 엄격하게 평가하지 못했던 것이 아닌가 싶다. 물론 내가 그런 문제들에 경험도 많고 조심성이 몸에 밴 덕분에 현실적으로 감당하기 힘들 만큼 일을 떠맡게 되는 것은 피했지만, 그렇다 해도 나 자신에게 여유를 주는 데 소홀했다고 할 수 있다. 그러니 내가 간과했던 그 점이 몇 달 지난 후에 이렇게 작지만 뚜렷한 방식으로 표출된 것은 놀라운 일도 아니다. 결국 문제는 내가 나 자신에게 감당하기 힘든 업무를 맡긴 데 있을 뿐 달리 복잡하게 생각할 필요는 없다고 본다.

인력 관리안에 그처럼 명백한 단점이 있는데도 그동안 눈치채지 못하고 지냈다는 사실에 놀라움을 표할지도 모르겠으나, 일정 기간 지속적으로 생각을 모아야만 하는 문제들에서는 그런 일이 심심찮게 일어나는 법이다. 결국 아주 우연하게 어떤 외부 사건으로 자극받기 전에는 결코 실상이 머리에 떠오르지 않는다. 이번 경우가 바로 그랬다. 다시 말해 속내가 쉽게 드러나지 않는 긴 문구들로 채워졌는데도 달링턴 홀에 대한 향수가 여실히 묻어나는 켄턴 양의 편지를 받음으로써 나는 비로소 내가 짠 관리안을 새로운 눈으로 볼 수 있었다. 자신 있게 말하지만 그 편지에서는 다시 이곳으로 돌아오고 싶어 하는 그녀의 바람이 군데군데 뚜렷이 감지되었다. 새로운 직원이 맡아 주어야 할 핵심 역할이 정말로 있구나 하는 생각이 그제야 스쳤다. 결국 내가 최근 들어 겪었던 모든 난제들의 중심에 바로 이 인력 부족이라는 문제가 놓여 있었던 것이다. 그리고 생각해 볼수록 점점 더 명백해지는 사실이 있었으니 이 집에 무한한 애정을 가졌을 뿐 아니라 타의 모범이 될 만한, 요즘에는 거의 찾아보기 힘들 정도의 프로 정신을 갖춘 켄턴 양이야말로 달링턴 홀의 완벽하게 만족스러운 인력 관리안을 완성하는 데 꼭 필요한 요소라는 점이었다.

여기까지 상황이 분석되자 나는 어느새 패러데이 어르신께서 며칠 전에 말씀하신 친절한 제안을 다시 생각하고 있었다. 자유로운 자동차 여행이라면 나의 직무 면에서도 아주 유용한 여행이 될 것이란 생각이 들었기 때문이다. 다시 말해 서부 지방으로 차를 몰다 중간에 켄턴 양에게 들러 정말 여기 달링턴 홀의 일자리에 복귀할 생각이 있는지 그녀의 본심을 직접 탐색해 볼 수 있을 터였다. 나는 착오가 없도록 하기 위해 켄턴 양이 보낸 편지를 대여섯 번 더 읽었다.

그러므로 그녀가 모종의 암시를 보내왔다는 판단이 나만의 상상에 불과할 가능성은 결코 없었다.

　그러나 며칠 동안은 패러데이 어르신 앞에서 그 얘기를 다시 꺼내기가 대단히 힘들었다. 어쨌거나 이야기를 더 진행하기 전에 이 문제에 관해 먼저 나 스스로 명백하게 해 누어야 할 여러 측면들이 있었다. 예를 들자면 비용 문제도 그중 하나였다. 주인 어르신께서 인심 좋게도 연료비를 대겠다고 제의하시긴 했지만 숙박과 식사, 그리고 도중에 혹시 챙기게 될 소소한 간식 따위를 감안할 때 그만한 여행을 하자면 비용이 엄청난 액수에 달할 것 같았다. 다음으로 그런 여행을 하자면 어떤 옷이 적절하겠는가, 새 옷에 돈을 쓰는 것이 과연 가치 있는 일인가 하는 문제가 있었다. 내게는 지난날 달링턴 어르신께서 직접 주셨거나 이 저택에 머물렀던 여러 손님들이 우리 집안의 서비스 수준을 흐뭇하게 여겨 선물하신 훌륭한 정장이 많이 있다. 대부분 자유로운 여행에 이용하기에는 너무 점잖은 편이거나 요즘 시대에는 다소 구식으로 보일 옷들이라고 할 수 있다. 그렇다면 1931년인가 1932년에 에드워드 블레어 경이 주신 신사복이 한 벌 있긴 하다. 물론 당시에는 정말 최신 명품이었고 내 몸에도 거의 완벽하게 맞기 때문에 여행하면서 묵게 될 여관의 휴게실이나 식당에서 저녁 시간에 입으면 아마 잘 어울릴 것이다. 그러나 전쟁 때 차머스 경 2세가 주신 정장을 입지 않는 한 여행 중에 입을 옷, 다시 말해 차를 몰 때 입을 옷은 전혀 없다고 할 수 있다. 물론 그 옷도 너무 작을 게 분명하긴 해도 색상만큼은 이상적이란 평가를 받을 것이다. 나는 이리저리 계산해 본 끝에 그동안 저축해 온 돈 정도면 여행에 필요한 경비를 대고 새 옷도 한 벌 살 수 있을 것이라 결론 내렸다. 이 새 옷 문제로 나를 허영이 과한 사람이라고 생각지는 않았으면 좋겠다. 내가 달링턴 홀의 식솔이라는 사실을 언제 어느 때 내 입으로 밝혀야 할지 모르기 때문에 내린 결정일 뿐이니까 말이다. 사람이 그런 상황에 처했을 때는 자신의 지위에 어울리는 차림을 하고 있는 것이 중요한 법이다.

이 기간 동안 나는 도로 안내서를 연구하는 데도 적지 않은 시간을 바쳤다. 제인 시먼스 부인이 쓴『영국의 명승지』시리즈 중 내 여행과 관련된 책들도 꼼꼼하게 읽었다. 여러분이 혹시 모두 일곱 권으로 된 연작으로 영국 제도(諸島) 내의 지역들을 한 권에 하나씩 집약해 놓은 시먼스 부인의 책들을 잘 모른다면 적극 추천하는 바다. 1930년대에 쓰인 책들인데도 내용의 상당 부분이 여전히 시대에 뒤처지지 않는다. 독일군의 폭격을 겪었다고 하지만 그 때문에 우리 산천이 몰라보게 변했을 것 같지는 않다는 것이 내 생각이다. 사실 시먼스 부인은 전쟁이 터지기 전까지만 해도 이 댁에 자주 드나들던 손님이었다. 게다가 망설임 없이 자상하게 감사를 표하는 분이어서 직원들 사이에서 최고 인기를 누리는 손님들 중 한 분이기도 했다. 자연히 나는 그 숙녀분을 존경하게 되었고, 자투리 시간이 날 때마다 서재에 가서 그분의 책들을 징독하게 된 것도 바로 그 시설이다. 돌이켜 보면 켄턴 양이 1936년에 나는 가 본 적도 없는 콘월로 떠나 버린 직후 나는 시먼스 부인의 연작 중에서도 세 번째 권을 자주 들여다보곤 했다. 데번과 콘월에서 만끽할 수 있는 즐거움들을 독자들에게 소개해 놓은 책인데, 그 지역을 담은 각종 사진은 물론 나에게는 더욱 생생한 느낌을 주었던 다양한 스케치가 완벽하게 곁들여져 있다. 그 덕에 나는 켄턴 양이 이곳을 떠나 결혼 생활을 누리러 간 지역에 대해 약간이나마 상식을 얻을 수 있었다. 그러나 앞서도 말했듯 그것은 시먼스 부인의 책들이 이 나라 각지의 가정들에서 칭송되던 (나는 그렇게 알고 있다.) 1930년대의 이야기일 뿐 그 후 오랜 세월 나는 그 책들을 들여다보지 않았다. 그러다 이번에 사태가 이렇게 전개되는 바람에 데번과 콘월을 다룬 그 책을 선반에서 다시 한 번 *끄집어내게* 된 것이다. 나는 거기에 수록된 놀라운 설명과 삽화들을 거듭거듭 탐독했다. 책에 나오는 곳을 내가 직접 차를 몰고 둘러보게 될지 모른다고 생각하니 부풀어 오르는 흥분을 억누르기 힘들었다. 여러분도 내 심정을 이해할 수 있을 것이다.

결국 이 일을 패러데이 어르신과 상의하는 것 외에는 별 도리가 없어 보였다. 물론 그분께서 두 주 전에 하신 제안이 순간의 변덕에 불과하여 지금은 그 생각을 못마땅하게 여기실 가능성도 상존하고 있었다. 그러나 내가 요 몇 달 지켜본 바에 따르면 패러데이 어르신은 주인들이 가진 특성 중에서도 가장 비위에 거슬리는 특성인 언행 불일치를 곧잘 드러내는 부류의 신사는 결코 아니다. 따라서 그분께서 나의 자동차 여행에 처음만큼 열의를 보이시지는 않을 것이라고, 구체적으로 말하자면 연료비를 대 주겠다고 한 지극히 고마운 제의를 번복하리라고 볼 근거는 없었다. 그래도 나는 가장 적절하다고 판단되는 기회에 이야기를 꺼내려고 신중에 신중을 기하며 고심했다. 왜냐하면 비록 내가 패러데이 어르신의 일관됨을 단 한 순간도 의심하지 않는다고는 해도 그분이 어떤 일에 골몰해 계시거나 다른 생각에 빠져 계실 때 그런 화제를 끄집어내는 것은 결코 분별 있는 처사가 아닐 것이기 때문이었다. 만에 하나 그러한 상황에서 거부하신다 해도 어르신의 본심이 반영된 거부로 보기는 어렵겠지만, 일단 퇴짜를 맞고 나면 내 입장에서 이 문제를 다시 거론하기란 쉽지 않을 터였다. 따라서 현명하게 기회를 택해야 한다는 것은 분명했다.

결국 나는 응접실에서 애프터눈 티를 대접하는 시간이 하루 중 가장 괜찮은 기회라고 신중하게 결론 내렸다. 평소 그 시각이면 패러데이 어르신은 구릉 지대를 잠깐 산책하고 돌아오신 직후여서 저녁때처럼 독서나 글쓰기에 몰입하시는 경우가 드물다. 실제로 내가 애프터눈 티를 들고 들어가 보면 읽고 계시던 책이나 정기 간행물을 덮고 자리에서 일어나 마치 대화를 기대하는 양 창문 앞에서 두 팔을 쭉 뻗곤 하신다.

그러니 타이밍에 관한 한 내 판단은 지극히 유효했다고 본다. 일이 그렇게 된 것은 순전히 다른 각도에서 발생한 판단 착오 때문이었을 뿐이다. 다시 말해 하루 중 그맘때에는 패러데이 어르신께서 주로 부담 없고 유머러스한 대화를 즐기신다는 것을 내가 충분히 고려하지 못했다. 어제 애프터눈 티를 들고 들어간 내가 그분의 그러한 분위기를 짐작했더라면, 그런 순간에는 나와 농담조로 말씀하시기를 즐기신다는 것을 알았더라면 켄턴 양을 들먹이는 어리석은 짓 따위는 결코 하지 않았을 것이다. 그러나 결론적으로 주인 어르신께 관대한 호의를 청하러 들어간 내 입장에서는 요청의 배후에 훌륭한 업무상의 동기가 깔려 있다는 점을 암시하고 싶었고, 그것이 자연스러운 심리라는 것은 여러분도 아마 이해가 될 것이다. 그래서 나는 자동차 여행지로 서부 지방을 택하게 된 이유들을 설명하는 과정에서 시먼스 부인의 책에 실린 몇 가지 매혹적인 내용을 언급하는 것으로 끝내지 않고, 달링턴 홀의 전직 총무가 그 지역에 거주한다는 것까지 밝히는 실수를 범하고 말았다. 아마도 그때 나는 이 여행이 현재 집안에서 발생하는 우리의 작은 문제들에 이상적인 해결책이 될지 모를 방안을 탐색하는 기회가 되리라는 점을 패러데이 어르신께 설명하고 싶었던 것 같다. 문득 내가 계속 떠들어 대는 것이 얼마나 부적절한지를 깨달았을 때는 이미 켄턴 양을 언급한 후였다. 사실 나는 켄턴 양이 정말 우리와 다시 합류하고 싶어 하는지에 대해서도 정확히 알지 못했을 뿐 아니라 직원을 늘리는 문제에 대해서도 일 년여 전의 첫 만남 이후로 패러데이 어르신과 상의조차 해 보지 못한 터였다. 그런 상황에서 달링턴 홀의 미래를 두고 내 생각만 소리 높여 떠든 것은 아무리 좋게 보더라도 주제넘은 짓으로밖에 보이지 않았을 것이다. 그러다 별안간 입을 다물어 버렸으니 부자연스러운 느낌마저 주었을 것이다. 어쨌거나 겨우 기회를 잡은 패러데이 어르신께서 나를 향해 함박웃음을 지으시고는 다소 신중한 투로 말씀하셨다.

"이런, 이런, 스티븐스. 여자 친구 얘기로군요. 게다가 당신 나이에 말이오."

참으로 당혹스럽기 짝이 없는 상황이었다. 예전에 달링턴 어르신은 고용인을 이런 상황으로 몰고 가신 적이 결코 없었다. 내가 패러데이 어르신의 품위를 깎아내리려고 하는 말은 절대로 아니다. 패러데이 어르신은 어쨌든 미국 신사이시고, 따라서 그분의 방식은 많이 다르다는 것을 심심찮게 보아 왔으니까. 그분이 무슨 악의를 가지고 하신 말씀이 아니란 것은 의심할 여지가 없다. 그렇다 해도 내 입장에서 얼마나 불편한 상황이었을지 여러분은 짐작하고도 남을 것이다.

"당신이 그런 숙녀의 남자일 거라고는 정말 생각해 보지 못했소, 스티븐스."

그분께서 계속 말씀하셨다.

"마음만은 젊게 살자, 뭐 그런 거겠지? 하지만 그런 애매한 밀회에 나서는 당신을 돕는 게 잘하는 짓인가 모르겠소."

당연히 나로서는 그분이 내게 덮어씌우시는 그러한 동기들을 즉각 단호하게 부인하고 싶었다. 그러나 결국 패러데이 어르신께서 던지신 미끼에 걸려드는 짓이어서 상황을 더 난처하게 만들 뿐이라는 것을 즉각 파악했다. 그래서 그 자리에 어색하게 선 채로 여행 허락이 떨어지기만 기다렸다.

비록 당혹스러운 시간이긴 했지만 패러데이 어르신을 비난할 생각은 전혀 없었다는 점을 밝혀 두고 싶다. 그분은 어느 모로 보나 고약한 사람과는 거리가 멀기 때문이다. 지금 생각해 보면 그때 그분은 그저 농담조의 분위기를 즐기고 계셨던 것 같다. 내가 볼 때 미국에서는 이런 것이 주인과 고용인이 서로 친하게 잘 지내는, 다시 말해 일종의 애정 표현으로 해석되는 게 분명하다. 그러나 이 상황을 제대로 보려면 반드시 짚고 넘어가야 할 것이 있으니 지난 몇 달 동안 새 주인 어르신과 내가 맺어 온 관계를 돌아볼 때 그분이 많은 부분에서 그 같은 농담으로 일관해 오셨다는 사실이다. 물론 그럴 때 내가 어떤 반응을 보여야 하는지에 대해선 지금도 명쾌하게 알지 못한다고 고백할 수밖에 없지만 말이다. 사실 패러데이 어르신을 모시게 된 초기에는 그분이 불쑥불쑥 던지시는 말씀들에 꽤나 놀란 적이 한두 번 있었다. 예를 들어 한번은 어떤 신사분이 집에 오기로 되어 있었는데 내가 패러데이 어르신께 그분의 부인도 함께 오실 것 같냐고 여쭤 보았다.

"그녀가 온다면 하느님 맙소사지." 패러데이 어르신께서 대답하셨다. "집안일에 상관하지 않도록 멀찍이 떼어 놔야 할 거요, 스티븐스. 저기 모건 씨네 농장 주변 마구간으로 데리고 나가는 것도 괜찮겠지. 거기 건초 더미 속에서 즐겁게 해 줘요. 당신 취향에 딱 맞는 여자인지도 모르니까."

주인 어르신께서 대체 무슨 말씀을 하시는지 나는 잠시

감을 잡을 수 없었다. 다음 순간 이분이 지금 농담 비슷한 것을 하고 계시는구나 깨닫고는 적절한 미소를 지어 보려고 노력했다. 물론 내 표정에는 충격이라고까지 할 수 없지만 당혹감의 찌꺼기가 어느 정도 남아 있었을 것이다.

그러나 하루하루 시간이 흐르면서 나는 주인 어르신의 그 같은 언사에 놀라지 않는 법을 터득했고 그분의 목소리에 농담조의 억양이 담겼다 싶을 때마다 적당히 미소를 지을 수도 있게 되었다. 그런데도 그런 경우에 내게 요구되는 것이 정확히 무엇인지에 대해선 결코 알 수 없었다. 요란하게 웃어 주기를 기대하시는 걸까? 아니면 뭔가 내 나름의 농담으로 응수해 주길 바라시는 걸까? 후자의 가능성이 지난 몇 달 동안 내게 다소 근심을 안겨 주었고, 아직까지도 내가 제대로 판단하지 못했다고 느껴지는 부분으로 남아 있다. 미국에서는 고용인이 재미있는 농담을 해 주어야만 프로답게 훌륭하다고 생각하는 것 같으니 말이다. 그러고 보니 예전에 '플라우맨스 암스' 술집 주인 심슨 씨가 한 말이 떠오른다.

"만약 내가 미국인 바텐더라면 여러분한테 항상 이렇게 친절하고 예의 바르게 말하지는 않았을걸요. 고객들이 바텐더에게 기대하는 역할을 수행한답시고 아마도 여러분을 술주정뱅이니 놈팡이니 부르면서 여러분의 악행이나 결점을 거친 말로 공격하곤 했겠지요."

그리고 몇 년 전에 레지널드 모비스 경의 시종 자격으로 미국을 여행하고 돌아온 레인 씨가 했던 이야기도 생각난다.

"뉴욕의 택시 기사들이 일반적으로 승객에게 말하는 태도를 보면 런던에서 그랬다가는 두 팔이 묶여 가까운 경찰서로 끌려가는 신세까지는 안 되더라도 한바탕 소동이 벌어졌을 게 뻔하다는 생각이 절로 들지요."

그렇다면 주인 어르신께서 농담을 하시면서 내게 기대하시는 반응도 그 비슷한 태도일 가능성이 상당히 높다. 따라서 내가 그렇게 해 드리지 못하는 것을 직무 태만의 일종으로 생각하시는지도 모른다. 앞서도 말했듯 나는 그동안 이 문제로 걱정이 많았다. 그러나 농담에 응해야 하는 의무는 내가 아무리 생각해도 열의를 다해 수행할 수 있을 것 같지가 않은 직무다. 끊임없이 변하는 이 시대에 발맞추어 전통적으로 내 영역에 포함되지 않았던 직무들을 새로 받아들이는 것은 물론 아주 좋은 일이다. 그러나 농담이란 것은 또 다른 차원의 문제다. 무엇보다도 어떤 구체적인 상황에서 지금이 바로 농담으로 응해야 할 때인지 아닌지를 어떻게 정확하게 판단한단 말인가? 그리고 섣불리 농담을 받아쳤다가 완전히 부적절한 응수로 판명되는 경우도 있을 텐데 내가 그러한 대재앙에 가까운 가능성을 붙들고 숙고할 필요가 과연 있을까?

그러나 별로 오래전도 아닌 어느 날 나도 그런 응수를 한 번 해 보려고 용기를 낸 적이 있다. 내가 조반 전용실에서 패러데이 어르신께 모닝커피를 대접하고 있을 때 그분이 이렇게 말씀하셨다.

"오늘 아침에 그 까마귀 소음을 낸 게 설마 당신은 아니었겠지요, 스티븐스?"

이른 아침에 지나간 집시 부부를 두고 하시는 말씀인 듯했다. 그들이 저들의 관습에 따라 고함을 지르며 각 가정에서 버리는 쇠붙이를 수집하고 다녔던 것이다. 공교롭게도 그날 아침 나는 주인 어르신의 농담에 응수를 하는 게 맞느냐 틀리느냐를 두고 고심하던 참이었다. 이렇게 기회를 주시는데도 계속 반응이 없는 나를 어르신은 과연 어떻게 생각하실까, 심각하게 걱정되었다. 그래서 나는 좀 재치 있는 대답을 모색하기 시작했다. 혹시 내가 상황을 오판했더라도 상대에게 불쾌감을 주지 않을 안전한 표현을 찾아야 했다. 내가 잠시 동안 생각한 끝에 말했다.

"까마귀보다는 제비에 가깝다고 말씀드리고 싶군요, 어르신. 이동하는 족속들이란 점에서 말입니다."

그러고는 내가 지금 익살을 떨었다는 것을 분명하게 하기 위해 아주 겸손한 미소를 적절하게 덧붙였다. 패러데이 어르신께서 가당치 않은 존경심을 느끼고 터져 나오는 웃음을 억누르시는 것을 보고 싶지는 않았기 때문이다.

그런데 어르신께서는 나를 올려다보며 이렇게만 말씀하셨다. "지금 뭐라고 했소, 스티븐스?"

그제야 나는 아침에 지나간 사람들이 집시였다는 것을 모르는 사람에게는 나의 익살이 쉽게 이해되지 않는 것이 당연하다는 생각이 스쳤다. 그렇다면 이제 이 농담을 어떻게 수습해야 할지 난감하기만 했다. 결국 나는 이 상황을 정지시키는 것이 최선이라고 결론 내렸다. 그래서 급한 용무가 막 생각난 척 양해를 구한 뒤 어리둥절해 보이는 어르신을 남겨 둔 채 나와 버렸다.

그러니 내게 요구되는 전혀 새로운 직무로 향하는 출발치고는 너무나 실망스러운 출발이었다. 얼마나 낙심했던지 솔직히 말해 그 후로는 두 번 다시 그 방면을 시도해 보지 못했다. 그러나 어르신께서 당신의 다양한 농담들에 대한 나의 반응에 만족하시지 않는 것 같은 느낌을 떨쳐 내기 어렵다. 최근 들어 주인 어르신의 고집이 점점 세지는 것도 어쩌면 당신의 사고방식에 좀 더 맞추어 달라는 그분 나름의 촉구인지도 모른다. 어쨌거나 집시와 관련된 그 첫 익살 이후로 지금까지 나는 새로운 익살을 때맞춰 재빨리 생각해 낼 수가 없었다.

이와 같은 어려움들이 요즘 들어 더더욱 고민스럽게 느껴지는 것은 옛날에는 동료 직업인들과 더불어 의논하고 견해를 확인하고 했지만 지금은 그런 수단이 전혀 없기 때문이다. 사실 그다지 옛날도 아니지만 아무튼 그때는 직무상의 이런 애매한 문제들이 발생하더라도 존경스러운 견해를 가진 동료 전문가가 이제 곧 자기 주인을 모시고 우리 집을 방문할 것임을 알기에, 그래서 문제점을 논할 기회가 충분히 있을 것임을 알기에 위안이 되곤 했다. 당연한 얘기지만 신사 숙녀들이 쉴 새 없이 찾아들고 여러 날 묵고 가는 경우가 많았던 달링턴 나리 시절에는 찾아온 동료들과 더불어 훌륭한 공감대를 이끌어 내는 것이 가능했다. 정말 바빴던 시절임에도 불구하고 영국 최고의 전문가 서너 명이 우리 하인 전용 홀에 모여 앉아 따뜻한 화덕 옆에서 밤늦도록 얘기하는 장면이 심심찮게 연출되곤 했다. 분명히 말하지만 그런 날 저녁에 만약 여러분이 우리 하인 홀에 들어왔더라도 시시한 잡담을 듣게 되는 일은 없었을 것이다. 그 대신에 위층에서 우리 주인들이 몰두하고 있는 대사(大事)나 신문에 보도된 중요한 문제들을 주제로 토론이 벌어지는 것을 목격했을 것이다. 그리고 온갖 인생행로를 걸어온 동료 직업인들이 한자리에 모이면 흔히 그러하듯 우리의 업에 관련된 갖가지 측면들을 열심히 토론하는 모습도 물론 볼 수 있었을 것이다. 당연한 일이지만 때로 의견이 팽팽하게 갈리는 경우도 있었다. 그러나 대개는 서로에 대한 존경이 주조를 이루는 분위기였다. 당시 정기적인 방문객 가운데는 제임스 체임버스 경의 시종 겸 집사였던 해리 그레이엄 씨, 시드니 디킨슨 씨의 시종이었던 존 도널스 씨 같은 인물들도 포함되었다고 말한다면 그런 날 저녁의 분위기가 어떠했을지 좀 더쉽게 이해가 될 것이다. 그리고 명성은 좀 덜하다 할지 몰라도 생기발랄한 성격 덕분에 어디를 방문하든 결코 기억에서잊히지 않는 사람들도 있었다. 예를 들어 존 캠벨 씨의 시종 겸 집사였던 윌킨슨 씨는 저명한 신사들을 흉내 내는 레퍼토리로 널리 알려졌던 사람이다. 이스털리 하우스에서 온데이비드슨 씨는 토론에 임하는 자세가 낯선 사람에게는 좀놀라울 만큼 열정적이었지만 그 외에는 지극히 상냥하고 매력적인 모습으로 또 한 번 사람을 놀라게 만들었다. 존 헨리 피터스 씨의 시종인 허먼 씨는 세상 어느 누구도 묵묵히들어 주기 힘든 극단적인 견해의 소유자였다. 그러나 사람을 포복절도하게 만드는 재주가 남다르고 요크셔 지방 특유의 매력이 있어 누구도 그를 싫어할 수가 없었다. 얘기하자면 끝도 없다. 비록 각자의 접근법에는 다소 차이가 있지만 그 시절 우리 동업인들 사이에는 진정한 동료 의식이 있었다. 말하자면 우리는 본질적으로 모두 같은 천에서 잘려

나온 사람들이었다. 그러나 오늘날에는 그렇지가 않다. 드문 일이긴 하지만 손님을 모시고 찾아오는 고용인들을 보면 축구 외에는 별로 얘깃거리가 없고, 저녁이 되면 하인 전용홀 난롯가에서 시간을 보내기보다 '플라우맨스 암스', 아니 요즘에는 '스티 인'올 찾는 사람이 점점 많아지는 것 같은데 특히 신참내기들은 그런 곳으로 나가 술이나 마시는 경우가 허다하다.

좀 전에 제임스 체임버스 경의 시종 겸 집사인 그레이엄 씨를 잠깐 언급했다. 지금으로부터 두 달 전쯤 제임스 경이 달링턴 홀을 방문한다는 소식을 듣고 나는 뛸 듯이 반가웠다. 내가 그처럼 고대한 이유는 당연하게도 패러데이 어르신의 사교 서클은 달링턴 나리 시절과 완전히 딴판이어서 방문객들이 극히 드물어졌기 때문이기도 했지만 옛날처럼 그레이엄 씨가 제임스 경을 모시고 올 것이라 예상했기 때문이었다. 그렇게 되면 나의 고민거리인 농담 문제에 대해 그의 견해를 들어 볼 수 있을 터였다. 그러나 방문 바로 전날 제임스 경이 혼자 오신다는 사실을 알고 나는 놀라움과 실망을 감출 수 없었다. 게다가 그레이엄 씨가 이제는 제임스 경의 고용인 신분이 아니라는 것, 요즘은 제임스 경이 정식 직원을 전혀 쓰지 않는다는 것까지 그분이 와 계시는 동안에 알게 되었다. 나는 그레이엄 씨가 어떻게 되었는지 알아보고 싶은 마음이 간절했다. 비록 서로 잘 알고 지낸 것은 아니었지만 이따금 만나 그럭저럭 지내는 정도는 되었다고 감히 말할 수 있으니까 말이다. 그러나 내 사정이 이렇다 보니 그쪽 정보를 얻을 적당한 기회가 도무지 찾아오지 않았다. 농담 문제를 그와 상의해 보고 싶었던 나로서는 낙심천만이 아닐 수 없었다.

이제 이쯤에서 내 이야기의 본줄기로 돌아가야겠다. 앞서 설명한 상황인데 어제 오후에 나는 응접실에서 다소 불편하게 몇 분 동안 서 있어야 했다. 그사이 패러데이 어르신은 이런저런 농담을 하셨고 나는 평소처럼 그분이 발휘하는 훌륭한 유머 감각에 다소나마 참여하고 있다는 것을 보이기에 충분한 정도의 가벼운 미소로 답하고 있었다. 그러면서 나의 주인이 과연 이번 여행을 허락하실까 조마조마한 마음으로 기다렸다. 예상했던 대로 패러데이 어르신은 그다지 긴 시간을 끌지 않고 허락해 주셨다. 게다가 예전에 하신 약속을 잊지 않으시고 "연료비를 대 주겠다."라는 관대한 제의까지 거듭 확인해 주셨으니 고맙기 그지없었다.

그렇다면 이제 서부 지방 여행을 감행하지 못할 이유가 별로 없어 보인다. 물론 켄턴 양에게 편지를 보내 들를지도 모르겠다고 미리 알리고 복장 문제도 해결해야 할 것이다. 내가 없는 동안 집안 상황과 관련해 매듭지어야 할 것도 몇

가지 있다. 그러나 전반적으로 볼 때 이 여행을 떠나지 못할
큰 이유는 더 이상 없는 듯하다.

첫날 저녁

솔즈베리

오늘 밤 나는 이곳 솔즈베리시의 한 여관에 와 있다. 여행의 첫날이 이제 곧 마무리되려는 시점에서 여러모로 상당히 만족스럽다고 말하지 않을 수 없다. 이번 여행은 오늘 아침 8시 한참 전에 짐을 다 꾸리고 필요한 물품을 빠짐없이 포드에 실었는데도 계획했던 것보다 거의 한 시간 늦게 시작되었다. 클레먼츠 부인과 하녀들도 일주일 휴가를 떠났으니 나마저 떠나고 나면 달링턴 홀은 텅 비게 된다는 사실이 마음에 걸렸던 듯하다. 이런 일은 아마도 이번 세기 들어, 아니 저택이 세워진 후로 처음일 것이다. 기묘한 느낌이었다. 그것은 내가 집 주위를 거듭거듭 돌아보고 모든 것이 제대로 되어 있는지 마지막 순간까지 점검하면서 그렇게 한참이나 출발을 미루었던 이유에 대한 설명이 될지도 모른다.

마침내 출발했을 때 나의 감정을 설명하기란 힘들다. 차를 타고 처음 이십 분 정도는 흥분이나 기대감에 사로잡혀 있었다고 말할 수 없다. 저택에서 점점 멀어지고 있었지만 지나다니면서 눈에 익었던 환경이 계속 이어졌기 때문일 것이다. 지금까지 나는 집안일을 책임지고 있으니 갇혀 지낼 수밖에 없고, 그래서 여행을 거의 해 보지 못한 것이라고 스스로 생각해 왔다. 그러나 살다 보면 직업상의 이런저런 이유로 잠깐씩 나가게 되기 마련이어서 인근 지역들이 나 자신의 생각보다 훨씬 더 눈에 익어 있었던 모양이다. 햇빛을 받으며 버크셔주 경계를 향해 차를 모는 동안 나는 주변 경관의 익숙함에 연신 놀라고 있었다.

그러나 잠시 후 주위 풍경이 점점 낯설어지면서 내가 기존에 알았던 모든 경계들을 넘어 버렸음을 깨달았다. 흔히들 쓰는 말을 빌리자면 배에 돛이 오르는 순간 마침내 육지가 시야에서 사라지고 있었다. 이러한 순간을 두고 들뜬 기분과 불편함이 뒤섞인 느낌이라는 표현이 종종 사용되는데, 내가 주변 경관이 점점 낯설어지는 가운데 포드에 앉아서 받았던 느낌과 매우 흡사한 것 같다. 이런 느낌이 든 것은 내가 차의 방향을 틀어 산자락을 끼고 도는 도로에 들어선 직후였다. 도로변에 늘어선 수목들과 두껍게 덮인 나뭇잎들 때문에 눈으로 확인하지는 못했지만 왼편이 가파른 절벽이라는 것을 감지할 수 있었다. 내가 정말 달링턴 홀을 남겨 두고 떠나왔구나 하는 생각도 들었고, 고백하건대 약간 불안감도 들었다. 지금 혹시 길을 잘못 들어 황야로 이어지는 완전히 엉뚱한 방향으로 쌩쌩 달려가는 것이 아닌가 하는 생각 때문에 더욱 짙어지는 불안감 말이다. 그 느낌은 아주 잠깐에 불과했지만 결국 속도를 늦추게 만들었다. 심지어 길을 제대로 가고 있음을 확인한 후에도 왠지 차를 멈추고 잠시 중간 평가라도 해야 할 것만 같았다.

나는 차에서 내려 다리를 좀 펴기로 했다. 밖으로 나오니 산허리에 올라와 있다는 것이 한층 더 실감 났다. 도로 한쪽에는 덤불과 작은 나무들이 비스듬히 솟아 있었고 반대편으로는 나뭇잎들 틈새로 멀리 전원 풍경이 언뜻언뜻 보였다.

좀 더 잘 볼 수 있을까 싶어 잎사귀 틈새로 기웃거리며 도로변을 따라 조금 걷고 있을 때였을 것이다. 느닷없이 뒤에서 사람 목소리가 들려왔다. 그때까지 당연히 나 혼자밖에 없다고 생각했던 탓에 다소 놀라며 돌아보았다. 도로 반대편 약간 위쪽에서 시작되어 그 위의 덤불 속으로 사라지는 가파른 오솔길 하나가 보였다. 오솔길이 시작되는 지점을 표시하는 커다란 바위가 있고 그 위에 비쩍 마른 백발의 노인이 천 모자를 쓰고서 파이프 담배를 피우고 있었다. 무슨 말인지 전혀 알아들을 수 없었지만 그가 내게 또 한 번 고함을 치면서 자기 쪽으로 오라고 손짓을 했다. 처음에는 유랑자인가 보다 했다. 그러나 곧 상쾌한 공기와 여름 햇살을 즐기러 나온 인근 마을 사람일 뿐이라는 판단이 들어서 그의 요구에 응하지 못할 이유가 없다고 생각되었다.

"선생의 다리가 정말 건강하구나 하고 감탄하고 있었을 뿐이오."

내가 다가가자 그가 말했다.

"그게 무슨 소리요?"

노인이 오솔길 위쪽을 가리켰다.

"저기 꼭대기에 올라가려면 튼튼한 다리 한 벌과 튼튼한 폐 한 쌍을 갖추어야 한다오. 나로 말하자면 그 두 가지를 다 갖추지 못해 이 밑에 이렇게 주저앉아 있소. 내 상태가 조금만 더 좋았다면 지금쯤 저 위에 올라앉아 있었을 거요. 꼭대기에 멋지고 아담한 장소가 있지. 벤치도 하나 있고, 별별 게 다 있소. 그리고 영국 땅 어디를 가더라도 더 나은 전망은 보기 힘들 거요."

"설사 그 말이 사실이더라도 난 여기에 있겠소. 어쩌다 자동차 여행에 나서게 되긴 했지만 도중에 수많은 장관을 보게 될 것 같거든. 제대로 시작하기도 전에 백미를 보는 것은 너무 서두르는 거라고 할 수 있지요."

노인은 내 말을 이해하지 못한 것 같았다. 다짜고짜 똑같은 이야기를 되풀이했기 때문이다.

"영국 땅을 통틀어 더 나은 경치는 없다니까요. 하지만 좀 전에도 말했듯이 튼튼한 다리와 튼튼한 폐가 필요하오."

그런 다음 이렇게 덧붙였다.

"보아하니 당신은 나이에 비해 상태가 좋아 보이오, 선생. 내가 장담하는데 아무 문제 없이 꼭대기까지 갈 거요. 운 좋은 날에는 심지어 나 같은 사람도 올라갈 수 있다니까."

오솔길을 힐끔 올려다보니 가파를 뿐 아니라 제법 험해 보였다.

"내 말을 믿어 보시오, 선생. 올라가 보지 않으면 후회하게 될 거요. 그리고 또 누가 알겠소, 몇 년 더 세월이 지나고 나면 너무 늦었을지."

노인은 약간 천박하게 껄껄거렸다.

"할 수 있을 때 올라가 보는 게 좋아요."

지금에야 드는 생각이지만 그때 노인은 그저 웃자고 그랬던 것 같다. 그러니까 농담으로 한 말이었다. 하지만 오늘 아침에 나는 상당히 불쾌했다고 고백하지 않을 수 없다. 결국 나를 오솔길로 올라가게 만든 것은 그의 충동질이 얼마나 어리석은가를 입증하고 싶은 충동이었는지도 모른다.

어쨌거나 지금은 올라가기를 참 잘했다고 생각한다. 사실

산허리를 지그재그로 100미터쯤 올라가야 하는 상당히 힘든 산행이기는 했다. 그렇다고 해서 내가 무슨 심각한 어려움을 느꼈다고는 할 수 없었다. 이윽고 작은 공터에 도착했는데 남자가 이야기한 그 장소임에 분명했다. 벤치가 하나 놓여 있었고, 인근 전원이 수 킬로미터 넘게 펼쳐지는 절경도 과연 사실이었다.

내가 본 것은 주로 들판이었다. 들판 옆에 또 들판이 일렁이는 물결처럼 까마득히 이어졌다. 땅은 솟았다 꺼졌다 하며 완만한 기복을 이루고 들판마다 울타리와 나무들로 경계가 처져 있었다. 멀리 보이는 들판 군데군데에 양 떼로 짐작되는 점들이 박혀 있었다. 오른쪽 지평선 부근에서 교회의 네모난 탑을 본 것 같기도 했다.

사방에서 여름 소리가 들려오는 가운데 가벼운 미풍을 얼굴에 받으며 서 있으니 정말 기분이 좋았다. 내 앞에 놓인 여행길에 어울리는 기분을 처음으로 받아들인 것도 거기에서 그렇게 경치를 구경하고 있을 때였던 것 같다. 분명 오래전부터 나를 기다리고 있었을 여러 가지 흥미로운 경험들에 대한 건강한 기대감이 왈칵 치솟는 것을 처음으로 느꼈으니까 말이다. 그리고 이번 여행에서 나 자신에게 맡긴 직무상 과제 부분에서 의연하게 나아가야겠다는 새로운 각오도 생겼다. 켄턴 양 문제와 우리가 당면한 인력 문제 말이다.

하지만 그것은 오늘 아침의 일이었다. 오늘 저녁 나는 솔즈베리 중심부에서 멀지 않은 노변의 한 안락한 여관에 둥지를 틀고 있다. 건물이 비교적 수수하긴 하지만 대단히 깨끗하고 필요한 모든 것이 완벽하게 갖추어져 있다. 여주인은 마흔쯤 되어 보이는데 나를 아주 대단한 손님으로 여기는 듯하다. 패러데이 어르신의 포드와 내가 입은 고급 양복 때문일 것이다. 오늘 오후 솔즈베리에 도착한 3시 전후에 여주인이 내미는 기록부에 '달링턴 홀'이라고 주소를 기입하자 다소 당황한 눈길로 나를 쳐다보는 것을 느낄 수 있었다. 리츠나 도체스터 같은 호텔에 익숙한 신사인 듯하니 우리 여관방을 보여 주면 당장 뛰쳐나가 버리겠구나 하고 짐작하는 게 분명했다. 그녀는 내게 바로 정면에 2인실이 비어 있는데 1인실 가격에 받아 주겠다고 말했다.

그래서 안내를 받으며 그 방으로 가 보니 때맞추어 햇빛이 벽지의 꽃문양을 환히 비추는 모습이 아주 근사했다. 1인용 침대 둘과 거리가 내려다보이는 넉넉한 크기의 창도 한 쌍 있었다. 욕실은 어디에 있냐고 묻자 여인이 기어들어 가는 목소리로 대답했다.

"손님과 마주하고 있는 문이 욕실이긴 한데 저녁 식사가 끝날 때까지는 온수를 사용하실 수 없을 겁니다."

나는 여주인에게 찻주전자를 올려 보내 달라고 했고 그

녀가 사라진 후에 방을 좀 더 자세히 살펴보았다. 침대들은 완벽하게 청결했으며 잘 만들어진 제품이었다. 구석에 놓인 세면대도 매우 깨끗했다. 창으로 내다보니 거리 반대편으로 각종 페이스트리가 진열된 빵집과 약국, 이발소가 눈에 들어왔다. 더 멀리는 등 굽은 다리를 지나 좀 더 전원 분위기가 나는 곳으로 도로가 이어져 있었다. 나는 대야에 담긴 찬물로 얼굴과 손을 씻은 후 창가에 놓인 딱딱한 등받이 의자에 앉아 차가 오기를 기다렸다.

　내가 여관에서 나와 솔즈베리의 거리들로 과감하게 발을 들여놓은 것이 아마 4시 직후였을 것이다. 이곳 거리들은 널찍하고 바람이 잘 통하는 덕분에 아주 여유로운 도시라는 느낌을 준다. 그러니 부드럽고 따뜻한 햇볕 속에서 하릴없이 어슬렁거리며 몇 시간을 보내기란 일도 아니었다. 게다가 이 도시에 여러 가지 매력이 있다는 것도 발견했다. 어느새 나는 보기 좋게 열 지어 늘어선 오래된 목조 주택 사이를 배회하고, 도시를 가로지르며 흐르는 여러 실개천 중 하나에 놓인 자그만 돌다리를 건너 보고 하는 짓을 되풀이하고 있었다. 물론 시먼스 부인이 책에서 격찬해 놓은 그 훌륭한 성당을 찾아가 보는 것도 잊지 않았다. 이 위엄 있는 건물을 찾아내는 것은 별로 어렵지 않았다. 솔즈베리 시내 어디에서든 보일 만큼 우뚝 솟은 첨탑이 있었기 때문이다. 실제로 저녁 무렵 이 여관에 되돌아오면서 어깨 너머로 여러 번 돌아보았는데 그때마다 그 거대한 첨탑 뒤로 지고 있는 석양과 마주치곤 했다.

그러나 오늘 밤 이 고요한 방에 웅크리고 있자니 첫날 여행에서 정말 남은 것이 있다면 솔즈베리 성당이나 이 도시의 갖가지 매혹적인 풍경들이 아니라 바로 오늘 아침에 마주쳤던 일렁이는 영국의 전원을 품은 그 놀라운 경치라는 사실을 깨닫게 된다. 이제 나는 다른 어떤 나라도 이보다 명명백백한 장관을 보여 줄 수 없다고 기꺼이 믿어 의심치 않는다. 사실 나도 지구촌 구석구석에서 담아낸 생생하고 감동적인 풍경 사진들을 백과사전이나 《내셔널 지오그래픽》에서 본 적이 있다. 장엄한 계곡과 폭포, 거친 야생미를 자랑하는 산들. 물론 그런 것들을 직접 구경하는 특권을 누려 본 적은 한 번도 없지만 그래도 나는 위험을 무릅쓰고 다음과 같이 자신 있게 주장할 용의가 있다. 영국의 최고 절경, 즉 내가 오늘 아침에 본 것과 같은 풍경에는 다른 나라의 풍경이 결코 갖지 못한 특징이 담겨 있다. 외국 풍경의 겉모습이 제아무리 더 극적으로 보일지라도 말이다. 나는 이것이야말로 객관적인 관찰자로 하여금 영국의 풍경을 세상에서 가장 깊은 만족을 주는 풍경으로 꼽게 만든다고 믿으며, 이 특징을 가장 잘 요약한 말이 있다면 '위대함'이란 단어가 아닐까 생각한다. 오늘 아침 내 경우만 해도 그 높다란 암벽 위에 서서 눈앞에 펼쳐진 대지를 보았을 때 드물게 찾아오지만 너무나 확실한 그 감동, 나 자신이 위대함의 면전에 있는 그 느낌을 분명하게 느낄 수 있었다. 우리가 이 땅을 '그레이트(위대한)' 브리튼이라 부르는 것을 두고 좀 건방진 관습이라고 생각하는 사람들도 있을지 모르겠다. 그러나 감히 말하건대 우리 나라의 풍경 하나만으로도 그 숭고한 형용사를 사용하는 것은 얼마든지 정당화될 수 있다.

그렇다면 이 '위대함'이란 정확하게 무엇인가? 그것은 대체 어디에, 혹은 무엇에 존재하는가? 물론 이러한 질문에 답하자면 내 머리보다 훨씬 더 지혜로운 머리가 필요하다는 것을 잘 알고 있다. 그러나 내게 위험을 무릅쓰고 추측해 보라고 한다면 명백한 극적 효과나 화려함의 '결핍', 바로 그 점이 우리 땅의 아름다움을 독특하게 만드는 것이라고 말하고 싶다. 차분한 아름다움, 절제의 미라는 표현이 꼭 들어맞는다. 마치 땅 자체가 자신의 아름다움을, 위대함을 자각하고 있어 굳이 소리 높여 외칠 필요를 느끼지 못하는 것 같다. 여기에 비해 아프리카나 미국 같은 데서 볼 수 있는 풍경들은 전율에 가까운 흥분을 불러일으키는 것은 분명하지만 꼴사나운 과시욕으로 인해 객관적인 관찰자에게는 저급하다는 인상을 줄 것이라고 나는 확신한다.

사실 위대함에 관한 이 질문은 우리 동업인들 사이에서 오랜 세월 많은 논란을 일으켜 온 질문과 상통하는 면이 아주 많다. '위대한' 집사란 무엇인가라는 질문이 바로 그것이다. 하루를 마감하는 시간, 하인 전용 홀의 난롯가에 둘러앉아 이 주제를 두고 몇 시간씩 즐겁게 토론했던 일들이 아직도 기억에 생생하다. 여러분도 눈치챘겠지만 나는 위대한 집사는 '누구인가'라고 하지 않고 '무엇인가'라고 묻는다. 왜냐하면 우리 세대에 규범을 제공해 준 사람들이 누구냐를 두고 심각한 논쟁이 벌어진 적은 거의 없었다고 할 수 있기 때문이다. 나는 지금 샤를빌 하우스의 마셜 씨나 브라이드우드의 레인 씨 같은 인물들을 말하고 있다. 여러분이 혹시 그런 사람들을 만나는 영광을 누리게 된다면 내가 지금 거론하는 특징의 소유자들이란 사실을 분명히 알게 될 것이다. 그와 동시에 이 특징이 무엇인지를 정의하기가 결코 쉽지 않다는 말이 무슨 의미인지도 이해하게 될 것이다.

기왕 이쪽으로 파고든 김에 덧붙이는데 위대한 집사들은 '누구인가'를 두고 전혀 논쟁이 없었다고 한다면 거짓이리라. 내가 앞서 한 말은 그러한 문제에 어느 정도 통찰력을 갖춘 훌륭한 전문가들 사이에서는 심각한 논쟁이 벌어진 적이 없다는 의미다. 물론 여느 저택의 여느 하인 전용 홀과 마찬가지로 달링턴 홀의 하인 전용 홀에도 지성과 지각의 측면에서 다양한 수준을 보이는 손님들이 찾아들었다. 모고용인이(유감스러운 이야기지만 바로 내 수하의 직원인 경우도 있었다.) 잔뜩 흥분하여 잭 네이버스 씨 같은 부류를 칭송하는 동안 남몰래 내 입술을 깨물어야 했던 일도 여러 차례 있었던 것으로 기억한다.

잭 네이버스 씨는 안타깝게도 전쟁에서 사망한 것으로 아는데 내가 그 사람에게 무슨 유감이 있는 것은 아니다. 다만 그가 전형적인 사례였기 때문에 언급하는 것일 뿐이다. 1930년대 중반 이삼 년 동안은 이 나라의 모든 하인 전용 홀에서 네이버스 씨의 명성이 대화를 지배하는 것처럼 보였다. 좀 전에 말했다시피 달링턴 홀에서도 손님으로 온 무수한 고용인들이 네이버스 씨의 최근 성공담을 늘어놓곤 했으므로 나나 그레이엄 씨 같은 사람들은 끝없이 이어지는 그의 일화를 들어야 하는 낭패감을 함께 맛보아야 했다. 그리고 무엇보다도 낭패스러웠던 것은 그러한 일화가 하나씩 끝날 때마다 다른 점들에서는 점잖은 고용인들까지 고개를 끄덕이며 탄복하고 다음과 같은 어구를 내뱉는 것을 지켜보아야 할 때였다.

"네이버스란 사람, 역시 최고야."

물론 네이버스 씨가 훌륭한 조직 기술의 소유자였다는 데 대해서는 추호도 의심하지 않는다. 실제로 아주 이채로운 양식의 대형 행사를 무수히 기획하고 주도했던 것으로 안다. 그러나 어떤 무대에서도 위대한 집사의 자리에 근접한 적은 결코 없었다. 그의 평판이 절정에 달했을 때도 나는 그렇게 말할 수 있었을 뿐 아니라 그 사람이 몇 년 정도 짧은 세월 각광을 받고 나면 곧 몰락하리라는 것도 예견할 수 있었다.

한 시절 만인의 입에서 자기 세대의 가장 위대한 자로 오르내리던 집사가 몇 년이 채 못 되어 아무것도 아닌 존재가 되어 버리는 사례를 얼마나 자주 보아 왔던가? 그런데도 한때 그에게 칭찬을 아끼지 않았던 무수한 고용인들은 자신들의 판단력을 점검해 볼 새도 없이 또 다른 인물을 칭송하기에 바쁘다. 하인 전용 홀에서 벌어지는 그런 대화에서 화젯거리가 되는 집사는 저명한 저택에 채용되는 바람에 어느 날 갑자기 전면으로 부상하게 된 사람, 거기에 덧붙여 대형 행사 두세 건을 다소 성공적으로 치러 낸 사람이게 마련이다. 그러고 나면 온갖 종류의 소문들이 온 나라의 하인 전용 홀로 퍼져 나간다. 모모 인사가 그 집사에게 접근했다는 둥, 최고위급 저택 몇 군데에서 엄청난 임금을 제시하며 그를 모셔 가기 위한 경쟁을 벌이고 있다는 둥. 그러나 몇 년이 채 흐르기도 전에 어떤 일이 벌어지곤 했던가? 바로 그 불굴의 인물에게 어떤 대실책의 책임이 지워지거나 어떤 이유로 주인의 눈 밖에 나거나 하여 자신을 유명인으로 만들어 준 그 저택을 떠나게 되고, 그러고 나면 그에 관한 이야기는 두 번 다시 들려오지 않는다. 한편 그를 두고 떠들어 댔던 수다쟁이들은 또 다른 신출내기를 찾아내어 다시 열광한다. 시종이라면 누구나 집사가 되고 싶겠지만 우리 저택을 방문하는 시종들을 지켜본 바로는 집사 직에 악착같이 매달리는 불한당들이 종종 있다. 바로 이런 작자들이 우리가 따라 해야 할 인물은 이 사람이라느니 저 사람이라느니 항상 우겨 대고, 직업상의 문제에 관해 모 영웅이 표명했다고 전해지는 견해를 앵무새처럼 되풀이하는 경향이 있는 것 같다.

그러나 이 대목에서 즉각 덧붙이지 않을 수 없는 것은 이같은 어리석은 행태에 빠져들 생각이 전혀 없는 시종들도 물론 많다는 사실이다. 사실 이런 사람들이야말로 최상의 분별력을 갖춘 전문가들이다. 이를테면 그레이엄 씨 정도를 말하는데 지금은 애석하게도 그와 연락할 길이 끊겨 버린 듯하다. 그런 사람 두세 명이 우리 하인 전용 홀에 모일라치면 우리의 업 전반에 걸쳐 더할 나위 없이 고무적이고 지적인 토론이 벌어지곤 했다. 사실 그런 저녁들은 그 시절의 추억 중에서도 오늘날 내가 가장 좋아하는 축에 속한다.

그건 그렇고, 이제 정말 흥미로운 문제로 되돌아가 보자.

자기 업에 대한 기초적인 이해조차 결여된 사람들의 재잘거림으로 저녁 시간이 엉망이 되어 버리지 않을 때면 우리가 너무나 즐겁게 토론하곤 했던 문제, '위대한 집사란 무엇인가?'라는 질문 말이다.

이 질문을 둘러싸고 오랜 세월 숱한 말들이 나왔는데도 내가 알기로 우리 업계 내부에서 공식적인 답변을 확립하고자 한 예는 극히 드물었다. 유일하게 생각나는 사례는 회원 기준을 생각해 내려 했던 '헤이스 소사이어티'의 시도다. 여러분은 어쩌면 '헤이스 소사이어티'를 모를지도 모르겠다. 요즘은 세간에 회자되는 일이 거의 없기 때문이다. 그러나 지난 1920년대와 1930년대 초까지만 해도 이 단체는 런던 대부분의 지역과 홈카운티*에 상당한 영향력을 행사했다. 실제로 이 단체의 세력이 너무 커졌다고 느낀 나머지 1932년인가 1933년에 단체가 해산되자 차라리 잘됐다고 생각한 사람들도 많았을 정도다.

'헤이스 소사이어티'는 '오직 일류급' 집사들만 인정하자고 주장했다. 이 단체가 끊임없이 확보하고자 했던 권력과 권위의 상당 부분이 금방 생겨났다 사라지는 다른 유사 조

---

* 런던을 둘러싸고 있는 여러 주.

직들과 달리 회원 수를 극히 제한함으로써 회원 자격에 일정한 신뢰성을 부여하는 방식에서 비롯되었다. 회원이 서른 명을 넘은 적이 한 번도 없었고 대체로 아홉 명 혹은 열명 선에 머물렀다고 한다. 여기에 또 하나 원인을 덧붙이자면 '헤이스 소사이어티'가 다소 비밀 결사의 성향을 띠게 되면서 전문적인 사안들에 대해 이따금 발표하는 성명들이 석판에 쪼아 놓은 신성한 규범인 양 받아들여질 만큼 신비로운 존재로 부각되었다는 점이다.

그러나 '소사이어티'가 한동안 밝히기를 거부했던 사안이 있었으니 바로 자체 회원 기준에 관한 문제였다. 기준을 밝히라는 압력이 꾸준히 높아진 탓에, 또 계간지 《젠틀맨스 젠틀맨》*에 실린 일련의 편지들에 응답하는 차원에서 '소사이어티'는 단체에 가입하려는 지원자에게 저명한 가문에 소속된 자여야 한다는 조건을 붙인다는 사실을 시인했다. 더불어 "물론 그것만으로 회원 요건이 모두 충족되는 것은 결코 아니다."라고 덧붙였다. 더 나아가 '소사이어티'는 사업가 집안이나 '신흥 부유층' 집안은 '저명한' 가문으로 간주하지 않는다는 점도 명백히 했다. '소사이어티'는 그동안 우리 업계에서 내부 기준들을 조정할 수 있을 만큼 탄탄한 권위를

* The Gentleman's Gentleman. 귀인의 종복이란 뜻.

확보한 상태였다. 그러나 내가 볼 때 시대에 뒤떨어진 사고 방식을 극명하게 드러낸 이 일로 인해 그 같은 권위에 치명적인 손상을 입고 말았다. 그 후 다시 《젠틀맨스 젠틀맨》에 발표된 편지들에 응답하는 과정에서 '소사이어티'는 다음과 같은 말로 자신들의 태도를 정당화하려 했다. "사업가 집안에서도 훌륭한 자질의 집사들을 찾아볼 수 있다고 주장하는 일부 기고가들의 견해를 수용하기는 하지만, 그만한 능력을 가진 자라면 벌써 오래전에 '진정한' 신사 숙녀들의 가문에 편입되었을 것이라고 가정하지 않을 수 없다. 그러므로 우리는 '진정한 신사 숙녀들'의 판단에 따라야 하며 그것이 아니라면 차라리 러시아의 볼셰비키 예법들을 채택하는 편이 나을 것이다." 이것은 더 큰 논란을 불러일으켰고, '소사이어티'를 상대로 자체 회원 기준을 더 총체적으로 밝힐 것을 촉구하는 압력이 한층 더 커져 갔다. 결국 '소사이어티'는 《젠틀맨스 젠틀맨》에 짤막한 편지를 게재하고 다음과 같은 견해를 밝혔는데 기억나는 대로 최대한 정확하게 인용해 보겠다. "가장 핵심적인 기준은 지원자가 자신의 지위에 상응하는 품위를 갖추고 있어야 한다는 점이다. 다른 방면에서 제아무리 수준 높은 성과를 거두었더라도 이 측면에서 부족하다고 판단되는 지원자는 결코 우리의 회원 요건에 부합하지 못할 것이다."

나는 '헤이스 소사이어티'의 열렬한 지지자는 아니지만 최소한 이 특별 성명만큼은 의미심장한 진실을 깔고 있었다고 믿는다. 어느 누구나 '위대한' 집사라고 동의할 수 있는 사람들, 이를테면 마셜 씨나 레인 씨 같은 사람을 보게 되면 그저 무작정 유능하기만 한 집사들과는 다르다고 느끼게 만드는 요소가 있는데 거기에 가장 근접하는 의미를 담아낸 것이 바로 '품위'라는 단어다.

물론 이것은 또 하나의 논제를 끌어들였을 뿐이다. '품위'는 무엇으로 구성되는가의 문제 말이다. 그레이엄 씨나 나 같은 사람들이 가장 흥미롭게 논했던 것도 바로 이 문제였다. 그레이엄 씨는 '품위'란 것이 여성의 아름다움과도 같아서 분석하려 드는 것은 무의미하다는 견해를 늘 견지했다. 반면에 나는 그런 식의 비유를 끌어들이다 보면 마셜 씨 같은 사람들의 '품위'를 격하할 우려가 있다고 보았다. 그 밖에도 그레이엄 씨의 유추에 내가 주로 반론을 제기한 부분은 '품위' 여부를 결정하는 요소가 자연의 요행수인 양 오해되지 않아야 한다는 점이었다. 만약 그렇다고 한다면 품위를 갖추지 못했음이 자명한 사람이 그것을 갖춰 보려 애쓰는 것은 못생긴 여자가 아름다워지려 애쓰는 것만큼이나 헛된 짓이다. 집사들 대다수가 스스로 그런 역량이 없음을 깨닫게 된다는 것은 나도 인정하지만, 그러나 나는 우리가 말하는 '품위'란 이 업에 몸담은 한 끊임없이 의미 있게 추구할 수 있는 어떤 것이라고 지금도 굳게 믿는다. 그리고 그것을 갖춘 마셜 씨 같은 '위대한' 집사들도 오랜 세월 자신을 단련하고 꼼꼼하게 경험을 흡수하는 과정에서 그것을 얻어 냈으리라고 확신한다. 따라서 그레이엄 씨와 같은 태도를 택하는 것은 직업적 사명감의 견지에서 볼 때 패배주의에 가깝다는 것이 나의 생각이었다.

그레이엄 씨는 회의적인 반응을 보였지만 어쨌거나 그와 나는 이 '품위'의 골자를 조목조목 짚어 보면서 여러 날 저녁을 보냈던 것으로 기억한다. 우리 두 사람이 합의에 이른 적은 결코 없었지만 내 입장에서는 그러한 토론 과정에서 이 문제에 대해 나름대로 꽤 확고한 생각들을 발전시켰다고 말할 수 있으며, 오늘날까지도 대체로 그러한 믿음들을 간직하고 있다. 그렇다면 내가 이 '품위'를 과연 무엇이라고 생각하는지 여기에서 할 수 있는 데까지 한번 설명해 보고자 한다.

샤를빌 하우스의 마셜 씨와 브라이드우드의 레인 씨 두 사람이 우리 시대의 위대한 집사들이라는 데 대해선 여러분도 반박하지 못할 것이다. 브랜베리 캐슬의 헨더슨 씨도 이 희귀한 범주에 든다고 주장하더라도 그럴듯하게 생각할 것이다. 그러나 만약 내가 나의 부친은 여러 가지 면에서 그런 사람들과 같은 대열에 속한다고 평가받을 수 있으며, 부친의 경력이 바로 내가 '품위'를 정의 내리기 위해 항상 면밀히 따져 온 것과 일치한다고 말한다면 완전히 편파적이라고 생각할 것이다. 그렇다 해도 로버로 하우스에서 경력의 절정에 이르렀던 내 부친이야말로 '품위'의 화신이었다고 나는 굳게 확신하는 바다.

객관적으로 보자면 내 부친에게는 위대한 집사에게 통상적으로 기대할 수 있는 몇 가지 속성이 결여되었음을 인정하지 않을 수 없다. 그러나 그분에게 없는 그 속성들이란 항상 피상적이고 장식적인 영역이었을 뿐이라고 나는 항변하고 싶다. 케이크에 입혀진 당의처럼 매력적인 것은 사실이지만 진정한 본질이라고는 할 수 없는 속성들, 이를테면 훌륭한 악센트와 언어 구사력, 매사냥이나 영원*의 짝짓기 같은 폭넓은 일반교양 따위 말이다. 이런 것은 내 부친께서 단 하나도 자랑할 수 없었던 것들이다. 게다가 부친께서 그러한 속성들을 집사는 물론 그 누구에게도 적절치 못한 것으로 여기던 시절에 집사를 시작한 초창기 세대였다는 점도 잊어서는 안 된다. 유창한 화술과 일반교양에 대한 집착은 우리 세대와 더불어 아마도 마셜 씨를 본떠 등장한 듯하다. 당시

---

* 양서류에 속하는 작은 도롱뇽의 일종.

마셜 씨의 위대함을 흉내 내려고 경쟁적으로 애쓰던 소인배들이 피상적인 부분을 본질로 착각했던 것이다. 내가 볼 때 우리 세대는 '깔끔하게 다듬는 것'에 지나치게 몰두해 왔다. 악센트와 언어 구사를 연습하는 데 얼마나 많은 시간과 정력을 투자했는지, 백과사전이나 '당신의 지식을 시험해 보라.'라는 식의 책들을 들여다보는 데 얼마나 많은 시간을 소비했는지 아무도 모른다. 기본 원칙들을 익히는 데 사용해야 마땅했을 시간을 말이다.

궁극적으로는 우리 자신에게 돌아오는 책임이니 부인하고 나서는 일은 없도록 주의는 해야겠지만 일부 주인들이 이런 경향을 조장하는 데 앞장섰다는 점을 지적하고 넘어가지 않을 수 없다. 참으로 유감스러운 이야기이나 최고 혈통의 몇몇 가문을 포함해 많은 가문이 마치 경쟁하듯 그런 사소한 소양에 능란한 집사를 손님들 앞에서 그저 '뽐냈던' 것처럼 보인다. 저택의 파티에서 집사를 공연장의 원숭이인 양 구경거리로 만드는 각종 사례들도 귀에 들려오곤 했다. 내 눈으로 직접 본 개탄할 만한 사례는 손님들이 집사를 불러다 놓고 무작위로 질문을 던지는 것이 아예 그 집안의 오락으로 자리 잡아 가는 것이었다. 이를테면 이러저러한 연도에 '더비' 경마에서 우승한 사람이 누구냐 따위, 뮤직홀 메모리맨에게나 던질 법한 수준의 질문들을 말이다.

좀 전에도 말했듯이 내 부친은 다행히 우리의 직업적 가치들이 그러한 혼란으로부터 자유로웠던 세대다. 따라서 영어 구사나 일반교양에서는 다소 부족했을지 몰라도 집안 관리 기술에서 알아야 할 것은 낱낱이 알고 계셨을 뿐 아니라 한창때는 '헤이스 소사이어티'가 규정한, 자신의 지위에 상응하는 '품위'까지 획득하기에 이르셨다고 나는 주장하고 싶다. 따라서 무엇이 부친을 이처럼 두드러지게 만들었는가에 대한 소견을 설명하다 보면 '품위'란 무엇인가에 대한 내 견해도 자연스럽게 전달될 것 같다.

　예전에 내 부친께서 두고두고 반복하시던 이야기가 하나 있다. 내가 어릴 때, 그리고 한참 뒤 내가 부친의 감독하에 하인 생활을 시작하게 되었을 때 부친께서 손님들에게 그 이야기를 들려주시던 장면들이 기억난다. 내가 옥스퍼드셔, 올솟의 비교적 수수한 저택에 살던 머거리지 부부를 주인으로 모시고 집사로서 첫 자리를 얻은 후 처음으로 부친을 뵈러 돌아왔을 때도 또 한 번 들려주셨다. 그분께는 그 이야기가 상당히 많은 의미로 다가왔던 게 분명하다. 내 부친이 속한 세대는 우리 세대처럼 토론하고 분석하는 데 익숙지 못했기 때문에 아마도 부친께서는 그 이야기를 거듭거듭 되풀이하시면서 당신이 몸담으신 업을 비판적으로 반성해 보는 기회로 삼으셨던 것이 아닌가 추측한다. 따라서 그것은 부친의 생각을 헤아리는 핵심적인 단서를 제공해 준다.

실화였음에 분명한 이 이야기의 주인공은 주인을 따라 인도로 건너갔던 어느 집사다. 그는 인도에서 현지인 직원들을 통솔하며 여러 해 근무했는데 그 직원들로도 영국에서 그가 고수했던 높은 기준들을 그대로 유지했다. 어느 날 오후 만찬 준비가 완벽하게 되었는지 확인하려고 식당으로 들어간 집사는 식탁 밑에 늘어져 있는 호랑이 한 마리를 발견했다. 집사는 조용히 식당에서 빠져나와 문을 살그머니 닫은 후 차분하게 주인과 여러 손님들이 차를 마시고 있던 응접실로 향했다. 응접실에 들어선 그는 공손하게 헛기침을 하여 주인을 불러낸 다음 귀에 대고 속삭였다.

"정말 죄송합니다만 나리, 저기 식당에 호랑이가 있는 것 같습니다. 12구경 총을 사용하도록 허락해 주시겠습니까?"

이 전설에 따르면 그러고 몇 분이 지나 주인과 손님들의 귀에 총성 세 발이 들려왔다. 잠시 후 집사가 찻주전자를 치우려고 다시 응접실에 등장하자 주인이 그에게 일이 잘되었는지 물었다.

"덕분에 완벽하게 처리했습니다, 나리."

집사가 대답했다.

"식사는 평소와 같은 시각에 제공될 것입니다. 그리고 다행스럽게도 그때쯤이면 방금 있었던 사건의 흔적은 일절 남아 있지 않을 것입니다."

'그때쯤이면 방금 있었던 사건의 흔적은 일절 남아 있지 않을 것'이라는 이 마지막 구절, 내 부친은 한바탕 웃음과 함께 이 구절을 반복하고 고개를 내저으며 탄복하시곤 했다. 그리고 그 집사의 이름을 안다거나, 그를 아는 사람을 안다고 말씀하신 적은 한 번도 없지만 항상 토씨 하나 틀리지 않은 실화라고 우기셨다. 사실 이야기가 사실이냐 아니냐는 별로 중요하지 않다. 중요한 것은 그 이야기가 내 부친의 이상(理想)과 관련해 무엇을 보여 주느냐 하는 점이다. 부친의 경력을 돌아보면 어떻게든 당신이 즐기시는 이야기 속의 집사가 '되기' 위해 평생 분투하셨으리라는 것을 뒤늦게나마 확실하게 짐작할 수 있었기 때문이다. 내가 볼 때 부친은 경력의 정점에서 야망을 이루셨다. 물론 그분에게 식탁 밑의 호랑이와 마주칠 기회가 있었을 리는 없지만 내가 아는 사실들이나 내 귀에 들어온 이야기들을 종합해 볼 때 이야기 속에 등장하는 집사에게 탄복해 마지않았던 바로 그 자질을 부친께서 유감없이 발휘하셨던 사례가 적어도 대여섯 번은 떠오르기 때문이다.

그러한 사례 중 하나를 내게 이야기해 준 사람은 달링턴 경 시절에 이따금 우리를 방문했던 '찰스 앤드 레딩 컴퍼니' 사장 데이비드 찰스 씨였다. 어느 날 저녁 내가 찰스 씨의 시중을 들게 되었는데 자신이 예전에 로버로 하우스의 객으로 머물 때 내 부친을 만나 보았다고 했다. 로버로 하우스는 경력의 절정에 이른 내 부친이 십오 년 동안 섬기셨던 기업가 존 실버스 씨의 고향 집이었다. 찰스 씨는 그때 있었던 어떤 사건 때문에 그 후로도 내 부친을 결코 잊을 수 없었노라고 했다.

그 저택에 머물던 어느 날 오후 찰스 씨는 민망스럽고 후회스러운 일이지만 다른 손님 두 분과 어울려 술을 마시다 얼큰하게 취해 버리고 말았다. 일부 서클들에서는 아직도 그 신사들을 기억할지 모르기 때문에 여기서는 그냥 스미스 씨와 존스 씨라고 부르겠다. 한 시간가량 술을 마시고 난 두 신사가 오후 드라이브나 하며 인근 지역을 둘러보기로 의견을 모았다. 당시만 해도 진기하게 여겨지던 자동차로 말이다. 그들이 찰스 씨를 설득하여 동행하게 만들었고, 운전 기사가 마침 휴가 중이었던 관계로 내 부친을 불러 차를 몰게 했다.

차가 출발하자 스미스 씨와 존스 씨가 중년도 한참 중년의 나이였음에도 어린 학동들처럼 행동하기 시작했다. 상스러운 노래를 불러 대지를 않나 창밖으로 뭔가가 보일라치면 더 한층 상스러운 논평을 늘어놓지를 않나 하며 말이다. 그러던 두 신사가 그 고장 지도를 들여다보다가 근처에 모피,

살타시, 브리군이라는 마을들이 있는 것을 발견했다. 100퍼센트 정확한 지명이었으리라고는 생각하지 않는다. 다만 중요한 것은 혹시 여러분도 들어 보았을지 모르겠지만 그 지명들이 스미스 씨와 존스 씨에게 「머피, 솔트맨, 브리지드 더 캣」이라는 오페라를 떠올리게 만들었다는 점이다. 이 기묘한 우연의 일치를 발견한 그들은 문제의 마을들을 직접 찾아가 보겠다는 야심을 품게 되었다. 말하자면 거기에 출연한 예술가들에게 경의를 표하는 차원이었다고나 할까. 찰스 씨의 이야기에 따르면 내 부친께서 그중 한 마을로 충직하게 차를 몰았고 잠시 후 두 번째 마을에 접어들었을 때였다. 스미스 씨인지 존스 씨인지 아무튼 두 사람 중 하나가 이 마을이 브리군 마을이란 것을, 다시 말해 이름 순서상으로 두 번째가 아니라 세 번째 마을이라는 것을 알아차렸다. 두 신사가 내 부친께 화를 내면서 당장 차를 돌려 '정확히 순서대로' 찾아가라고 요구했다. 그렇게 하자면 왔던 길로 꽤 멀리 다시 돌아가야 하는 상황이었지만 찰스 씨가 내게 확인해 준 바에 따르면 부친은 지극히 합리적인 요구인 양 묵묵히 받아들이셨고, 그 후에도 모든 면에서 나무랄 데 없는 정중한 태도를 유지하셨다.

그러나 스미스 씨와 존스 씨의 관심은 이미 내 부친께로 옮겨 가 있었다. 바깥 풍경에 다소 싫증이 난 탓도 물론 있었을 것이다. 그들은 내 부친의 '실수'를 두고 노골적인 표현들을 고래고래 내뱉으며 즐기기 시작했다. 찰스 씨는 부친이 불쾌함이나 분노의 기색을 털끝만큼도 보이지 않고 인격적 품위와 복종의 자세가 완벽하게 균형을 이룬 모습으로 계속 차를 모는 것을 보고 상당히 놀랐다고 회고했다. 하지만 부친의 평온은 계속 이어지지 못했다. 부친의 등에 대고 욕을 퍼붓는 것마저 싫증이 난 두 신사가 자신들을 대접하고 있는 집주인, 다시 말해 내 부친의 주인인 존 실버스 씨에 대해 논하기 시작한 것이다. 표현들이 점점 더 품위를 잃고 아슬아슬해지자 듣다 못한 찰스 씨가 끼어들어(최소한 찰스 씨 본인의 말로는 그랬다.) 그런 식의 이야기는 좀 상스럽지 않으냐고 눈치를 주어야 했다.

이 견해가 얼마나 격한 반대에 부딪혔던지 찰스 씨는 이러다 본인이 이 사람들의 관심의 초점에 오르는 것이 아닌가 걱정되는 것은 둘째치고 당장 신체적 폭행이라도 당할 것 같은 느낌이 들었다. 그때 갑자기 주인을 욕하는 유난히 흉악한 표현이 터져 나오기 무섭게 내 부친께서 차를 급정차하셨다. 찰스 씨에게 그처럼 잊히지 않는 인상을 남긴 것은 그 직후에 벌어진 상황이었다.

차 뒷문이 열렸고 내 부친께서 거기 서 계신 게 보였다고 한다. 차에서 몇 걸음 떨어져 차 안만 계속 주시하고 계셨다.

찰스 씨의 표현에 따르면 그 순간 내 부친께서 남다른 체격의 소유자라는 새삼스러운 깨달음이 세 명의 승객을 완전히 압도해 버린 것 같다. 사실 부친은 키가 1미터 90센티미터에 이르는 분이셨다. 그리고 얼굴도 당신이 잘 봐주려는 경우에는 안심할 수 있지만 징황이 그렇지 못할 때는 극난적으로 험상궂게 보일 수 있었다. 찰스 씨에 따르면 당시 내 부친이 딱히 성난 기색을 보인 것도 아니었다. 그저 차 문을 연 것밖에 없었다. 그런데도 그들을 내려다보는 풍채에서 강력하게 비난하는 듯한 난공불락에 가까운 분위기가 감돌았고 술 취한 두 동행은 마치 사과를 훔치다 현장에서 농부에게 붙잡힌 꼬맹이들처럼 위축되어 보였다.

부친은 그렇게 몇 분 동안 계속 서 계셨다고 한다. 한마디 말도 없이 그저 차 문을 열어 놓은 채⋯⋯. 결국 스미스 씨와 존스 씨 둘 중 한 사람이 이렇게 말했다.

"여행을 계속하지 않으려는 건가?"

내 부친은 아무 대꾸도 하지 않고 계속 말없이 서 계셨다. 내리라는 요구도 없었고, 자신의 바람이나 의도를 드러내는 단서 같은 것도 일절 없었다. 그날 자동차 문틀을 배경으로 뒤편의 온화한 허트포드셔의 풍경을 완전히 무색하게 만드는 어둡고 단호한 분위기를 풍기며 서 계셨을 때 그분이 과연 어떻게 보였을지 상상이 가고도 남는다. 기력이 쫙 빠지게 만드는 참으로 기묘한 순간이었다고 찰스 씨는 회고했다. 그 순간만큼은 앞서 묘사한 행태에 가담하지 않았던 찰스 씨조차 죄인이 된 느낌에 사로잡혔다고 한다. 침묵이 한없이 계속될 것처럼 보였고, 실제로 내 부친에게서 그런 기미를 발견한 스미스 씨 혹은 존스 씨가 웅얼웅얼 먼저 입을 열었다.

"우리가 아까 그 대목에서 약간 경솔하게 얘기한 것 같소. 다시는 그런 일 없을 거요."

부친은 그 말에 잠시 숙고하더니 이윽고 문을 가만히 닫으신 후에 운전대로 돌아와 세 마을을 돌아보는 여행을 계속했다. 찰스 씨가 자신 있게 말한 바에 따르면 그 이후로는 거의 침묵 속에 마무리한 여행이었다.

이 에피소드를 돌이키다 보니 내 부친의 경력에서 그 무렵에 속하는 또 하나의 사건이 떠오르는데 그분이 갖추게 된 그 특별한 자질을 훨씬 더 인상 깊게 보여 주는 사례라고 할 수 있겠다. 이 대목에서 내가 두 형제 중 동생이며 형인 레너드는 내가 아직 꼬마였을 때 남아프리카 전쟁에서 사망했다는 사실을 밝혀 둔다. 내 부친이 이 죽음을 살을 에는 아픔으로 받아들이셨으리라는 것은 당연하다. 그러나 설상가상으로 이러한 상황에서 아버지들에게 주어지는 평범한 위안, 다시 말해 내 아들이 국왕과 나라를 위해 영광스럽게 목숨을 바쳤구나 하는 생각마저 내 형님이 유달리 수치스러운 작전에서 숨졌다는 사실로 인해 훼손되고 말았다. 그 작전은 보어인*들의 민간인 부락을 공격한 가장 영국인답지 못한 작전이었다는 주장들이 제기되었다. 뿐만 아니라 군사의 기초에 속하는 주의 사항들조차 무시하고 무책임하게 지휘했음을 입증하는 명명백백한 증거까지 등장함으로써 물론 내 형님도 그중 하나였지만 죽은 사람들만 완전히 헛된 죽음이 되고 마는 결과를 초래했다. 내가 하려는 이야기의 관점에서는 그 작전에 대해 더 상세하게 설명할 필요도 없겠으나 아무튼 당시 대단한 소동이 벌어지면서 논쟁에 흥미진진한 갈등을 추가했다고만 얘기해도 상황이 충분히 짐작될 것이다. 관련 장성을 해임하라는, 심지어 군법 회의에 부치라는 요구가 이어졌지만 군이 변호해 준 덕분에 그는 그 전쟁을 마무리할 수 있었다. 바로 이 장성이 남아프리카 갈등이 종결되자 슬그머니 은퇴하여 남아프리카에서 오는 선적을 취급하는 사업에 뛰어들었다는 사실은 별로 알려지지 않았다. 내가 이 이야기를 하는 것은 그 논란 이후 십 년쯤 지났을 때, 다시 말해 아들을 잃은 상처가 겉으로나마 겨우 아물었을 무렵 호출을 받고 존 실버스 씨의 집무실에 들

---

* 남아프리카의 네덜란드 이주민의 자손.

어간 내 부친이 바로 그 인사(그를 그냥 '장성'이라고 부르겠다.)가 찾아온다는 이야기를 듣게 되었기 때문이다. 그 사람이 하우스 파티에 참석하기 위해 며칠 방문할 테니 그 기간에 그와 사업상 유리한 거래의 기초를 다지고 싶다는 것이 내 부친 주인의 바람이었다. 실버스 씨는 그의 방문이 내 부친에게 어떤 의미로 다가올지 잊지 않았다. 그래서 장성이 머무는 기간 동안 며칠 휴가라도 떠나도록 권하기 위해 불러들였던 것이다.

당연한 이야기지만 장성에 대한 부친의 감정은 극도의 증오에 가까웠다. 그러나 주인이 현재 품은 사업상의 포부가 이번 하우스 파티, 열여덟 명가량이 참석할 예정이었으므로 결코 작은 행사라고 할 수 없던 그 파티의 순조로운 진행에 달렸다는 점을 부친은 잘 알고 계셨다. 그래서 부친은 대충 다음과 같이 대답하셨다.

"제 감정을 고려해 주셔서 더할 수 없이 고마운 일이기는 하지만 평소의 기준에 상응하는 서비스가 제공될 테니 주인 나리께서는 안심하셔도 될 것입니다."

결론부터 말하자면 내 부친의 시련은 예상했던 것보다 훨씬 가혹했다. 무엇보다도 내 부친이 품으셨을 법한 희망, 그 장성을 직접 만나 보면 혹시 존경심이나 동정심 같은 것이 생겨 반감을 녹여 줄지도 모른다는 바람이 전혀 근거 없는 것이었음이 드러났다. 그 장성은 비만하고 흉하게 생겼을 뿐 아니라 매너도 세련되지 않은 사람이었고, 그의 언사에서는 군대식 비유를 지나치게 폭넓고 다양한 문제들에 적용하려는 열의가 뚜렷하게 드러났다. 더 나쁜 상황을 예고한 것은 이 신사가 평소 데리고 있던 사람이 병이 나는 바람에 시종을 거느리고 오지 않았다는 소식이었다. 이것은 미묘한 문제를 불러일으켰다. 다른 한 명의 손님도 시종을 데려오지 않았기 때문에 두 손님 중 누구에게 집사를 시종으로 배당하고 누구에게 하인을 배당하느냐는 문제가 야기되었던 것이다. 주인의 입장을 충분히 이해하고 계셨던 부친은 즉각 그 장성을 맡겠노라 자원하셨고, 그래서 당신이 지독히 미워하던 사람과 나흘 동안 붙어 지내는 고통을 겪으셔야 했다. 반면에 그 장성은 부친의 감정을 전혀 알지 못했으므로 군 시절의 업적에 얽힌 일화들을 기회 있을 때마다 늘어놓았다. 물론 군 출신 신사들이 개인 방에서 자기 시종에게 그런 이야기를 늘어놓는 것은 거의 습관에 가까운 행태라고 할 수 있다. 그런데 내 부친이 감정을 얼마나 잘 숨기셨던지, 직무를 얼마나 전문가답게 수행하셨던지, 드디어 일정을 마치고 떠나게 된 그 장성이 존 실버스 씨에게 정말 훌륭한 집사를 두셨노라고 찬사를 보내면서 감사의 표시로 보기 드문 거금을 팁으로 남겼을 정도였다. 부친은 서슴지 않고 그 돈을 자선 사업에 기부해 달라고 주인에게 부탁하셨다.

모두 내가 확인해 보았으므로 아마도 정확한 이야기들일 것인 이 두 사례에서 내 부친은 '헤이스 소사이어티'가 지칭한 '자신의 직위에 상응하는 품위'를 증명해 보일 뿐 아니라 당신이 이미 그 화신의 경지에 근접해 있었다는 점에 여러분도 동의해 주면 좋겠다. 그러한 때의 내 부친과 잭 네이버스 씨(기술적 화려함의 극치를 달리던 때의 그 사람이라고 해도 상관없다.) 같은 인물의 차이점을 생각해 보면 '위대한' 집사와 단순히 유능한 집사를 나누는 기준이 과연 무엇인지 식별이 좀 될 것이다. 이제 우리는 만찬 식탁 밑에서 호랑이를 발견하고도 태연할 수 있었던 집사의 이야기를 내 부친이 그렇게나 좋아하셨던 이유를 더 잘 이해할 수 있을 것이다. 굳이 설명하자면 그 일화의 어딘가에 진정한 '품위'의 핵심이 담겨 있음을 내 부친은 본능적으로 알고 계셨던 것이다. 따라서 이제 나는 다음과 같이 단정하고 싶다. 즉 '품위'는 자신이 몸담은 전문가적 실존을 포기하지 않을 수 있는 집사의 능력과 결정적인 관계가 있다. 모자라는 집사들은 약간만 화나는 일이 있어도 사적인 실존을 위해 전문가로서의 실존을 포기하게 마련이다. 그런 사람들에게 집사로 산다는 것은 무슨 팬터마임을 연기하는 것과 비슷하다. 슬쩍 밀거나 약간만 비틀거리게 만들어도 가면이 떨어져 내려가면 뒤의 배우가 제 모습을 드러내고 만다는 점에서 말이다. 위대한 집사들의 위대함은 자신의 전문 역할 속에서 살되 최선을 다해 사는 능력 때문이다. 그들은 제아무리 놀랍고 무섭고 성가신 외부 사건들 앞에서도 결코 흔들리지 않는다. 그들은 마치 점잖은 신사가 정장을 갖춰 입듯 자신의 프로 정신을 입고 다니며, 악한들이나 환경이 대중의 시선 앞에서 그 옷을 찢어발기는 것을 결코 허용하지 않는다. 그가 그 옷을 벗을 때는 오직 본인의 의사가 그러할 때뿐이며, 그것은 어김없이 그가 완전히 혼자일 때다. 이것이 바로 내가 말하는 '품위'의 요체다.

진정한 의미의 집사가 존재하는 곳은 영국밖에 없으며 그 외의 나라들에는 실제로 사용되는 칭호가 무엇이든 오직 하인들만이 있을 뿐이라는 말을 이따금 듣게 된다. 나는 이 이야기가 진실이라고 믿는 편이다. 대륙 사람들은 감정을 절제하지 못하는 혈통들이기 때문에 집사가 될 수 없다. 오직 영국 민족만이 할 수 있다. 대륙 사람들, 여러분도 물론 동의하겠지만 켈트족도 대체로 마찬가지인데, 그 사람들은 일반적으로 격한 순간에 자기 자신을 통제하지 못하며 따라서 최소한의 도전적 상황 외에는 전문가다운 품행을 유지하지 못한다. 좀 전의 비유로 돌아가 말하자면(표현이 다소 거칠더라도 이해해 주기 바란다.) 그들은 지극히 사소한 자극에도 자신의 양복과 셔츠를 찢어 벗어 버리고 비명을 지르며 사방으로 뛰어다니는 사람과 흡사하다. 한마디로 말해 '품위'는 그런 사람들이 닿을 수 없는 곳에 있다. 이 점에서 우리 영국인들에게는 외국인들에 비해 중요한 강점이 있으며, 여러분이 위대한 집사를 떠올릴 때 거의 당연히 영국인이 떠오를 수밖에 없는 이유도 바로 그 때문이다.

물론 예전에 난롯가에서 즐겁게 토론하다 내가 이런 방향으로 설명할 때면 그레이엄 씨가 그랬듯 여러분도 이렇게 반박할지 모르겠다. 당신 이야기가 옳다면 어떤 가혹한 시험 하에서 어떻게 행동하는지를 직접 보지 않는 한 그런 위대한 집사라는 것을 어떻게 알 수 있겠는가 하고 말이다. 그러나 실상을 보면 우리 대부분이 마셜 씨나 레인 씨 같은 사람들이 그러한 상황에서 어떻게 하는지 유심히 본 바는 없다고 할 수 있는데도 그들을 위대하다고 인정한다. 이 부분에서 그레이엄 씨가 중요한 지적을 했다고 인정하지 않을 수는 없지만 내가 할 수 있는 말은 이것뿐이다. 나처럼 오랜 세월 이 업에 몸담고 있다 보면 어떤 사람의 프로 정신이 압박받는 것을 직접 보지 않더라도 그 정신의 깊이를 직관적으로 판단할 수 있다. 사실 누구든 위대한 집사를 만나는 행운을 누리게 되면 회의적인 태도로 '시험'을 하고픈 충동을 느끼기는커녕 저런 권위 속에 견뎌 온 프로 정신을 몰아낼 수 있는 상황이 과연 있을까 상상하기도 힘들어 쩔쩔맨다. 오래전 어느 일요일 오후 내 부친의 승객들을 수치스러운 침묵에 빠져들게 만든 것도 바로 이런 종류의 깨달음, 알코올이 빚어낸 몽롱한 정신까지도 침투할 수 있는 깨달음이었을 것이라고 나는 확신한다. 영국의 풍경이 오늘 아침 내가 보았던 것과 같은 최고의 경지를 드러내는 것이나 그런 사람들이 자신의 최고 경지를 드러내는 것이나 같은 이치다. 그런 이들과 마주치면 내가 지금 위대함을 면전에 두고 있다는 것을 그냥 '알게' 되니까 말이다.

위대함을 이런 식으로 분석하는 것이 전혀 무익한 시도라고 주장하는 사람들은 항상 있게 마련이다. "누군가가 그것을 갖추고 있느냐 없느냐는 척 보면 안다. 더 이상 말할 수 있는 것은 별로 없다." 그레이엄 씨의 논법은 늘 이런 식이었다. 그러나 나는 우리가 이 문제에서 그와 같은 패배주의자가 되어서는 결코 안 된다고 믿는다. 이런 것들을 깊이 생각하는 것이 직업인으로서의 의무이며, 또 그렇게 해야만 스스로 '품위'를 획득하고자 하는 우리 각자의 노력에도 발전이 있을 것이다.

솔즈베리

낯선 침대가 나와 잘 맞는 경우는 드물어서 다소 뒤숭숭한 선잠에 잠깐 빠져들었다가 한 시간쯤 전에 깼다. 아직 깜깜한 시각이었고, 또 하루의 자동차 여행이 기다리고 있음을 잘 알기에 다시 잠을 청해 보려고 했다. 그러나 쓸데없는 짓임을 깨닫고 결국 일어나기로 했는데, 그때까지도 여전히 지독하게 깜깜했기 때문에 구석에 놓인 세면대에서 면도를 하려면 전등을 켜야만 했다. 면도를 마치고 전등을 껐을 때 커튼 모서리로 새벽빛이 새어 드는 것을 볼 수 있었다.

방금 전에 커튼 사이를 갈라 보니 바깥은 아직도 어슴푸레하기만 했고, 맞은편 빵집과 약국으로 향한 내 시야를 안개 기운이 훼방 놓았다. 거리를 계속 따라가다 등 굽은 작은 다리로 이어지는 지점에 시선이 닿자 과연 다리 기둥 하나를 거의 완전히 가릴 정도로 짙은 안개가 강에서 피어오르는 것을 확인할 수 있었다. 사람은 아무도 보이지 않았다. 어디선가 멀리서 망치 소리가 메아리치고 여관 안쪽 어느 방에서 이따금 기침 소리가 들려올 뿐 시금까지도 아무 소리를 들을 수 없다. 아직 안주인이 돌아다니는 기척이 없으니 그녀가 선언한 시각인 7시 30분 이전에 조반이 나올 가능성도 거의 없다는 뜻이다.

지금, 세상이 깨어나기를 기다리는 이 고요한 시간, 어느새 머릿속으로 켄턴 양의 편지 구절들을 다시 읽고 있는 나 자신을 발견한다. 말이 나온 김에 하는 이야기지만 내가 '켄턴 양'이라고 부르는 것을 진작에 해명했어야 했다. 사실 '켄턴 양'의 정확한 호칭은 '벤 부인'이며 그녀는 벌써 이십 년째 그 이름으로 살아왔다. 그러나 내가 달링턴 홀이라는 좁은 공간에서 알고 지냈던 그녀는 처녀 시절의 그녀일 뿐 '벤 부인'이 되기 위해 서부 지방으로 떠난 후로는 한 번도 보지 못했기 때문에 적절하지 않다는 것을 알면서도 그녀를 예전처럼, 그리고 오랜 세월 한결같이 내 마음에서 불러온 대로 부르는 나를 너그럽게 봐주기를 바란다. 물론 그녀의 편지가 또 하나의 빌미가 되어 내가 그녀를 계속 '켄턴 양'으로 생각하는 측면도 있다. 안타까운 일이지만 그녀의 결혼이 결국 파경에 이른 것으로 짐작되기 때문이다. 편지에서 구체적인 내막은 밝히지 않았지만 이미 켄턴 양은 헬스턴의 벤씨 집에서 나오는 단계를 거쳐 현재 그 근처의 리틀컴프턴이라는 마을에서 지인과 함께 기숙하고 있다고 명백하게 진술하고 있다.

그녀의 결혼이 실패로 귀결되고 있다는 것은 물론 비극이다. 이 시점에서 그녀는 저 까마득한 과거에 내린 결정들, 이제 중년 깊숙이 들어와 버린 자신을 너무나 외롭고 황량하게 만들어 버린 결정들을 회한 속에 숙고하고 있을 것이 분명하다. 그러한 마음 상태에서 달링턴 홀로 되돌아온다는 생각이 그녀에게 얼마나 큰 위안이 되었을지 짐작하기란 어렵지 않다. 앞서도 말했듯 그녀가 복귀 의사를 뚜렷이 밝힌 대목은 편지 어디에도 없다. 그러나 달링턴 홀 시절의 깊은 향수가 듬뿍듬뿍 밴 여러 구절들의 전반적인 뉘앙스가 전달하는 메시지는 틀림없이 그것이다. 물론 켄턴 양이 이 시점에 돌아온다고 해서 행여 가 버린 저 세월을 되찾으리라고 기대할 수는 없을 것이며, 나중에 만났을 때도 그녀에게 이 점을 분명하게 각인시키는 것이 나의 우선 과제일 것이다. 이제 상황이 많이 다르다는 점, 수많은 직원들과 더불어 위에서 시키는 대로 일했던 그 시절은 아마 우리 생애에는 결코 되돌아오지 않을 거라는 점을 지적해 주어야 할 것이다. 그러나 켄턴 양은 똑똑한 여인이니 벌써 다 알고 있을지도 모른다. 사실 내가 생각해 봐도 달링턴 홀로 복귀해 지난날을 돌아보겠다는 그녀의 선택이 헛되이 살았다는 생각에 사로잡히게 된 인생에 진정한 위안이 되지 못하리라고 볼 이유는 없다.

그리고 내 나름의 직업적 견지에서 볼 때 켄턴 양이 비록 오랜 세월 쉬기는 했지만 현재 달링턴 홀의 직원들을 에워싸고 있는 문제에 완벽한 해결책이 되어 주리라는 것은 확실하다. 내가 이 상황을 '문제'라고까지 부르며 부풀려 말하고 있는지도 모르겠다. 어쨌거나 나는 내가 볼 때 아주 하찮다고 생각되는 일련의 실수들을 말하고 있는 것이며, 내가 지금 가려는 길은 그 '문제'가 수면에 떠오르기 전에 미리 대비하기 위한 하나의 수단에 불과할 뿐이다. 처음에는 이 사소한 문제들이 다소 걱정을 불러일으킨 것이 사실이다. 그러나 시간을 가지고 제대로 진단해 본 결과 직원 부족이라는 간단한 증상에 지나지 않는 것으로 드러났고, 그 후로는 거기에 많은 생각을 기울이지 않으려고 자제해 왔다. 앞서도 말했듯 켄턴 양의 도착이 그 증상을 확실하게 끝장내 줄 것이다.

그러나 그녀의 편지로 다시 돌아가 볼 필요가 있다. 편지에는 그녀의 현 상황에 대한 절망감 같은 것이 군데군데 드러난다. 다소 걱정되는 부분이다. 어느 구절을 보면 이런 문장으로 시작된다. "내 인생의 남은 부분을 어떻게 유용하게 채울지 비록 알지 못하지만……." 그리고 또 다른 부분에서는 이렇게 적고 있다. "남은 내 인생이 텅 빈 허공처럼 내 앞에 펼쳐집니다." 그러나 앞서도 말했듯 대부분의 내용이 향수에 가까운 어조다. 한 예로 그녀는 어느 대목에서 이렇게 적고 있다.

"이 일이 제게 앨리스 화이트를 떠올리게 했습니다. 그녀를 기억하시지요? 사실 당신이 그녀를 잊었으리라고는 상상하기도 어렵습니다. 저로 말하자면 오직 그녀만이 만들어 낼 수 있는 모음 발음과 문법에 독특하게 어긋나는 문장들이 아직도 뇌리에서 떠나질 않습니다! 그녀가 어떻게 되었는지 혹시 아시는지요?"

실은 나도 알지 못한다. 그러나 항상 분통 터지게 만들던 그 하녀, 그러나 결국에는 가장 헌신적이었던 사람으로 밝혀진 그녀를 떠올리면서 은근히 재미있었다고 말하지 않을 수 없다. 켄턴 양의 편지 중 또 다른 대목에는 이런 이야기도 나온다.

"저는 3층 침실들에서 내려다보이던 잔디밭과 멀리 언덕진 초원 풍경을 정말 좋아했습니다. 지금도 여전하지요? 여름날 저녁이면 그 풍경에는 신비한 기운 같은 것이 감돌았고, 지금에야 고백하지만 저는 그저 그 풍경에 홀려 침실 창가에 서서 귀한 시간들을 낭비하곤 했답니다.”

이어 그녀는 이렇게 덧붙인다.

“혹시 마음 아픈 추억이라면 용서해 주십시오. 그러나 정자 앞을 오락가락 거닐던 당신의 부친을 우리 두 사람이 함께 지켜보았던 그 순간을 저는 결코 잊지 못할 것입니다. 그분은 마치 떨어뜨린 귀한 보석이라도 찾고 있는 사람처럼 바닥만 내려다보고 계셨죠.”

삼십여 년 전의 그 기억이 나뿐 아니라 켄턴 양에게도 남아 있다는 것은 다소 뜻밖이다. 실제로 그녀가 얘기한 바로 그런 여름날 저녁에 있었던 일일 것이다. 그때 3층 층계참으로 올라갔을 때 내 앞에 펼쳐졌던 광경, 침실마다 문이 살짝 열려 있고 오렌지색 석양 광선이 복도의 어스름을 깨던 장면이 지금도 선명하게 떠오른다. 그리고 그 침실들을 죽 지나가다가 한 문간에서 켄턴 양의 모습을 보았다. 창을 배경으로 검은 윤곽만 드러낸 그녀가 돌아서며 나직하게 불렀다.

“스티븐스 씨, 잠깐만요.”

내가 들어서자 켄턴 양이 다시 창을 향해 돌아섰다. 창 밑으로 포플러나무의 그림자들이 잔디밭을 가로지르며 떨어지고 있었다. 우리의 시야 오른편에는 잔디밭이 비스듬히 올라가다 정자가 서 있는 완만한 언덕과 이어졌는데 부친의 모습이 목격된 곳이 바로 거기였다. 부친은 뭔가 골똘히 생각하는 분위기로 천천히 걷고 계셨고, 과연 켄턴 양이 아주 잘 표현했듯 '떨어뜨린 귀한 보석이라도 찾으려는 사람'처럼 보였다.

이 기억이 내게 계속 남아 있는 데는 몇 가지 아주 밀접한 이유들이 있기 때문에 이 대목에서 설명해 보려 한다. 지금에 와서 드는 생각이지만 켄턴 양이 달링턴 홀에 온 초창기에 내 부친과 맺은 관계의 몇 가지 측면들을 고려할 때 그 기억이 그녀에게도 깊은 인상을 남긴 것은 어쩌면 당연한 일인지도 모르겠다.

켄턴 양과 내 부친은 거의 비슷한 시기, 다시 말해 1922년 봄에 도착했다. 내가 데리고 있던 총무와 집사 보조를 한꺼번에 잃었기 때문이었다. 그런 일이 발생한 것은 그 두 사람이 서로 결혼해 이 업을 뜨기로 결정했기 때문이었다. 나는 그러한 밀통 관계가 집안의 질서에 중대한 위협이 되는 것을 자주 보아 왔다. 그때 이후로도 그러한 상황에서 무수한 고용인들을 잃는 경험을 했다. 물론 하인과 하녀들 사이에서 그런 일이 발생하리란 것은 충분히 예상할 수 있으며, 따라서 훌륭한 집사라면 계획을 세울 때 항상 이 점을 고려하는 것이 마땅하다. 그래도 고참 고용인들의 결혼은 업무에 극히 파괴적인 영향을 미칠 수 있다. 물론 두 사람이 사랑에 빠져 결혼하는데 응분의 책임을 묻는다는 것은 인색한 짓인지도 모르겠다. 그러나 내 입장에서 가장 신경에 거슬리는 부류는 자기 일에 충심으로 임하지 않고 마치 연애가 본업인 양 이리저리 자리를 옮겨 다니는 사람들이다. 사실 이 부분에서는 특히 총무들의 죄가 크다. 이런 사람들은 훌륭한 프로 정신에 해충과도 같은 존재들이다.

지금 켄턴 양을 염두에 두고 하는 이야기는 절대 아니다. 물론 그녀도 결국에는 결혼을 위해 나갔지만, 단언하건대 내 밑에서 총무로 일하는 동안에는 직무를 우선시하는 자세가 흐트러지는 것을 결코 용납하지 않는 그야말로 헌신적인 사람이었다.

이야기가 좀 빗나간 듯하다. 본론으로 돌아가자면 당시에 우리는 총무와 집사 보조가 한꺼번에 필요해진 상황이었고, 그래서 총무 자리를 메우기 위해 켄턴 양이 내 기억으로는 유난히 돋보이는 추천서와 함께 도착했던 것이다. 우연의 일치였지만 그 무렵 내 부친도 로버로 하우스에서의 훌륭했던 봉사를 마감하게 되었다. 주인인 존 실버스 씨가 사망하는 바람에 그렇게 되었지만 어쨌거나 부친의 입장에서는 일자리와 숙식처 문제로 약간 당혹스러운 처지였다. 물론 그때까지도 여전히 최고 전문가의 지위를 유지하고 계셨지만 이미 연세가 70대로 접어들어서 관절염을 비롯한 각종 노환에 몹시 시달리셨다. 따라서 일자리를 찾는 젊은 프로급 집사들을 상대로 어떻게 헤쳐 나가실 수 있을지 막막하기만 했다. 이런 점들을 감안할 때 나는 부친의 그 대단한 경험과 탁월함을 달링턴 홀로 가져와 주십사 청하는 것이 합리적인 해결책 같았다.

내 기억으로 부친과 켄턴 양이 합류하고 얼마 지나지 않은 어느 날 아침이었을 것이다. 나의 집무실인 식료품 저장실에서 탁자에 앉아 서류를 뒤적이고 있을 때 문 두드리는 소리가 들려왔다. 들어오라고 하기도 전에 켄턴 양이 문을 열고 들어와서 내가 약간 놀랐던 것으로 기억된다. 그녀가 큼직한 꽃병을 들고 들어오며 미소 띤 얼굴로 말했다.

"스티븐스 씨, 이것들이 있으면 집무실이 조금 더 환해질 것 같아서요."

"무슨 얘기요, 켄턴 양?"

"바깥에는 저렇게 햇빛이 환한데 이 공간은 너무나 어둡고 추워 보여 정말 안타까웠어요, 스티븐스 씨. 이런 거라도 갖다 놓으면 분위기에 생기가 좀 돌지 않을까 생각했죠."

"정말 친절하군요, 켄턴 양."

"이 방에 더 많은 햇빛이 들어올 수 없다는 게 안타까워요. 게다가 벽도 좀 눅눅한 것 같고, 그렇지 않아요, 스티븐스 씨?"

내가 다시 장부로 고개를 돌리며 말했다.

"내가 볼 땐 응결 현상일 뿐이오, 켄턴 양."

그녀가 내 앞 탁자에 꽃병을 내려놓더니 집무실을 또 한 번 둘러보며 말했다.

"원하신다면 스티븐스 씨, 제가 꽃가지를 좀 더 꺾어 올 수도 있거든요."

"켄턴 양, 친절은 감사하오. 하지만 여긴 여가를 즐기는 방이 아니오. 난 방해물을 최소한으로 줄이는 게 좋소."

"하지만 스티븐스 씨, 당신의 공간을 이렇게나 황량한 무채색으로 둘 필요는 없잖아요."

"배려해 주니 고맙긴 한데 켄턴 양, 이 방은 이때까지 지금 이대로도 완벽한 구실을 해 왔소. 그리고 기왕 여기에 들어왔으니 말하죠. 사실은 당신한테 하고 싶은 얘기가 있소."

"어머, 그래요, 스티븐스 씨?"

"그렇소, 켄턴 양, 아주 소소한 문제이긴 하지만. 내가 어제 주방을 지나치다가 당신이 윌리엄이란 사람한테 소리치는 것을 우연히 들었소."

"그러셨어요, 스티븐스 씨?"

"그렇소, 켄턴 양. 대여섯 번이나 '윌리엄'이라고 소리치는 것을 분명히 들었소. 당신이 도대체 누구를 부르고 있었는지 물어봐도 되겠소?"

"글쎄요, 스티븐스 씨. 아마 당신의 부친을 부르고 있었던 모양이네요. 이 집에 또 다른 윌리엄이 있는 것 같지는 않으니까."

"자칫 범하기 쉬운 실수이긴 하오."

내가 슬쩍 미소를 지어 주며 말했다.

"앞으로는 켄턴 양, 내 부친을 '스티븐스 씨'로 칭해 주겠소? 제삼자한테 칭할 때는 나하고 구별해야 하니까 '스티븐스 1세'라고 하고. 그렇게 해 주면 대단히 고맙겠소, 켄턴 양."

나는 그렇게 말하고 곧장 서류로 고개를 돌렸다. 그런데 놀랍게도 켄턴 양은 자리를 뜰 기미가 없었다.

"죄송합니다만, 스티븐스 씨."

그녀가 잠시 후에 말했다.

"말해 봐요, 켄턴 양."

"지금 무슨 말씀을 하시는지 감이 잡히지 않네요. 저는 예전부터 하급 하인들을 세례명으로 부르는 데 익숙했기 때문에 이 집에서만 다르게 해야 할 이유는 없다고 봅니다."

"충분히 납득할 수 있는 실수요, 켄턴 양. 그러나 당신이 상황을 잠깐 헤아려 본다면 당신과 같은 사람이 내 부친과 같은 분께 말을 '낮춘다'는 건 적절하지 않다는 것을 깨닫게 될 거요."

"말씀의 요지가 뭔지 아직도 잘 모르겠군요, 스티븐스 씨. 지금 당신은 저 같은 사람이라고 하셨는데, 제가 알기로 저는 분명 이 집안의 총무이고 당신의 부친은 집사 보조입니다."

"당신 말대로 집사 보조란 직함을 달고 계시는 것은 사실이오. 하지만 실제로 그 이상의 어른이라는 것을 아직까지도 간파하지 못한 당신의 관찰력이 나로서는 다소 놀랍군요. 그 이상이어도 한참 이상인 어른이시오."

"듣고 보니 제가 지극히 부주의했군요, 스티븐스 씨. 전 다만 당신의 부친이 유능한 집사 보조라는 것을 간파하고 그에 상응하는 호칭으로 불렀을 뿐입니다. 저 같은 사람이 그렇게 불렀으니 그분 입장에서는 상당히 불쾌하셨겠군요."

"켄턴 양, 어조로 보아하니 당신은 내 부친을 아직 간파하지 못했군요. 만약 제대로 봤다면 당신 나이의 사람이 그분을 '윌리엄'이라고 부르고 서 있는 게 얼마나 부적절한지 자명하게 와닿았을 텐데 말이오."

"스티븐스 씨, 제가 비록 총무로 오랫동안 일한 것은 아니지만 그동안 능력 면에서 상당히 후한 평가를 받아 왔다고 말씀드리고 싶군요."

"당신의 능력에 대해선 한 치도 의심하지 않아요, 켄턴 양. 그러나 당신이 좀 더 주의 깊게 지켜보았다면 내 부친이 남달리 탁월해서 배울 게 많은 분이라는 것을 얼마든지 깨달을 수 있었을 거요."

"충고해 주시니 얼마나 고마운지 모르겠습니다, 스티븐스 씨. 그럼 이제 한번 설명해 보시겠어요? 제가 당신의 부친을 잘 관찰했더라면 배울 수 있었을 그 놀라운 것들이 대체 무엇인지?"

"나는 누가 보더라도 자명할 거라고 생각해 왔소, 켄턴 양."

"하지만 벌써 저부터도 그 부분에서 특별히 부족하다는 게 지금 우리 대화에서 이미 기정사실이 되었지 않은가요?"

"켄턴 양, 당신이 만약 그 나이에 스스로 완벽한 사람이라고 생각한다면 최고의 자리에 오를 수 있는 의심할 바 없는 능력을 갖추었다 해도 결코 그 자리에 오르지 못할 거요. 예를 들어 하나 지적하자면 당신은 집안 물품의 용도나 집기의 위치도 정확히 판단하지 못하는 경우가 종종 있소."

이 말에 켄턴 양의 기세가 다소 누그러진 듯했다. 과연 그녀는 잠시 당혹한 눈치였다. 이윽고 그녀가 말했다.

"제가 처음 온 탓에 처음에 다소 어려움을 겪긴 했지만 그건 지극히 정상적이라고 생각됩니다."

"아, 바로 그 얘기요, 켄턴 양. 당신보다 일주일 뒤에 이 집에 오신 내 부친을 잘 지켜보았다면 집안일에 지식이 완벽하시다는 것, 달링턴 홀에 발을 들여놓는 그 순간부터 완벽하셨다는 것을 눈치챘을 거요."

켄턴 양은 이 말을 잠시 생각해 보는 듯하더니 약간 샐쭉한 투로 말했다.

"스티븐스 1세기 직무에 매우 뛰어나다는 건 알겠지만 분명히 말씀드립니다, 스티븐스 씨. 저도 제 직무에 매우 뛰어납니다. 어쨌거나 앞으로는 당신의 부친을 정식 호칭으로 불러야 한다는 점을 명심하겠어요. 그럼 이만 실례하겠습니다."

이 만남 이후로 켄턴 양은 내 집무실로 더는 꽃을 가져오지 않았고 나는 다방면에서 뛰어나게 자리를 잡아 가는 그녀를 지켜보며 대체로 흡족하게 여겼다. 게다가 그녀는 나이가 젊은데도 자신의 일을 매우 진지하게 수행하는 총무임에 분명하여 직원들의 존경을 얻는 데도 어려움이 없을 듯했다.

나는 그녀가 내 부친을 과연 '스티븐스 씨'로 부르게 되었다는 것도 알았다. 그러나 집무실에서 대화를 나누고 두 주일쯤 지난 어느 날 오후 내가 서재에서 일하고 있을 때 켄턴 양이 들어와 이렇게 말했다.

"실례합니다만 스티븐스 씨, 지금 혹시 쓰레받기를 찾고 계신 거라면 바깥 홀에 있답니다."

"무슨 얘기요, 켄턴 양?"

"쓰레받기 말입니다, 스티븐스 씨. 저기 바깥에 내버려 두셨잖아요. 제가 갖다 드릴까요?"

"켄턴 양, 난 쓰레받기를 쓰지 않았소."

"아, 그렇다면 죄송하게 됐네요, 스티븐스 씨. 전 당연히 당신이 쓰다가 바깥 홀에 내버려 두었겠거니 했거든요. 방해가 되었다면 죄송합니다."

걸어 나가던 그녀가 문간에서 돌아보더니 말했다.

"오, 스티븐스 씨. 제가 치울까 했는데 지금 바로 위층으로 가 봐야겠어요. 무슨 얘긴지 잊어버리신 건 아니겠죠?"

"물론이오, 켄턴 양. 일러 줘서 고맙소."

"천만에요, 스티븐스 씨."

나는 홀을 가로질러 큰 층계를 올라가기 시작하는 그녀의 발소리를 듣고 있다가 문간으로 향했다. 서재 입구에서 보면 바로 맞은편에 저택의 주요 문들로 이어지는 현관홀이 훤히 보이게 되어 있다. 평소였다면 반들반들하게 닦인 바닥 외에는 아무것도 보이지 않았을 그곳에 과연 켄턴 양이 말한 쓰레받기가 놓여 있었는데 사실상 홀의 중심부에 놓여서 눈에 확 뜨일 수밖에 없었다.

내가 볼 때 사소하지만 짜증스러운 실수가 아닐 수 없었다. 홀과 연결된 1층의 문간 다섯 곳은 물론 층계와 2층 발

코니에서도 쓰레받기가 뚜렷하게 보일 터였다. 이것이 시사하는 바가 무엇인지 내가 깨달은 것은 홀을 가로질러 가서 문제의 그 물건을 집어 들었을 때였다. 내 부친께서 삼십 분 전쯤에 현관홀을 비질하고 계셨던 것이 머리에 떠올랐다. 그분께서 그런 실수를 하셨다는 것이 처음에는 잘 믿기지가 않았다. 그러나 곧이어 이 정도 사소한 실수는 누구에게나 있을 수 있다는 생각이 들면서 이런 일을 가지고 그처럼 부당하게 호들갑을 떤 켄턴 양에게 은근히 화가 치밀었다.

그러고 나서 일주일도 못 되었을 때였다. 내가 주방에서 나와 뒤편 복도를 걸어가고 있을 때 켄턴 양이 자신의 집무실에서 나오더니 미리 연습한 티가 뚜렷이 나는 성명을 발표했다. 대충 정리하자면 내 수하의 직원들이 저지른 실수를 일러 줄 때면 그녀도 지극히 마음이 불편하다, 그러나 그녀와 나는 한 팀으로 일해야 할 처지이므로 내가 혹시 여직원들의 실수를 발견하더라도 거리낌 없이 켄턴 양에게 이야기해 주면 좋겠다는 내용이었다. 그녀가 여기까지 말하고 곧바로 지적하기를 광택을 낸 흔적이 뚜렷한 은 식기 몇 점이 식당으로 나가려고 대기 중인데 끄트머리가 검은색에 가까운 포크가 하나 있더라는 것이었다. 나는 그녀에게 감사를 표했고 그녀는 집무실로 다시 들어가 버렸다. 그녀 입장에서는 굳이 언급할 필요도 없었겠지만 은 식기에 광택을 내는 작업은 주로 내 부친이 담당하셨고 그분이 매우 자랑스럽게 여기시는 일이기도 했다.

지금은 기억에 남아 있지 않지만 그 밖에도 이런 사례가 무수히 많았을 것이다. 어쨌거나 뭔가 클라이맥스가 가까워지는 느낌이 들던 어느 날 오후 가랑비가 뿌리는 우중충한 날씨였던 것으로 기억된다. 당구장에서 달링턴 경께서 받으신 스포츠 트로피들을 손질하고 있을 때 켄턴 양이 들어서더니 문간에 선 채로 말했다.

"스티븐스 씨, 제가 방금 바깥에서 뭘 봤는데 어찌 된 영문인지 모르겠습니다."

"뭘 말하는 겁니까, 켄턴 양?"

"중국인상들 말인데요, 위층 층계참에 놓여 있던 것과 이 문 바깥에 있던 것이 서로 바뀌었습니다. 주인 어르신의 뜻이었나요?"

"중국인상?"

"네, 스티븐스 씨. 평소에는 층계참에 있었던 것이 지금은 이 문 바깥에 나와 있답니다."

"켄턴 양, 혹시 뭘 잘못 안 것 아니오?"

"착각했을 리 없습니다, 스티븐스 씨. 집안 물품들이 제대로 자리 잡혀 있는지 확인하는 게 제 일이니까요. 누군가가 중국인상들을 닦고 나서 잘못 갖다 놓은 것 같습니다.

못 믿으시겠다면, 스티븐스 씨, 여기로 나와서 직접 한번 보세요."

"켄턴 양, 난 지금 바빠요."

"하지만 스티븐스 씨, 지금 제 말을 안 믿으시는 것 같아서 하는 얘기입니다. 문밖으로 나와서 한번 보시라니까요."

"켄턴 양, 지금은 바쁘니까 그 문제는 잠시 후에 처리하겠소. 급한 일도 아니잖소."

"그렇다면 스티븐스 씨, 이 일과 관련해 제 실수는 없다는 점을 인정해 주세요."

"내가 직접 확인해 보기 전에는 아무것도 가타부타 할 수 없소. 지금은 바빠요."

내가 다시 하던 일로 돌아갔는데도 켄턴 양은 계속 문간에 서서 나를 지켜보았다. 이윽고 그녀가 말했다.

"그 일은 금방 끝날 것 같군요, 스티븐스 씨. 밖에서 기다릴 테니까 얼른 나오셔서 이 문제를 매듭지었으면 좋겠습니다."

"켄턴 양, 당신은 지금 급하지도 않은 문제를 화급한 일인 양 만들고 있는 것 같소."

켄턴 양은 사라져 버렸고 나도 물론 내 일을 계속했다. 그러나 간간이 들려오는 발소리와 잡음들이 그녀가 아직 문 바깥에 있음을 확인시켜 주었다. 나는 결국 당구장 안에서 일을 더 찾아내기로 했다. 한참 있다 보면 그녀가 자신의 꼴이 우습다는 것을 깨닫고 가 버리겠지 생각했다. 그러나 시간이 꽤 흐르고, 내가 마침 가지고 있던 도구로 유용하게 해낼 수 있었던 일거리마저 떨어졌건만 켄턴 양은 여전히 바깥에서 기다리고 있는 것 같았다. 나는 이렇게 유치한 짓으로 더 이상 시간을 허비할 수는 없다고 결론짓고 프랑스 풍 창으로 빠져나갈 궁리를 했다. 이 계획의 문제는 날씨였다. 큼직한 물웅덩이와 진흙탕이 대여섯 개나 눈에 띄었기 때문이다. 그리고 한 번은 다시 당구장으로 돌아와 안에서 창문 빗장을 잠가야 한다는 것도 문제였다. 나는 결국 여기서 걸어 나가는 것이 최선의 전략이라고 판단했다. 부지불식간에 가장 빠른 속도로 나가 버리자고 결심했다. 그래서 내 도구들을 움켜잡은 채 최대한 소리를 죽이고 진군을 감행할 위치로 움직여 간 다음 쏜살같이 문간을 통과하는 데 성공했다. 그리고 다소 놀란 켄턴 양이 미처 정신을 가다듬기 전에 복도를 따라 몇 걸음 진군할 수 있었다. 그러나 그녀의 회복이 좀 빨랐다. 나는 어느새 나를 따라잡은 그녀를 발견했다. 그녀가 내 앞에 버티고 서며 사실상 길을 가로막았다.

"스티븐스 씨, 저 중국인상이 잘못되었다는 거 동의하지 않으실 건가요?"

"퀜턴 양, 내가 많이 바빠요. 이렇게 하루 종일 복도에 서 있는 것밖에 할 일이 없다는 게 놀랍군요."

"스티븐스 씨, 저 중국인상이 잘못 놓인 게 맞습니까, 안 맞습니까?"

"퀜턴 양, 목소리를 좀 낮추라고 부탁하고 싶소."

"저도 부탁드리죠, 스티븐스 씨. 당장 돌아서서 저 중국인상을 한번 보세요."

"퀜턴 양, 제발 목소리를 낮추라니까요. 중국인상이 틀렸느니 맞았느니 이렇게 목청껏 고함치는 것을 아랫사람들이 들으면 어떻게 생각하겠소?"

"사실대로 말씀드릴까요, 스티븐스 씨? 이 저택의 모든 중국인상이 한동안 지저분하게 방치되어 있었어요! 게다가 지금은 엉뚱한 자리에 가 있고요!"

"퀜턴 양, 정말 유치하게 구는군요. 이제 그만 나를 보내 주었으면 좋겠소."

"스티븐스 씨, 당신 뒤에 있는 저 중국인상을 봐 주셨으면 좋겠어요."

"그게 당신한테 그렇게 중요하다면 퀜턴 양, 내 뒤에 있는 저것이 잘못 놓여질 수도 있다는 건 인정하겠소. 그런데 지극히 사소한 이런 실수를 가지고 당신이 왜 그렇게 안달하는지 솔직히 말해 좀 당혹스럽소."

"이런 실수들 자체는 사소할지도 모르지만 스티븐스 씨, 더 큰 의미가 담겨 있다는 것을 똑똑히 아셔야 합니다."

"켄턴 양, 난 무슨 얘긴지 모르겠소. 자, 이제 그만 나를 보내 주시오."

"사실대로 말씀드리죠, 스티븐스 씨. 당신의 부친은 지금 그 나이에 감당하기 벅찬 일을 맡고 있어요."

"켄턴 양, 너무 함부로 말하는 것 같군요."

"스티븐스 씨, 예전에 당신의 부친께서 어떤 사람이었든 간에 지금은 능력이 현저히 쇠하셨어요. 당신은 '사소한 실수'라고 하지만 거기엔 깊은 의미가 담겨 있어요. 그러니 유의하지 않았다가는 머지않아 부친께서 아주 큰 실수를 저지르고 말 겁니다."

"켄턴 양, 당신은 지금 자기 자신을 바보로 만들고 있을 뿐이오."

"죄송하지만 스티븐스 씨, 전 계속해야겠어요. 제가 볼 때 당신의 부친께 맡겨진 일 중 당장 덜어야 할 것들이 많습니다. 이를테면 무거운 것이 잔뜩 얹힌 쟁반을 지금처럼 계속 나르게 해서는 안 됩니다. 그것들을 식당으로 들고 갈 때 떨리는 그분의 손을 보노라면 조마조마하지 않을 수 없어요. 그 손에서 떨어진 쟁반이 신사나 숙녀의 무릎을 덮치는 사건이 언제 어느 때 발생할지 모릅니다. 그뿐이 아니에요, 스티븐스 씨. 말하기도 민망하지만 당신의 부친께서 콧물을 흘리는 것도 본 적이 있습니다."

"그게 정말이오, 켄턴 양?"

"유감스럽게도 사실입니다. 스티븐스 씨. 엊그제 저녁 당신의 부친께서 쟁반을 들고 식당 쪽으로 아주 천천히 가고 있는 것을 지켜보았는데 코끝에 큼직한 콧방울이 늘어져 수프 사발 위에서 흔들리는 것을 똑똑히 본 것 같아요. 그런 걸 보고도 입맛이 돌 사람은 아무도 없을 겁니다."

그러나 지금 와서 좀 더 깊이 생각해 보면 그날 켄턴 양의 태도가 그렇게까지 대담했다고는 생각되지 않는다. 물론 나중에는 우리 두 사람이 오랜 세월 긴밀하게 협조하는 과정에서 상당히 솔직한 이야기들을 주고받게 되었지만, 지금 회상하고 있는 그날 오후로 말하자면 아직도 피차 초기 단계의 관계였기 때문에 켄턴 양이 크게 앞질러 나갔으리라 보기는 어렵다. 그녀가 정말 '이 실수들 자체는 사소할지 몰라도 더 큰 의미가 담겨 있다는 것을 알아야 한다.'라는 식의 이야기까지 했는지도 확실하지는 않다. 지금 가만히 따져 보면 당시 내게 그런 이야기를 한 장본인은 달링턴 나리였던 것 같기도 하다. 당구장 밖에서 켄턴 양과 내가 이런 대화를 나눈 후 두 달쯤 지난 어느 날 그분께서 나를 집무실로 불러들이셨을 때 말이다. 내 부친께서 한 번 쓰러지신

이후로 여러 가지 변화를 겪고 계시던 무렵이었다.

큰 층계를 내려오면 정면으로 마주치게 되는 것이 바로 집무실 문간이다. 요즘에는 집무실 바깥에 패러데이 어르신의 각종 장식물들이 진열된 유리 캐비닛이 놓여 있지만, 달링턴 나리 시절에는 그 자리에 『브리태니커』 전집을 비롯한 각종 백과사전들이 꽂힌 책꽂이가 있었다. 내가 그 층계를 내려올 때면 으레 책꽂이 앞에서 백과사전들의 책등을 유심히 살피고 계시는 것이 달링턴 나리의 작전이었다. 때로는 우연한 만남의 효과를 좀 더 높이고자 책을 한 권 빼 드시고 내가 다 내려올 때까지 열심히 읽는 척하시다가 내가 지나쳐 갈 무렵 이렇게 말씀하시곤 했다.

"오, 스티븐스, 자네한테 얘기할 게 있었네."

그러고는 펼쳐 든 책에 계속 열중하는 양 완벽하게 연기하시면서 당신의 집무실로 다시 들어가셨다. 달링턴 나리가 이와 같은 접근법을 택하실 때는 뭔가 당혹스러운 문제를 논의하시기 위해서라고 보면 틀림없었다. 어쨌거나 우리 두 사람 뒤에서 집무실 문이 닫히고 나면 대화가 시작되는데 그동안에도 그분은 줄곧 창가에 서서 백과사전을 뒤지는 척하시는 경우가 많았다.

부수적인 이야기지만 지금부터 소개하게 될 일화는 내가

여러분에게 본래 수줍음 많고 겸손한 달링턴 나리의 천성을 강조하고 싶을 때 들려줄 수 있는 수많은 사례들 중 하나이 기도 하다. 최근 몇 년에 걸쳐 주인 어르신에 대해, 그리고 큰 사건들에서 주인 어르신께서 수행하신 두드러진 역할에 대해 얼토당토않은 수많은 이야기가 말과 글로 쏟아져 나 왔고, 몇몇 무지한 보도들은 그분께서 이기심이나 오만에서 그런 역할을 자청했노라고 보도했다. 그런 보도들만큼이나 진실과 거리가 먼 것도 없음을 여기에서 밝혀 두고 싶다. 어 떤 사태에 임해 그렇게 공적 태도를 취하는 것은 달링턴 경 의 타고난 성정과는 완전히 상반되는 일이었다. 그분은 당신 의 내성적인 면을 도덕적 의무에 대한 깊은 자각을 통해 극 복해야 한다고 여기셨으리라고 나는 분명히 말할 수 있다. 오늘날 그분을 두고 어떤 얘기들이 나오든 좀 전에도 말했 듯 그중 상당수가 얼토당토않은 이야기들이다. 나는 그분에 대해 진정으로 훌륭한 사람, 신사 중의 신사, 그리고 내가 경 력의 절정기에 모실 수 있었음을 오늘날까지도 자랑스럽게 여기는 사람이라고 단언할 수 있다.

어쨌거나 내가 이야기하고 있는 그 특별한 오후, 당시 그 분은 아직 50대 중반이었지만 머리가 완전히 회색이었고, 큰 키에 호리호리한 풍채에는 장차 말년에 뚜렷해질 구부정 한 자세의 징후가 벌써 드러나고 있었던 것으로 기억된다.

그분께서 겨우 책에서 눈을 떼신 후 말씀하셨다.

"자네 부친은 요즘 잘 지내시는가, 스티븐스?"

"다행히도 완전히 회복되셨습니다, 나리."

"그거 정말 반가운 이야기로군. 정말 다행이야."

"감사합니다, 나리."

"그런데 스티븐스, 혹시 무슨, 음, 신호 같은 건 없었나? 내 말은 자네 부친께서 짐을 좀 덜고 싶어 우리에게 신호를 보냈을 수도 있다는 얘길세. 이번에 있었던 졸도 건은 제쳐 두고 말이야."

"방금 말씀드렸듯이 제 부친은 완전히 회복되신 것 같습니다. 그리고 제가 볼 때는 여전히 믿을 만합니다. 최근에 직무를 수행하는 과정에서 눈에 띄는 실수가 한두 가지 있었지만 하나하나 뜯어보면 모두 아주 사소한 것들입니다."

"하지만 이 집안에서 그런 일이 재발하기를 바랄 사람이 어디 있겠는가? 자네 부친께서 쓰러졌던 것 말일세."

"물론 아무도 없겠지요, 나리."

"그런데 잔디밭에서 그랬다면 다른 데서도 얼마든지 그럴 수 있다고 보아야 하네. 언제 어느 때든."

"그렇습니다, 나리."

"이를테면 만찬 식탁에서 시중을 들다가 그리될 수도 있지."

"있을 수 있는 일이지요."

"자네도 알겠지만, 스티븐스, 1차 사절들이 도착할 날이 채 두 주도 남지 않았어."

"만반의 준비가 되어 있습니다, 나리."

"그 시각 이후 이 집안에서 일어나는 일들이 상당한 파장을 불러일으킬지도 모르네."

"예, 나리."

"분명히 말하지만 유럽 전체의 추세와 관련해 '상당한' 파장이 있을 거야. 여기에 참석하게 될 인사들의 면면으로 볼 때 내 말이 과장되었다고는 생각지 않네."

"물론입니다, 나리."

"피해 갈 수 있는 위험들까지 떠안을 때가 아니야."

"당연한 말씀이십니다, 나리."

"그러니 스티븐스, 자네 부친께서 시중을 드시면 안 된다는 것은 의문의 여지가 없네. 내가 자네에게 할 수 있는 말은 그분의 직무를 재고해 보라는 것뿐일세."

그러고 나서 그분은 다시 책으로 시선을 내리시고 손가락으로 어색하게 한 항목을 더듬으시며 말씀하셨던 것 같다.

"그러한 실수 자체는 사소할지 몰라도, 스티븐스, 더 큰 의미가 담겨 있다는 걸 분명히 알아야 하네. 자네 부친께서 믿음직했던 시절은 이제 옛일이 되어 가고 있어. 행여 실수를 해서 다가올 회담의 성공적인 개최를 위태롭게 할지 모를 일은 절대로 맡겨선 안 되네."

"물론입니다, 나리. 충분히 이해합니다."

"좋아. 그럼 한번 생각해 보게, 스티븐스."

달링턴 나리는 당시로부터 일주일 전쯤에 내 부친께서 쓰러지는 현장을 목격하신 당사자였다는 점을 밝히고 넘어가야겠다. 그때 그분은 정자에서 한 젊은 숙녀와 신사 한 분을 접대하시면서 환영 다과 쟁반을 들고 잔디밭을 가로질러 오던 내 부친을 지켜보고 계셨다. 잔디밭이 정자 앞에서 몇 미터 정도 오르막이기 때문에 이 오르막에 잘 대처할 수 있도록 계단 역할을 해 주는 판석 네 장이 그때도 요즘처럼 박혀 있었다. 내 부친이 쓰러진 현장이 바로 이 계단 근처였다. 계단 맨 위 칸에서 쓰러지시면서 쟁반에 올려져 있던 것들, 찻주전자, 찻잔, 받침 접시, 샌드위치, 케이크 등이 잔디밭 사방으로 흩어졌다. 내가 이 놀라운 소식을 접하고 바깥으로 달려갔을 때는 나리와 손님들이 정자에서 가져온 쿠션과 깔개를 베개와 모포 삼아 부친을 옆으로 뉘어 놓은 상황이었다. 부친은 의식이 없었고 얼굴에는 이상한 잿빛이 감돌았다. 메러디스 박사를 모셔 오기 위해 이미 사람을 보낸 후였지만 나리는 의사가 도착하기 전에 내 부친을 그늘로 옮기는 것이 좋겠다고 판단하셨다. 그래서 욕실 의자가 대령되었고, 별 어려움 없이 부친을 집 안으로 옮길 수 있었다. 메러디스 박사가 왔을 때 부친은 상당히 회복이 되신 상태였으므로 의사는 대충 내 부친이 '과로'하신 것 같다는 취지의 이야기만 남기고 곧 돌아가 버렸다.

이 모든 것이 내 부친께는 상당히 당혹스러운 일이었을 것이다. 그런데 달링턴 나리의 집무실에서 그 대화가 오갈 무렵 내 부친은 예전보다 분주한 일과로 복귀한 지 이미 오래였다. 그런 분께 책무를 줄이라는 이야기를 어떻게 꺼낼 것인가……. 당시로서는 결코 쉬운 문제가 아니었다. 내 어려움을 더욱 가중시킨 것은 그 무렵 몇 년 사이에 내가 제대로 캐고 들어가 본 적이 없는 어떤 이유 때문에 부친과 나 사이의 대화가 점점 줄고 있다는 사실이었다. 부친이 달링턴 홀에 오신 이후로는 그런 경향이 더욱 심해져서 일과 관련된 정보를 주고받는 데 필요한 간단한 대화조차도 피차 곤혹스러운 분위기에서 이루어지곤 했다.

나는 결국 부친의 개인 공간에서 이야기하는 것이 가장 좋겠다고 판단했다. 내가 이야기를 마치고 나간 후 달라진 당신의 상황을 혼자 숙고하실 기회가 주어질 테니까. 내 부친을 당신 방에서 볼 수 있는 때는 두 번밖에 없었다. 첫 번째 기회는 이른 아침, 마지막 기회는 늦은 밤. 나는 전자를 택하기로 하고 어느 날 아침 일찌감치 하인 숙소 건물 꼭대기에 있는 자그마한 다락방으로 올라가 조용히 문을 두드렸다.

그전까지 부친의 방에 들어갈 이유가 거의 없었던 나는 방이 생각보다 좁고 황량하다는 사실에 새삼 충격을 받았다. 솔직히 그때 마치 감방에 들어가는 느낌이었던 것으로 기억되는데 아마도 이른 아침의 희미한 빛이나 방의 크기 혹은 썰렁한 벽 때문에 그랬는지도 모른다. 부친은 커튼을 젖혀 놓고 침대 끄트머리에 앉아 계셨다. 면도를 끝내고 근무복을 완벽하게 차려입으신 모습이었는데, 거기에 그렇게 앉아 동이 터 오는 하늘을 바라보고 계셨던 게 분명했다. 하늘을 보고 계셨으리라고 짐작할 수밖에 없었던 것은 그 방의 작은 창으로는 지붕에 깔린 타일과 홈통 말고 달리 볼 것이 없었기 때문이다. 침대 옆에 놓인 기름 램프는 꺼져 있었고, 부친은 삐걱대며 층계참을 올라온 내가 가지고 온 램프를 못마땅한 눈길로 바라보셨다. 그래서 나는 얼른 램프 심지를 낮추었다. 그렇게 하고 나니 방으로 들어오는 희미한 빛의 효과가 한층 더 뚜렷해졌다. 부친의 울퉁불퉁하고 주름진, 그러나 여전히 경외감을 불러일으키는 용모가 빛 속에서 윤곽을 드러냈다.

"아."

내가 짧은 웃음을 곁들이고 말했다.

"벌써 일어나셔서 하루를 맞을 채비를 끝내셨을 줄 알았다니까요."

"일어난 지 세 시간 되었다."

부친께서 다소 냉랭하게 나를 아래위로 훑으시면서 말씀하셨다.

"관절염 때문에 못 주무셨다는 말씀은 아니면 좋겠네요."

"필요한 잠은 다 잤다."

부친께서 앞에 놓인, 그 방에 하나밖에 없는 자그마한 목재 의자로 팔을 뻗으시더니 등받이에 양손을 얹으시고 몸을 일으켜 세우셨다. 내 앞에 서신 모습을 보니 질환 때문에, 또 가파르게 경사진 방 천장에 키를 맞추는 습관 때문에 등이 얼마나 굽었는지 정확히 헤아리기 힘들었다.

"말씀드릴 게 좀 있어서 왔습니다, 아버님."

"그럼 짧고 간략하게 말해라. 네 수다나 들으며 아침나절을 다 보낼 순 없어."

"그러시다면 곧장 본론으로 들어가겠습니다."

"본론만 얘기하고 바로 끝내. 우리는 일을 달고 살아야 하는 사람들이다."

"잘 알겠습니다. 짧게 하라고 하시니 최대한 노력해 보지요. 사실 아버님은 점점 쇠약해지시고 있어요. 현재로선 집사 보조의 직무조차 힘에 부치실 정도입니다. 이건 나리의 생각인 동시에 제 생각이기도 한데요, 아버님께서 계속 지금과 같이 일하면 이 집의 순조로운 가사 운영을 항시 위협하는 존재로 남게 될 겁니다. 다음 주로 예정된 중요한 국제 회담에선 더더욱 그럴 거고요."

반쯤 빛을 받고 있던 부친의 얼굴에는 어떤 감정도 드러나지 않았다.

"특히."

내가 계속 말했다.

"외부 손님들이 계시든 안 계시든 더 이상 아버님께 식탁 시중을 맡겨서는 안 될 것 같습니다."

"나는 지난 오십사 년간 하루도 빼놓지 않고 식탁 시중을 들어 왔다."

부친은 서두르는 느낌이 전혀 없는 목소리로 말씀하셨다.

"또 있습니다. 아무리 짧은 거리더라도 아버님께 물건이 얹힌 쟁반을 나르게 해서는 안 된다고 결론을 내렸습니다. 이러한 제한들을 고려해, 또 아버님께서 간명한 것을 워낙 중시하신다는 것을 잘 알기 때문에 제가 이렇게 수정한 업무 목록을 만들어 왔습니다. 지금 이 시간 이후로는 이 내용대로 해 주셨으면 합니다."

나는 들고 있던 종이를 그분께 직접 건네기가 싫어 침대 가장자리에 얹어 놓았다. 부친은 그것을 힐끔 보시고는 다시 내게로 시선을 돌리셨다. 여전히 뚜렷한 감정의 흔적이 없는 표정이었고 의자 등받이에 얹힌 두 손도 긴장 상태와는 거리가 멀어 보였다. 비록 등은 굽었지만 그분의 풍채에 담긴 충격적인 효과를 떠올리지 않을 수 없었다. 그 옛날 차 뒷좌석에 앉은 술 취한 두 신사를 정신 번쩍 들게 만들었던 바로 그 느낌 말이다. 이윽고 부친께서 말씀하셨다.

"그때는 계단 때문에 넘어졌을 뿐이다. 계단이 한쪽으로 기울었어. 다른 사람이 또 그 꼴을 당하기 전에 거기를 바로 잡으라고 시머스한테 일러 주어라."

"알겠습니다. 어쨌거나 저 종이를 꼼꼼하게 읽어 보기는 하실 거죠?"

"시머스한테 계단을 고치라고 꼭 지시해. 유럽에서 신사 분들이 도착하시기 전에 확실하게 해야 해."

"알겠습니다, 아버님. 그럼 좋은 아침 되십시오."

켄턴 양이 편지에서 이야기한 그 여름날 저녁은 부친과 나의 이 만남 직후에 찾아왔다. 아니 어쩌면 바로 그날 저녁 이었는지도 모르겠다. 그때 내가 무슨 일 때문에 저택 꼭대기 층으로 올라가 객실이 줄지어 있는 복도로 갔던가는 기억이 나지 않는다. 그러나 앞서 이야기했듯 각 방의 열려진 문간으로 마지막 일광이 새어 나와 오렌지색 광선들이 복도를 가로지르고 있던 장면은 생생하다. 내가 아무도 쓰지 않는 그 방들을 지나가고 있을 때 그중 한 방에서 창을 등지고 윤곽만 드러낸 켄턴 양이 나를 불렀다.

당시 켄턴 양이 달링턴 홀에 온 지 얼마 안 되었는데도 불구하고 그동안 내 부친에 대해 반복해서 이야기했던 것들을 지금 와 돌이켜 보면 그날 저녁의 기억이 그녀에게 이날 이때까지 남아 있다는 게 그리 놀랍지도 않다. 우리 두 사람이 창가에 서서 밑에 있는 내 부친을 내려다보던 그때 그녀는 분명 어떤 죄책감을 느끼고 있었다. 포플러나무의 그림자들이 잔디밭 대부분을 덮고 있었지만 모퉁이, 정자로 올라가는 언덕배기 쪽에는 아직 햇빛이 비치고 있었다. 부친은 네 개의 석판으로 된 그 계단 옆에 깊은 생각에 잠겨 서 계셨다. 미풍이 그분의 머리카락을 가볍게 흩어 놓고 있었다. 잠시 후 내가 지켜보는 사이 부친께서 아주 천천히 계단을 올라가셨다. 맨 위 칸에 이르러 돌아서시더니 약간 더 빠른 걸음으로 다시 내려오셨다. 그리고 다시 돌아서시더니 앞에 놓인 계단을 응시하며 몇 초가량 다시 조용히 서 계셨다. 이윽고 부친께서 두 번째로 아주 조심조심 계단을 오르셨다. 이번에는 계단 위 잔디밭으로 계속 걸어가 정자 가까이 가서야 돌아서셨다. 그리고 다시 천천히, 땅에서 눈을 떼지 않은 채 되돌아오셨다. 그때 그분의 행동은 사실 내가 설명하더라도 켄턴 양이 편지에서 묘사한 것과 다를 바 없을 것이다. '마치 떨어뜨린 귀한 보석이라도 찾고 있는

사람처럼.'

내가 지금 이런 기억들에 너무 빠져드는 것은 바보 같은 짓일 수 있다는 것을 나도 안다. 어쨌거나 이번 여행은 내가 영국 산천의 수많은 장관들을 마음껏 감상할 흔치 않은 기회이기 때문에 지나치게 옆길로 샜다가는 나중에 크게 후회하게 되리라는 것도 잘 알고 있다. 그러고 보니 이 도시에 오는 길에 있었던 일들도 아직 기록하지 못했다. 여행 초반에 산허리 길에서 있었던 일을 잠깐 이야기한 것 외에는 말이다. 내가 어제 드라이브를 얼마나 즐겼던가 생각해 보면 나의 이러한 태도는 그야말로 태만에 가깝다.

이곳 솔즈베리로 오는 계획을 짜면서 나는 간선 도로를 최대한 피해 보려고 상당히 신경을 썼다. 불필요하게 돌아가는 경로라고 생각할 사람들도 있겠지만 시먼스 부인이 그 훌륭한 저서들에서 추천해 놓은 꽤 많은 관광지를 둘러볼 수 있었기 때문에 나로서는 매우 흡족했다고 말할 수밖에 없다. 이 경로 덕분에 대부분의 시간 동안 농지를 가로지르며 향긋한 목초 냄새를 즐길 수 있었을 뿐 아니라 이따금 주변의 개천이나 계곡을 좀 더 잘 감상하기 위해 나도 모르게 포드의 속도를 굼벵이 걸음으로 늦추는 것도 가능했다. 그러나 솔즈베리에 거의 다다를 때까지 다시 차에서 내린 적은 없었던 것 같다.

솔즈베리가 가까워졌을 무렵 나는 양쪽으로 넓은 목초지가 펼쳐진 곧고 긴 도로를 따라가고 있었다. 근방이 탁 트인 평탄한 지형이어서 사방으로 꽤 멀리까지 눈에 들어왔고, 저 앞 창공에 솟은 솔즈베리 성당의 첨탑도 점점 뚜렷해지고 있었다. 나는 평온한 분위기에 젖어 들었다. 내가 다시 속도를 겨우 시속 30킬로미터 정도로 크게 낮춘 것도 아마 그런 분위기 탓이었을 것이다. 결과적으로 참 다행이었다. 내가 가고 있는 길을 느긋하기 그지없는 태도로 건너가는 암탉 한 마리를 아주 아슬아슬한 순간에 발견했기 때문이다. 내 포드가 불과 40~50센티미터 간격을 두고 멈추자 그 가금도 가던 길을 멈추고 내 앞 도로 위에 서 있었다. 시간이 좀 지난 후에도 녀석이 움직이지 않기에 경적을 울려 보았지만, 그 바람에 녀석이 바닥에 떨어진 뭔가를 쪼기 시작했을 뿐 아무 효과가 없었다. 좀 화가 치밀어 차에서 내리려 했다. 여자 목소리가 들려온 것은 내 한쪽 발이 아직 차 안에 있을 때였다.

"오, 정말 죄송합니다, 선생님."

주위를 살펴보니 내가 방금 지나온 도로변에 농가가 하나 있었다. 바로 그 집에서 앞치마를 두른 젊은 여자가 뛰쳐나왔다. 말할 것도 없이 내 경적 소리를 듣고서야 생각이 미쳤을 것이다. 나를 지나쳐 간 그녀는 얼른 암탉을 품에 안더니 내게 다시 사과하면서 닭을 달래기 시작했다. 내가 아무 피해도 없었노라고 확인시켜 주자 그녀가 말했다.

"차를 세워 주셔서 정말 감사합니다. 덕분에 가엾은 저희 넬리가 화를 면했어요. 저희에게 세상에서 제일 큰 계란을 대 주는 착한 녀석이랍니다. 정말 좋은 분이시군요, 선생님도 급하셨을 텐데."

"아, 난 전혀 급하지 않습니다."

내가 빙그레 웃으며 말했다.

"실로 여러 해 만에 처음으로 내 시간을 갖게 되었는데 솔직히 말해 꽤 즐거운 경험입니다. 보시다시피 그저 운전이 즐거워서 하고 있을 뿐이오."

"오, 근사하네요, 선생님. 솔즈베리로 가시는 길이겠지요?"

"그렇소. 멀리 보이는 저게 바로 그 성당 맞지요? 아주 훌륭한 건물이라고 들었습니다."

"아, 그럼요, 선생님. 정말 훌륭하지요. 솔직히 저는 솔즈베리에 가는 일이 별로 없기 때문에 어떤 곳이라고 이러쿵저러쿵 말씀드릴 수는 없네요. 하지만 여기에서도 날이면 날마다 저 뾰족탑을 보며 산답니다. 이따금 안개가 짙은 날이면 흔적 없이 사라진 것처럼 보이죠. 하지만 오늘처럼 화창한 날에는 보시다시피 훌륭한 볼거리지요."

"정말 보기 좋습니다."

"저희 넬리를 살려 주셔서 정말 고맙습니다, 선생님. 삼 년 전에 저희 거북이가 차에 치여 죽고 말았지요. 바로 이 근처에서요. 그것 때문에 가족 모두가 얼마나 상심했는지 모른답니다."

"정말 안타까운 일이군요."

내가 안됐다는 듯 말했다.

"그러게나 말입니다. 우리 같은 농부들은 짐승이 다치거나 죽어도 그러려니 한다고 말하는 사람들도 있지만 사실은 전혀 다르답니다. 제 어린 아들은 몇 날 며칠을 울었죠. 넬리를 위해 차를 세워 주셨으니 얼마나 고마운지 모르겠어요, 선생님. 기왕 차에서 내리셨고 하니 들어가셔서 차라도 한잔하실 생각이 있으시다면 대환영입니다. 여행 중에 기분 전환도 되실 테고요."

"정말 고마운 말씀입니다만 계속 가 봐야 할 것 같습니다. 여유 있게 도착해서 솔즈베리의 수많은 매력들을 구경하고 싶거든요."

"알겠습니다, 선생님. 다시 한번 감사드립니다."

나는 다시 출발하여 별다른 이유는 없지만 아마도 또 농가 가축이 튀어나와 길을 건너지나 않을까 싶어 좀 전처럼 느린 속도를 유지했다. 솔직히 말해 이 작은 만남의 무엇인가가 나를 아주 기분 좋게 만들었다. 소박한 친절을 베푼 덕에 감사의 말을 듣고 답례로 소박한 친절을 제의받은 것뿐인데 왠지 그것이 앞으로 맞닥뜨리게 될 모험들과 연결되면서 내 사기를 한껏 고양시켰다. 나는 바로 그런 분위기에서 이곳 솔즈베리로 들어온 것이나.

그러나 내 부친의 문제로 잠깐 돌아가고 싶다. 내가 능력이 쇠해 가는 부친을 좀 퉁명스럽게 대한 듯한 인상을 준 것 같아서다. 사실 나로서는 그런 식으로 접근하는 것 외에 달리 방법이 없었다. 당시의 정황을 소상히 듣고 나면 여러분도 분명 동의할 것이다. 말하자면 당시 달링턴 홀에서 개최될 예정이었던 중요한 국제 회담이 우리에게는 너무나 크게 느껴졌기 때문에 관용을 발휘하거나 '에둘러' 말할 여유가 별로 없었다. 또 하나 꼭 지적하고 넘어가야 할 것은 그때 이후 십오 년가량 달링턴 홀에서는 그 정도로 비중 있는 행사가 자주 개최되었는데 그 시초가 바로 1923년 3월의 그 회담이었다는 점이다. 그러니 일단 나부터도 비교적 서투른 점이 많았을 것이고, 따라서 아슬아슬한 모험의 여지를 남겨 둘 생각이 전혀 없었다. 사실 그 회담을 종종 돌이켜 보노라면 여러 가지 이유에서 내 인생의 전환점이었다는 생각이 든다. 무엇보다도 그 회담이 내가 집사로서 진정한 성년에 도달하게 된 계기가 되지 않았나 싶다. 그 일로 인해 내가 '위대한' 집사가 된 것처럼 생각한다는 이야기는 아니다. 어떤 경우에든 나 스스로 그 같은 판정을 내린다는 것은 있을 수 없는 일이니까 말이다. 그러나 누군가가 혹시 나를 이 길을 걸어오면서 '품위'라는 핵심적인 자질을 약간이나마 성취한 사람으로 보아 주려 한다면 그런 분의 입장에서는 1923년 3월의 그 회담으로 안내받고 싶을지도 모른다. 내게 그 같은 자질에 요구되는 능력이 있다는 것을 입증할 기회였다는 점에서 말이다. 그것은 어떤 개인의 발전에서 보면 핵심 단계에 도전으로 다가와 능력의 한계에 이르도록 혹은 한계를 뛰어넘도록 끌어당기는 그런 사건의 하나였다. 그런 일을 경험하고 나면 사람은 자기 자신을 평가하는 새로운 기준을 확보하게 되는 법이다. 물론 그 회담이 잊힐 수 없는 사건이 된 데는 그 밖에도 아주 다양한 이유들이 있었으니 지금부터 한번 설명해 보겠다.

1923년의 회담은 달링턴 나리께서 오랜 기간 구상하신 계획의 정점이었다. 돌이켜 보면 그분께서 이 정점에 도달하시기 위해 삼 년여 전부터 움직여 왔음이 분명해진다. 내 기억에 따르면 1차 세계 대전이 종결되고 강화 조약이 도출되었는데 그분께서 처음부터 그 조약에 깊이 몰두하신 것은 아니었다. 따라서 그분께서 조약 내용을 분석하시는 과정에서 관심이 높아졌다기보다는 카를하인츠 브레만 씨와의 교분이 더 크게 작용했다고 말하는 것이 타당하리라.

전쟁 바로 직후 달링턴 홀을 처음 방문했을 당시 브레만 씨는 여전히 장교복 차림이었는데 그와 달링턴 나리가 절친한 우정을 맺었다는 것은 누가 보더라도 명백했다. 나로서는 하등 놀라운 일이 아니었다. 브레만 씨가 대단히 점잖은 신사라는 것을 한눈에 척 알 수 있었기 때문이다. 그는 독일군에서 퇴역한 후 다시 돌아왔고, 그 후 이 년 사이에 꽤 정기적으로 찾아왔으며, 나로서는 다소 놀라운 일이었지만 한 번씩 찾아올 때마다 몰골이 나빠지는 것이 확연하게 보였다. 그의 옷차림은 점점 초라해졌고 체구도 더욱더 야위어 갔다. 눈에서는 쫓기는 듯한 기색이 엿보였다. 그러다 마지막으로 몇 번 찾아왔을 때는 주인 나리께서 앞에 계시다는 것도 잊은 채, 때로는 자기를 부르고 있다는 것도 모르고 오래도록 허공만 응시하곤 했다. 나는 브레만 씨가 무슨 중병을 앓나 보다 하고 결론 내릴 뻔했지만 당시에 주인 나리께서 하시는 말씀들로 볼 때 그 경우는 아닌 게 분명했다.

달링턴 나리께서 장차 빈번해질 베를린 여행길에 처음 오르신 것은 1920년대가 종말로 치닫던 시기였을 것이다. 그 여행이 그분께 얼마나 깊은 영향을 미쳤는지 나는 지금도 기억한다. 여행에서 돌아오신 후 며칠 동안 그분에게선 깊은 상념에 잠긴 무거운 분위기가 감돌았다. 한번은 내가 여행이 즐거우셨냐고 여쭈었더니 이렇게 대답하셨던 것으로 기억된다.

"심란하네, 스티븐스. 정말 심란해. 전쟁에서 패한 상대를 이런 식으로 취급하면 심각한 불명예가 돌아오는 법이야. 이 나라의 전통과는 완전히 단절된 행태라고."

이 문제와 관련해 지금까지도 생생한 기억이 하나 더 있다. 유서 깊은 우리의 연회장에서 지금은 식탁이 사라지고 높고 장엄한 천장을 가진 널찍한 공간만이 패러데이 어르신께 일종의 회랑 구실을 해 주고 있다. 그러나 달링턴 나리 시절에는 정기적으로 서른 명 이상의 손님들이 그 방에서, 거기에 놓인 기다란 식탁에 앉아 만찬을 들곤 했다. 실제로 연회장이 얼마나 넓은지 손님이 쉰 명 가까이 되는 부득이한 경우에는 식탁을 몇 개 더 들여올 수도 있었다. 물론 평소에는 오늘날의 패러데이 어르신처럼 달링턴 나리도 식당에서 식사를 하셨다. 열두 명까지 수용하기에 딱 좋은 이 식당은 한결 아늑한 분위기를 자아낸다. 그러나 내가 지금 회고하려는 그 특별한 겨울밤에는 무슨 연유에선지 이 식당을 이용하지 않고, 달링턴 나리께서 혼자 방문한 어떤 손님, 아마 나리께서 외무성에 근무하시던 시절의 동료였던 리처드 폭스 경이었을 텐데, 그분과 함께 넓디넓은 연회장에서 식사를 하고 계셨다. 여러분도 당연히 공감하겠지만 정찬 시중에서는 식사하는 사람이 단 두 명인 상황이 가장 힘들다. 나로 말하자면 차라리 생면부지의 낯선 사람일지라도 한 사람만 시중드는 편이 훨씬 더 좋다. 세심하게 챙기면서도 시중드는 사람이 있는지 없는지조차 모르게 하는 것이 훌륭한 시중의 핵심인데, 이 두 가지 사이에서 균형을 유지하기 제일 힘든 경우가 바로 두 사람만 식사할 때다. 그중 한 사람이 내 주인이더라도 마찬가지다. 이런 상황에서는 혹시 나의 존재가 대화에 방해가 되지 않나 하는 우려를 떨쳐 버리기 힘들기 때문이다.

어쨌거나 그날 저녁 공간이 전체적으로 어두컴컴한 가운데, 식탁에 놓인 촛대와 반대편에서 타닥타닥 타오르는 벽난로가 만들어 낸 불빛 속에서 두 신사분은 식탁 중간에 나란히 앉아 계셨다. 식탁의 폭이 워낙 넓어서 마주 앉으면 대화하기 힘들었기 때문이다. 나는 내 존재를 최대한 드러내지 않으려고 평소보다 식탁에서 훨씬 멀리 떨어져 어둠 속에 서 있었다. 물론 이 방법에도 분명 약점이 있기는 했다. 내가 신사분들을 시중들기 위해 불빛 쪽으로 옮겨 갈 때면 발소리가 요란하게 한참씩 울려 퍼지는 바람에 식탁에 도착할 때마다 급히 왔음을 과시하는 듯한 느낌을 주어 두 분의 주목을 끌곤 했던 것이다. 그래도 내가 움직이지 않고 있는 동안에는 몸을 온전히 드러내지 않을 수 있다는 커다란 장점이 있었다. 브레만 씨에 대해 말씀하시는 달링턴 나리의 목소리가 들려온 것은 내가 바로 그렇게 텅 빈 의자들 한가운데에 앉아 있는 두 신사분들에게서 약간 떨어진 어둠 속에 서 있을 때였다. 거대한 벽들 주위로 다소 강하게 울려 퍼지기는 했지만 평소처럼 차분하고 점잖은 목소리였다.

"그는 나의 적이었소."

나리께서 말씀하고 계셨다.

"그러나 항상 신사답게 행동했어요. 우리는 육 개월 동안 서로 포탄을 퍼부어 대면서도 서로를 점잖게 대했소. 그는 자신의 소임을 다하는 신사였고 나는 그에게 아무런 적의도 품지 않았소. 나는 그에게 이렇게 말했소. '이봐요, 지금은 우리가 적이니 나는 전력을 다해 당신과 싸우겠소. 하지만 이 몹쓸 짓이 끝나고 나면 우리는 더 이상 적이 될 필요가 없으니 함께 어울려 술이나 한잔합시다.' 그러나 더 몹쓸 것은 이 조약이 나를 거짓말쟁이로 만들고 있다는 거요. 나는 분명 그에게 전쟁이 끝나고 나면 우리는 적이 아니라고 말했소. 하지만 내가 지금 어떻게 그를 마주 바라보면서 내 말이 결국 진실로 드러나지 않았느냐고 말할 수 있겠소?"

그리고 잠시 후 나리께서 고개를 가로저으시며 다소 무겁게 말씀하셨다.

"내가 이번 전쟁에서 싸운 것은 이 세계의 정의를 지키기 위함이었소. 게르만족을 상대로 하는 복수전에 가담하고 있다고 생각한 적은 결코 없었소."

그러니 달링턴 나리에 대해 말들이 많은 오늘날 그분의 동기를 둘러싸고 어리석은 추측들이 난무하는 오늘날, 나는 그때 그분이 텅 비다시피 한 연회장에서 가슴으로 말씀하시던 그 순간을 떠올릴 수 있어 행복하다. 그 후 몇 년 동안 그분의 행적에서 어떤 복잡한 문제들이 발생했던 그분의 모든 행동의 중심에는 '이 세계의 정의'를 보고 싶은 열망이 깔려 있었음을 나는 추호도 의심하지 않을 것이다.

그날 저녁으로부터 그리 오래지 않아 함부르크와 베를린을 오가는 열차에서 브레만 씨가 권총으로 자살했다는 비보가 날아들었다. 당연히 나리는 크게 상심하셨고, 즉각 브레만 부인에게 조의금과 애도의 전문을 보내려 하셨다. 그러나 나리께서 며칠이나 애쓰시고 나도 최선을 다해 도와 드렸지만 브레만 씨 유족의 행방을 찾아낼 수 없었다. 브레만 씨는 한동안 집도 없이 지냈고 가족도 뿔뿔이 흩어진 모양이었다.

나는 달링턴 나리께서 이 비보를 접하시지 않았더라도 결국에는 그와 같은 길로 나섰을 것이라고 믿고 있다. 불의

와 고통이 끝나는 것을 보고 싶은 소망이 그분의 천성에 너무나 깊이 배어 있었기 때문에 달리 행동하기 어려웠을 것이라는 말이다. 브레만 씨가 사망한 후 몇 주 사이에 나리는 독일의 위기 사태에 점점 더 많은 시간을 할애하기 시작하셨다. 힘 있고 저명한 신사들이 정기적으로 저택을 방문했는데 다니엘스 경, 존 메이너드 케인스 씨, 이름난 저술가였던 H. G. 웰스 씨도 끼어 있었던 것으로 기억된다. 그 밖에도 '비공개 인사'로 분류된 탓에 여기에서 이름을 거명할 수 없는 많은 분들이 포함되어 있었다. 그분들이 나리와 함께 달링턴 홀에 틀어박혀 몇 시간이고 끝없이 논의하는 장면을 종종 볼 수 있었다.

그 방문객들 중 일부는 그야말로 철저히 '비공개 인사'로 분류되었으므로 직원들에게 그들의 신분이 노출되지 않게, 때로는 눈길조차 주지 못하게 단속하라는 지시가 내려오곤 했다. 그러나 정말 뿌듯하고 고마운 마음으로 하는 말이지만 달링턴 나리께서 내 눈과 귀를 우려하여 무언가를 숨기려 하신 적은 결코 없었다. 모 인사가 말을 하다 말고 나를 향해 경계의 눈길을 던질라치면 나리께서 "아, 괜찮습니다. 스티븐스 앞에서는 무슨 얘기든 해도 돼요, 내가 보증합니다."라고 말씀하셨던 경우가 무수히 많았던 것으로 기억된다.

어쨌거나 브레만 씨의 사망 후 이 년여에 걸쳐 나리와 당시 그분의 가장 가까운 동지였던 데이비드 카디널 경이 힘을 합쳐 꾸준히 노력한 결과, 독일의 상황을 계속 방치해서는 안 된다는 생각에 공감하는 인사들을 광범위하게 결속시킬 수 있었다. 여기에는 영국인과 독일인은 물론 벨기에, 프랑스, 이탈리아, 스위스 사람들도 포함되어 있었는데 대부분 외교관이거나 고위 정치인, 저명한 성직자, 퇴역 장성, 작가, 사상가 들이었다. 이 신사들 중 일부는 나리와 생각이 같아서 당시 베르사유 조약*이 공정하게 이루어지지 않았으며 이미 끝난 전쟁을 두고 한 나라를 계속 단죄하는 것은 부도덕하다고 굳게 믿고 있었다. 그러나 다른 일부는 독일이나 독일 사람들을 크게 걱정하는 것 같지 않았는데, 다만 독일의 경제 혼란을 막지 못하면 전 세계로 급속히 파급될지도 모른다는 견해를 가지고 있었다.

1922년으로 접어들자 나리는 분명한 목표를 염두에 두고 작업하고 계셨다. 즉 '비공식' 국제 회담의 개최에 지지 의사를 밝힌 가장 영향력 있는 신사들을 우리 달링턴 홀의 지붕 밑으로 모으는 것이었다. 이 회담에서는 베르사유 조약의 가혹한 조항들이 수정될 수 있도록 각종 방안이 논의될 에

---

* 1차 세계 대전 후 1919년 베르사유 궁전에서 연합국과 독일이 맺은 조약. 독일에 대한 각종 조치가 취해졌다.

정이었다. 이러한 비공식 회담이 '공식' 국제 회담들에서 중대한 영향력을 발휘하는 성과를 내기 위해서는 충분히 무게가 실린 자리가 되어야만 했다. 그동안 베르사유 조약을 재검토한다는 명목으로 공식적인 회담들이 이미 몇 차례 개최되었지만 혼란과 적대감만 초래했을 뿐이었다. 당시 우리 총리였던 로이드 조지 씨가 1922년 봄에 이탈리아에서 다시 한번 대규모 회담을 열자고 주장하고 있었으므로 나리의 당초 목표는 이탈리아 공식 회담에서 만족할 만한 성과가 나올 수 있게 달링턴 홀에서 사전 모임을 개최하는 것이었다. 그러나 나리와 데이비드 경의 고군분투에도 불구하고 이 목표는 결국 시한이 너무 촉박했던 것으로 드러났다. 그러나 조지 씨가 주장한 이탈리아 회담 역시 뚜렷한 결론을 내리지 못하고 폐막되자 나리는 이듬해 스위스에서 개최될 예정이었던 더 큰 규모의 회담으로 눈을 돌리셨다.

그 무렵의 어느 날 아침이었던 것으로 기억된다. 내가 달링턴 나리의 커피를 들고 조찬실로 들어서자 그분께서 《더 타임스》를 접으며 이렇게 말씀하셨다.

"프랑스 사람들이란. 정말이지 스티븐스, 프랑스 사람들이 문제일세."

"예, 나리."

"게다가 세상 사람들 눈에는 우리가 그 작자들과 사이좋게 팔짱을 끼고 있는 것으로 비치는 형국이니. 생각만 해도 당장 욕조로 달려 들어가고 싶다니까."

"그렇습니다, 나리."

"지난번에 베를린에 갔더니, 스티븐스, 내 부친의 옛 친구인 오베라트 남작이 찾아와 이렇게 말씀하시디군. '당신들 우리한테 왜 이러는 거야? 이런 식으로는 우리가 버텨 낼 수 없다는 것을 모른단 말인가?' 나는 모든 게 다 그 몹쓸 프랑스 작자들 때문이라고 말하고 싶은 마음이 굴뚝같았다네. 영국인의 방식은 그런 게 아니라고 말하고 싶었지. 그러나 사람이 그래서는 안 된다고 생각하네. 우리의 절친한 우방을 헐뜯어서는 안 되지."

사실 독일을 베르사유 조약의 가혹한 족쇄에서 풀어 주려는 움직임에서 가장 비타협적으로 나온 것은 프랑스인들이었다. 자국의 외교 정책에 확고한 영향력을 행사하는 프랑스 인사를 적어도 한 명은 달링턴 홀의 회담에 모셔 와야 할 필요성이 더한층 높아진 것도 바로 그런 이유 때문이었다. 그런 인사가 참여하지 않을 경우 독일에 관한 어떤 논의도 관용의 수준을 벗어나지 못할 것이라고 나리께서 말씀하시는 것을 여러 차례 들었다. 그래서 나리와 데이비드 경은 준비 과정의 완결이자 핵심에 해당되는 이 부분을 해결하고자 나섰는데, 그분들이 거듭되는 좌절 앞에서도 결코 버리지 않았던 그 확고한 결의를 지켜보면서 나는 절로 고개가 숙여졌다. 무수한 서신과 전문들이 발송되었고 나리께서 두 달 사이에 파리를 세 차례나 방문하셨다. 마침내 프랑스에서 아주 저명한 모 인사(여기서는 그냥 '뒤퐁' 씨라고 부르겠다.)가 철저하게 '비공개'로 해 준다는 조건하에 회합에 참석하기로 동의했고, 그러자 곧 회담 날짜가 잡혔다. 그것이 바로 1923년 3월, 잊지 못할 그날이다.

　이날이 점점 가까워지자 커져만 가는 나리의 중압감에 비하면 정말 보잘것없는 차원이긴 했지만 내게 가해지는 압박감도 만만치가 않았다. 만에 하나 어느 손님이 달링턴 홀에 묵는 것을 별로 편치 못하게 생각하게 된다면 상상 못할 큰 여파가 발생할 수도 있다는 것을 나는 너무나 잘 알고 있었다. 행사를 대비할 때 나의 계획을 더욱 복잡하게 만든 것은 관계자의 수가 불확실하다는 점이었다. 물론 상당한 고위급 회담이었기 때문에 참석자는 저명한 신사들과 숙녀 두 분, 독일의 백작 부인과 당시까지도 베를린에 거주하고 있던 그 만만찮은 여인 엘리너 오스틴 부인으로 구성된 열여덟 명으로 확정되어 있었다. 문제는 이분들이 제각각 비서와 시종, 통역관을 거느리고 올 게 당연했는데도 그 사람들의 정확한 수를 예측할 길이 없다는 것이었다. 게다가 각자 자기 입장을 준비하고 손님들의 분위기를 미리 파악하기 위해 회담 당일보다 사흘 정도 앞서 도착하려는 팀이 꽤 많을 것으로 예측되었지만 그들의 정확한 도착일 역시 불확실했다. 따라서 직원들이 최대한 열심히, 최대한 긴장하여 일하는 동시에 평소보다 탄력적으로 움직여야만 했다. 사실 나도 한동안은 외부에서 추가 인력을 들이지 않고는 우리 앞에 닥친 이 거대한 도전을 이겨 낼 수 없을 것만 같았다. 그러나 이 방법을 택할 경우 나리는 당연히 소문이 퍼질 것을 걱정하실 테고, 그것은 그렇다 치더라도 한 번의 실수로 막대한 손실을 초래할 수 있는 이 상황에서 내가 잘 모르는 많은 사람들에게 의지해야 한다는 문제점이 있었다. 그래서 나는 마치 장군이 전투를 준비하는 심정으로 다가올 날들에 대비하기 시작했다. 일단 가능한 모든 사태를 감안하여 극도로 꼼꼼하게 특별 인력 관리안을 짰다. 그리고 우리가 가장 큰 취약한 부분들을 분석하고, 문제가 불거졌을 때 의지할 수 있는 응급조치들을 강구했다. 심지어 직원들에게 군대식으로 '격려사'까지 늘어놓았다. 비록 우리 모두가 지칠 정도로 일을 해야 하겠지만 다가올 행사에서 직무를 수행하게 되었음에 커다란 자부심을 느껴야 한다는 점을 가슴에 새기게 하기 위해서였다. 나는 직원들에게 바로 이 지붕 밑에서 역사가 만들어질 수도 있다고 말했다. 직원들 역시 내가 평소에 과장된 표현을 쓰지 않는 사람이라는 것을 잘 알고 있었으므로 뭔가 특별한 일이 임박했음을 충분히 이해했다.

그런데 첫 손님들의 도착 예정일로부터 불과 두 주 전에 내 부친께서 쓰러지시는 일이 벌어졌다. 그러니 그 무렵 달링턴 홀을 지배하는 기류가 어땠을지 '에둘러 말할' 여유가 없었다고 한 내 말뜻을 여러분도 이해할 수 있을 것이다. 어쨌거나 물건이 얹힌 쟁반을 들고 다니지 말라는 식으로 당신의 효용을 구속받게 된 부친은 거기에 함축된 제한들을 교묘하게 비켜 가는 방법을 금세 찾아내셨다. 청소 도구와 자루걸레, 빗자루, 찻주전자와 찻잔, 받침 접시들이 항상 정갈하게 배열된 손수레(너무나 어울리지 않는 물품들이 한데 담겨 있어 이따금 거리 행상의 손수레가 연상될 정도였다.)를 밀고 다니시는 그분의 모습이 집안 곳곳에서 익숙한 풍경이 되어 가고 있었다. 식탁 시중을 포기하는 것에 대해선 여전히 미련을 보이셨지만 그 대신 손수레가 그분께 놀라운 양의 작업을 가능하게 해 주었다. 생각해 보면 회담이라는 거대한 도전이 점차 다가올 때 내 부친께도 엄청난 변화가 찾아들었던 것 같다. 마치 어떤 초자연적인 힘이 그분을 사로잡아 이십 년의 세월을 벗어던지게 만든 듯했다. 우선 최근까지 부친의 얼굴에 드리워졌던 초췌한 기색이 대부분

사라졌고, 얼마나 젊고 활기차게 여기저기 돌아다니며 일하시는지 사정을 모르는 사람이라면 달링턴 홀에는 손수레를 끌고 복도를 돌아다니는 사람이 한둘이 아닌가 보다 했을 것이다.

켄턴 양의 경우 당시 커져만 가던 긴장감이 그녀에게도 뚜렷한 영향을 주었던 것 같다. 한 예로 그 무렵 어느 날 뒤편 복도에서 그녀와 우연히 마주쳤던 일이 기억난다. 달링턴 홀 직원 숙소의 등뼈쯤에 해당하는 뒤편 복도는 상당히 길어 햇빛이 많이 들지 않기 때문에 항상 음침한 분위기였다. 화창한 날에도 워낙 어두컴컴하여 마치 터널을 걸어가는 듯했다. 그러니 그날 내가 나를 향해 다가오는 켄턴 양의 발소리를 알아듣지 못했다면 아마 윤곽만으로 알아보았을 것이다. 그녀가 다가오는 사이 내가 밝은 광선이 널빤지 바닥을 가로지르는 곳에 멈춰 서서 말했다.

"아, 켄턴 양."

"네, 스티븐스 씨?"

"켄턴 양, 위층 침대보들이 모레까지는 준비되어야 하니 좀 신경 써서 챙겨 달라고 부탁드리고 싶군요."

"그 부분은 철저하게 감독하고 있습니다. 스티븐스 씨."

"아, 그렇다면 정말 다행이군요. 그냥 생각이 나서 얘기한 것뿐입니다."

나는 가던 길을 계속 가려 했지만 켄턴 양은 움직이지 않았다. 잠시 후 그녀가 내게로 한 발짝 더 다가서자 광선 한 줄기가 그녀의 얼굴을 가로질렀고 나는 거기에서 성난 표정을 읽을 수 있었다.

"불행하게도 스티븐스 씨, 제가 지금 몹시 바빠서 단 한 순간도 여유가 없답니다. 보아하니 당신은 여유가 있는 모양인데 만약 제게도 그런 여유가 있었다면 집 안팎을 돌아다니며 통쾌하게 보복했을 겁니다. 당신이 완벽하게 처리하고 있는 과제들을 하나하나 지적하면서 말이에요."

"이봐요, 켄턴 양. 그렇게 기분 나빠 할 필요 없어요. 난 그저 혹시 그 부분을 놓치지 않았나 확인하고 싶었을 뿐……."

"스티븐스 씨, 지난 이틀 사이에 벌써 네다섯 번째 이러고 계시는군요. 어떻게 그렇게 시간이 많아서 여기저기 돌아다니며 불필요한 얘기로 다른 사람들을 괴롭힐 수 있는지 신기하기 짝이 없네요."

"켄턴 양, 당신 눈에 지금 내가 정말 한가한 사람으로 보인다면 그거야말로 경험이 부족함을 여실히 보여 주는 증거라고밖에 할 수 없소. 아마 몇 년은 더 지나야 이런 저택이 어떻게 돌아가는지 제대로 알게 되겠군요."

"허구한 날 제 '경험 부족'을 말씀하시면서도 제가 하는 일에서 결함을 지적하기는 좀 힘드신 모양이군요, 스티븐스 씨. 그게 아니라면 벌써 오래전에 장황하게 지적하셨을 테니까 말이에요. 어쨌거나 지금 저는 할 일이 너무 많은 사람이니까 이런 식으로 졸졸 따라다니면서 방해하지 말아 주셨으면 합니다. 정 그렇게 한가하시다면 맑은 공기나 쐬면서 시간을 보내는 게 훨씬 유익하리라 생각됩니다."

그녀는 쾅쾅대며 나를 지나쳐 복도 저쪽으로 멀어져 갔다. 나는 더 깊이 들어가지 않는 게 좋겠다고 판단하고 내 갈 길을 갔다. 그런데 주방 문간에 거의 다다랐을 때 다시 내 쪽으로 다가오는 성난 발소리가 들려왔다.

"이봐요, 스티븐스 씨."

그녀가 소리쳤다.

"지금 이 순간 이후로는 절대로 제게 직접 말씀하지 말아 주세요."

"아니, 켄턴 양. 그게 무슨 소리요?"

"전할 말씀이 있으시면 사람을 통해 전하시라고요. 아니면 쪽지를 써서 보내시든지. 아마 우리의 업무 관계가 훨씬 더 편해질 겁니다."

"켄턴 양……."

"전 지독하게 바빠요, 스티븐스 씨. 복잡한 얘길 하시려거든 글로 적어 보내 주세요. 그게 싫으시다면 마서나 도로시한테 얘기하시든지, 당신이 신뢰하는 남자 하인을 통해 얘기하시든지. 이제 전 제 일로 돌아가 봐야겠으니 당신은 배회나 계속하시죠."

나는 켄턴 양의 태도에 화가 치밀었지만 깊이 따지고 들 여유가 없었다. 그때 마침 첫 손님들이 도착했다. 외국에서 오는 대표들은 이삼일 더 있어야 도착할 예정이었지만 나리께서 이른바 '홈 팀'이라고 일컫는 세 분의 신사, 엄격한 '비공개 인사'로 분류된 외무성 관리 두 명과 데이비드 카디널 경이 자신들의 입장을 최대한 철저하게 준비하기 위해 일찌감치 왔던 것이다. 평소에도 그랬듯 나를 의식하는 분위기가 아니었으므로 나는 심각한 논의가 벌어지는 방들을 자유롭게 드나들었다. 그러니 어쩔 수 없이 준비 막바지 단계의 대체적인 분위기를 감지하게 되었다. 당연한 일이지만 나리와 동료 신사분들은 참석 예정자 하나하나에 대해 최대한 정확한 정보를 교환하느라 바빴는데 그중에서도 단연 주목받는 인물은 프랑스 신사 뒤퐁 씨였고, 그가 과연 동조해 줄 것이냐 아니냐가 주요 화제로 떠오르고 있었다. 실제로 내가 흡연실에 들어섰을 때 한 신사분이 이렇게 말하는 것이 들리기도 했다.

"이 문제에서 우리가 뒤퐁을 어디까지 설득할 수 있느냐에 유럽의 운명이 달렸다고 해도 과언이 아니에요."

나리께서 내게 어떤 임무를 맡기신 것은 이 같은 예비 논의가 한창 진행되고 있던 때였다. 그 특별했던 주에 있었던 잊을 수 없는 사건들과 더불어 오늘날까지 그 기억이 남아 있는 것을 보면 꽤나 특이하다 싶은 분부였던 모양이다. 어쨌거나 달링턴 나리께서 나를 집무실로 불러들이셨는데 좀 안절부절못하는 상태라는 것을 한눈에 알 수 있었나. 나리께서 책상 앞에 앉아 평소의 수법대로 책을 하나 펼쳐 들고 이리저리 넘기셨다. 이번에 잡으신 것은 『인명 사전』이었다.

"아, 스티븐스."

그분이 태연한 투로 말문을 열긴 하셨는데 어떻게 이어 갈까 난감해하시는 것 같았다. 나는 기회가 오는 즉시 그분의 불편함을 덜어 드릴 태세를 갖추고 서 있었다. 잠시 책장을 뒤적이던 나리께서 상체를 굽혀 한 항목을 들여다보더니 말씀하셨다.

"스티븐스, 이건 내가 생각해도 좀 별스러운 부탁이기는 한데."

"네, 나리?"

"현재로선 아주 중요하게 생각되는 일이라서 말일세."

"제가 도움이 된다면 기꺼이 도와 드리겠습니다, 나리."

"이런 일을 거론하게 되어 미안하네, 스티븐스. 자네도 눈코 뜰 새 없이 바쁠 텐데. 하지만 내가 어떻게 풀어야 할지 도통 감이 안 잡혀서 그러네."

달링턴 나리께서 다시 『인명 사전』으로 눈길을 돌리셨으므로 나는 잠시 기다렸다. 이윽고 그분이 눈을 내리깐 채로 말씀하셨다.

"자네는 자연 현상을 좀 알 것이라 생각하네."

"예?"

"자연 현상 말일세, 스티븐스. 성적 지식 같은 것. 자네가 잘 알 것 아닌가?"

"무슨 말씀이신지 잘 모르겠습니다, 나리."

"내 털어놓고 얘기하겠네, 스티븐스. 데이비드 경은 아주 오랜 친구일세. 이번 회담을 주선하는 데도 큰 역할을 해 주었고. 그가 아니었다면 아마 뒤퐁 씨의 참가 약속도 받아 내지 못했을 거야."

"예, 나리."

"그런데 스티븐스, 자네도 눈치챘는지 모르겠지만 데이비드 경이 좀 재미있는 구석이 있어. 그가 이번에 비서 삼아 아들 레지널드를 데리고 왔다네. 중요한 것은 그가 결혼을 앞두고 있다는 거야. 물론 젊은 레지널드 얘기지."

"예, 나리."

"데이비드 경은 아들에게 자연 현상을 이야기해 주려고 지금까지 오 년째 벼르고 있는 중이라네. 그 청년 나이가 올해 스물셋이지."

"예, 나리."

"본론으로 들어가겠네, 스티븐스. 내가 어쩌다 그 청년의 대부가 되었는데 데이비드 경이 그걸 핑계로 나한테 부탁하지 뭔가. 젊은 레지널드에게 자연 현상을 설명해 주라고 말일세."

"예, 나리."

"데이비드 경 본인은 차마 용기가 나지 않아 레지널드의 혼인날이 닥칠 때까지도 입을 열기 어렵지 않을까 걱정하고 있다네."

"예, 나리."

"문제는 내가 엄청나게 바쁘다는 걸세, 스티븐스. 데이비드 경이 그걸 잘 알면서도 나한테 부탁을 해 왔다네."

나리가 말을 멈추고 펼쳐진 책장만 계속 들여다보셨다.

내가 말했다.

"그러니까 그런 얘기를 제가 그 젊은 신사한테 해 주었으면 좋겠다는 말씀이십니까?"

"자네만 괜찮다면, 스티븐스, 나의 이 엄청난 시름을 좀 덜어 주게. 데이비드 경이 지금 몇 시간마다 얘기해 주었느냐고 계속 묻고 있다네."

"알겠습니다, 나리. 가뜩이나 힘든 상황에서 참으로 괴로우셨겠습니다."

"물론 자네가 반드시 해야 할 직무라고는 할 수 없는 일이네, 스티븐스."

"최선을 다해 보겠습니다, 나리. 하지만 그런 얘기에 적당한 때를 잡기가 어려울 것도 같습니다."

"시도만 해 주어도 고맙겠네, 스티븐스. 자넨 참으로 마음이 넓은 사람이야. 어쨌거나 특별히 요란하게 할 필요는 없네. 그냥 기초적인 사실들을 얘기해 주면 돼. 단순한 게 최고다, 내가 해 주고픈 조언은 그걸세, 스티븐스."

"예, 나리. 힘닿는 데까지 해 보겠습니다."

"정말 고맙네, 스티븐스. 진척 상황을 알려 주게나."

여러분도 짐작하겠지만 나로서는 다소 곤혹스러운 부탁이 아닐 수 없었다. 평소 같았으면 시간을 두고 생각해 보았을 사안이었다. 그러나 워낙 분주한 때에 닥친 문제인지라 깊이 생각해 볼 여유가 없었으므로 가능한 한 빨리 기회를 잡아 해결해 버리기로 마음먹었다. 내가 서재에 혼자 있는 젊은 카디널 씨를 발견한 것은 그 임무를 맡고 불과 한 시간쯤 뒤였던 것으로 기억된다. 탁자에 앉아 뭔가 서류를 열심히 들여다보는 그 젊은 신사를 면밀히 뜯어보자니 과연 그 청년의 부친은 물론 나리가 겪었을 어려움을 충분히 헤아릴 수 있었다. 내가 꺼내려는 화제를 감안하면 상대가 좀 명랑

하든지 차라리 경망스러운 쪽이 훨씬 더 편했을 텐데, 내 주인의 대자인 그는 진지하고 학구적인 분위기였고 용모만 보아도 여러 면에서 훌륭한 청년임을 느낄 수 있었다. 어쨌거나 가능한 한 빨리 성과를 내기로 결심한 나는 서재로 들어가 카디널 씨가 앉아 있는 탁자에서 약간 떨어진 곳에 걸음을 멈춘 뒤 가볍게 헛기침을 했다.

"실례합니다만 도련님, 잠시 전해 드릴 말씀이 있습니다."

"아, 그래요?"

카디널 씨가 서류에서 눈을 떼고 쳐다보며 반갑게 말했다.

"아버님께서?"

"예, 사실상 그런 셈이지요."

"잠깐만요."

젊은 신사는 발치에 놓여 있던 작은 서류 가방으로 손을 뻗더니 노트와 연필을 꺼냈다.

"어서 말해 보세요, 스티븐스."

나는 다시 헛기침을 하여 최대한 감정을 억제한 목소리가 되도록 가다듬었다.

"데이비드 경께서 말입니다, 신사와 숙녀는 몇 가지 중요한 측면에서 서로 다르다는 점을 도련님께 알려 주고 싶어 하셨습니다."

내가 그다음 어구를 생각하느라 잠시 머뭇거렸던 모양이

다. 카디널 씨가 대뜸 한숨을 쉬며 말했다.

"그건 너무나 잘 알고 있어요, 스티븐스. 요지를 말하기가 거북하세요?"

"알고 계시다고요?"

"아버님은 늘 나를 과소평가하시지요. 난 이 분야에 관해 책도 많이 읽었고 준비 작업도 끝낸 사람이에요."

"정말이세요, 도련님?"

"지난 한 달간 다른 생각은 하나도 못 했을 정도라니까요."

"그러셨군요. 그렇다면 제 얘기가 좀 장황하게 들리셨겠습니다."

"아버님께 내가 아주 잘 알고 있더라고 전해 주세요. 상상할 수 있는 모든 각도에서 다룬 자료들이 이 서류 가방에 빽빽이 들어 있으니까요."

그가 한쪽 발로 가방을 쿡쿡 찔렀다.

"그렇습니까, 도련님?"

"나는 인간의 머리가 감당할 수 있는 모든 조합을 낱낱이 검토해 보았다고 자부할 정도입니다. 아버님께 그 점을 확실하게 해 주면 좋겠군요."

"알겠습니다, 도련님."

카디널 씨가 약간 누그러진 태도로 또 한 번 가방을 찌르며 말하자 나는 그 가방에서 눈을 돌리고픈 심정이었다.

"내가 왜 이 가방을 손에서 놓지 않는지 궁금했을 텐데 이제 그 이유를 알겠지요? 엉뚱한 사람이 이걸 열었다고 한 번 상상해 보세요."

"참으로 곤란하기 짝이 없는 일이겠지요, 도련님."

"물론이죠."

그가 갑자기 자세를 똑바로 고쳐 앉으며 말했다.

"아버님께서 완전히 새로운 요소를 찾아내서 고려해 보라고 하신다면 또 모를까."

"그 어른께서 그러실 거라고는 상상도 할 수 없습니다, 도련님."

"그래요? 오로지 그 뒤퐁인가 하는 사람만 생각하시나?"

"그런 것 같습니다, 도련님."

나는 약 오른 기색을 드러내지 않으려고 안간힘을 써야 했다. 거의 뒷전으로 물러났다고 생각했던 과업이 여전히 내 앞에 멀쩡하게 놓여 있음을 뒤늦게 깨달았던 것이다. 내가 재차 시도해 보려고 생각을 모으고 있을 때였을 것이다. 젊은 신사는 불쑥 일어서더니 서류 가방을 움켜잡으며 말했다.

"이제 그만 나가서 맑은 공기나 좀 쐬어야겠어요. 도와줘서 고맙군요, 스티븐스."

나는 지체 없이 한 번 더 카디널 씨와 이야기할 기회를 만들어 보려 했지만 마침 그날 오후에 미국 상원 의원인 루이스 씨가 예정보다 이틀 정도 빨리 도착하는 바람에 그럴 수가 없었다. 안뜰에 와서 멎은 요란한 자동차 소리가 머리 위에서 들려온 것은 내가 집무실로 내려와 필수품 목록을 정리하고 있을 때였다. 급히 위층으로 올라가던 나는 뒤편 복도에서 켄턴 양과 마주쳤다. 알다시피 우리가 마지막으로 다투었던 바로 그 현장이었는데, 이 기분 나쁜 우연이 그녀로 하여금 지난번의 그 유치한 태도를 계속 고수하게 부채질했는지도 모른다. 누가 도착했느냐고 내가 물었더니 켄턴 양은 곧장 지나가면서 이렇게만 말했던 것이다.

"급하면 전갈을 보내세요, 스티븐스 씨."

나는 정말 화가 치밀었지만 위층으로 허겁지겁 올라갈 수밖에 없는 상황이었다.

내가 기억하는 루이스 씨는 얼굴에서 언제나 상냥한 미소가 떠나지 않고 도량이 넓은 신사다. 하루 이틀 더 시간을 가지고 은밀하게 준비하려 했던 나리와 동료들로서는 그의 때 이른 도착이 다소 불편했을 것이다. 그러나 싹싹하고 격식을 따지지 않는 매너와 식탁에서 "미국은 항상 정의의 편에 서 왔기 때문에 베르사유에서 저질러진 실수들을 흔쾌히 인정할 것이다."라고 한 말이 크게 작용하여 루이스 씨는 나리의 '홈 팀'으로부터 신뢰를 얻는 것 같았다. 식사가 점점 진행되면서, 루이스 씨의 고향인 펜실베이니아의 자랑거리 따위에 머물던 화제가 당면한 회담 쪽으로 서서히 그러나 확실하게 되돌려졌다. 그래서 신사들이 시가에 불을 붙일 즈음에는 루이스 씨가 도착하기 전에 오갔던 이야기들과 별반 다르지 않은 은밀한 추측들이 슬슬 나오고 있었다. 어느 한 대목에서 루이스 씨가 좌중을 향해 말하는 것이 들려왔다.

"신사 여러분, 뒤퐁 씨가 대단히 예측하기 어려운 사람이라는 얘기에는 동감합니다. 그러나 그와 관련해 단언할 수 있는 게 하나 있다는 점을 말씀드리고 싶습니다. 아주 확실하게 장담할 수 있는 사실입니다."

그가 상체를 굽히고 시가를 흔들어 대며 자신의 이야기를 강조했다.

"뒤퐁 씨는 독일인들을 싫어합니다. 전쟁 전에도 증오했고, 지금도 여기 계신 여러분의 입장에서는 도저히 납득하기 힘들 만큼 증오합니다."

루이스 씨는 이렇게 말하고 다시 의자 깊숙이 몸을 묻었다. 예의 그 상냥한 미소가 얼굴 가득 되돌아와 있었다. 그가 다시 말을 이었다.

"하지만 신사 여러분, 프랑스인이 독일인을 미워한다고 해서 비난하기는 어렵지 않겠습니까? 따지고 보면 프랑스인도 그럴 만한 충분한 이유가 있는 게 아닌가요?"

루이스 씨가 탁자를 휘둘러보는 사이에 다소 어색한 분위기가 감돌았다. 잠시 후 달링턴 나리께서 말씀하셨다.

"약간의 악감정은 물론 있을 수밖에 없겠지요. 그러나 사실 우리 영국인들도 독일인들을 상대로 오랜 기간 치열하게 싸웠던 사람들입니다."

"하지만 당신 영국인들과는 다른 점이 있어요."

루이스 씨가 말했다.

"내가 볼 때 당신들은 이제 독일인들을 지독하게 증오하지는 않습니다. 그러나 프랑스인들의 시각은 다릅니다. 독일인들이 유럽 문명을 파괴했으니 어떤 처벌도 달게 받아야 한다고 생각하지요. 물론 우리 미국인들이 볼 때 그건 좀 비현실적인 태도이긴 합니다만, 내가 항상 당혹스러운 것은 영국인들은 어째서 프랑스인들처럼 그러지 않느냐 하는 겁니다. 방금 여러분도 말씀하셨듯 영국 역시 지난 전쟁에서 많은 것을 잃지 않았습니까?"

또 한차례 어색한 침묵이 흐른 뒤 이번에는 데이비드 경이 다소 자신 없는 어조로 말했다.

"세상을 보는 방식에서 우리 영국인들은 프랑스인과 다를 때가 종종 있습니다, 루이스 씨."

"아, 일종의 기질적인 차이다, 이 말씀이시군요."

이 말을 할 때 루이스 씨의 미소가 좀 더 넓게 퍼지는 것 같았다. 그는 이제 많은 것들이 명쾌하게 이해된다는 듯 고개를 끄덕이면서 시가를 빼 들었다. 이 부분에서 뒤늦게 내 기억이 채색되었을 가능성도 있긴 하지만 겉보기에 매력이 넘치는 이 미국 신사에게서 표리부동이라고나 할까 뭔가 이상한 낌새를 처음으로, 그러나 확실하게 느낀 것이 바로 이 시점이었다. 나는 그때 미심쩍은 인상을 받았는데 달링턴 나리는 전혀 그렇지 않으신 것 같았다. 어색한 침묵이 일이 초 더 흐른 뒤 나리가 나름대로 판단하신 듯 다음과 같이 말문을 여셨기 때문이다.

"루이스 씨, 솔직하게 말씀드리지요. 현재 프랑스의 태도를 우리 영국인들 대다수가 비열하다고 느끼고 있습니다. 당신은 그것을 기질적 차이라고 하는지 모르겠습니다만 나는 우리가 좀 더 깊은 부분을 거론하고 있다고 봅니다. 갈등이 끝난 마당에 이처럼 적국을 계속 증오한다는 것은 보기 흉한 작태입니다. 링에서 상대를 다운시켰으면 그걸로 끝내는 것이 온당합니다. 그다음에도 계속 발길질을 해서는 안 되는 거지요. 우리가 볼 때 프랑스의 행동은 점점 더 야만스럽게 변해 가고 있습니다."

이 발언이 루이스 씨에게 다소 만족을 주는 것처럼 보였다. 그가 무어라고 공감의 뜻을 표하며 식탁 위에 뽀얗게 덮인 담배 연기 사이로 보이는 좌중을 향해 흡족한 미소를 지었다.

이튿날에는 더 많은 팀들이 예정보다 일찍 도착했다. 독일에서 온 두 숙녀가 시녀와 하인들을 대거 거느리고 무수한 트렁크를 싣고 도착했다. 두 분은 서로 배경이 상당히 달라 보였는데도 함께 여행해서 왔다. 그리고 오후에는 이탈리아 신사 한 분이 시종과 비서, '전문가', 경호원 둘을 대동하고 왔다. 나는 이 신사분이 대체 어디에 오는 것으로 생각하고 경호원들까지 데리고 왔는지 상상이 잘 되지 않았다. 어쨌거나 달링턴 홀에서 그 이탈리아 신사가 가는 데마다 몇 미터 떨어져서 의심에 찬 눈길로 사방을 노려보는 덩치 좋고 과묵한 두 사내를 지켜보자니 좀 묘한 느낌이 들었던 것이 사실이다. 그 후 며칠에 걸쳐 파악된 경호원들의 근무 방식을 보면 밤에도 한 사람은 직무를 수행하기 위해 둘이 서로 다른 시각에 잠자리에 드는 식이었다. 나는 맨 처음 그 이야기를 듣고 켄턴 양에게 알려 주려 했지만 이번에도 그녀는 나와 이야기하기를 거부했다. 나는 최대한 신속하게 일을 처리하자는 뜻에서 할 수 없이 쪽지를 적어 그녀의 집무실 문 밑에 끼워 놓아야 했다.

다음 날에도 손님들이 몇 팀 더 도착하자 회담이 시작되려면 아직 이틀이 더 남았는데도 달링턴 홀은 각국에서 온 사람들로 가득 차 버렸다. 손님들은 이 방 저 방에 틀어박혀 이야기를 나누기도 하고, 특별한 볼일 없이 홀이나 복도, 층계참을 서성대며 그림이나 물품을 살펴보기도 했다. 손님들 서로가 깍듯이 예절을 지키는데도 불구하고 대체로 불신에 가까운 긴장된 분위기가 주류를 이루는 상황이었다. 이 거북한 분위기를 반영하듯 주인을 따라온 시종과 하인들까지 서로 눈에 띄게 냉랭한 시선으로 보는 것 같았다. 눈코 뜰 새 없이 바쁜 탓에 그들과 많은 시간을 함께할 수 없는 우리 입장에서는 차라리 반가운 현상이었다.

바로 그즈음 나는 주의를 쏟아야 하는 수많은 사안들을 처리하느라 정신이 없을 때였다. 우연히 창밖을 내다보았는데 정원을 돌며 맑은 공기를 쐬고 있는 젊은 카디널 씨가 눈에 딱 들어왔다. 평소와 마찬가지로 서류 가방을 움켜잡고 깊은 생각에 빠져 잔디밭 외곽으로 연결된 오솔길을 향해 천천히 걸어가고 있었다. 내가 그 신사와 관련된 나의 임무를 떠올린 것은 당연했다. 문득 자연과 대체로 근접해 있는, 특히 예를 들자면 거위들이 코앞에 보이는 저 바깥 정원이야말로 내 요지를 전달할 무대로 안성맞춤이겠구나 하는 생각이 머리를 스쳤다. 게다가 재빨리 밖으로 나가 오솔길 옆의 거대한 꽃나무 수풀 뒤에 숨으면 적절할 때 카디널 씨와 마주칠 수 있겠다는 판단도 들었다. 수풀 뒤에 있다가 나가 우연히 만난 척하며 대화로 들어갈 수 있었다. 아주 치밀한 전략이라고는 하기 힘들었다. 물론 이 특이한 임무가 나름대로 중요하기는 했지만 나의 최우선 과제로 놓기는 힘든 상황이었음을 이해해 주기 바란다.

잔디밭과 나뭇잎에 서리가 얇게 덮였지만 이맘때치고는 제법 온화한 날씨였다. 나는 재빨리 잔디밭을 가로질러 수풀 뒤에 숨었고, 과연 오래지 않아 카디널 씨의 발소리가 가까워지고 있었다. 그러나 운 없게도 나는 등장해야 할 때를 약간 놓치는 실수를 범하고 말았다. 본래는 카디널 씨가 꽤 멀리 보일 때 등장해서 내 모습을 잠시 지켜보게끔 할 생각이었다. 그래서 내가 정자나 정원사 숙소로 가는 중이구나 하고 그가 짐작할 즈음 내가 그제야 그를 발견한 척하면서 즉흥적으로 대화에 끌어들일 계산이었다. 그러나 실제 상황에서는 약간 늦게 등장하는 바람에 젊은 신사를 매우 놀라게 만드는 결과를 낳고 말았다. 깜짝 놀란 카디널 씨는 대뜸 서류 가방부터 품에 끌어안았다.

"정말 죄송하게 됐습니다, 도련님."

"이런, 스티븐스. 깜짝 놀랐잖소. 난 또 무슨 일이 벌어진 줄 알았네."

"죄송합니다. 하지만 기왕 이렇게 만났으니 도련님께 말씀드릴 게 좀 있습니다."

"그래요. 그건 좋은데 정말 간 떨어지게 만드는군요."

"그럼 곧장 본론으로 들어가겠습니다, 도련님. 저기 멀지 않은 곳에 거위들이 보이시죠?"

"거위?"

그가 약간 어리둥절해하며 주위를 둘러보았다.

"아, 저기 녀석들이 보이긴 하네."

"꽃도 관목도 다 마찬가지랍니다. 지금이야 아직은 절정기가 아니지만 봄이 되면 이 야외의 모든 것들에 변화가 생긴다는 걸 도련님도 아실 겁니다. 아주 특별한 변화 말입니다."

"그래요, 지금은 정원이 한창때는 아니지요. 하지만 솔직히 말해 스티븐스, 난 지금 자연의 영광에 관심을 가질 처지가 아닙니다. 여러 가지로 걱정이 많거든요. 뒤퐁이란 사람이 드디어 도착하긴 했는데 그의 기분이 아주 최악이더군요. 우리가 가장 우려했던 상황이지요."

"뒤퐁 씨가 저택에 도착했다고요?"

"삼십 분쯤 되었을 텐데 성질이 엄청 나 있을 거예요."

"죄송합니다, 도련님. 제가 당장 가 봐야겠습니다."

"물론 그래야겠죠. 어쨌거나 스티븐스, 나와 얘기하려고 여기까지 나와 줘서 고마웠어요."

"제가 도리어 죄송하게 됐지요, 도련님. 사실은 도련님이 표현하신 자연의 영광에 대해 한두 가지 말씀드릴 게 있었습니다. 귀담아들어 주신다면 저로선 더없이 고마운 일일 겁니다. 하지만 그 얘기는 다음 기회로 미뤄야 할 것 같군요."

"그래요, 스티븐스. 내 기대하고 있지요. 나로 말하자면 낚시에 더 관심이 많은 사람이랍니다. 물고기에 대해서는 민물 짠물 가리지 않고 모르는 게 없지요."

"이담에 우리가 논하게 될 얘기는 이 세상 모든 생명체에 관한 것입니다, 도련님. 하지만 지금은 부득이 실례를 해야겠습니다. 저는 뒤퐁 씨가 도착한 줄 전혀 몰랐거든요."

나는 황급히 집 안으로 들어가다가 나를 찾고 있는 고참 하인과 곧 마주쳤다.

"집사님을 찾으려고 온 사방으로 쫓아다녔습니다. 그 프랑스 신사분이 도착하셨어요."

뒤퐁 씨는 회색 턱수염을 기른 키 크고 기품 있는 신사였으며 외알 안경을 착용하고 있었다. 도착 당시 그는 대륙의 신사들이 휴일에 주로 입는 차림을 하고 있었고, 그 후로도 마치 친구들과 즐기려고 달링턴 홀에 온 사람처럼 계속 그런 복장을 고수했다. 카디널 씨가 이야기했듯 뒤퐁 씨는 좋은 기분으로 도착하지 못했다. 달링턴 홀에 도착하기 며칠 전 영국에 입국한 모양이었는데 그사이에 무슨 일들로 그렇게 심기가 불편해졌는지에 대해선 지금 일일이 기억나지 않는다. 하지만 중요한 것은 런던을 관광하던 도중에 발에 심한 염증이 난 그가 환부가 썩어 들어가지 않을까 우려하고 있었다는 점이다. 나는 그의 시종에게 퀜턴 양의 도움을 받으라고 일러 주었지만 별 효력을 보지 못했다. 결국 뒤퐁 씨가 두서너 시간마다 딱딱 손가락으로 소리를 내며 나를 불러 "집사! 붕대가 더 필요해."라고 소리치는 상황이 반복되었다.

루이스 씨는 기분이 한결 좋아진 것 같았다. 뒤퐁 씨와 그 미국 상원 의원은 오랜 동료 사이인 양 반가워했고, 그 시각 이후로 거의 붙어 다니면서 서로 회고담을 늘어놓으며 껄껄 웃어 대곤 했다. 충분히 짐작할 수 있는 상황이지만 본격적인 논의가 시작되기 전에 이 특별한 신사와 긴밀한 접촉을 가져 보려 했던 달링턴 나리의 입장에서는 루이스 씨가 뒤퐁 씨 곁에 맴도는 것이 상당히 불편했을 것이다. 내 눈으로 직접 본 것만도 몇 차례나 되는데, 나리께서 은밀히 대화를 좀 나눠 보려고 뒤퐁 씨에게 접근하실라치면 루이스 씨가 예의 그 상냥한 미소를 지으며 다가와 항상 이런 식으로 말하곤 했다.

"실례합니다만 두 분, 요즘 저한테 상당히 난처한 문제가 있는데요."

그러다 보면 나리는 어느새 루이스 씨의 유쾌한 일화를 또 듣고 있는 처지가 되고 말았다. 그러나 루이스 씨를 제외

한 다른 손님들은 경외감 때문인지 적대감 때문인지 신중하게 뒤퐁 씨와 거리를 유지했다. 손님들이 서로서로 경계하는 분위기였다고는 하지만 그러한 태도들이 뚜렷하게 눈에 띈다는 것은 결국 다가올 회담의 성과 여부가 뒤퐁 씨에게 달려 있다는 사실을 확인시켜 주는 것 같았다.

회담은 1923년 3월 마지막 주 어느 비 오는 날 아침에 시작되었다. 썩 어울리지는 않지만 응접실이 무대였는데, 이곳은 참석자들 중 상당수가 '비공개 인사'였기 때문에 선정되었다. 사실 내가 봐도 약간 우스꽝스러울 정도로 격식에서 벗어난 모양새였다. 연약한 여성을 연상시키는 그 공간에 검은 양복의 근엄한 신사들이 소파 하나에 서너 명씩 어깨를 맞대고 우글거리며 앉아 있는 광경이 묘한 느낌을 자아내기에 충분했다. 그러나 평범한 사교 행사의 모양새를 유지하자는 일부 인사들의 의지가 워낙 확고하여 잡지나 신문에 공개하는 방안까지 추진했을 정도였다.

이 첫날 아침 행사가 진행되는 동안 나는 쉴 새 없이 응접실을 들락날락해야 했기 때문에 상황이 어떻게 전개되어 가는지 제대로 파악할 수 없었다. 그러나 달링턴 나리께서 하셨던 개막 연설은 기억난다. 먼저 손님들께 공식적으로 환영의 뜻을 표하신 다음, 베르사유 조약의 여러 조항들을 완화해야 하는 강력한 도덕적 논거를 개괄하시고, 당신께서 독일에서 직접 목격했던 크나큰 참상들을 강조하셨다. 물론 그전에도 여러 차례 그러한 감회를 피력하시는 것을 들었지만 이 위엄 있는 자리에서 참으로 깊은 확신을 갖고 하시는 말씀을 들으니 나도 모르게 새삼 가슴이 뭉클해졌다. 그 뒤에 이어진 데이비드 카디널 경의 연설 내용은 제대로 듣지 못했지만 훨씬 전문적이어서 솔직히 말해 내 머리로는 이해하기 힘들었던 것 같다. 그러나 독일의 배상금 지급 동결과 루르 지역에 주둔한 프랑스군의 철수를 요청하는 것으로 말을 끝맺은 것을 보면 그분의 대체적인 논조도 나리의 요지와 크게 다르지 않았을 것이다. 그다음에는 독일의 백작 부인이 연설하기 시작했으나 그 시점에서 나는 지금은 기억나지 않는 어떤 이유로 응접실에서 물러나야 했다. 꽤 한참 나와 있다가 다시 들어갔을 무렵에는 손님들이 공개 토론을 벌이고 있었는데 교역과 금리 이야기가 주류를 이루는 토론이어서 내 능력으로는 이해하기 힘들었다.

내가 목격한 바에 따르면 뒤퐁 씨는 토론에 열의를 보이지 않았으며, 남들의 이야기를 주의 깊게 경청하는지 다른 생각에 골몰해 있는지 그의 뚱한 태도만으로는 판단하기 어려웠다. 그러다 내가 독일 신사 한 분이 연설하는 도중에 응접실에서 나오는데 뒤퐁 씨가 갑자기 일어서더니 뒤따라 나왔다.

"여보게, 집사."

바깥 홀로 나와서야 그가 나를 불렀다.

"내 발을 어떻게 좀 해 볼 수 없겠나? 지금 발 때문에 너무나 힘들어서 저 사람들이 하는 말이 도무지 귀에 들어오지를 않네."

물론 사람을 시켜 켄턴 양한테 도움을 요청하는 전갈을 보낸 뒤 내가 뒤퐁 씨에게 당구장에서 그를 간호해 줄 켄턴 양을 기다리라고 조처해 놓고 왔을 때였을 것이다. 고참 하인이 헉헉대며 황급히 층계를 내려와 내 부친께서 위층에서 쓰러지셨다는 소식을 전해 주었다.

나는 허겁지겁 2층으로 올라갔고 층계참을 막 도는 순간 아주 낯선 광경을 마주하게 되었다. 복도 저 끄트머리, 빗물로 얼룩진 희뿌연 대형 창 거의 정면에 무슨 엄숙한 의식에 참여하고 있는 듯한 자세로 굳어 버린 부친의 모습이 눈에 들어왔다. 한쪽 무릎을 꿇은 채 고개를 숙인 것이 마치 앞에 놓인 손수레를 밀고 계시는 것 같았는데 왠지 그 손수레도 옴짝달싹하지 않을 것처럼 보였다. 객실 담당 하녀 두 명이 용쓰는 그분을 멀찌감치 떨어져서 경외감 속에 지켜보고 있었다. 나는 얼른 부친께 다가가 손수레 가장자리를 꽉 움켜잡은 두 손을 풀어 드리고 카펫 위에 눕혔다. 부친의 두

눈은 감겨 있었고 얼굴은 잿빛이었으며 이마에는 땀방울이 송골송골 맺혀 있었다. 추가 도움을 요청하고 욕실 의자도 때맞춰 대령한 후 부친은 당신의 방으로 옮겨졌다.

일단 부친을 침대에 뉘고 나자 어떻게 해야 할지 좀 난감해졌다. 이런 상태의 부친을 내버려 두고 가는 것은 바람직하지 않았지만 나는 단 일 초도 더 이상 시간을 낼 수 없는 처지였다. 문간에서 망설이고 서 있을 때 켄턴 양이 옆에 오더니 말했다.

"스티븐스 씨, 지금 당장은 제가 당신보다 시간이 있어요. 원하신다면 제가 부친을 돌봐 드릴게요. 메러디스 박사님을 환자분께 안내하고 특별히 하실 말씀이 있다고 하면 당신에게 알려 드리겠어요."

"고마워요, 켄턴 양."

나는 이렇게 말하고 자리를 떴다.

응접실로 돌아가 보니 한 성직자가 베를린 아동들이 겪고 있는 곤경을 이야기하는 중이었다. 나는 어느새 손님들에게 차와 커피를 대접하는 일에만 정신이 빠져 있었다. 신사 몇 분은 술을 마시고 있었으며, 한두 명은 숙녀가 두 분이나 있는데도 담배를 태우기 시작했다. 켄턴 양이 나를 불러 세운 것은 내가 빈 찻주전자를 들고 응접실을 나서고 있을 때였던 것 같다.

"스티븐스 씨, 메러디스 박사님께서 지금 떠나시려고 해요."

그녀가 말하는 사이 홀에서 방수 외투와 모자를 챙겨 입고 있는 의사 선생이 눈에 들어왔으므로 나는 찻주전자를 그대로 든 채 그에게 다가갔다. 메러디스 박사가 불만스러운 표정으로 나를 쳐다보았다.

"부친의 상태가 별로 좋지 않네."

그가 말했다.

"혹시 더 나빠지시면 즉시 나를 부르게."

"알겠습니다, 박사님. 감사합니다."

"부친의 연세가 어떻게 되시지, 스티븐스?"

"일흔둘입니다, 박사님."

메러디스 박사는 잠시 생각하더니 다시 말했다.

"상태가 악화되면 즉각 기별을 주게."

나는 다시 한번 감사를 표하고 박사님을 밖으로 안내했다.

내가 루이스 씨와 뒤퐁 씨의 대화를 엿들은 것은 바로 그날 저녁 만찬이 시작되기 직전이었다. 볼일이 있어 뒤퐁 씨의 방으로 올라가서 막 노크를 할 참이었다. 평소 습관대로 나는 노크를 하기 전에 잠시 문 안쪽의 소리에 귀를 기울였다. 이것은 대단히 부적절한 순간에 문을 두드리는 불상사를 피하기 위한 세심한 예방 조치라고 할 수 있다. 여러

분은 이런 습관이 없는지 모르겠지만 나는 늘 그래 왔을 뿐
아니라 많은 전문가들 사이에 보편화된 습관이라고 단언할
수 있다. 다시 말해 이런 행동에 무슨 협잡이 숨어 있는 것
은 결코 아니며, 따라서 그날 밤 내가 그렇게 엿듣게 된 것
도 내 의도는 결코 아니었다. 어차피 일이 그리되려고 그랬
는지 내가 뒤퐁 씨의 방문에 귀를 갖다 댔을 때 마침 루이
스 씨의 목소리가 들려왔다. 처음 귀에 들어온 이야기가 어
떤 내용이었는지는 정확히 기억나지 않지만 말투가 의구심
을 일으켰다. 그 미국 신사가 달링턴 홀에 도착한 후로 많은
이들을 매료시키는 데 공헌했던 상냥하고 느긋한 목소리에
는 변함이 없었으나 뭔가 은밀한 분위기가 뚜렷하게 묻어났
다. 이 발견과 더불어 그가 뒤퐁 씨의 방에 와 있을 뿐 아니
라 가장 핵심적인 인사를 상대로 일장 연설을 하는 듯한 분
위기라는 점이 함께 작용하여 나는 문을 두드리지 못하고
계속 귀를 기울이게 되었다.

달링턴 홀의 침실들에는 꽤나 두꺼운 문짝이 달려 있기
때문에 대화를 완전하게 듣기란 불가능하다. 따라서 그때
엿들은 이야기를 지금 정확하게 기억하기는 어려우며, 같은
날 저녁에 나리께 그 일을 보고할 때도 어려움을 겪기는 마
찬가지였다. 그렇다고 해서 내가 그 방에서 벌어지는 일에
대해 확실하게 감을 잡지 못했다는 말은 아니다. 미국 신사

가 뒤퐁 씨에게 한 이야기를 대충 요약하자면 이렇다. 당신은 달링턴 경과 기타 회담 참석자들에게 이용당하고 있다. 당신이 뒤늦게 초대된 것은 당신이 없을 때 중요한 문제들을 의논하기 위한 의도적인 술책이었다. 심지어 당신이 도착한 후에도 달링턴 경이 당신을 빼놓고 주요 대표들과 은밀하게 소규모 토론을 벌이는 장면들을 목격할 수 있었다. 그러고 나서 루이스 씨는 자기가 도착한 날 저녁에 달링턴 나리와 몇몇 신사가 만찬 석상에서 했던 몇 가지 이야기들을 고해바치기 시작했다.

"솔직히 말해 선생, 나는 선생의 동포들을 향한 저들의 태도에 간담이 서늘했습니다. '야만적'이라느니 '비열하다'느니 하는 표현을 서슴없이 쓰더군요. 그로부터 불과 몇 시간 후에 내가 일기장에 그대로 기록해 놓았답니다."

뒤퐁 씨가 짧게 대꾸했으나 제대로 들리지 않았고, 다시 루이스 씨의 목소리가 들려왔다.

"참으로 기가 막혔습니다. 그게 불과 몇 년 전까지 어깨를 나란히 했던 혈맹에게 할 수 있는 말들입니까?"

그때 내가 결국 노크를 했는지는 정확히 기억나지 않지만 엿들은 이야기의 놀라운 성격을 감안할 때 그냥 물러가는 게 상책이라고 판단했을 가능성이 매우 높다. 아무튼 나리께 곧바로 보고해야 한다는 생각에 그 방 앞에서 머뭇거린 시간이 길지 않았으므로 루이스 씨의 이런 이야기에 뒤퐁 씨가 어떤 반응을 보이는지는 짐작하기 어려웠다. 단서가 될 만한 이야기까지는 듣지 못하고 물러나야 했기 때문이다.

이튿날이 되자 응접실의 토론 열기는 새로운 국면으로 접어들었고 점심때쯤에는 상당히 열띤 토론들이 오갔다. 내가 받은 인상으로는 안락의자에 앉아 별말 없이 턱수염만 만지작거리고 있는 뒤퐁 씨를 겨냥한 비난성 발언들이 쏟아졌고 내용도 점점 대담해졌다. 그리고 나리도 물론 우려하며 지켜보았겠지만, 잠깐씩 휴회가 선언될 때마다 루이스 씨가 뒤퐁 씨를 구석진 곳이나 다른 조용하게 의논할 수 있는 장소로 빼돌린다는 것을 알 수 있었다. 오찬이 막 끝났을 무렵 두 신사가 서재 바로 안쪽 문간에서 살그머니 대화하는 장면을 내 눈으로 직접 본 기억도 나는데, 내가 다가가자 황급히 이야기를 중단한다는 느낌을 분명하게 받았다.

한편 내 부친은 좋아지지도 나빠지지도 않는 상태를 유지하고 계셨다. 전해 들은 바로는 대부분의 시간을 주무시기만 하셨고, 내가 어쩌다 짬을 내어 그분의 작은 다락방에 올라가 봐도 과연 잠만 주무시고 계셨다. 사실 나는 부친의 병이 재발한 후 이틀째 저녁이 될 때까지도 부친과 이야기를 나눠 볼 기회가 전혀 없었다.

그날 저녁에도 내가 들어섰을 때 부친은 주무시고 계셨다. 그런데 켄턴 양이 간호를 맡겨 놓은 하녀가 나를 보자 벌떡 일어서더니 부친의 어깨를 흔들어 대기 시작했다.

"그만둬!"

내가 놀라 소리쳤다.

"지금 무슨 짓을 하는 건가?"

"스티븐스 씨가 집사님이 오시면 깨워 달라고 하셨어요."

"주무시도록 내버려 두게. 과로 때문에 병이 나신 분이야."

"꼭 깨우라고 당부하셨습니다, 집사님."

하녀는 이렇게 말하고 다시 부친을 흔들었다.

부친께서 눈을 뜨시더니 베개에서 고개를 약간 돌려 나를 쳐다보셨다.

"이제 좀 좋아지실 모양입니다."

내가 말했다.

부친께서 잠시 나를 바라만 보시더니 물으셨다.

"아래층 일은 잘되어 가고 있지?"

"좀 어수선하죠 뭐. 6시가 조금 넘었으니 지금 주방 분위기가 어떨지 아버님도 충분히 짐작되실 겁니다."

부친의 얼굴에 다급한 기색이 스쳐 갔다.

"어쨌거나 다 잘되어 가는 거지?"

부친께서 또 한 번 물으셨다.

"그럼요, 마음 푹 놓고 쉬셔도 됩니다. 상태가 호전되어 정말 다행입니다."

부친께서 아주 천천히 담요 밑에서 두 팔을 빼시고는 지친 눈길로 당신의 손등을 쳐다보셨다. 한동안 계속 그렇게 손등만 응시하셨다.

"아버님께서 한결 좋아지셔서 기쁩니다."

결국 내가 또 한 번 반복했다.

"이젠 정말 내려가 봐야겠습니다. 말씀드렸듯이 상황이 좀 어수선하거든요."

부친께서 잠시 더 당신의 손을 쳐다보시더니 이윽고 천천히 말씀하셨다.

"내가 그동안 너한테 좋은 아버지였는지 모르겠다."

내가 가볍게 웃으며 말했다.

"전 아버님께서 호전되어 기쁠 따름입니다."

"네가 자랑스럽다. 좋은 아들이야. 내가 좋은 아버지였더라면 좋았을 것을. 그러지는 못한 것 같다."

"지금은 집안일이 너무 바쁜 것 같으니 아침에 다시 말씀하실 수 있을 겁니다."

부친은 마치 당신의 두 손 때문에 화가 난 사람처럼 계속 손만 쳐다보고 계셨다.

"좋아지신 걸 보니 정말 기쁩니다."

나는 또 한 번 같은 말을 남기고 자리를 떴다.

아래층으로 내려와 보니 주방은 그야말로 아수라장이었고 직급을 막론하고 모든 직원들에게서 극도의 긴장감이 느껴졌다. 그러나 지금 생각해도 흐뭇한 것은 한 시간쯤 지나 만찬 식탁이 차려질 무렵에는 모두들 오직 능률과 전문가다운 침착함만을 발휘하고 있었다는 사실이다.

우리의 웅장한 연회장이 제 기능을 한껏 발휘하는 광경은 언제 보아도 감동적이었는데 그날 저녁도 예외가 아니었다. 야회복 차림의 신사들이 아름다운 두 여성 대표를 수적으로 압도하며 줄줄이 서 있으니 분위기가 다소 투박한 것은 사실이었으나 그 대신에 커다란 샹들리에 두 개가 탁자 위에 매달려 있었다. 샹들리에가 전기 기구로 바뀐 후에는 휘황찬란하고 현란한 불빛을 발하게 되었지만 그 시절만 해도 아직 가스를 쓰던 때여서 신비롭고 은은한 불빛이 장내를 휘감고 있었다. 회담 개막 후 두 번째이자 마지막에 해당하는 그날 만찬(손님들 대부분이 다음 날 점심을 먹고 흩어질 예정이었다.)이 시작되자 지난 며칠간 극도의 신중함을 보여 왔던 사람들이 태도가 좀 달라지는 것 같았다. 대화들이 한결 자유롭고 소란하게 흘러갔을 뿐 아니라 우리가 들여가는 와인의 양도 현저하게 많아지고 있었다. 우리의 직업적 관점에서 보기에 만찬은 이렇다 할 어려움 없이 치러졌고, 이윽고 폐회 시간이 되자 나리께서 손님들에게 연설하기 위해 자리에서 일어나셨다.

달링턴 경은 지난 이틀간의 토론이 "때로 과하다 싶을 정도로 솔직한 장면들도 있긴 했지만" 화기애애한 분위기와 선(善)의 승리에 대한 열망에서 진행된 것에 대해 모든 참석자들에게 감사를 표하는 것으로 시작하셨다.

"지난 이틀 사이에 확인된 결속력은 당초의 제가 기대한 것 이상이었으며, 마지막으로 내일 아침에는 스위스에서 개최될 중요한 국제 회담에 앞서 우리 각자가 취해야 할 조치와 관련해 총괄적인 성격의 모임이 열릴 것입니다. 그 자리에서도 여러분들의 풍성한 견해가 개진되리라 믿습니다."

나리께서 작고한 친구 카를하인츠 브레만 씨를 회고하기 시작한 것은 바로 이 대목이었을 것이다. 사전에 그렇게 하기로 작정하셨던 것인지는 나도 알지 못한다. 나리께서 당신의 본심에 가장 근접한, 따라서 상세하게 설명하고 싶었던 그 말씀을 꺼내신 것은 다소 불행한 일이었다. 게다가 나리는 이른바 타고난 대중 연설가라고는 할 수 없는 분이셨다. 아마도 이런 이유들이 작용하여 청중의 관심이 점점 줄고 있음을 나타내는 작고 불온한 웅성거림이 이내 장내 곳곳으로 퍼져 나갔다. 그래서 달링턴 나리께서 마침내 모두 일어나서 "유럽의 평화와 정의를 위해" 건배하자고 손님들에게 청할 무렵에는 소음의 수위가 내가 볼 때 거의 무례하다 싶을 정도에 달해 있었다. 그사이에 소비된 엄청난 양의 와인도 물론 그 원인 중 하나였을 것이다.

참석자들이 다시 자리에 앉아 막 대화를 재개하려 할 때였다. 목재 탁자를 주먹으로 권위 있게 내려치는 소리와 함께 뒤퐁 씨가 자리에서 일어났다. 장내가 순식간에 조용해졌다. 그 저명한 신사가 엄격하다 싶은 시선으로 만찬 테이블을 한 번 휘둘러보더니 입을 열었다.

"이 자리에 계시는 어느 분의 직무를 월권할 생각은 없습니다만, 가만히 보니 우리의 호스트인 고귀하고 자상하신 달링턴 경께 감사의 건배를 제의하는 사람이 없는 것 같습니다."

옳은 지적이라는 말들이 수근수근 터져 나왔다. 뒤퐁 씨가 계속 말했다.

"지난 며칠 동안 이 저택에서 여러 흥미로운 이야기들이 논의되었습니다."

그는 잠시 말을 끊었고, 장내는 쥐 죽은 듯 고요해졌다.

"암시적으로든 명시적으로든 우리 나라의 외교 정책을 '비판하는', 이건 별로 강한 어휘가 아닙니다만 아무튼 '비판하는' 얘기들이 많이 나왔습니다."

그가 다시 말을 끊었는데 상당히 단호한 표정이어서 화
가 난 것이 아닌가 생각될 정도였다.

"우리는 지난 이틀 동안 복잡하기 그지없는 작금의 유럽
정세를 철저하고 해박하게 분석하는 얘기들을 들었습니다.
하지만 제가 볼 때 프랑스가 이웃 독일에 대해 취하는 태도
의 원인을 충분하게 이해한 분석은 하나도 없었습니다. 그러
나……"

그가 손가락을 쳐들었다.

"지금은 그런 논의에 들어갈 때가 아닙니다. 사실 저는 주
로 듣기 위해 왔기 때문에 그동안 그러한 논의로 빠지지 않
기 위해 자제했습니다. 그리고 지금 저 자신이 이 자리에서
나온 몇 가지 주장들에 감명받았다고 분명히 말할 수 있습
니다. 그것이 과연 어떤 감명이냐, 여러분들은 묻고 싶을 것
입니다."

뒤퐁 씨가 또 한 번 말을 끊고 자신에게 집중된 얼굴들을
다소 느긋하게 훑어보았다.

"신사 여러분, 아, 숙녀분들도 계시는군요, 저는 이 문제들
에 대해 많이 생각해 왔기 때문에 이 자리에서 여러분에게
자신 있게 말하고 싶습니다. 현재 유럽에서 벌어지는 일들
에 관해서는 여기 참석하신 많은 분들과 저 사이에 해석상
의 이견이 있는 것이 사실이지만, 그렇다 해도 이 저택에서

제기된 주요 논점들에 관한 한 저는 정의와 실용성 두 가지 모두를 '확신하게 되었다.'라고 말입니다."

안도감과 승리감이 뒤섞인 소리가 웅성웅성 여기저기에서 일었다. 그러나 다음 순간 뒤퐁 씨는 목소리를 좀 더 높여 분명하게 단언했다.

"저는 이곳에서 논의된 내용과 일치하는 방향으로 프랑스 정책의 골자를 바꿀 수 있도록 미미하나마 힘을 보태겠다는 뜻을 여기 계신 여러분들에게 흔쾌히 장담하는 바입니다. 물론 곧 있을 스위스 회담에서도 그렇게 하기 위해 노력할 것입니다."

박수가 물결처럼 번져 나갔고, 나리께서 데이비드 경과 시선을 교환하는 모습이 눈에 들어왔다. 그때 뒤퐁 씨가 한 손을 쳐들었는데 박수에 대한 감사의 뜻인지 박수를 저지하기 위함인지 정확히 알 수 없었다.

"그런데 우리를 초청해 주신 달링턴 경께 감사의 뜻을 표하기 전에 먼저 제 가슴에서 토해 버리고 싶은 작은 것이 하나 있습니다. 만찬 식탁에서 가슴에 든 것을 토하다니 매너가 아니라고 말씀하실 분들도 있을지 모르겠습니다."

이 말은 박장대소를 불러일으켰다.

"그러나 이 문제에 관한 한 저는 솔직해지고 싶습니다. 우리를 여기로 불러들여 이와 같은 단합과 선의의 분위기를 만들어 주신 달링턴 경께 공개적으로 정중하게 감사를 표하는 것도 물론 중요한 일이지만, 오직 초청해 주신 분의 환대를 악용하고 불평과 의혹을 퍼뜨리는 데 정력을 쓰기 위하여 여기까지 온 사람이 있다면 그 사람을 공개적으로 비난하는 것 역시 중요하다고 생각됩니다. 그런 사람들은 사교에서도 불쾌한 존재들일 뿐 아니라 오늘날 우리의 정세에서 극히 위험한 존재들이기도 합니다."

그가 다시 말을 끊자 이번에도 완벽한 침묵만 흘렀다. 뒤퐁 씨는 차분하고 신중한 음성으로 말을 이었다.

"루이스 씨와 관련해 제가 느끼는 의문은 하나밖에 없습니다. 그의 가증스러운 태도는 현 미국 행정부의 태도를 과연 얼마나 대변하고 있는가? 신사 숙녀 여러분, 제가 감히 위험을 무릅쓰고 그 대답을 추측해 보려 합니다. 그가 지난 며칠 동안 보여 준 모습으로 보건대 그 같은 수준의 책략을 구사할 수 있는 신사가 진실된 대답을 주리라 기대하기는 어려울 것이니 제가 한번 짚어 보겠습니다. 미국의 관심은 물론 독일의 배상금 지급이 동결될 경우 우리가 미국에 갚아야 할 채무에 쏠려 있습니다. 그러나 제가 지난 육 개월 동안 미국의 고위직 인사들을 두루 접촉하여 이 문제를 논의해 본 결과 그 나라 사람들의 사고는 대체로 지금 여기에 앉아 있는 그들의 동포보다는 훨씬 멀리 내다본다는 느낌을 받았습니다. 유럽의 장래 안위를 바라는 우리 모두에게는 다소 위안이 되는 사실이지만 루이스 씨는 현재, 에, 뭐라고 표현할까요? 예전과 같은 영향력을 갖고 있지 못합니다. 제가 이런 얘기들을 공개적으로 너무 가혹하게 표현하고 있다고 생각하실지도 모르겠습니다. 그러나 신사 숙녀 여러분, 저는 지금 정말 자비를 베풀고 있는 중입니다. 보시다시피 이 신사분이 그동안 제게 했던 얘기들, 여러분 모두가 화제의 대상이었던 그 얘기들을 하나도 밝히지 않고 있으니까요. 게다가 그는 어설프기 짝이 없는 테크닉과 도저히 믿기 힘든 뻔뻔스러움과 천박함까지 동원했습니다. 그러나 비난은 그만 접고 이제 우리 모두 감사를 표할 때입니다. 신사 숙녀 여러분, 저와 함께 잔을 들어 달링턴 경을 위해 건배합시다."

뒤퐁 씨는 연설하는 내내 루이스 씨 쪽을 한 번도 쳐다보지 않았다. 그리고 나리를 위해 건배하고 다시 착석한 후로 모든 참석자들이 그 미국 신사 쪽으로 눈길을 주지 않으려고 의도적으로 애쓰는 것 같았다. 잠시 불편한 침묵이 흐른 뒤 마침내 루이스 씨가 벌떡 일어섰다. 평소와 다름없이 상냥한 미소를 드리운 얼굴이었다.

"에, 모두들 연설을 하시는 것 같으니 저도 한마디 해도 될 것 같군요."

그가 이렇게 말했는데 술을 꽤나 마셨음을 목소리에서 금방 알 수 있었다.

"우리의 프랑스 친구가 떠들어 댄 황당한 소리에 대해선 드릴 말씀이 없습니다. 그따위 얘기는 깨끗이 무시하겠습니다. 그런 얘기로 저를 공격하려 드는 사람들을 수차례 보아 왔지만 분명히 말씀드리건대 신사 여러분, 성공한 사람이 드물었습니다. 거의 없었죠."

루이스 씨는 말을 끊고 어떻게 이어 갈까 잠시 고민하는 것 같았다. 이윽고 그는 다시 미소를 지으며 말했다.

"좀 전에도 말씀드렸듯이 저기 있는 프랑스 친구 때문에 시간 낭비할 생각은 없습니다. 그러나 기왕 이렇게 되었으니 저도 한 말씀 드리겠는데 지금 다들 상당히 솔직하게 나오시니까 저도 솔직해지겠습니다. 장내에 계신 신사 여러분, 죄송한 말씀입니다만 여러분들은 순진한 몽상가 집단에 불과합니다. 그리고 국제적으로 영향을 미치는 대사에 끼어들겠다고 고집하지만 않는다면 여러분은 정말 매력적인 사람들일 것입니다. 우리를 초청해 주신, 여기에 계신 우리의 훌륭한 분을 봅시다. 그는 어떤 사람이냐? 물론 신사입니다. 이 자리의 누구도 이견이 없을 줄 압니다. 전형적인 영국 신사죠, 점잖고 정직하고 선량하고. 그러나 이 어른은 '아마추어'입니다."

그는 여기서 말을 멈추고 좌중을 둘러보았다.

"그는 아마추어이며, 오늘날의 국제 정세는 아마추어인 신사들을 더 이상 필요로 하지 않습니다. 유럽인 여러분들이 이 사실을 빨리 깨달을수록 좋을 겁니다. 점잖고 선량하신 신사 여러분, 제가 한번 물어보겠습니다. 여러분을 둘러싼 세계가 어떻게 변해 가고 있는지 혹시 아십니까? 여러분의 그 고상한 직관으로 활약할 수 있었던 시대는 끝났습니다. 다만 여기 유럽인 여러분들이 아직 모르고 있을 뿐입니다. 우리를 초청해 주신, 선량한 신사분들은 스스로 이해하지도 못하는 문제들에 끼어드는 것을 아직도 업으로 믿고 있습니다. 지난 이틀 동안 이 자리에서 시답잖은 얘기들이 너무나 많이 나왔습니다. 의도는 선량하지만 순진하기 짝이 없는 공론들이었죠. 유럽인 여러분들이 자신들의 문제를 풀어 가기 위해서는 프로들이 필요합니다. 그 사실을 깨닫지 못한다면 여러분은 조만간 재앙으로 치닫게 될 것입니다. 건배합시다, 신사 여러분. 제가 선창하겠습니다. 프로페셔널리즘을 위하여!"

모든 손님들이 대경실색하여 입을 열지도 움직이지도 못했다. 루이스 씨는 어깨를 으쓱하더니 좌중을 향해 잔을 쳐들었다가 쭉 들이켜고 다시 자리에 앉았다. 거의 동시에 달링턴 경께서 벌떡 일어나 말씀하셨다.

"우리 모두가 행복한 승리의 순간으로 즐겨야 마땅할 이 마지막 밤에 다투는 모습을 보이고 싶지는 않습니다. 그러나 루이스 씨, 당신의 견해를 존중하는 의미에서라도 웬 괴짜가 궤짝에 올라가 떠벌리는 소리거니* 흘려버려서는 안 될 것 같습니다. 나는 이렇게 말하고 싶습니다. 선생이 '아마추어리즘'이라고 설명하는 그것을 내가 보기에 여기에 계신 신사분들 대다수는 아직도 '명예'라고 부르고 싶어 합니다."

그러자 웅성웅성 호응하는 소리가 요란하게 일면서 몇 군데서는 "옳소, 옳소." 하는 고함도 들렸고 박수를 보내는 이들도 있었다.

"하나 더 얘기하고 싶은 것은, 선생……."

나리께서 말씀을 이으셨다.

"당신이 말하는 '프로페셔널리즘'이란 것에 대해선 나도 꽤 안다고 믿습니다. 그것은 속임수와 조작으로 자신의 목적을 달성하는 것을 뜻한다고 생각됩니다. 다시 말해 세상에서 선과 정의의 승리를 희구하기보다 탐욕과 이익을 우선순위에 두는 것이지요. 선생이 말하는 '프로페셔널리즘'이 그런 것이라면 나는 관심도 없을뿐더러 굳이 갖추고 싶은 생각도 없습니다."

---

* 누구나 야외에서 즉석 단상을 만들어 대중을 상대로 자신의 주장을 자유롭게 말할 수 있는 영국의 전통에 바탕을 둔 비유.

이 말이 끝나자 우레 같은 환성이 터져 나왔고 곧이어 열렬한 박수가 한참 동안 계속되었다. 나는 루이스 씨가 자신의 와인 잔을 향해 빙긋이 웃으며 질렸다는 듯 고개를 내젓는 것을 볼 수 있었다. 내 뒤에서 고참 하인의 기척을 느낀 것은 그때쯤이었다. 그가 내 귀에 대고 속삭였다.

"켄턴 양이 집사님과 잠깐 얘기하고 싶다고 합니다. 문밖에 와 있습니다."

나리께서 계속해서 다음 이야기로 넘어가시려는 참이었으므로 나는 최대한 조심조심 빠져나왔다.

켄턴 양은 다소 심란한 표정이었다.

"부친의 상태가 크게 악화되었어요, 스티븐스 씨."

그녀가 말했다.

"메러디스 박사님께 사람을 보내긴 했지만 좀 늦어질 모양입니다."

내가 당혹스러워하는 듯 보였는지 켄턴 양이 곧바로 덧붙였다. "스티븐스 씨, 아버님의 상태가 정말 위급해요. 가 보시는 게 좋겠습니다."

"잠깐밖에 짬을 낼 수 없어요. 손님들이 언제 흡연실로 이동할지 모르는 상황이오."

"그렇겠지요. 하지만 스티븐스 씨, 지금 당장 가 보시지 않으면 나중에 크게 후회하실지도 모릅니다."

켄턴 양은 어느새 저만치 앞서가고 있었다. 우리는 황급히 위로 올라가 부친의 작은 다락방을 향했다. 요리사인 모티머 부인이 앞치마를 두른 채 부친의 침대를 지키고 있었다.

"오, 스티븐스 씨."

우리가 들어서기 무섭게 그녀가 말했다.

"병세가 아주 나빠지셨어요."

과연 부친의 얼굴에서는 불그스름한 기운이 사라졌고, 생명체에서는 결코 볼 수 없는 낯빛으로 바뀌어 있었다. 켄턴 양이 내 뒤에서 나직하게 하는 말이 들려왔다.

"맥박이 아주 약합니다."

나는 잠시 부친을 바라보다가 이마를 살짝 만져 본 뒤 손을 거두었다.

모티머 부인이 말했다.

"제가 보기엔 뇌졸중입니다. 지금까지 그런 경우를 두 번 보았는데 이번에도 그것 같아요."

그녀는 이렇게 말하고 울음을 터뜨렸다. 그녀에게서 기름 냄새와 구이 냄새가 진하게 풍겼다. 나는 켄턴 양을 돌아보며 말했다.

"참으로 안타깝지만 난 지금 아래층에 내려가 봐야겠어요."

"그러세요, 스티븐스 씨. 박사님이 도착하시거나 상황이 변하면 알려 드리겠어요."

"고맙소, 켄턴 양."

내가 허겁지겁 층계를 내려왔을 때 마침 신사분들이 흡연실로 들어가고 계셨다. 하인들이 나를 보더니 마음을 놓는 기색이었다. 나는 그들에게 즉각 신호를 보내 각자의 자리로 돌려보냈다.

내가 연회장을 비운 사이에 무슨 일이 있었는지는 모르겠지만 어쨌거나 지금은 완연한 축제 분위기에 젖어 있었다. 신사들이 삼삼오오 무리 지어 껄껄대거나 서로 어깨를 툭툭 치는 광경을 흡연실 곳곳에서 볼 수 있었다. 내가 알기로 루이스 씨는 이미 퇴장하고 없었다. 나는 어느새 와인병을 받쳐 들고 손님들 사이를 누비고 있었다. 어느 신사에게 한 잔을 막 따라 주었을 때 뒤에서 누군가가 말했다.

"아, 스티븐스, 당신도 물고기에 관심이 있다고 했죠?"

돌아보니 젊은 카디널 씨가 기분 좋게 활짝 웃어 주었다. 나도 미소로 답한 다음 말했다.

"물고기라니요, 도련님?"

"내가 어릴 때는 물통에다 온갖 종류의 열대어를 넣어 두곤 했었는데 그야말로 미니 수족관이었지요. 그런데 스티븐스, 지금 괜찮은 겁니까?"

나는 다시 미소를 지었다.

"괜찮고말고요, 도련님, 고맙습니다."

"당신이 아주 제대로 지적했듯 봄이 되면 여기에 꼭 다시 와 봐야겠어요. 그때는 달링턴 홀이 훨씬 더 멋지겠죠? 생각해 보니 나는 지난번에도 겨울에 다녀간 것 같군요. 아니, 스티븐스, 정말 괜찮아요?"

"고맙습니다만 아무 문제 없습니다, 도련님."

"몸이 좀 안 좋은 거 아닌가요?"

"천만에요, 도련님. 그럼 실례하겠습니다."

나는 계속해서 손님 몇 분에게 와인을 따랐다. 뒤쪽에서 와르르 폭소가 터져 나오면서 벨기에 성직자가 외치는 소리가 들려왔다.

"이건 정말 이단이야! 명백한 이단이에요!"

그러고 나서 그도 껄껄 웃었다. 누가 내 팔꿈치를 건드리기에 돌아보니 달링턴 나리님이셨다.

"스티븐스, 괜찮은가?"

"그럼요, 나리. 완벽합니다."

"자네 지금 울고 있는 사람 같네."

나는 웃으면서 손수건을 꺼내 얼른 얼굴을 훔쳤다.

"정말 죄송합니다, 나리. 힘든 하루였던 모양입니다."

"맞아, 정말 힘든 일이었어."

그때 누군가가 불렀으므로 나리는 대꾸하시기 위해 돌아

서셨다. 흡연실에서 계속 내 일을 보려는데 열린 문간에서 내게 신호를 보내는 켄턴 양이 눈에 들어왔다. 문간 쪽으로 걸어가고 있을 때 뒤퐁 씨가 내 팔을 잡았다.

"집사, 새 붕대를 좀 찾아봐 주겠나? 발 통증이 다시 심해졌네."

"예, 나리."

다시 문간으로 향하던 나는 뒤퐁 씨가 따라오고 있음을 알았다. 내가 돌아서서 말했다.

"부탁하신 물품이 준비되는 대로 제가 와서 알려 드리겠습니다."

"미안하지만 서둘러 주게, 집사. 참기 힘들 정도야."

"예, 나리, 정말 죄송합니다."

켄턴 양은 흡연실 바깥 홀, 내가 처음 목격한 그 지점에 꼼짝 않고 서 있었다. 내가 다가가자 그녀는 말없이 층계 쪽으로 향했는데 이상하게도 거동이 별로 다급해 보이지 않았다. 이윽고 그녀가 돌아서더니 말했다.

"스티븐스 씨, 정말 유감이군요. 부친께서 사 분 전에 운명하셨습니다."

"알겠소."

그녀는 손만 내려다보더니 잠시 후 내 얼굴을 쳐다보았다.

"스티븐스 씨, 정말 유감입니다."

그녀가 이렇게 말한 뒤 다시 덧붙였다.

"뭐라고 말씀드려야 할지 모르겠네요."

"애쓸 것 없어요, 켄턴 양."

"메러디스 박사님은 아직 도착하지 않으셨어요."

말을 마친 그녀는 잠시 고개를 떨구고는 터져 나오는 흐느낌을 간신히 억눌렀다. 그러나 곧바로 평정을 되찾고 안정된 목소리로 물었다.

"올라가서 아버님을 뵈실 거죠?"

"난 지금 몹시 바빠요, 켄턴 양. 잠시 후라면 몰라도."

"그럼 제가 부친의 눈을 감겨 드려도 될까요?"

"그렇게 해 준다면 더없이 고맙겠소, 켄턴 양."

그녀가 층계를 오르기 시작했을 때 나는 그녀를 불러 세우고 말했다.

"켄턴 양, 부친께서 방금 작고하셨는데도 올라가 뵙지 않는다고 막돼먹은 사람으로 생각하지는 말아 주시오. 당신도 짐작하겠지만 아버님도 이 순간 내가 이렇게 처신하기를 바라셨을 거요."

"물론입니다, 스티븐스 씨."

"내가 만약 이렇게 하지 않는다면 그분을 실망시키는 게될 거요."

"압니다, 스티븐스 씨."

나는 와인병이 놓인 쟁반을 든 채 돌아서서 흡연실로 다시 들어갔다. 흡연실은 비교적 규모가 작은 방인데 마치 검정 재킷과 회색 머리, 시가 연기 숲으로 변해 버린 것 같았다. 나는 채워야 할 잔들을 찾아 신사들 사이를 계속 돌아다녔다. 뒤퐁 씨가 내 어깨를 두드리더니 말했다.

"집사, 내가 부탁했던 것, 알아보았나?"

"대단히 죄송합니다만 나리, 지금 당장은 도움을 받기 어려우실 것 같습니다."

"그게 무슨 소리인가? 기본 구급품조차 바닥났다는 게야?"

"실은 의사가 오고 있는 중입니다."

"아, 그거 잘됐군! 자네가 의사를 불렀구먼."

"예, 나리."

"좋아, 좋아."

뒤퐁 씨는 다시 대화로 돌아갔고 나는 잠시 더 실내를 돌아다녔다. 그러던 어느 순간 독일 백작 부인이 신사들 사이에서 나타나더니 내가 미처 손쓸 새도 없이 내 쟁반의 와인을 손수 따르기 시작했다.

"나 대신 요리사한테 칭찬 좀 해 주게, 스티븐스."

그녀가 말했다.

"물론입니다, 부인. 감사합니다."

"자네도 자네 팀도 정말 훌륭했네."

"송구스럽습니다, 부인."

"아까 만찬 때 말인데 스티븐스, 정말 자네 몸이 셋쯤 되는 줄 알았다니까."

그녀는 그렇게 말하며 웃었다.

나도 잠깐 함께 웃다가 말했다.

"제가 도움이 된다니 기쁩니다, 부인."

잠시 후 멀지 않은 곳에 여전히 혼자 서 있는 젊은 카디널 씨가 눈에 들어왔다. 저 젊은 신사가 이 일행들 속에서 좀 주눅이 드는가 보다 하는 생각이 머리를 스쳤다. 마침 그의 잔이 비어 있기에 나는 그쪽으로 다가갔다. 내가 다가가는 것을 본 카디널 씨가 크게 반기는 기색으로 잔을 내밀었다.

"스티븐스, 당신이 자연 애호가라니 참으로 근사해요."

내가 잔을 채우는 사이에 그가 말했다.

"정원 일을 전문가의 눈으로 감독할 사람을 데리고 계시니 달링턴 경께도 크나큰 이점이라 할 수 있고."

"무슨 말씀이신지요?"

"자연 말이지요, 스티븐스. 어제 나하고 자연계의 경이로움에 대해 얘기했잖습니까. 난 당신 입장에 전적으로 공감해요. 정말이지 우리 인간은 우리를 둘러싸고 있는 경이로운 세계에 대해 너무 무심하다니까요."

"그렇지요, 도련님."

"내 얘기는 우리가 며칠 동안 논해 온 모든 것들을 말하는 거예요. 조약, 국경, 배상, 점령, 기타 등등. 그러나 어머니와도 같은 대자연은 묵묵히 제 나름의 멋진 방식을 밀고 나가지. 그런 식으로 생각해 보면 꽤 재미있어, 안 그래요?"

"그렇고말고요, 도련님."

"난 하느님이 우리를, 으음, 식물과 같은 형태로 창조하셨으면 더 낫지 않았을까 하는 생각을 해요. 알죠? 땅속에 굳건히 박혀 있는 것들. 그랬다면 전쟁이나 국경을 둘러싼 이런 난리법석은 아예 생기지도 않았을걸요."

젊은 신사는 이 발상이 재미있는 모양이었다. 한바탕 키득거린 뒤 잠시 더 생각하더니 또 키득거렸다. 나도 함께 웃어 주었다. 그가 나를 쿡 찌르며 말했다.

"상상이 가요, 스티븐스?"

그러고는 또 웃었다.

나도 웃으면서 말했다.

"그럼요, 도련님. 대안치고는 아주 기묘한 대안일 겁니다."

"그러나 왔다 갔다 소식을 전하고 차를 나르고 하는 당신 같은 사람들은 계속 필요하겠지요. 그런 사람조차 없다면 우리가 무슨 일을 할 수 있을까? 상상이 돼요, 스티븐스? 모든 사람이 땅에 뿌리를 내리고 있는 꼴이? 생각만 해도 웃긴다니까!"

바로 그때 하인 하나가 내 뒤에 나타나 말했다.

"켄턴 양이 집사님과 얘기하고 싶어 합니다."

나는 카디널 씨에게 양해를 구하고 문 쪽으로 향했다. 뒤퐁 씨가 문을 지키기라도 하듯 서 있는 것이 보였다. 내가 다가가자 그가 말했다.

"집사, 의사는 오셨나?"

"막 알아보러 나가는 참입니다, 나리. 오래 걸리진 않을 겁니다."

"발이 쑤셔 죽겠네."

"정말 죄송합니다, 나리. 이제 곧 의사가 올 겁니다."

이번에는 뒤퐁 씨가 그냥 물러나지 않고 나를 따라 밖으로 나왔다. 켄턴 양이 먼젓번처럼 홀에 서 있었다.

"스티븐스 씨,"

그녀가 말했다.

"메러디스 박사님이 도착해서 위로 올라가셨어요."

그녀가 낮게 말했는데도 내 뒤에 있던 뒤퐁 씨는 대뜸 소리쳤다.

"아, 잘됐군!"

내가 돌아서서 말했다.

"그럼 절 따라오시겠습니까? 나리."

나는 그를 당구장으로 안내했다. 벽난로에 불을 지피는 사이에 그가 가죽 의자에 앉아 신을 벗기 시작했다.

"방이 좀 차서 죄송합니다, 나리. 잠시 후면 의사가 도착할 겁니다."

"고맙네, 집사. 잘했어."

켄턴 양은 복도에서 여전히 나를 기다리고 있었다. 잠시 후 우리는 말없이 위층으로 올라갔다. 부친의 방에 들어서니 메러디스 박사는 뭔가를 기록하고 모티머 부인은 격하게 흐느끼고 있었다. 그녀는 여전히 앞치마를 두르고 있었는데 그걸로 계속 눈물을 훔친 모양이었다. 온 얼굴에 기름 얼룩이 생겨 마치 악극단원 같은 꼴이 되어 있었다. 방에서 죽음의 냄새가 나려니 예상했었는데 모티머 부인 덕분에, 혹은 그녀의 앞치마 덕분에 구이 냄새가 진동했다.

메러디스 박사가 일어서더니 말했다.

"조의를 표하네, 스티븐스. 부친께서 심한 뇌졸중을 일으키셨어. 이런 말이 위로가 되는지 모르겠지만 고통이 크지는 않으셨을 거야. 자네뿐 아니라 그 누구도 손을 쓸 수 없는 상황이었네."

"감사합니다, 박사님."

"난 그만 가 봐야겠네. 뒷일은 자네가 수습하겠지?"

"그럼요, 박사님. 그런데 지금 아래층에 아주 특별한 신사분께서 박사님을 기다리고 계십니다."

"급한가?"

"한시바삐 박사님을 뵙고 싶어 하십니다."

나는 메러디스 박사를 모시고 아래층에 내려와 당구장으로 안내한 다음 서둘러 흡연실로 돌아갔다. 연회 분위기가 한층 더 무르익고 있었다.

내가 마셜 씨나 레인 씨 같은 우리 세대의 '위대한' 집사들과 같은 반열에 낄 만큼 훌륭하다는 뜻은 물론 아니다. 하긴 엉뚱한 관용을 베풀어 그렇게 생각해 주는 사람들도 있기는 하지만. 1923년의 회담, 특히 그 마지막 날 밤이 내 직업상의 발전에 전환점이 되었다는 말은 순전히 내 나름의 소박한 기준에서 하는 이야기란 점을 분명히 해 두고 싶다. 그러나 여러분이 그날 밤 내게 붙어 다닌 중압감을 고려한다면 내가 그날 마셜 씨 같은 사람의 '품위', 혹은 내 부친의 그것을 약간이나마 보여 주었다고 감히 말한다 해도 지나친 자기 착각이라고는 생각되지 않을 것이다. 사실 내가 왜 그 점을 부인해야 하는가? 지금도 그날 저녁을 생각할 때면 함께 떠오르는 가슴 아픈 기억들에도 불구하고 뿌듯한 성취감에 젖어 드는 나 자신을 발견하게 된다.

도싯주, 모티머 연못

'위대한 집사란 무엇이냐.'라는 질문에는 내가 지금까지 제대로 숙고해 보지 못한 어떤 총체적인 차원이 존재하는 것처럼 느껴진다. 나 자신과 너무나 밀접한 문제, 특히 오랜 세월 상당히 많이 생각해 온 문제에서 이런 느낌을 받게 되니 솔직히 좀 당혹스럽다. 그러나 내가 예전에 '헤이스 소사이어티' 회원 기준의 몇 가지 측면들에 대해 판단을 내리면서 좀 성급하지 않았나 하는 생각이 든다. 분명히 말하지만 '품위'에 대한, 그리고 그것과 '위대함'의 핵심에 대한 내 생각을 철회할 생각은 추호도 없다. 그러나 '헤이스 소사이어티'가 선언한 또 다른 조항에 대해선 좀 더 많은 생각을 해 보았다. 지원자는 저명한 가문에 소속된 자여야 한다는 가

입 조건 말이다. 예전에도 그랬고 지금도 마찬가지지만 나는 이것이 '소사이어티'의 경솔한 속물근성의 단면을 보여 준다고 생각한다. 그러나 이 조항에서 내가 주로 반감을 느끼는 부분은 거기에 표명된 일반 원칙이라기보다 저명한 가문이란 무엇인가에 대한 그들의 고리타분한 생각이 아닌가 싶다. 사실 이 문제를 좀 더 숙고해 보면 저명한 가문에 소속되어야 한다는 것은 위대함의 필요조건이라고 보는 것이 옳다. 여기에 쓰인 '저명하다'라는 말을 '헤이스 소사이어티'가 이해한 것보다 깊은 의미로 받아들일 때 말이다.

실제로 '저명한 가문'에 대한 나의 해석과 '헤이스 소사이어티'의 이해를 비교해 보면 우리 세대 집사들의 가치와 전 세대 집사들의 가치가 근본적으로 다르다는 점이 극명하게 드러날 것이다. 주인이 신사 계급인지 '사업' 종사자인지를 따지는 부분에서 우리 세대가 전 세대보다 덜 속물적이라는 뜻은 아니다. 내가 말하고자 하는 것은 우리가 더 이상주의적인 세대였다는 것이다. 나는 이 말이 공정하지 못하다고는 생각하지 않는다. 우리 선배들이 주인이 작위를 받았느냐 아니냐, 혹은 '유서 깊은' 가문 출신이냐 아니냐에 관심을 가졌다면 우리는 주인의 '도덕적' 지위에 훨씬 더 많은 관심을 보이는 경향이 있었다. 그렇다고 우리가 주인의 사적인 행동거지에 관심을 두었다는 뜻은 아니다. 내 말은 소위 인류의 발전에 기여하는 신사를 섬기고자 하는 우리의 열망이 그 전 세대의 눈에는 유별나게 보일 정도였다는 것이다. 따라서 제아무리 지체 높은 귀족 출신이라도 클럽이나 골프장에서 빈둥빈둥 시간을 허비하는 신사보다는 이를테면 출신은 미천했으나 대영제국의 장래 안위에 크나큰 공헌을 했던 조지 케터리지 씨 같은 신사를 섬기는 것이 훨씬 더 가치 있는 사명으로 인식되었다.

물론 고귀한 가문 출신의 신사들 가운데도 당대의 큰 고민을 덜어 주고자 헌신했던 사람들이 많았던 게 사실이므로 언뜻 보면 우리 세대의 열망이나 전 세대의 그것이나 별 차이가 없어 보일 수도 있다. 그러나 단언하건대 태도 면에서 핵심적인 차이가 분명히 있었으며, 동료 직업인들이 대화하는 내용이나 우리 세대의 가장 유능한 사람들이 자리를 옮길 때 보여 주는 모습에서도 그 점을 확인할 수 있었다. 우리 세대는 임금이나 휘하 직원의 규모, 화려한 가문의 명성만을 고려해서 이직을 결정하지 않았다. 우리에게 직업적 권위를 결정하는 가장 중요한 요소는 주인의 도덕적 진가에 있었기 때문이라고 말하는 편이 옳을 것이다.

내 생각을 비유적으로 설명하면 그러한 세대 차이가 제대로 조명될 수 있을 것 같다. 내 부친 세대의 집사들은 세상을 사다리와 같은 관점에서 보았다고 할 수 있다. 즉 왕실, 공작, 유서 깊은 귀족 가문을 제일 꼭대기 단에 놓고, '신흥 갑부'의 집을 그다음 단에 놓고 하는 식으로 계속 내려오다 결국에는 오직 부에 의해 혹은 부의 결핍에 의해 계급을 판단하는 수준에 이르게 되는 방식 말이다. 야망을 가진 집사라면 누구나 이 사다리를 더 높이 올라가고자 안간힘을 썼으며, 대개는 높이 올라갈수록 직업인으로서 그의 권위도 더 커졌다. 물론 '헤이스 소사이어티'의 '저명한 가문'이란 개념에 담긴 것도 바로 이러한 가치관이다. 그리고 '소사이어티'가 1929년이라는 뒤늦은 때에 그러한 선언을 당당하게 했다는 것은 이 단체가 그리 머지않아 소멸할 수밖에 없었던 이유를 분명하게 설명해 준다. 사실 그들의 사고는 당시 우리의 직업 최전선에 부상하고 있던 고급 인력들의 사고방식에서 상당히 벗어나 있었다. 나는 이렇게 표현하는 것이 정확하다고 믿는데 우리 세대는 세상을 사다리가 아니라 '바퀴'와 같은 것으로 보았기 때문이다.

내가 볼 때 우리 세대는 과거 모든 세대들이 놓치고 넘어간 부분을 최초로 인식한 세대였다. 다시 말해 세상의 중대한 결정들이 단순히 공적 논의의 장에서 혹은 국제 회담에 할애되는 불과 며칠 사이에 대중과 언론이 속속들이 지켜보는 가운데 도출되지 않는다는 것, 사실은 이 나라의 저명한 저택, 은밀하고 조용한 공간에서 토론이 이루어지고 핵심적인 결정들이 내려진다는 것을 깨달았다. 대중의 이목하에 온갖 화려함과 격식을 갖추고 벌어지는 일들도 알고 보면 벌써 수 주일 혹은 몇 달 전에 그러한 저택의 담장 안에서 있었던 일의 결과이거나 비준 절차에 불과한 경우가 많았다. 당시 우리에게 세상은 이 저명한 저택들을 중심축으로 돌아가는 하나의 바퀴였으며, 거기에서 내려진 막강한 결정들이 부자든 가난뱅이든 바깥 주위를 돌고 있는 다른 모든 사람들에게로 퍼져 나간다고 생각했다. 우리 중 직업적 야망을 품은 사람이라면 누구나 각자 힘닿는 대로 이 중심축에 다가가려는 포부를 가지고 있었다. 왜냐하면 우리는 좀 전에도 말했듯 단순히 자신의 능력을 얼마나 잘 발휘하느냐의 문제뿐 아니라 '어떤 목적을 위해' 그렇게 하느냐의 문제도 아주 중요하게 생각하는 이상주의적 세대였기 때문이다. 우리는 더 나은 세상을 만드는 데 작게나마 기여하고 싶다는 소망을 가슴에 품고 있었으며, 직업인으로서 그 소망을 실현하는 가장 확실한 방법은 문명을 떠맡고 있는 우리 시대의 위대한 신사를 섬기는 것이라고 보았다.

　물론 나는 지금 대단히 일반화해서 말하고 있다. 우리 세대에도 그러한 정교한 사고를 할 만큼 끈기가 없는 사람들이 부지기수였음을 선뜻 인정할 수 있다. 역으로 내 부친 세대에도 자신의 일에서 이 '도덕적' 차원을 본능적으로 간파한 사람들이 많았을 것이다. 그러나 크게 볼 때 이러한 일반론이 정확하리라 보며, 실제로 나 자신의 경력에서 중요한 역할을 한 것도 앞서 설명한 바와 같은 '이상주의적' 동기들이었다. 이 길로 들어선 초창기에는 나도 이 주인, 저 주인 꽤 자주 옮겨 다녔지만, 이런 식으로는 영속적인 만족을 결코 얻을 수 없으리라는 것을 깨달은 후 보상이라도 하듯 마침내 달링턴 경을 섬길 기회가 찾아와 주었다.

내가 이날 이때까지 이런 측면에서 생각해 보지 못했다는 것이 희한하다. 지난날 그레이엄 씨 같은 사람들과 우리 하인 전용 홀 난롯가에 앉아 '위대함'의 본질을 논하며 무수한 시간을 보낼 때도 이런 총체적인 차원에서 생각해 본 적이 전혀 없었다. 내가 앞서 밝힌 '품위'의 특성에 대한 견해를 철회할 생각은 없지만, 집사가 그러한 특성을 어디까지 획득했든 성취물의 적절한 배출구를 찾지 못한다면 동료들로부터 '위대하다.'라는 평을 기대하기 어렵다는 주장에는 일리가 있다고 인정하지 않을 수 없다. 마셜 씨나 레인 씨 같은 사람들이 도덕적 지위에서 논란의 여지가 없는 웨이클링 경, 챔벌리 경, 레오나드 그레이 경 같은 신사분들만 섬겨 왔다는 것은 확실히 주목할 만한 사실이어서 격이 다소 떨어지는 신사들에겐 자신의 재능을 아예 바치지도 않았을 것 같은 인상마저 준다. 따라서 '진정으로' 저명한 가문과의 연계야말로 '위대함'의 필요조건이라는 사실이 생각하면 할수록 명백해지는 것 같다. 자신이 봉사해 온 세월을 돌아보며 나는 위대한 신사에게 내 재능을 바쳤노라고, 그래서 그 신사를 통해 인류에 봉사했노라고 말할 수 있는 사람, 그런 사람만이 '위대한' 집사가 될 수 있다.

좀 전에도 말했듯 나는 지금까지 이 문제를 정확히 이런 식으로는 생각해 본 적이 없었다. 어쩌면 이렇게 집을 나와 여행길에 올라 있는 정황이 작용하여 벌써 오래전 철저하게 검토했다고 생각했던 논제들에 이처럼 놀랍고도 새로운 시각으로 접근하게 되는지도 모르겠다. 그리고 바로 한 시간쯤 전에 있었던 어떤 작은 사건도 내 생각을 이런 쪽으로 몰아가는 한 요인임에 분명하다. 그것은 솔직히 말해 나를 좀 심란하게 만든 사건이었다.

화창한 날씨에 기분 좋게 오전 드라이브를 즐기고 어느 시골 여관에서 점심을 잘 먹고 난 후 도싯으로 들어가는 주의 경계를 막 건넜을 때였다. 차 엔진에서 타는 냄새가 새어 나오는 것 같았다. 내가 혹시 어르신의 포드를 심각하게 손상시킨 것이 아닌가 하는 생각이 들자 가슴이 철렁 내려앉았음은 물론이다. 나는 서둘러 차를 세웠다.

내가 선 곳은 좁다란 도로였는데 양쪽으로 무성한 수목이 둘러싸고 있어 주변 상황을 제대로 파악하기 힘들었다.

뿐만 아니라 20미터쯤 전방에서 길이 큰 폭으로 굽은 탓에 앞쪽도 멀리 볼 수 없었다. 여기서 이렇게 마냥 서 있다가는 조만간 저 모퉁이에서 차량이 달려 나와 주인님의 포드와 충돌하는 사건이 발생할 것 같았다. 그래서 다시 시동을 켰는데 냄새가 아까보다는 심하지 않은 것 같아 다소 마음이 놓였다.

내가 택할 수 있는 최선의 코스는 정비소를 찾아가든지, 아니면 내 포드의 문제점을 알아낼 운전자가 있을 법한 큰 집을 찾아가는 것이라고 판단되었다. 그러나 꽤 한참을 달려도 구불구불한 길만 계속되었고, 길 양쪽의 높다란 울타리도 끈덕지게 이어지면서 내 시야를 방해해 도중에 전용 도로와 이어졌을 법한 대문을 몇 개 지나기는 했지만 가옥은 하나도 눈에 들어오지 않았다. 그렇게 삼십 분 정도 더 달렸고, 신경을 자극하는 그 냄새가 점점 더 심해질 무렵 마침내 사방이 탁 트인 직선 도로에 올라서게 되었다. 이제 전방 멀리까지 볼 수 있게 되었는데 도로 왼편 앞으로 높다란 빅토리아풍 저택이 모습을 드러냈다. 잔디가 깔린 널찍한 앞마당도 있었고, 예전에 마차 길로 쓰던 것을 개조한 전용 도로 비슷한 것도 갖추어져 있었다. 집이 가까워지자 본채에 딸린 차고의 열린 문으로 벤틀리가 한 대 보였으므로 나는 더더욱 힘이 났다.

대문이 열려 있었기 때문에 포드를 곧장 전용 도로로 진입시켜 조금 올라가다 멈추었다. 차에서 내린 나는 저택 뒤편의 현관으로 향했다. 넥타이는 매지 않고 셔츠만 입은 남자가 뒷문을 열어 주었는데 이 집 운전기사를 찾자 그가 쾌활하게 대답했다.

"첫 발에 명중이네요."

내게 닥친 문제를 듣고 난 그가 주저하지 않고 나와 포드로 가더니 보닛을 열고 몇 초 살펴보지도 않고 말했다.

"물 때문입니다, 노인장. 냉각 장치에 물을 보충해야 해요."

그는 이 상황을 다소 즐기는 듯 보이기는 했지만 친절하기 그지없었다. 그는 집 안으로 들어갔다가 잠시 후에 물 주전자와 깔때기를 들고 다시 나타났다. 그리고 엔진 위로 고개를 숙이고 냉각기에 물을 채우면서 붙임성 있게 재잘대기 시작했다. 내가 자동차로 여행 중이라고 하자 인근의 경치 좋은 곳을 찾아가 보라고 권했다. 1킬로미터도 채 떨어지지 않은 곳에 연못이 하나 있다는 것이었다.

그사이에 나는 그 집을 좀 더 관찰할 기회가 생겼다. 옆으로 퍼지기보다 세로로 길게 솟은 형태에 모두 네 개 층으로 되어 있고, 담쟁이덩굴이 박공지붕 앞 처마를 뒤덮고 있었다. 그러나 창들을 통해 보니 집 안의 거의 절반이 먼지 가리개로 덮여 있었다. 남자가 작업을 끝내고 보닛을 닫고

난 후 내가 그에게 그 점을 지적했다.

그가 말했다.

"정말 부끄럽습니다. 아름답고 유서 깊은 저택이긴 하지만 실은 대령님께서 팔려고 내놓으셨답니다. 지금은 이렇게 큰 집을 쓰실 일이 별로 없으시거든요."

그러자 나는 일하는 사람이 몇이나 되느냐고 물어보지 않을 수 없었고, 그 남자와 매일 저녁 들르는 요리사가 전부라는 대답을 듣고도 별로 놀라지 않았다. 그러니까 그 사람이 집사, 시종, 운전기사인 동시에 집 전체를 청소하는 일까지 겸하는 모양이었다. 그는 자신이 전쟁 때 대령의 당번병이었노라고 설명했다. 두 사람은 독일군이 침공했을 때 벨기에에 있었고 연합군 상륙 때도 함께했노라고 했다. 그러고 나서 그는 나를 유심히 보더니 말했다.

"이제 알겠어요. 어떤 사람일까 감이 잡히지 않았는데 이제 알 것 같군요. 당신은 일급 집사에 속하는 분이죠? 크고 호화로운 저택에서 일하시는."

내가 크게 틀린 짐작은 아니라고 말하자 사내가 계속해서 말했다.

"이제 알겠군요. 사실 노인장이 워낙 신사같이 말씀하셔서 감을 못 잡았던 겁니다. 게다가 이렇게나 근사한 놈까지 몰고 다니니까(그가 포드를 가리켰다.) 처음에는 진짜 세련된 신사분이 오신 줄만 알았죠. 그래도 맞긴 맞네요. 정말 세련되었어요. 나로 말하자면 보다시피 그런 쪽으로는 배운 게 전혀 없답니다. 그저 퇴역한 늙은 당번병에 불과하지요."

그러고 나서 그는 내게 어느 집에서 일하느냐고 물었다. 내가 대답하자 그는 고개를 갸웃하며 미심쩍은 표정을 지었다.

"달링턴 홀, 달링턴 홀이라. 나 같은 멍청이도 들어 보았음직한 근사한 저택일 게 분명한데. 달링턴 홀, 가만있자, 달링턴 경이 사는 그 달링턴 홀 말씀입니까?"

그가 중얼거렸다.

"그렇소. 삼 년 전 작고하시기 전까지 거주하셨던 곳이지요."

내가 그에게 알려 주었다.

"지금은 미국 신사이신 존 패러데이 어르신의 거처라오."

"그런 저택에서 일하다니 일급인 건 확실하군요. 당신처럼 남은 사람들이 많지는 않을 텐데, 에?"

그의 목소리가 확연하게 달라지면서 다시 물었다.

"그래, 노인장이 정말 그 달링턴 경 밑에서 일했습니까?"

그의 눈이 다시 나를 찬찬히 훑고 있었다. 내가 대답했다.

"아, 아니오. 나는 미국 신사이신 존 패러데이 어르신께 고용된 몸이오. 그분이 달링턴 가문으로부터 그 저택을 사셨거든요."

"아, 그렇다면 그 달링턴 경에 대해선 잘 모르겠군요. 난 그저 그가 어떤 사람이었는지, 어떤 부류의 작자였는지 궁금했거든요."

나는 남자에게 이제 그만 가 봐야겠다고 말한 뒤 도움을 준 데 대해 특별히 더 감사를 표했다. 돌아가는 나를 수고스럽게도 대문간까지 나와 안내해 준 것을 보면 어쨌거나 친절한 사람이긴 했다. 그리고 작별하기 직전에 상체를 굽히더니 인근의 그 연못을 꼭 가 보라고 당부하면서 거기까지 가는 길을 다시 한번 설명해 주기까지 했다.

"작지만 정말 아름다운 곳이죠." 그가 덧붙였다. "놓치면 나중에 후회할 겁니다. 사실 우리 대령님도 지금 거기에서 낚시를 하고 계신답니다."

포드가 다시 온전해진 것 같았고, 문제의 그 연못이 내 경로에서 조금만 돌아가면 되는 곳에 있었기 때문에 나는 당번병의 제안을 받아들이기로 했다. 그가 일러 준 대로 가면 틀림없을 것 같았다. 그러나 그의 설명에 따르려고 간선도로를 벗어나자 좁고 구불구불한 좁은 길들이 이어지면서 동서남북을 알 길 없는 상황, 앞서 차에서 걱정스러운 냄새를 처음 맡았을 때와 흡사한 상황이 되고 말았다. 때로는 길 양쪽의 수목이 너무 무성하여 그야말로 해를 구경하기도 힘들었으므로 눈부신 햇빛과 짙은 그늘의 급작스러운 변화에 대처하느라 두 눈이 애를 먹었다. 그러나 얼마간의 수색 끝에 마침내 '모티머 연못'을 가리키는 푯말을 발견하여 여기 현장에 도착한 것이 삼십여 분 전이었다.

지금 생각해 보면 그 당번병에게 많은 신세를 진 듯하다. 포드를 손보아 준 것도 물론 고맙지만 그가 아니었다면 결코 찾아보지 못했을 더없이 매혹적인 곳을 발견하게 되었으니 말이다. 둘레가 400미터쯤으로 규모가 큰 연못은 아니어서 어디든 돌출부에 나가 서기만 하면 연못 전체 풍경을 조망할 수 있다. 여기는 지극히 평온한 분위기에 잠겨 있다. 물가 사방으로 나무들이 둑에 쾌적한 그늘을 드리울 만큼 촘촘하게 심어져 있으며, 군데군데 키 큰 갈대와 고랭이 무리가 수면을 가르고 수면에는 고요한 하늘이 비치고 있다. 깊은 진흙 지대로 사라지는 오솔길이 지금 내가 앉아 있는 곳에서도 보인다. 나는 연못 주위를 편안하게 돌아보기에 적당하지 않은 신발을 신고 있지만 얼마나 매혹적인 장소인지 처음 도착했을 때는 정말 그렇게 해 보고 싶은 충동을 억제하기 힘들었다. 그러나 그러한 탐사 과정에서 발생할 수 있는 대참사에 생각이 미치고, 여행복을 더럽혀서는 안 된다는 생각도 들었으므로 여기 이 벤치에 앉아 있는 것에 만족하기로 했다. 그래서 지금까지 삼십 분을 물가 여기저기에 낚싯대를 드리우고 조용하게 앉아 있는 몇몇 사람의 작업

경과를 이렇게 지켜보는 중이다. 현재 눈에 들어오는 사람이 열두 명쯤 되지만 강렬한 햇빛과 낮게 늘어진 나뭇가지들이 만들어 내는 그늘 때문에 사람들을 똑똑히 보기 어렵다. 그래서 조금 전에 내게 그처럼 유용한 도움을 주었던 집의 주인이라는 대령이 과연 이 낚시꾼들 중 누구일까 맞춰 보기로 했던 내 작은 놀이마저 보류해야만 했다.

지금까지 삼십 분가량 머리에 스쳤던 생각들을 좀 더 철저하게 파고들 수 있는 것도 바로 이 고요한 환경 덕분임은 물론이다. 사실 이렇게 평화로운 무대가 아니었다면 당번병과 만났을 당시 나의 태도에 대해 더 깊이 생각해 보지 않았을지도 모르겠다. 내가 무슨 이유로 달링턴 나리 댁에 전혀 고용된 적이 없었던 것 같은 인상을 그렇게 강하게 주었을까 하는 문제 말이다. 그 상황이 어떠했는지는 의문의 여지도 없다. 그는 내게 "당신이 정말 달링턴 경 밑에서 일했느냐?"라고 물었고 나는 부정 이외의 의미로는 받아들이기 힘든 대답을 주었다. 그 순간 내가 갑자기 쓸데없는 변덕에 사로잡혔는지도 모른다. 그러나 이상야릇했던 내 태도를 설명하기엔 설득력이 부족하다. 어쨌거나 지금 나는 당번병과 있었던 그런 상황이 처음은 아니었다는 점을 인정하기에 이르렀다. 몇 달 전 웨이크필드 부부가 방문했을 때의 일과 모종의 연관이 있음을 의심하기 어렵기 때문이다. 그러나 그 관련성에 대해서 명쾌하게 알지 못하는 것도 사실이다.

웨이크필드 부부는 영국에, 내가 알기로는 켄트주 어딘가에 정착한 지 이십 년쯤 되는 미국인들이다. 패러데이 어르신과 마찬가지로 보스턴 사교계에 지인이 많은 그들이 어느 날 달링턴 홀을 잠시 방문하여 점심때까지 머물다 오후 티타임 전에 돌아간 적이 있다. 이 이야기의 시점은 패러데이 어르신께서 저택에 도착하시고 불과 몇 주 후, 다시 말해 새로 사들인 집에 대한 그분의 열정이 최고조에 달했던 때였다. 따라서 웨이크필드 부부가 머무는 동안 주인 어르신은 그들을 이끌고 먼지 가리개가 쳐진 구역들까지 포함해 다소 불필요하다 싶을 만큼 구석구석 집 안을 보여 주시느라 많은 시간을 빼앗겼다. 웨이크필드 부부도 패러데이 어르신 못지않게 관심이 많은 듯 보였고, 내가 볼일을 보러 돌아다니는 사이에 집 안 여기저기에서 기쁨을 나타내는 갖가지 미국식 감탄사가 들려오곤 했다. 패러데이 어르신께서 보여 주기 시작하신 곳은 집 꼭대기였는데, 1층 방들의 호화로움을 구경시키고자 손님들을 데리고 내려오셨을 즈음에는 높아도 한참 높은 비행기라도 탄 듯 상당히 우쭐해 보이셨다. 처마 장식과 창틀을 일일이 지적하며 각 방에 들어설 때마다 '예전에는 영국의 귀족들이 여기서 무엇을 했고' 하는 식으로 다소 거창하게 설명하시곤 했다. 엿들을 의도가 있었던 것은 물론 아니고 어쩔 수 없이 이야기의 골자를 주워듣게 된 나는 폭넓은 주인님의 지식에 놀라지 않을 수 없었다. 이따금 부적절한 내용이 있긴 했지만 영국적 방식에 깊은 열정을 가지셨음이 여실히 드러났다. 주목할 만한 것은 웨이크필드 부부 역시, 특히 부인 쪽이 우리 나라의 전통에 결코 무지하지 않다는 사실이었다. 그들이 하는 여러 가지 이야기로 추측건대 그들도 꽤 훌륭한 영국 저택을 소유하고 있는 모양이었다.

다들 집 안을 둘러보고 있던 어느 순간 모두들 정원을 탐사하러 나갔으려니 짐작하고 홀을 가로질러 가던 나는 웨이크필드 부인이 뒤에 남아 식당 문간의 아치 구조물을 면밀히 뜯어보고 있는 것을 발견했다. 내가 나직하게 "실례합니다, 부인."이라고 중얼거리며 지나가자 그녀가 돌아서며 말했다.

"오, 스티븐스. 당신이 설명해 주면 되겠군. 여기 이 아치가 17세기'풍' 같기는 한데 실제로는 꽤 근래에 제작된 거 아닌가요? 혹시 달링턴 경 시절에?"

"그럴지도 모르겠습니다, 부인."

"정말 아름다워요. 하지만 불과 몇 년 전에야 막을 내린 모조 시대의 산물인 것 같군. 내 말이 맞죠?"

"저는 잘 모르겠습니다만 그럴 가능성이 높습니다, 부인."

다음 순간 웨이크필드 부인이 목소리를 낮추어 말했다.

"얘기해 봐요, 스티븐스. 그 달링턴 경은 대체 어떤 사람이었죠? 보아하니 그 사람 밑에서 일한 모양인데."

"아닙니다, 부인. 아니에요."

"오, 난 그런 줄 알았어요. 그런데 내가 왜 그렇게 생각했는지 모르겠군요."

웨이크필드 부인은 다시 돌아서더니 아치를 손으로 더듬으며 중얼거렸다.

"결국 아무도 확실하게는 모른다는 얘긴데. 하지만 내 눈에는 꼭 모조품 같아, 아주 잘 만들어진 모조품."

나는 아마 이 대화를 금방 잊어버렸을 것이다. 그러나 웨이크필드 부부가 떠난 뒤 패러데이 어르신께 애프터눈 티를 대접하려고 거실로 들어섰을 때 그분께서 뭔가 골똘히 생각하시는 분위기임을 느낄 수 있었다. 잠시 침묵을 지키고 난 뒤 그분께서 말씀하셨다.

"스티븐스, 웨이크필드 부인이 이 집에 대해 내 기대만큼 감명받지는 않은 것 같았소."

"그렇습니까, 나리?"

"오히려 이 집의 족보를 과장하고 있다고 생각하는 것 같았소. 수백 년씩 거슬러 올라가는 모든 내력을 내가 꾸며서 말하고 있다고 말이오."

"정말입니까?"

"그렇소, 스티븐스. 내가 그녀에게 말했지. 스티븐스 당신은 정말 진품이라고. 진정한 영국의 노집사. 이 집에 삼십 년 넘게 있으면서 영국의 진정한 귀족을 모셔 왔다고 했소. 그런데 웨이크필드 부인이 반박했소, 그것도 아주 자신만만하게."

"그래요?"

"스티븐스, 그녀는 당신이 내가 고용하기 전까지는 여기에서 일한 적이 없다고 믿고 있었소. 당신한테서 그런 얘기를 직접 듣기라도 한 것 같은 태도였지. 짐작되겠지만 결국 내 꼴만 우습게 되고 말았소."

"참으로 유감입니다, 나리."

"스티븐스, 이 집은 유서 깊고 웅장한 진짜배기 영국 저택이오. 안 그렇소? 내가 돈을 지불한 것도 그 때문이지. 그리고 당신도 진짜인 척하는 얼간이들과는 비교도 할 수 없는 전통적인 영국식 진짜배기 집사요. 틀림없는 진품이다 이거지. 이게 바로 내가 원했던 것이고 또 내가 지금 소유하고 있는 것이오, 안 그렇소?"

"그렇고말고요, 나리."

"그렇다면 웨이크필드 부인이 하는 얘기가 무슨 소리인지 한번 설명해 보시오. 내게는 엄청난 미스터리니까."

"제가 그 숙녀분에게 제 이력을 설명하면서 약간 오도된 인상을 준 것 같습니다, 주인님. 그로 인해 난처하셨다면 진심으로 사과드리겠습니다."

"난처해도 보통 난처한 일이 아니지. 이제 그 사람들은 나를 허풍쟁이나 거짓말쟁이로 볼 거요. 그건 그렇고, 약간 오도된 인상을 주었다는 건 무슨 뜻이오?"

"정말 죄송합니다. 주인님을 이처럼 난처하게 만들 줄은 생각도 못 했습니다."

"젠장, 스티븐스. 그녀에게 왜 그따위 얘기를 늘어놓았소?"

나는 잠시 상황을 따져 본 다음 말했다.

"송구하기 그지없습니다만 나리, 이건 우리 나라의 방식입니다."

"그건 또 무슨 소리요?"

"제가 드리는 말씀은 고용인이 옛 주인에 대해 논하는 것은 영국의 관습이 아니라는 뜻입니다, 나리."

"아하, 그렇군, 스티븐스. 과거의 속사정을 누설하고 싶지 않다는 얘기로군. 하지만 그렇게까지 확대 해석되나? 나 외에 다른 사람을 섬겼다는 것까지 부인해야 할 정도로?"

"그런 말씀은 좀 극단적인 것 같습니다, 나리. 어쨌거나 고용인은 그러한 인상을 주는 것이 바람직하다고 여겨져 왔지요. 이렇게 설명드리면 어떨지 모르겠지만 혼인 관습과 좀 비슷하다고 할 수 있습니다. 흔히들 이혼한 숙녀가 재혼하여 새 남편 쪽 사람들과 자리를 함께했을 때는 첫 결혼에 대해 일체 언급하지 않는 것이 바람직하다고 생각하지요. 저희 직업에도 그와 유사한 관습이 있습니다, 나리."

"결국 당신들의 관습을 미리 알지 못한 내 불찰이군."

어르신께서 의자 등받이에 몸을 기대며 말씀하셨다.

"확실한 건 그 때문에 내가 바보 꼴이 되었다는 거지."

사실 나는 그 순간에도 패러데이 어르신께 둘러댄 이야기가 진실과 동떨어졌다고는 할 수 없지만 지극히 부적절했음을 알고 있었던 것 같다. 그러나 다른 생각거리가 많다 보면 그런 문제에 큰 관심을 두기가 쉽지 않은 법이다. 나는 한동안 그 일을 머리에서 떨쳐 내고 지냈다. 그러나 지금 이 연못을 감싼 고요 속에서 돌이켜 보자니 그날 내가 웨이크필드 부인 앞에서 한 처신과 바로 오늘 오후에 있었던 일이 뚜렷한 관련이 있음을 의심하기 힘든 듯하다.

오늘날 달링턴 경에 대해 어리석은 이야기를 늘어놓는 사람들이 많은 것은 사실이다. 따라서 여러분은 내가 그분과의 관계를 좀 난처해하거나 부끄럽게 생각하는 것이 아닌가, 나의 그러한 처신 뒤에 깔려 있는 생각도 그런 것들이 아닌가 하고 짐작할지도 모르겠다. 그러나 다시 한번 분명하게 말하지만 어떤 것도 진실보다 깊을 수는 없는 법이다. 오늘날 달링턴 경을 둘러싸고 회자되는 말들을 들어 보면 거의 대다수가 사실을 완전히 무시하다시피 한 엉터리들이다. 사실 나의 야릇한 처신도 그분에 관해 또 그 같은 엉터리 소리를 듣게 될까 우려하는 마음에서 비롯되었다고 보는 편이 가장 그럴듯한 설명이 될 것 같다. 다시 말해 나는 두 사건에서 불쾌해지는 것을 피하기 위해 지극히 소박한 수단으로 선의의 거짓말을 택했다. 생각해 볼수록 그럴듯한 해명 같다. 있는 그대로 말해 오늘날 내 입장에서 그런 얼토당토않은 이야기를 반복해서 듣는 것보다 괴로운 것도 없기 때문이다. 나는 달링턴 경께서 그분에 대해 엉터리 소리를 해 대는 사람들 대다수를 난쟁이로 만들어 버릴 만큼 도덕적으로 대단한 거인이셨다고, 마지막 순간까지도 그러셨던 분이라고 서슴없이 단언할 수 있다. 내가 그런 신사분과의 관계를 유감스러워한다는 식으로 말한다면 그보다 부정확한 이야기도 없다. 여러분도 짐작하겠지만 사실 나는 오랜 세월 달링턴 홀에서 그분을 모시면서 세상이라는 바퀴의 중심축에 내가 꿈꾼 만큼 다가갈 수 있었다. 나는 달링턴 경에게 삼십오 년을 바쳤다. 그리고 그 기간만큼은 나 자신이 가장 진정한 의미에서 '저명한 가문에 소속되어' 있었다고 말하더라도 그리 부당한 주장은 아닐 것이라 믿는다. 내가 지금까지의 경력을 되돌아보면서 느끼는 만족은 주로 그 시절에 성취했던 것들에서 비롯되었으며, 그러한 특권을 누릴 수 있었음에 오늘도 나는 자랑스럽고 감사할 따름이다.

서머싯주, 톤턴

나는 어젯밤 서머싯주의 톤턴읍 약간 외곽에 있는 '역마 차와 말들'이라는 여관에서 묵었다. 지붕을 짚으로 인 도로 변의 작은 가옥인데 마지막 일광 속에 포드를 타고 다가가 면서 보니 유난히 매력적이었다. 주인이 목재 계단을 올라가 작은 방으로 안내해 주었다. 좀 휑뎅그렁하긴 해도 나무랄 데 없이 훌륭한 방이었다. 주인이 내게 저녁을 먹었느냐고 묻기에 샌드위치를 방으로 갖다 달라고 했는데 식사에 관한 한 결과적으로 만족스럽기 그지없는 선택이었다. 그러나 잠 시 후 저녁 시간이 찾아들자 방에 박혀 있는 것이 좀 편치 못해 결국 아래층에 내려가 토속 사과주나 맛보기로 했다.

주점은 바에 대여섯 명의 손님이 둘러앉아 있을 뿐 텅 비

다시피했다. 손님들의 외모로 짐작건대 이런저런 농사일에 종사하는 것 같았다. 주인에게서 사과주 잔을 받아 든 나는 편안하게 그날 하루를 정리해 볼 요량으로 바에서 약간 떨어진 테이블에 가 앉았다. 그러나 오래지 않아 이 마을 사람들이 나의 존재에 신경을 쓰면서 뭔가 호의를 보여야 할 것처럼 느끼고 있음을 감지했다. 자기들끼리 이야기하다가 잠시 대화가 끊길 때마다 한두 사람이 내 쪽을 힐끔힐끔 훔쳐보는 품이 나한테 접근할 구실을 찾는 것 같았다. 결국 한 남자가 목소리를 높여 내게 말했다.

"보아하니 이 집 위층에서 하룻밤 묵기로 하신 모양이군요, 선생님."

내가 그렇다고 대답하자 남자가 고개를 설레설레 내저으며 말했다.

"푹 주무시기는 어려울 겁니다, 선생님. 여기 아래층에서 밤늦도록 꽥꽥거리는 봅 영감(그가 주인 쪽을 가리켰다.)의 소리가 마음에 드신다면 또 모를까. 그리고 아침에는 동트기 무섭게 영감한테 꽥꽥거리는 이 집 마나님의 소리에 잠을 깨시게 될 겁니다."

주인이 무어라고 항변했지만 좌중에서 요란하게 한바탕 웃음이 터져 나오는 것을 막을 수 없었다.

"그게 정말이오?"

내가 말했다. 그리고 그렇게 말하는 사이 지금 나한테 뭔가 재치 있는 대답을 요하는 상황이구나 하는 생각, 최근 들어 패러데이 어르신과 함께 있을 때 자주 스쳤던 생각이 떠올랐다. 아니나 다를까 마을 사람들은 지금 겸손하게 침묵을 지키며 내게서 그다음 말이 나오기를 기다리고 있었다. 그래서 나는 머릿속을 뒤지던 끝에 마침내 이렇게 말했다.

"시골 새벽닭은 그런 식으로 우는가 보지요."

내가 몇 마디 더 덧붙이리라 기대하는 듯 잠시 침묵이 계속되었다. 그러나 내 얼굴에 만족한 표정이 번지는 것을 보자 모두들 약간 어리둥절한 분위기로 껄껄 웃어 주었다. 그러고는 곧 자신들의 대화로 돌아가 버렸고, 잠시 후에 내가 일어서면서 작별 인사를 나눌 때까지 더 이상의 대화는 없었다.

나는 그 농담이 떠올랐을 때 꽤나 만족스러웠기 때문에 솔직히 말해 반응이 예상보다 좋지 않아 다소 실망했다. 최근 몇 달 사이 그런 면에서 나아지려고 내 나름대로 시간과 노력을 바쳐 왔기 때문에 실망이 더 컸을 것이다. 아닌 게 아니라 나는 농담에서 패러데이 어르신의 기대에 자신 있게 부응하기 위해 이 기술을 나의 전문 병기에 추가하고자 노력 중이다.

내가 최근 들어 드물지만 짬이 날 때마다, 예를 들어 패러데이 어르신께서 저녁 시간을 보내러 외출하시거나 하는 경우에 방에 틀어박혀 라디오를 듣는 것도 그러한 노력의 일환이라 할 수 있다. 나는 '한 주에 두 번 혹은 더 자주'라는 제목의 프로그램을 듣는데, 실제로 매주 세 번 방송되는 이 프로그램은 두 명의 진행자가 독자들의 편지에서 다양한 화제를 끌어내 재미있는 논평을 덧붙이는 형식으로 진행된다. 이 프로그램을 열심히 듣는 이유는 거기에서 구사되는 재담이 내가 보기에 수준이 높을 뿐 아니라 패러데이 어르신께서 나에게 기대하시는 유의 익살에서 벗어나지 않는 어조를 항상 유지하기 때문이다. 나는 프로그램에서 힌트를 얻어 간단한 실습안을 마련하고 적어도 하루에 한 번은 실천해 보려고 노력하는데, 미묘한 순간이 다가왔다 싶으면 그때그때의 상황을 기초로 세 가지 익살을 공식화하는 것이 바로 그것이다. 혹은 이 실습안을 약간 변형해 지나간 사건들을 재료로 세 가지씩 짜내 보기도 한다.

그러니 어제저녁 일로 내가 얼마나 실망했을지 짐작이 갈 것이다. 처음에는 내가 표현을 분명하게 못 해서 그 정도밖에 성공을 못 거둔 것이 아닌가 생각되었다. 그러나 방으로 돌아와 숙고해 보니 내가 저 사람들을 불쾌하게 만들었을 수도 있다는 생각이 들었다. 어찌 됐든 내가 여관 주인의 아내를 수탉 비슷한 걸로 보는 양 전달되었을 가능성이 얼마든지 있었다. 하지만 사실 그 순간의 내 본뜻은 그런 것과는 전혀 거리가 멀었다. 누워 잠을 청하자니 그 생각이 계속 나를 괴롭혔고, 내일 아침에 주인에게 사과라도 해야 하는 게 아닌가 싶었다. 그러나 아침 식사를 들고 온 그가 나를 대하는 태도가 쾌활하기 그지없었으므로 결국 그냥 넘어가기로 했다.

그러나 이 작은 에피소드는 익살의 위험성을 여실히 보여 주는 사례라고 아니할 수 없다. 익살이란 그 속성상 예상되는 다양한 반응들을 제대로 따져 볼 새도 없이 입으로 내뱉게 되어 있다. 따라서 필요한 기술과 경험을 먼저 습득해 놓지 않으면 온갖 부적절한 말들을 내뱉게 될 위험이 엄청나게 크다. 내가 시간과 노력을 투자해도 결코 능숙해질 수 없다고는 생각하지 않지만 이렇게 위험 부담이 높은 바에야 적어도 당분간 좀 더 숙달될 때까지는 패러데이 어르신을 상대로 그쪽 의무를 이행할 생각을 접는 것이 상책이라고 결론 내렸다.

어쨌거나 유감스럽게도 어젯밤 마을 사람들이 농담 삼아 했던 이야기, 즉 아래층의 소란 때문에 편안한 밤을 보내지 못할 것이라던 예측은 하나도 틀리지 않은 사실로 드러났다. 주인집 아낙이 실제로 고함을 질러 댄 것은 아니었지만 남편과 함께 밤늦게까지 집안일을 보고 다니며 쉴 새 없이 재잘대었고, 오늘 아침에도 아주 이른 시각부터 재잘대는 소리를 들을 수 있었다. 그러나 나는 부부를 흔쾌히 용서할 준비가 되어 있었다. 보아하니 부지런한 습관을 가진 사람들이고, 소란을 떠는 것도 모두 그 습관 때문이라는 판단이 들었기 때문이다. 물론 내 입으로 뱉은 불운한 농담도 한 가지 이유로 작용하여 나는 주인에게 불편한 밤을 보낸 기색을 일절 내비치지 않고 감사를 표한 다음 장이 서는 톤턴읍 탐색길에 올랐다.

내가 지금 기분 좋게 모닝 티를 즐기며 앉아 있는 이 집에 투숙했더라면 더 좋았을지도 모르겠다. 바깥에 내붙인 광고 문구에 따르면 '차와 간식류, 케이크'는 물론 '깨끗하고 조용하고 안락한 방들'도 갖추었다니 말이다. 톤턴 번화가 시장 구역과 아주 가까운 곳에 있으며 대지가 약간 침하된 건물인데 검은색의 육중한 통나무 들보들이 훤히 드러나 보이는 것이 특징이다. 나는 지금 이 건물 안 떡갈나무 판자로 장식된 널찍한 찻집에 앉아 있다. 탁자 수로 보건대 열두 명 정도는 비좁은 느낌 없이 수용할 수 있을 것 같다. 케이크와 페이스트리를 제법 다양하게 전시한 카운터 뒤에서 쾌활한 처녀 두 명이 시중을 들고 있다. 전체적으로 볼 때 모닝 티를 마시기엔 최적의 장소이지만 톤턴 주민 가운데 이곳을 이용할 뜻이 있어 보이는 사람은 놀랄 만큼 드물다. 현재 나와 함께 있는 손님은 반대편 벽에 붙은 탁자에 나란히 앉은 숙녀 두 명과 큼직한 퇴창 옆 테이블에 앉은 은퇴한 농부인 듯한 노인이 전부다. 지금 눈부신 햇살이 내리쬐어 노인의 모습을 제대로 볼 수는 없고 윤곽만 대충 눈에 들어온다. 그러나 그가 신문을 읽고 있다는 것, 이따금 한 번씩 눈을 들어 바깥 보도의 행인들을 쳐다본다는 것을 알 수 있다. 처음에는 사람을 기다리나 보다 했는데 가만히 보니 아는 사람이 지나가면 인사나 하려고 그러는 모양이다.

나로 말하자면 안쪽 벽 앞에 거의 숨다시피 앉아 있지만 실내를 쭉 가로질러 햇살 밝은 거리를 똑똑히 내다볼 수 있을 뿐 아니라 인근 행선지 몇 군데가 안내된 맞은편 보도의 푯말도 식별할 수 있다. 그 행선지들 중에 '머스덴'이란 마을이 보인다. 아마 여러분도 들어 보았을 지명일 텐데, 어제 내가 도로 안내서에서 그 지명을 처음 발견했을 때도 그런 느낌을 받았다. 솔직히 말하자면 계획했던 경로에서 약간 돌게 되더라도 그 마을을 한번 찾아가 볼까 하는 유혹까지 느꼈다. 서머싯주의 머스덴은 한때 '기펜'사가 있었던 곳이다. 그 회사에서 생산되는 검은 양초, 즉 '얇게 조각내어 밀랍과 섞은 후 손으로 닦는' 광택제를 우편 주문할 때 필히 주소란에 기입해야 했던 그 머스덴 말이다. 기펜은 한동안 시중에서 구할 수 있는 최고의 은 식기용 광택제로 인정받았다. 새로운 화학제품들이 시장에 등장한 것은 이 훌륭한 제품의 수요를 격감시킨 원인이 되었던 지난 전쟁 직후의 일에 불과했다.

내가 기억하기로 기펜은 20세기 초에 등장했는데 우리 직업 내부의 분위기 변화와 그 제품의 출현을 밀접하게 연관 짓는 사람이 비단 나만은 아닐 것이다. 그 변화를 계기로 은 제품 광내기가 아주 중요한 작업으로 격상되었으며 오늘날까지도 대체로 그러한 기조가 유지되고 있다. 이 시기를 전후해 발생한 다른 많은 변화들도 마찬가지지만 이 변화도 내가 볼 때는 세대 간의 문제였다. 우리 세대 집사들이 '성년에 도달한' 것이 바로 이 시기였을 뿐 아니라 마셜 씨 같은 인물들이 은 제품 광내기 작업을 그처럼 중요한 일로 만드는 데 핵심적인 역할을 했기 때문이다. 은 제품, 특히 식탁에 오르는 은 식기들을 닦는 작업이 전에는 중요한 직무로 인정받지 못했다는 것은 물론 아니다. 그러나 예를 들어 내 아버지 세대의 집사들은 그 문제를 그렇게까지 중요하게 여기지 않았다고 해도 크게 틀린 말은 아닐 것이다. 그 시절에는 집사가 은 제품 광 내기 작업을 직접 감독하는 경우가 드물었다는 사실에서도 이 점이 분명히 확인된다. 흔히 집사 보조 같은 사람들의 변덕에 감독을 맡겨 버리고 어쩌다

한 번씩 점검하는 게 고작이었다. 많은 이들이 수긍하는 사실이지만 은 식기의 중요성을 제대로 인식한 최초의 인물이 바로 마셜 씨였다. 외부인들이 자세히 관찰할 가능성이 높다는 점에서 집안의 다른 어떤 물품도 식사 때 등장하는 은 식기를 따라갈 수 없으며, 따라서 은 식기는 어떤 집의 수준을 가늠하는 공식 지표로 기능한다는 점을 인식한 것이다. 그리고 예전에는 상상도 할 수 없었을 만큼 완벽하게 광을 낸 은 식기를 선보여 샤를빌 하우스를 방문하는 신사 숙녀들을 놀라 기절하게 만든 전대미문의 사건을 초래한 장본인도 마셜 씨였다. 그 일이 있고 얼마 지나지 않아 주인으로부터 압력을 받은 전국 각지의 집사들이 은 식기 광택 문제에 심혈을 기울이게 되었다. 그 후로 마셜 씨를 능가하는 방법을 찾아냈다고 자처하는 집사들이 우후죽순 생겨났던 것으로 기억된다. 그들은 이런 방법을 비밀로 하기 위해 마치 요리 비법을 지키려는 프랑스 주방장들처럼 야단 법석을 떨곤 했다. 그러나 잭 네이버스 씨 같은 사람이 자랑했던 바와 같은 정교하고 비밀스러운 절차들은 최종 결과에 별다른 영향을 주지 못했다는 것이 예나 지금이나 변함없는 나의 생각이다. 나로 말하자면 아주 간단한 문제라고 생각했다. 좋은 광택제를 쓰고 철저하게 감독하면 되는 것이다. 아무튼 당대의 분별 있는 집사라면 누구나 기펜사의 광택제를 주문했으며, 이 제품을 올바르게 사용하는 한 우리 집안의 은 식기가 다른 집안의 것에 뒤질 걱정은 전혀 없었다.

흐뭇한 일이지만 달링턴 홀의 은 제품이 보는 사람에게 아주 좋은 인상을 준 사례가 무수히 떠오른다. 일례로 우리 집의 은그릇을 본 아스토의 마나님이 씁쓸한 심경을 감추지 못하며 "도저히 적수가 없을 것 같다."고 평했던 일이 떠오른다. 그리고 어느 날 저녁 만찬에 참석한 저 유명한 극작가 조지 버나드 쇼 씨가 앞에 놓인 디저트용 스푼을 불빛에 쳐들어 보고 옆에 있는 큰 접시와 표면을 비교해 보는 등 주위 사람들을 까맣게 잊은 채 꼼꼼하게 살펴보던 모습도 기억이 난다. 그러나 지금까지 가장 흐뭇한 기억으로 남는 것을 들라면 아마도 당시 내각 각료였으며 그 후 곧바로 외무 장관이 되었던 모 저명인사가 지극히 '은밀하게' 우리 저택을 방문했던 날 밤의 일일 것이다. 사실 그러한 비밀 방문들의 사후 결실이 이미 문서화된 마당에 그 인사가 바로 핼리팩스 경이었다는 것을 굳이 숨길 필요는 없을 듯하다.

결과적으로 볼 때 그 특별한 방문은 차후에 이어진 핼리팩스 경과 당시 독일 대사 리벤트로프 씨의 '비공식' 연쇄 회담의 출발점이 되었다. 그러나 그 첫날 밤에 도착했을 때만 해도 핼리팩스 경은 대단히 조심스러웠다. 들어서서 한 첫마디가 다음과 같았을 정도다.

"여보시오, 달링턴, 대체 왜 나를 여기로 오라고 했는지 모르겠소. 내가 나중에 후회할 게 분명해."

리벤트로프 씨가 도착하려면 아직 한 시간 정도 여유가 있었으므로 나리는 손님에게 달링턴 홀이나 돌아보자고 제안하셨다. 그것은 긴장한 손님을 진정시키는 전략으로서 효과를 본 경우가 많았다. 그러나 내가 볼일을 보면서 집 안 곳곳에서 들려오는 대화를 쭉 들어 보니 핼리팩스 경은 계속 저녁 약속에 의구심을 표하고 달링턴 경은 그를 안심시키려고 헛되이 애쓰시는 분위기였다. 그런 대화가 한동안 계속되다 어느 순간 갑자기 핼리팩스 경의 탄성이 들려왔다.

"오, 이런, 달링턴, 이 집의 은 식기가 정말 예술이구려."

그 소리를 들을 당시에도 물론 기쁘기 그지없었지만 이 일화의 결과로서 나를 정말 흐뭇하게 한 것은 이삼일 뒤에 달링턴 경께서 하신 말씀이었다.

"그런데 스티븐스, 요 전날 밤에 우리 은 제품을 본 핼리팩스 경이 아주 큰 감명을 받은 모양일세. 그 덕에 그의 생각이 크게 바뀌었다네."

내가 똑똑히 기억하고 있는 나리의 말씀을 그대로 옮긴 것이니 우리 은 식기의 상태가 그날 저녁 핼리팩스 경과 리벤트로프 씨의 관계를 원만하게 이끄는 데 작게나마 의미 있는 공헌을 했다고 보더라도 착각은 아닐 것이다.

이쯤에서 리벤트로프 씨에 대해 몇 마디 덧붙이는 게 좋겠다. 오늘날 리벤트로프 씨는 대체로 사기꾼에 가까운 책략가로 평가받고 있다. 다시 말해 그 시절의 히틀러는 흑심을 숨기고 영국을 일관된 계략에 따라 가능한 한 오래도록 속이려 들었으며, 리벤트로프 씨가 우리 나라에 온 것도 바로 그 기만전술을 펼치는 데 목적이 있었다는 얘기다. 앞서도 말했듯 이는 많은 사람들의 공통된 견해이기 때문에 나는 이의를 제기할 생각은 없다. 그러나 오늘날 일부 인사들이 마치 자기는 리벤트로프 씨의 술책에 한순간도 속은 적이 없는 양, 리벤트로프 씨를 존경할 만한 신사로 믿고 일을 발전시킨 사람은 달링턴 경 한 사람밖에 없는 양 말하는 것을 듣고 있노라면 속이 좀 메스꺼울 정도다. 사실대로 말하자면 리벤트로프 씨는 1930년대 영국의 막강한 가문들에서 줄곧 존경할 만한 사람, 심지어 매력적인 사람으로까지 평가받았던 인물이다. 특히 1936년과 1937년 전후에는 주인을 따라온 집사이며 시종들이 '그 독일 대사'를 화제로 떠들어 대는 소리가 하인 전용 홀을 뒤덮었다. 들리는 이야기로 보건대 이 나라의 내로라하는 신사 숙녀 중 상당수가 그에게 홀딱 반했음에 분명했다. 그랬던 사람들이 이제 와서 그 시절을 이야기하는 것을 들어 보면, 특히 우리 나리에 대해 말하는 것을 듣노라면 좀 전에도 말했듯 속이 메스껍지 않을 수 없다. 여러분들이 그 시절 그 사람들의 저택을 방문한 손님 명부를 조금만 확인해 보더라도 그들이 얼마나 대단한 위선자인지 금방 알 것이다. 그리고 그들이 리벤트로프 씨를 불러 놓고 종종 주빈 대접까지 해 주면서 얼마나 성대한 만찬을 벌였는지도 확인할 수 있을 것이다.

그랬던 사람들이 이제 와서 달링턴 경이 지난날 몇 차례 독일을 방문하여 나치의 환대를 받으며 뭔가 유별난 짓을 한 것처럼 말하고 있다. 만약《더 타임스》같은 데서 뉘른베르크 전당 대회* 무렵 독일인들이 주최한 연회에 참석했던 손님들의 명부를 단 한 부라도 공개한다면 그 사람들이 그렇게 쉽게들 말하지는 못할 것이다. 당시 영국에서 가장 인정받고 존경받던 신사 숙녀 대부분이 독일 지도자들의 환대에 편승했던 것이 사실이며, 단언컨대 그중 대다수가 초청해 준 이에게 칭송과 찬양을 바치기만 했을 뿐 아무 소득 없이 돌아왔다. 달링턴 경께서 공공연한 적과 은밀하게 연락을 취하고 있었던 것처럼 말하는 사람들은 오직 자기 편의에 따라 그 시절의 실제 분위기를 망각하고 있는 것뿐이다.

달링턴 경에 대해 반유대주의자라고 부르거나 '영국 파시스트 연맹' 같은 조직들과 긴밀한 관계를 가졌다고 하는 주

---

* 1934년 나치의 대집회.

장들 또한 추잡하고 허무맹랑한 것에 불과하다는 점을 지적해야겠다. 그 같은 주장들은 그분께서 진정 어떤 신사이셨는지를 전혀 모르기 때문에 나온 무지의 소산이라고 할 수밖에 없다. 달링턴 경은 점차 반유대주의를 혐오하게 되었다. 반유대주의적 분위기에 직면하여 불쾌감을 표하시는 것을 내 귀로 직접 들은 것만 해도 대여섯 번은 된다. 그분께서 유대인들을 집 안에 들이지 못하게 하셨다거나 유대인을 고용하지 못하게 하셨다는 주장 역시 전혀 근거 없는 이야기다. 물론 1930년대에 있었던 아주 작은 일화는 예외로 칠수 있을지 몰라도 그 일 역시 과대하게 부풀려진 것이 사실이다. 그리고 '영국 파시스트 연맹'도 그분을 그런 사람들과연결해 말하는 자체가 터무니없다고밖에 할 수 없다. '블랙셔츠단'*을 이끌었던 오즈월드 모즐리 경이 달링턴 홀을 방문한 것은 내가 장담하는데 많아야 세 번이다. 그것도 모두이 조직의 초창기 때, 다시 말해 본색을 드러내기 전에 이루어진 방문들이었다. '블랙셔츠단'의 추악한 움직임이 가시화된 것은 그 후의 일이었으며, 달링턴 경께서야말로 누구보다앞서 그 점을 간파하시고 그 사람들과 더 이상 관계를 맺지않으셨다는 점을 밝혀 두고 싶다.

---

* 파시스트 조직의 하나로 조직원들이 검은 셔츠를 입고 다닌 데서 유래한 명칭.

사실 그러한 단체들은 이 나라의 정계 핵심부와는 전혀 무관했다. 여러분도 납득하겠지만 달링턴 경은 정말 핵심적인 사안들에만 기꺼이 전념하셨던 그런 신사분이었기 때문에 그 과정에서 그분이 규합했던 인물들은 흔히 연상될 수 있는 불쾌한 언저리 집단들과는 거리가 먼 사람들이었다. 대부분 남다른 존경을 받는 사람들이었을 뿐 아니라 정치인, 외교관, 군 장성, 성직자 등 영국 사회에서 진정한 영향력을 보유한 인물들이었다. 그리고 그 가운데 몇몇 인사는 실제로 유대인이었으니 이 사실 하나만으로도 달링턴 경을 둘러싸고 쏟아졌던 말들이 얼마나 허무맹랑한지가 여실히 입증된다.

이야기가 좀 딴 데로 흐른 것 같다. 좀 전에 나는 은 식기 이야기를 하다가 핼리팩스 경이 달링턴 홀에서 리벤트로프 씨를 만나던 날 우리 은 제품에 감명받으셨던 일화를 소개하던 중이었다. 분명하게 해 두고 싶은 것은 당초 내 주인 어르신을 실망시킬 우려가 높아 보였던 그 회동이 순전히 우리 은 식기 덕분에 성공적으로 치러진 것처럼 말하려는 의도는 없었다는 점이다. 앞서도 밝혔듯 은 식기가 그날 밤 손님의 기분을 바꾸는 데 작게나마 역할을 했다고 암시한 분은 바로 달링턴 나리 본인이셨다. 따라서 내가 흐뭇한 만족감 속에 그 일들을 돌아본다 해도 크게 꼴사나운 일은 아닐 것이다.

　우리 직업인들 중에는 모시는 주인이 어떤 부류이든 궁극적으로는 별 차이가 없다고 생각하는 사람들도 있다. 이들은 우리 세대에 만연했던 일종의 이상주의, 다시 말해 우리 집사는 인류의 대의를 증진시키는 위대한 신사들을 모시려는 야망을 품어야 한다는 식의 사고방식을 현실적 근거가 없는 과장된 이야기쯤으로 생각한다. 주목할 만한 사실이지만 이러한 회의주의를 표명하는 사람들을 캐 보면 어김없이 우리 계통에서 지극히 범속한 부류, 스스로 중요한 지위에 오를 능력이 없음을 잘 알아 공연히 다른 사람들마저 자기 수준으로 끌어내리고자 애쓰는 사람들에 속한다. 따라서 그러한 견해들을 심각하게 받아들일 생각은 없다. 그렇다 해도 나 자신의 경력에서 그런 사람들의 생각이 잘못되었음을 아주 분명하게 보여 주는 사례들을 들 수 있다는 것은 흐뭇한 일이다. 물론 우리는 주인에게 총체적이고 지속적으로 봉사하고자 노력하며 그러한 봉사에는 특정한 사례들, 예를 들어 핼리팩스 경의 일화 같은 것들로 결코 요약될 수 없는 가치가 있다. 그런데 바로 이런 사례들이 세월 속에 축적되어 논박할 수 없는 하나의 사실을 상징하게 된다는 점을 나는 지적하고 싶다. 우리에게는 중차대한 사건들의 지렛목에 해당되는 위치에서 전문성을 발휘할 특권이 있다는 사실 말이다. 혹은 범속한 주인을 모시는 것으로 만족하는 사람들은 결코 알지 못할 만족, 즉 나의 노고가 아주 미미하게나마 역사의 흐름에 공헌하는 데 일조했노라고 당당하게 말할 수 있는 데서 오는 만족감을 느낄 권리라고 해야 할지도 모르겠다.

그러나 과거만 돌아보고 있어서는 안 될 것이다. 내 앞에는 아직도 봉사를 해야 하는 많은 세월이 남아 있다. 게다가 패러데이 어르신은 지극히 훌륭한 주인인 동시에 미국 신사분이기 때문에 나에게는 그분께 영국의 최고 봉사란 어떤 것인지 보여 주어야 할 특별한 의무도 있다고 볼 수 있다. 그러니 관심의 초점을 현재로 맞춰야 한다. 또한 과거에 이룬 것들을 가지고 자기만족에 빠지지 않게 경계해야 한다. 지난 몇 달을 돌아볼 때 달링턴 홀의 상황이 예전과는 달라졌음을 인정할 수밖에 없기 때문이다. 최근 들어 사소한 실수가 표면에 부상하는 일이 부쩍 많아졌고, 지난 4월에 발생한 은 식기 관련 사건도 그런 사례에 속한다. 패러데이 어르신께서 손님을 초대하신 상황은 아니었다는 것이 그나마 다행이지만, 그렇다 하더라도 내 입장에서는 참으로 당혹스러운 순간이었다.

일이 터진 것은 어느 날 아침 식사 시간이었다. 물론 그 사건이 시작된 후부터 끝날 때까지 패러데이 어르신은 내게 한마디 불평도 하지 않으셨다. 물론 자상한 분이셔서 그랬을 수도 있겠고, 미국 분인 탓에 그 실수의 심각성을 제대로 아시지 못했기 때문일 수도 있다. 아무튼 그때 그분은 자리에 앉자마자 포크를 집어 드셨고, 손끝으로 포크를 쓰다듬으며 잠시 들여다본 다음 조간신문으로 눈길을 돌리셨다. 그분은 무심결에 하신 동작이었지만 내가 사태를 재깍 포착하고 문제의 물건을 제거하고자 재빨리 다가선 것은 당연했다. 그런데 내가 불안감이 앞선 나머지 좀 지나치게 민첩하게 군 모양이었다. 패러데이 어르신께서 약간 움찔하시며 중얼거리셨던 것이다.

"아, 스티븐스."

계속 민첩하게 움직여 식당에서 빠져나온 나는 다른 만족스러운 포크를 들고 지체 없이 다시 돌아갔다. 식탁으로 다가가고 있을 때 패러데이 어르신은 신문에 몰입해 계신 것 같았다. 그때 포크를 식탁보에 살그머니 내려놓으면 신문을 보시는 주인님께 방해가 되지 않겠다는 생각이 들었다. 그러나 다음 순간 또 하나의 가능성이 머리를 스쳤다. 지금 패러데이 어르신께서 내가 무안해질까 우려하여 일부러 모르는 척하시는지도 모른다. 그러니 은밀하게 포크를 갖다 놓을 경우 실수를 태연하게 받아들이는 양 해석될 수 있으며, 더 나쁘게는 실수를 덮어 버리려는 시도로 오해받을 수 있다. 내가 포크를 다소 강조하듯 식탁에 놓기로 마음먹은 것은 그러한 이유에서였는데, 그 바람에 어르신은 또 한 번 움찔 놀라 쳐다보며 중얼거리셨다.

"아, 스티븐스, 자네구면."

지난 몇 달 사이에 발생한 이러한 실수들이 내 자존심에 상처를 준 것은 말할 나위도 없지만, 따지고 보면 직원이 부족한 것이 원인일 뿐 달리 불길한 징조로 볼 이유는 없다. 직원이 부족한 것이 중대한 문제가 아니라는 뜻은 아니다. 다만 켄턴 양이 정말 달링턴 홀로 복귀하게 되면 그 정도 사소한 실수들은 과거지사가 될 것이라고 믿는다는 뜻이다. 물론 켄턴 양이 편지(말이 난 김에 덧붙이자면 나는 어젯밤에 여관방에서 이 편지를 또 한 번 읽고서야 불을 껐다.)에서 복귀할 의사를 명료하게 구체적으로 언급한 대목은 하나도 없다는 사실을 잊어서는 안 될 것이다. 혹은 내가 지금까지 그녀의 의사와 관련해 무슨 증거라도 있는 양 과장했을 가능성도 분명히 있다. 어젯밤만 해도 그녀의 복직 의사가 분명히 드러난 구절을 지적하기가 참으로 어렵다는 사실에 솔직히 나 자신도 약간 놀라고 말았으니까 말이다.

그러나 어찌 됐건 앞으로 마흔여덟 시간 내로 켄턴 양과 얼굴을 맞대고 이야기하게 될 것이 거의 확실한 마당에 이 문제를 붙잡고 크게 억측할 필요는 없을 듯하다. 그런데도 어젯밤 어둠 속에 누워서까지 머릿속으로 그 편지 구절들을 되씹으며 꽤 오랜 시간을 보냈노라고 고백하지 않을 수 없다. 아래층에서는 주인 내외가 또 하루의 밤을 정리하는 소리가 들려오고 있다.

데번주, 타비스톡 근처 모스콤

오늘날 반유대주의라는 이슈가 다소 민감한 사안으로 부상한 것을 감안할 때 다시 그 부분에 대한 달링턴 경의 태도로 돌아가 잠깐 논할 필요가 있을 듯하다. 내가 특히 분명하게 정리하고 싶은 문제는 달링턴 홀이 직원을 쓸 때 유대인에게는 이른바 빗장을 잠갔다고 하는 주장에 대해서다. 이는 내 분야와 직결되는 문제이기 때문에 나는 절대적으로 권위 있는 논박을 할 수 있다. 그분과 함께한 세월을 통틀어 많은 유대인들이 내 밑에서 일했을 뿐 아니라 다른 민족이라는 이유로 다르게 대접받은 일도 결코 없었다. 왜 그런 말도 안 되는 주장들이 제기되는지 짐작조차 하기 어렵다. 하나 짚이는 게 있다면, 참으로 어처구니없는 일이지만 캐롤린 바넷 부인이 나리에게 남다른 영향력을 휘둘렀던 1930년대 초반의 짧은 몇 주에서 비롯된 억측들이 아닌가 싶다.

찰스 바넷 씨의 아내였던 바넷 부인은 당시 40대의 과부로, 상당히 미인이며 매력적이라고도 할 수 있는 숙녀였다. 그녀는 매우 똑똑하다고 평이 나 있었으며, 중요한 시사 문제를 논하는 만찬에서 이런저런 박식한 신사들이 그녀에게 망신을 당했다는 이야기가 그 시절 내 귀에도 종종 들어오곤 했다. 1932년 여름에 그녀는 달링턴 홀을 정기적으로 드나드는 손님이 되어 있었고 나리와 더불어 주로 사회, 정치 문제들을 화제로 시간 가는 줄 모르고 깊은 대화를 나누는 장면이 종종 목격되었다. 내 기억으로는 나리를 런던 동부 빈민가 '계도 시찰'에 나서게 만든 것도 바넷 부인이었다. 그때 나리는 찢어지는 가난으로 고생하던 여러 가정들을 직접 방문하셨다. 다시 말해 달링턴 경이 이 나라의 빈민들에게 관심을 갖기까지 바넷 부인이 모종의 공헌을 했을 가능성이 높기 때문에 그녀의 영향력을 전적으로 부정적이었다고 말할 수는 없다. 그러나 다들 아는 바와 같이 그녀는 오즈월드 모슬리 경이 이끄는 '블랙셔츠단'의 회원이기도 했으며 따라서 나리와 오즈월드 경이 교제라고 하기도 힘든 짧은 교제를 유지한 것도 같은 해 여름 몇 주 사이의 일이었다. 달링턴 홀에서 참으로 예사롭지 않은 사건들이 발생한 것도 그 기간이었고, 내가 볼 때 바로 이 사건들이 달링턴 나리에 관한 엉뚱한 주장들의 하찮은 근거가 되어 온 것 같다.

'사건들'이라고 표현했지만 그중 일부는 지극히 사소한 것들이었다. 내가 어느 날 저녁 만찬에서 듣게 된 말도 그런 사례에 속하는데 그때 어떤 신문의 이름이 언급되자 나리가 이렇게 말씀하셨던 것이다.

"아, 그 유대계 선전지 말씀이군요."

그 무렵에 있었던 사례를 하나 더 들자면, 당시 정기적으로 우리 저택을 찾아오던 지역 자선단체가 있었는데 그 단체의 운영진이 "유대계와 별다를 바 없다."라는 이유로 나리께서 기부를 중단하라고 지시하셨다. 내가 이런 말들을 지금까지 기억하는 것은 나리께서 그 전까지 유대 민족에게 적대감을 보이신 적이 일절 없었으므로 내심 크게 놀랐었기 때문이다.

그리고 얼마 후 나리께서 나를 서재로 불러들이신 그날 오후가 찾아왔다. 처음에는 집안일이 잘 돌아가느냐고 물으시는 등 이런저런 말씀으로 시작하시더니 이윽고 말씀하셨다.

"내가 그동안 쭉 생각해 보았네, 스티븐스. 많이 생각해 봤어. 그리고 결론에 도달했네. 우리 달링턴 홀에 유대인 직원을 둘 수는 없네."

"예?"

"이 집의 평안을 위해서일세, 스티븐스. 여기 묵고 계시는 손님들을 위한 일이기도 하고. 내가 신중하게 검토하고 결론을 알려 주는 걸세, 스티븐스."

"잘 알겠습니다, 나리."

"어떤가? 스티븐스, 현재도 직원 중에 몇 명 있지 않나? 유대인 말일세."

"두 사람이 그 범주에 드는 것 같습니다, 나리."

"아, 그렇군."

나리는 잠시 입을 다물고 창밖을 응시하셨다.

"물론 그 사람들도 내보내야 할 걸세."

"네? 뭐라고 하셨습니까?"

"안타깝지만 달리 방법이 없네. 내 손님들의 안전과 평안을 고려하지 않을 수 없어. 분명히 말하지만 철저하게 검토하고 생각해 본 사안일세. 모두가 우리를 위한 일이야."

이 문제에 관련된 직원들이 마침 둘 다 하녀였다. 켄턴 양에게 상황을 설명하지도 않고 조치를 취하는 것은 도리가 아닌 듯해 저녁에 그녀의 집무실에서 코코아를 마시는 시간에 이야기하기로 했다. 이 대목에서 하루 일과를 끝낸 후 그녀의 집무실에서 이루어졌던 이 모임에 대해 몇 마디 덧붙여야 하겠다. 분명히 말하는데 업무가 주를 이루는 만남이었다. 물론 정보 교환 차원에서 이따금 다른 화제들을 논하기도 했지만 말이다. 우리가 이런 만남을 계획하게 된 이유는 간단했다. 두 사람 다 각자의 생활로 바쁜 경우가 많아서 대엿새가 지나도록 가장 기본적인 정보조차 교환할 기회가 없기 일쑤였다. 우리는 그러한 상황이 업무의 매끄러운 흐름을 심각하게 위협한다는 것을 인식했고, 결국 가장 간단한 처방책으로 하루 일과가 끝난 뒤 켄턴 양의 집무실에서 십오 분 정도 함께하기로 했다. 거듭 말하지만 이 모임은 업무적 성격을 띠었고, 다가올 행사의 준비 상황이나 새 직원의 적응 문제에 대한 이야기가 오가곤 했다.

아무튼 이야기를 다시 본론으로 돌려서, 당신 수하인 하녀 둘을 해고하겠노라고 켄턴 양에게 말할 생각을 하니 여러분도 짐작하겠지만 마음이 심란하지 않을 수 없었다. 게다가 근래 들어 유대인 문제가 상당히 민감한 이슈로 부각되었고, 덧붙이는 말이지만 두 하녀 모두 나무랄 데 없이 일해 온 사람들이어서 나부터도 극구 해고를 말리고 싶은 심정이었다. 그렇다 해도 이 사안에서 내게 맡겨진 의무가 너무나 분명했고, 내가 이미 간파한 바와 같이 그러한 사적인 의구심을 무책임하게 표현해 본들 얻을 것이 전혀 없었다. 어려운 과제인 건 사실이었지만 상황이 그러한 이상 품위 있게 처리해야 했다. 그래서 그날 저녁 우리의 대화가 마무리되어 갈 즈음 마침내 나는 그 문제를 끄집어냈다. 나는 최대한 간략하게 사무적인 태도로 이야기하고 나서 다음과 같은 말로 마무리했다.

"내일 아침 10시 30분에 내 집무실에서 그 두 사람에게 얘기하겠소. 그러니 켄턴 양, 그들을 그리로 좀 보내 주면 고맙겠소. 그들에게 내용을 미리 일러 주든 않든 당신 재량에 맡기겠으니 알아서 해요."

이때까지도 켄턴 양은 대꾸할 말이 없는 듯 보였으므로 나는 계속 말했다.

"그럼, 켄턴 양, 코코아 잘 마셨소. 이제 그만 가 봐야겠소. 내일도 또 바쁜 하루가 될 테니까."

켄턴 양이 그제야 입을 열었다.

"스티븐스 씨, 제 귀를 의심하지 않을 수 없군요. 루스와 사라는 지금까지 육 년째 제 밑에서 일해 왔어요. 저는 그들을 절대적으로 신뢰하고 그들도 나를 믿고 있어요. 두 사람 모두 이 집을 훌륭하게 섬겨 왔고요."

"나도 그렇게 생각해요, 켄턴 양. 그러나 우리 판단에 감정이 개입되어서는 안 됩니다. 자, 이제 나는 정말 가 봐야……."

"스티븐스 씨, 당신이 그런 얘기를 거기에 그렇게 앉아서 마치 식료품 주문 목록을 논하듯 말하고 있다는 게 분통 터지는군요. 전 도저히 믿기지가 않아요. 지금 루스와 사라가 유대인이기 때문에 해고하겠다는 거 아닌가요?"

"켄턴 양, 방금 상황을 충분히 설명했잖소. 나리께서 결정하신 일이니 당신이나 나는 논할 것이 없어요."

"단지 그 이유만으로 루스와 사라를 해고한다는 것이 '잘못됐다.'라는 생각도 안 드나요, 스티븐스 씨? 전 그런 일에 찬성할 수 없어요. 그런 일이 벌어질 수 있는 집에서는 일하지 않을 겁니다."

"켄턴 양, 부탁이니 흥분하지 말고 당신의 지위에 어울리게 처신해요. 이건 아주 간단한 사안이오. 나리께서 그 두 사람과의 계약 관계를 중단하고 싶어 하시는 이상 더 얘기할 것도 없어요."

"경고하겠어요, 스티븐스 씨. 전 이런 집에서는 계속 일할 수 없습니다, 제 수하 처녀들이 해고되면 저도 떠나겠어요."

"켄턴 양, 이런 식으로 반응하는 당신이 놀라울 따름이오. 우리의 직업적 의무는 우리 자신들의 자만심이나 감정이 아닌 우리 주인의 뜻에 맞추는 것임을 당신도 빤히 알지 않소?"

"분명히 말씀드리지만 스티븐스 씨, 내일 그 처녀들을 해고한다면 그건 잘못된 겁니다. 여느 죄악이나 다를 바 없어요. 전 그런 집에서는 일을 계속하지 않겠어요."

"켄턴 양, 당신은 그처럼 차원 높고 중대한 문제를 가볍게 판단해 버릴 위치에 있지 않다고 지적해 주고 싶소. 오늘날의 세상이 대단히 복잡하고 불안한 것은 사실이오. 당신이나 나의 위치에서는 이해하지 못할 일들이 수두룩해요, 유대 민족의 본질 같은 것도 그중 하나이고. 반면에 우리 나리는 무엇이 최선인지를 판단하실 수 있는 좀 더 나은 위치에 계신다고 감히 말하고 싶소. 자, 켄턴 양, 이제 정말 가 봐야겠어요. 코코아 다시 한번 감사드리오. 내일 아침 10시 30분이오. 그 두 고용인을 보내 주면 고맙겠소."

다음 날 아침 두 하녀가 내 집무실로 들어서는 순간 켄턴 양이 벌써 그들에게 이야기해 주었음을 알 수 있었다. 둘 다 흐느끼며 들어오고 있었으니까 말이다. 나는 그들에게 간략하게 상황을 설명하고 그동안 일을 정말 잘해 주었다고, 그러니 훌륭한 추천서를 받게 될 것이라고 강조했다. 면담은 삼사 분 남짓 진행되었는데 그동안 두 사람 모두 이렇다 할 말 없이 앉아 있다가 들어올 때처럼 흐느끼며 나간 것으로 기억된다.

그들이 해고되자 한동안은 나를 대하는 켄턴 양의 태도가 쌀쌀맞기 그지없었다. 때로는 상당히 무례하기도 했는데 심지어 직원들 면전에서도 그랬다. 따라서 저녁 시간에 코코아를 마시며 회의하는 습관은 계속되었지만 우호적이지 않은 분위기에서 간략하게 끝나기 일쑤였다. 두 주쯤 지나도 그녀의 태도가 완화될 기미가 없자 여러분도 이해하겠지만 내 쪽에서 좀 조바심이 나기 시작했다. 그래서 어느 날 코코아 회동 시간에 내가 다소 비꼬는 어조로 이렇게 말했다.

"켄턴 양, 지금쯤 당신의 사직 통지서가 제출되었어야 하는 거 아닌가요?"

가벼운 웃음을 곁들이며 내가 말했다. 그때 나는 그녀가 마침내 마음을 좀 풀고 뭔가 유화적인 반응을 보일 것이라고, 그래서 이번에야말로 그 사건을 과거지사로 돌릴 수 있을 것이라고 기대했던 듯하다. 그러나 켄턴 양은 단호하게 쳐다보며 말했다.

"사직서를 제출한다는 생각에는 전혀 변함이 없습니다, 스티븐스 씨. 다만 제가 그동안 너무 바빠 그럴 여유가 없었어요."

그 말을 듣고 한동안은 그녀의 협박이 진심이 아닐까 다소 걱정했던 것이 사실이다. 그러나 한 주 두 주 지나는 사이 그녀가 달링턴 홀에서 떠날 일은 없겠다는 것이 명백해지고 우리 사이도 점차 해빙 분위기로 접어들면서 내가 이따금 그녀의 사직 협박을 들먹이며 슬쩍슬쩍 놀려 댔던 것 같다. 예를 들자면 우리 저택에서 예정되어 있는 큰 행사를 함께 의논하다가 내가 불쑥 "그건 켄턴 양, 당신이 그때까지도 우리와 함께 있다고 가정했을 때의 얘기지요."라고 말하는 식이었다. 그 사건 이후 몇 달이나 지났는데도 여전히 그런 말들은 켄턴 양을 조용하게 만들곤 했다. 그러나 그즈음에는 정말 화가 나서라기보다 난처해서 입을 다물었을 것이다.

당연한 일이지만 결국 그 문제는 그럭저럭 잊히게 되었다. 그러나 두 하녀가 해고되고 일 년이 훨씬 지나 마지막으로 거론되었던 일이 떠오른다.

그 일을 먼저 되살려 낸 사람은 바로 어르신이셨다. 어느 날 오후 내가 응접실로 차를 들여갔을 때였다. 그즈음에는 캐롤린 바넷 부인이 나리께 영향력을 발휘하던 시기도 이미 끝난 지 오래여서 그 숙녀는 달링턴 홀에 발길을 끊다시피 한 상태였다. 뿐만 아니라 '블랙셔츠단'의 흉한 본색을 목도하신 나리께서 그 단체와 관계를 완전히 끊고 지내셨다는 점도 밝혀 둘 필요가 있겠다.

나리가 말씀하셨다.

"아, 스티븐스, 전부터 자네한테 얘기할까 했었는데 작년에 있었던 그 일 말일세. 유대인 하녀들, 기억하는가?"

"물론입니다, 나리."

"혹시 그들의 행방을 알아볼 길이 있을까? 그 일은 잘못이었네. 그들에게 어떻게든 보상을 해 주고 싶은데 말이야."

"제가 반드시 알아보겠습니다, 나리. 하지만 이 시점에서 결코 쉬운 일은 아닐 듯합니다.”

“최선을 다해 알아보게. 그때 일은 정말 잘못된 일이었어.”

내가 볼 때 그것은 켄턴 양이 관심을 보일 만한 대화였다. 물론 그녀의 화만 돋울 위험도 있긴 했지만 이야기해 주는 것이 옳다고 판단되었다. 그래서 안개 자욱한 어느 날 오후에 정자에서 마주친 그녀에게 그 이야기를 했는데 두고 보면 알겠지만 묘한 결과를 낳고 말았다.

그날 오후 내가 잔디밭을 가로지르고 있을 때 안개가 끼기 시작했던 것으로 기억된다. 나리께서 조금 전에 정자에서 손님 몇 분과 함께 차를 마신 터여서 뒷정리를 하려고 가는 중이었다. 예전에 내 부친께서 쓰러지셨던 층계를 한참 앞둔 먼 거리에서 정자 안에서 움직이는 켄턴 양의 모습이 눈에 들어왔던 기억이 난다. 내가 정자에 들어섰을 때는 실내 여기저기에 흩어져 있는 등나무 의자 중 하나에 자리 잡고 앉아 바느질을 하고 있는 것 같았다. 자세히 보니 쿠션을 수선하는 중이었다. 나는 화분과 등나무 가구들 사이로 돌아다니며 다과용 식기들을 챙겼는데, 그사이에 그녀와 몇 차례 농담도 주고받았고 업무에 대해서도 한두 가지 이야기를 나누었던 것 같다. 여러 날째 본채에서만 지내다가 바깥 정자로 나온 탓에 기분이 날아갈 듯 산뜻했으므로 솔직히 우리 둘 중 누구도 일을 서두를 생각이 없었다. 스멀스멀 밀려오는 안개 때문에 먼 곳을 보기 어려웠고, 마침 갑작스레 날도 저물어 켄턴 양이 마지막 남은 햇살 쪽으로 바느질감을 쳐들고 작업해야 하는 상황이었다. 우리는 이따금 일손을 멈추고 멍하니 주변 풍경을 내다보곤 했던 것으로 기억된다. 내가 마침내 지난해의 해고 사건을 끄집어낸 것도 마찻길을 따라 늘어선 포플러나무들 주위로 짙은 안개가 내려앉은 잔디밭을 한참 내다보던 중이었다. 예상하지 못한 바는 아니었지만 이번에도 나는 짓궂은 말로 시작하고 있었다.

"켄턴 양, 내가 좀 전에 무슨 생각을 했는지 아시오? 지금 돌아보면 좀 우스운 일이지만, 알다시피 일 년 전 이맘때까지도 당신은 사직하겠다고 고집을 부리고 있었지요. 그 생각이 나니 재미있었다오."

내가 슬쩍 웃음을 터뜨렸지만 뒤에 있던 켄턴 양은 입을 꾹 다물고 있었다. 돌아서 보니 그녀는 유리창 너머 안개가 자욱이 퍼져 가는 바깥을 내다보고 있었다.

이윽고 그녀가 입을 열었다.

"당신은 아마 모르실 거예요, 스티븐스 씨. 그때 제가 이 집을 떠나는 문제를 얼마나 진지하게 생각했었는지. 저한텐 정말 충격적인 일이었어요. 감히 말씀드리지만 제가 만약 약간이라도 존경을 받을 만한 사람이었다면 벌써 오래전에 달링턴 홀에서 나갔을 거예요."

그녀가 잠시 말을 끊었고 나는 다시 멀리 포플러나무들 쪽으로 시선을 돌렸다. 잠시 후 그녀가 피곤한 목소리로 말을 이었다.

"그건 비겁한 짓이었어요, 스티븐스 씨. 비겁이라고밖에 할 수 없어요. 제가 나간들 어디로 갈 수 있었겠어요? 제겐 가족도 없어요. 이모 한 분이 전부죠. 이모를 지극히 사랑하기는 하지만 제 삶 전체가 낭비되는 듯한 느낌이 들어 단 하루도 같이 살 수가 없어요. 물론 조만간 새 일자리가 나타날 거라고 스스로 위로해 보기도 했죠. 하지만 정말 두려웠어요, 스티븐스 씨. 떠난다는 생각을 할 때마다 저기 바깥세상에서 아무도 나를 알지 못하고 관심도 가져 주지 않는다는 현실을 절감하고 있는 내 모습만 떠올랐어요. 그 수준이에요, 나의 고상한 원칙들을 다 합쳐 본들 그 정도밖에 안 되죠. 나 자신이 너무나 수치스러워요. 하지만 끝내 떠날 수 없었어요, 스티븐스 씨. 도저히 용기가 나지 않았어요."

켄턴 양은 또 한 번 말을 끊고 깊은 생각에 잠기는 듯 보였다. 나는 지금이 기회다 싶어 달링턴 나리와 내가 나눈 이야기를 최대한 정확하게 전해 주자고 생각했다. 그래서 곧바로 이야기해 준 다음 이렇게 마무리했다.

"이미 엎질러진 물이니 되돌리기는 어렵겠지요. 그러나 그 일이 엄청난 판단 착오였음을 나리께서 그처럼 분명하게 시인하신 것만도 다행스러운 일이오. 당신이 들으면 반가워할 것 같았소. 켄턴 양. 그 일로 당신이 몹시 힘들어했던 것으로 기억되니까."

켄턴 양이 뒤에서 마치 꿈을 꾸다 벌떡 깨어난 사람처럼 완전히 달라진 목소리로 말했다.

"미안하지만 스티븐스 씨, 무슨 말씀인지 이해가 안 되네요."

그 말에 내가 뒤돌아서자 그녀가 계속 말했다.

"제 기억으로 당신은 루스와 사라를 내보내는 것을 지극히 당연하고 온당한 일인 것처럼 생각하셨어요. 분명히 반기시는 것 같았다고요."

"켄턴 양, 그럴 리가 있겠소. 그렇게 생각한다면 온당하지도 공정하지도 못한 거요. 사실 그 일로 나도 걱정이 많았어요. 솔직히 이만저만 걱정이 아니었소. 그런 일은 정말 이 집에서 결코 있어서는 안 될 일이오."

"그렇다면 스티븐스 씨, 왜 그런 얘기를 그때 저한테 하시지 않았어요?"

나는 너털웃음을 터뜨렸지만 대꾸할 말이 잘 떠오르지 않았다. 내 머릿속에서 그럴듯한 말이 만들어지기도 전에 켄턴 양이 먼저 바느질감을 내려놓으며 말했다.

"스티븐스 씨, 당신이 그런 생각을 작년에 털어놓았다면 저한테 얼마나 힘이 되었을지 알기나 하세요? 제 수하 처녀들이 해고되었을 때 제가 얼마나 심란했는지 뻔히 알고 계셨잖아요. 당신이 한마디만 해 주었어도 큰 도움이 되었을 거예요. 말해 보세요, 스티븐스 씨. 당신은 왜, 왜, 왜 항상 그렇게 '시치미를 떼고' 살아야 하죠?"

대화가 갑자기 엉뚱한 데로 방향을 튼 것 같아 나는 또 한 번 너털웃음을 터뜨렸다.

내가 말했다.

"아니, 켄턴 양, 도무지 무슨 얘긴지 모르겠군요. 시치미를 떼다니? 내가 왜……."

"전 루스와 사라가 우리 곁을 떠난 것 때문에 엄청나게 괴로웠어요. 그리고 제가 외톨이라 믿었던 까닭에 더더욱 괴로웠고요."

"이봐요, 켄턴 양……."

나는 모아 놓은 집기들이 얹힌 쟁반을 들었다.

"그 해고에 반대하는 건 당연한 거요. 내 입으로 말하지 않아도 자명하리라 생각했겠지요."

나는 출구로 향해 가다가 그녀가 아무 말이 없어서 힐끔 돌아보았다. 그녀는 다시 바깥 풍경을 내다보고 있었는데, 그 무렵에는 정자 안이 많이 어두워져서 흐릿하고 텅 빈 공간을 배경으로 윤곽이 드러난 그녀의 옆모습만 눈에 들어왔다. 나는 양해를 구하고 밖으로 나왔다.

유대인 해고에 얽힌 일화를 돌아보자니 그 사건의 결과로 발생했던 일도 함께 떠오른다. 리사라는 하녀가 들어온 것이 바로 그것인데 내가 볼 때는 이 일 역시 기묘하다 할 만했다. 당시 우리는 해고된 유대인 하녀 둘을 대신할 인력이 필요했고, 그래서 리사가 한 자리를 차지하게 되었다.

이 처녀가 빈자리에 지원하면서 들고 온 추천서는 노련한 집사라면 누구나 그녀가 뭔가 불미스러운 사건으로 전직에서 떠나왔다는 것을 읽어 낼 수 있는 지극히 수상쩍은 추천서였다. 게다가 켄턴 양과 내가 질문을 해 본 결과 한 보직에 몇 주 넘게 있어 본 적이 없었다는 것도 분명했다. 나는 그녀의 전체적인 태도에서 달링턴 홀에서 일하기에는 매우 부적합하다는 인상을 받았다. 그런데 놀랍게도 면접이 끝난 후에 켄턴 양이 그녀를 고용하자고 우기기 시작했다.

"저 처녀한테서는 대단한 잠재력이 엿보여요."

나의 반박에 켄턴 양이 계속 말했다.

"제가 직접 감독하면서 쓸 만한 사람인 걸 입증하겠어요."

꽤 한참 티격태격하는 논쟁에 갇혔던 것으로 기억되는데, 그때 내가 켄턴 양을 마음만큼 강력하게 반대하지 못한 이유가 있었다면 아마도 지난번 해고 사건이 우리의 뇌리에 너무나 생생하게 박혀 있었다는 사실밖에 없을 것이다. 어쨌거나 내가 양보하는 것으로 결론이 났지만 나는 다음과 같이 덧붙이는 것을 잊지 않았다.

"켄턴 양, 저 처녀를 고용하는 데 따르는 책임은 전적으로 당신에게 있다는 것을 잊지 마시오. 내가 볼 때 현재와 같은 상태로는 우리 일원으로 전혀 적합하지 않아요. 당신이 개인적으로 그녀의 발전을 감독하리라 믿기 때문에 합류를 허락해 주는 것뿐이오."

"저 처녀는 잘해 낼 겁니다, 스티븐스 씨. 두고 보세요."

그리고 몇 주 지나는 사이에 처녀는 과연 괄목할 만한 속도로 발전하여 나를 놀라게 만들었다. 그녀의 태도는 나날이 좋아지는 듯 보였고, 일하는 거동이나 심지어 처음 며칠 동안은 눈뜨고 볼 수 없을 만큼 단정하지 못했던 걸음걸이까지 현격하게 좋아졌다.

좀 더 시간이 지나자 처녀는 정말 기적처럼 쓸 만한 직원으로 탈바꿈한 것 같았고 켄턴 양의 승리가 확실했다. 그녀는 리사에게 더욱 책임이 요구되는 이런저런 일을 맡기면서 특별한 즐거움을 느끼는 것처럼 보였고, 내가 지켜보고 있을라치면 놀리는 듯한 표정을 지어 어김없이 내 눈길을 끌곤 했다. 평소와 다름없이 켄턴 양의 집무실에서 코코아 모임을 가졌던 그날 밤도 우리의 주요 화제는 리사에게 모아져 있었다.

"스티븐스 씨, 당신에겐 정말 실망스러운 얘기겠지만 리사가 아직까지도 이렇다 할 실수를 저지르지 않네요."

켄턴 양이 내게 말했다.

"켄턴 양, 난 전혀 실망스럽지 않아요. 당신과 우리 모두에 대해 흐뭇할 따름이오. 지금까지는 그 부분에서 당신이 그럭저럭 성공을 거두었다고 인정하겠소."

"그럭저럭이라뇨! 게다가 얼굴에 그 미소는 또 뭐예요, 스티븐스 씨? 제가 리사 얘기를 할 때마다 그 미소가 나타나는 걸 보면 흥미로운 얘기가 깔려 있다는 뜻이에요. 아주아주 흥미로운 얘기가."

"오, 그래요? 정확히 어떤 내용인지 물어봐도 되겠소?"

"당신이 처음에 그녀를 지극히 비관적으로 보았다는 사실이 흥미롭기 그지없어요, 스티븐스 씨. 리사가 예쁘장한 처녀란 건 의심의 여지가 없으니까 말이에요. 내가 볼 때 당신은 예쁜 처녀들이 들어오는 걸 유별날 정도로 싫어해요."

"켄턴 양, 지금 말도 안 되는 소리를 하고 있다는 거 잘 알고 있죠?"

"아, 하지만 그게 눈에 보이는걸요, 스티븐스 씨. 당신은 예쁜 여자들이 들어오는 걸 달가워하지 않아요. 대단한 우리의 스티븐스 씨도 심란해질까 두려우신가 보죠? 우리의 스티븐스 씨도 결국 피와 살로 된 인간이라 자기 자신을 완벽하게 믿지는 못하시는가 보죠?"

"이봐요, 켄턴 양. 당신 얘기에 손톱만큼이라도 일리가 있다 싶었으면 내 기꺼이 이 논의에 응했을 거요. 그러나 실상이 그렇지 않으니 당신 혼자 떠들어요. 나는 다른 일이나 좀 생각할 테니."

"아, 그런데 왜 아직도 당신의 얼굴에는 떳떳지 못해 보이는 미소가 드리워 있죠, 스티븐스 씨?"

"떳떳지 못한 미소가 아니오, 켄턴 양. 그런 허무맹랑한 소리를 할 수 있는 당신의 놀라운 능력이 좀 재미있게 느껴져 웃는 것뿐이오."

"그 옅은 미소에는 분명 죄책감이 담겨 있어요, 스티븐스 씨. 난 당신이 리사를 제대로 쳐다보지 못한다는 것도 알아요. 당신이 그녀를 왜 그렇게 강력히 반대했는지 이제 그 이유가 슬슬 드러나고 있지 않나요?"

"당신도 잘 알겠지만 나는 지극히 확고한 근거에서 반대한 거였소, 켄턴 양. 처음 왔을 당시 그 처녀는 전혀 합당한 인물이 아니었소."

우리가 직원들이 듣는 자리에서는 이런 식으로 처신한 적이 결코 없었음을 분명히 해 두고 싶다. 그러나 그즈음 우리의 코코아 모임은 기본적으로 업무 성격을 유지하면서도 이런 대화가 슬쩍슬쩍 허용되는 분위기로 흐르곤 했다. 물론 누구에게도 해롭지 않을 이야기들이었는데, 내가 볼 때 이런 것들이 고된 일과에서 오는 정신적 긴장을 푸는 데 상당한 역할을 했던 것 같다.

리사는 여덟 달인가 아홉 달쯤 우리와 함께 있다가 내가 그녀의 존재를 거의 잊고 지낼 무렵 어느 날 갑자기 중고참 하인과 함께 사라져 버렸다. 물론 이런 일은 대규모 가솔을 거느린 집사들에겐 일상화되다시피 한 일이다. 정말 분통 터지는 일이 아닐 수 없지만 결국에는 받아들이는 법을 터득하게 된다. 사실 그들의 경우는 이런 '야반도주'치고는 한결 점잖은 편에 속했다. 약간의 음식을 챙겨 가기는 했지만 집안 물건에는 손을 대지 않았을 뿐 아니라 둘 다 편지를 남기고 갔다. 지금은 이름도 기억나지 않는 그 중고참 하인은 내 앞으로 짤막한 쪽지를 남겨 "우리를 너무 심하게 욕하진 마십시오. 우리는 서로 사랑하고 있으며 결혼도 할 겁니다."라고 밝혔다. 리사가 '총무' 앞으로 쓴 편지는 훨씬 더 길었는데 그들이 사라진 날 아침에 켄턴 양이 그 편지를 들고 내 집무실로 들어왔다. 내 기억으로 오자투성이에 문장도 엉망진창이었고, 두 사람이 얼마나 사랑하는지, 중고참 하인이 얼마나 멋진 사람인지, 그들 앞에 얼마나 근사한 미래가 기다리고 있는지 줄줄이 적혀 있었다. 그 가운데 대충 이런 대목도 있었던 것 같다. "비록 돈은 없지만 사랑이 있으니 무슨 문제겠어요? 오직 서로만을 원했고 이제 서로를 가졌으니 또 무엇을 바랄까요?"석 장에 달하는 긴 편지였음에도 그동안 자신에게 큰 관심을 보여 준 퀸턴 양에게 고마움을 표한 구절은 하나도 없었을 뿐 아니라 우리 모두를 실망시킨 데 대한 미안함도 전혀 찾아볼 수 없었다.

퀸턴 양은 크게 당혹스러운 눈치였다. 내가 그 처녀의 편지를 눈으로 훑는 동안 앞에 놓인 탁자에 앉아 자신의 손만 계속 내려다보고 있었다. 지금 생각해도 좀 기이한 일이지만 실제로 그녀가 그날 아침만큼 상심하는 것을 본 적이 없는 듯하다. 내가 편지를 탁자에 내려놓자 그녀가 말했다.

"결국 당신이 옳았고 내가 틀렸던 것 같군요, 스티븐스 씨."

"퀸턴 양, 당신이 상심할 이유가 없어요."

내가 말했다.

"이런 일은 늘상 있게 마련이니까. 미연에 방지하고 싶어도 우리 입장에서 어떻게 해 볼 수 없는 일이라오."

"제 과실이었어요, 스티븐스 씨. 인정합니다. 언제나 그랬듯이 사건의 처음부터 끝까지 당신이 옳았고 제가 틀렸어요."

"퀸턴 양, 그 말에는 결코 동의할 수 없소. 그 처녀에 관한 한 당신은 가히 기적을 일궈 냈어요. 당신이 그녀를 다루는 걸 보면서 '실수한 쪽은 바로 나구나.' 하고 느꼈던 게 한두 번이 아니오. 켄턴 양, 이번 일은 어느 고용인에게나 있을 수 있는 일이오. 당신은 리사를 데리고 정말 훌륭하게 해냈어요. 리사 때문에 실망을 느끼는 건 충분히 이해가 가지만 당신 자신에게 무슨 책임이 있는 양 생각할 필요는 전혀 없어요."

켄턴 양은 여전히 크게 낙심한 표정이었다. 그녀가 나직이 말했다.

"그렇게 말씀해 주시다니 정말 친절하시군요, 스티븐스 씨. 진심으로 고마워요."

그녀는 맥 빠진 한숨을 짓고 나서 말했다.

"참으로 어리석은 애예요. 장차 제대로 된 경력을 쌓을 수도 있었을 텐데. 그 애에겐 능력이 있었어요. 비단 리사뿐 아니라 그런 식으로 기회를 팽개쳐 버리는 젊은 처녀들이 한둘이 아니지요. 대체 뭘 위해 그러는지들 모르겠어요."

탁자를 사이에 두고 앉은 우리 둘은 거기에 놓인 편지지만 내려다보았는데 잠시 후 켄턴 양이 짜증 난 기색으로 눈길을 돌려 버렸다.

"그래요, 당신 말대로 너무 헛된 짓이오."

내가 말했다.

"엄청나게 어리석은 짓이기도 하죠. 이제 그 처녀는 금방 실망하게 될 거예요. 인내하고 견뎠더라면 훌륭한 인생이 펼쳐졌을 텐데. 일이 년 지나면 어디 작은 저택에 총무 자리라도 알아봐 줄까 했었는데……. 그건 너무 무리라고 생각하실지 모르겠지만, 스티븐스 씨, 지난 몇 달 동안에 그 애가 얼마나 발전했었는지를 한번 생각해 보세요. 그런데 지금 와서 그걸 송두리째 내던졌어요. 그 모든 걸 아무 소득 없이."

"참으로 어리석기 짝이 없는 처녀지요."

나는 추천서를 작성해야 할 경우에 대비해 정리해 놓을 생각으로 앞에 놓인 편지지들을 챙기려 했다. 그런데 혹시 퀜턴 양이 보관하고 싶어 할지 몰랐으므로 편지를 탁자에 다시 내려놓았다. 그러나 퀜턴 양의 관심은 멀리 떠난 듯 보였다.

"리사는 결국 실망하고 말 거예요."

그녀가 또 한 번 말했다.

"어리석은 것."

내가 지금 옛 추억들에 다소 깊이 빠져들었다는 것을 잘 안다. 의도한 바는 결코 아니었지만 그 덕분에 최소한 오늘 저녁의 사건으로 끙끙대는 것을 피할 수 있었으니 그리 나쁘지 않은 듯하다. 그 사건들이 이제야 겨우 정리되는 느낌이다. 그 일 때문에 지난 몇 시간 동안 솔직히 말해 꽤 힘들었다.

나는 지금 테일러 씨 부부의 이 작은 오두막 다락방에 들어와 있다. 다시 말해 여기는 개인 주택인데 테일러 부부가 고맙게도 오늘 밤을 위해 내준 이 방은 오래전에 장성하여 현재 엑시터에 거주하고 있는 장남이 썼던 방이라고 한다. 육중한 들보와 서까래가 실내 여기저기 드러나 있고 바닥 판자를 가려 줄 카펫이나 깔개 하나 없지만 분위기가 놀라울 만큼 아늑하다. 테일러 부인이 내 잠자리를 꾸며 주면서 방을 정돈하고 청소까지 해 준 것이 분명하다. 서까래 근처에 몇 개 보이는 거미집 외에는 오랜 세월 비어 있던 방으로 볼 만한 흔적이 별로 없으니 말이다. 테일러 부부로 말하자면 1920년대부터 이 동네에서 야채 가게를 운영해 오다 삼 년 전에 은퇴했다고 한다. 대단히 친절한 사람들이어서 내가 환대에 사례하겠노라고 몇 차례나 제의했지만 귀담아들으려고도 하지 않는다.

　내가 지금 여기에 와서 오늘 밤 이렇게 테일러 부부의 아량에 사실상 의지하는 신세가 된 것은 어리석고 분통 터질 정도로 고지식한 단 한 번의 과실 때문이다. 내가 포드를 휘발유가 떨어질 때까지 굴린 것이다. 어제는 냉각기 물이 떨어져 곤란을 겪고 오늘 또 이런 일이 벌어졌으니 지켜보는 사람의 입장에서는 나 자체가 좀 칠칠맞지 못한 사람이 아닌가 생각될 법도 하다. 사실 장거리 운전에 관한 한 나는 초보에 가까워서 그런 실수들이 충분히 예상될 수 있었다는 점을 밝혀 두어야 하겠다. 하지만 그렇다 해도 체계적인 사고와 앞일에 대비하는 통찰이야말로 내 본업의 핵심에 해당하는 자질이라는 점을 감안할 때 내가 또 한 번 나 자신을 실망시킨 듯한 느낌을 떨쳐 버리기 어렵다.

휘발유가 떨어지기 직전 한 시간가량 상당히 산만한 정신 상태로 운전했던 것이 사실이다. 본래 계획에 따르면 나는 오늘 밤 타비스톡읍에서 묵게 되어 있었고 실제로 8시 조금 못 미쳐 읍에 도착했다. 그런데 읍내의 큰 여관에 갔더니 지역 농산물 품평회 때문에 객실이 모두 차 버렸다고 했다. 다른 시설 몇 군데를 알려 주기에 일일이 찾아가 보았으나 번번이 똑같은 양해의 말을 들어야 했다. 마침내 읍내 가장자리에 위치한 하숙집 여주인이 차로 몇 킬로미터 더 가면 도로변에 친척이 운영하는 여관이 있다고 알려 주었다. 타비스톡에서 꽤 벗어난 거리에 있어 품평회의 여파가 미치지 않을 테니 틀림없이 빈방이 있을 것이라고 장담하면서 말이다.

그녀가 길을 야무지게 가르쳐 주어서 그녀의 말을 들을 당시에는 아주 쉽게 느껴졌다. 그러니 내가 결국 그 도로변 여관의 흔적조차 발견하지 못한 것을 두고 이제 와서 딱히 누구의 잘못이라고 말하기도 어렵다. 당시 나는 십오 분 정도 달린 끝에 황량하고 막막한 황무지를 구불구불 가로지르는 웬 기나긴 도로에 올라 있음을 깨달았다. 길 양쪽 모두 늪지대인 듯한데 안개가 감돌아 내 앞길을 가로막았다. 왼편으로는 석양의 마지막 일광을 볼 수 있었다. 늪지대에서 꽤 먼 거리에 지평선을 군데군데 끊는 헛간과 농가의 형체들이 보이긴 했지만 그 외에는 사람 사는 동네의 흔적에서 완전히 벗어난 것 같았다.

나는 그 지경이 되어서야 포드를 돌려세웠고, 앞서 지나쳐 온 갈림길을 찾아서 왔던 길을 다시 한참 달렸다. 그러나 마침내 찾아 접어든 새 길이 좀 전에 벗어난 길보다 오히려 더 삭막하다는 것을 알게 되었다. 어둠이 점점 밀려오는 가운데 한동안 길 양쪽의 높다란 울타리 사이로 달려간 나는 가파른 오르막이 시작되는 지점에 이르렀다. 그 무렵에는 도로변 여관을 찾겠다는 생각은 이미 접었고 마을이든 읍이든 나타날 때까지 달려가 피난처를 찾아보기로 마음을 굳힌 상태였다. 그러고 나서 내일 아침 일찍 본래의 여정을 재개하는 쪽이 수월할 것 같았다. 그러나 오르막길을 반쯤 올라갔을 즈음 차 엔진이 갑자기 툴툴대기 시작했고, 나는 그제야 휘발유가 바닥났다는 것을 깨달았다.

포드는 몇 미터 더 올라가다 덜컥 멈춰 서 버렸다. 상황을 파악하려고 바깥으로 나와 보니 이제 일광도 불과 몇 분 남지 않았음을 알 수 있었다. 내가 서 있는 가파른 도로는 수

목과 줄지어 선 울타리들에 갇혀 있었는데 멀리 산마루 위쪽으로 울타리가 끊긴 지점에 빗장이 쳐진 널찍한 사립문이 솟은 것이 보였다. 나는 그 사립문에서 보면 방위가 좀 파악이 되겠다 싶어 그쪽으로 올라가기 시작했다. 당장 도움을 청할 수 있는 거리에 농가라도 한 채 보이지 않을까 하는 희망까지 품었던 듯싶다. 그러나 마침내 눈에 들어온 풍경에 나는 당혹스럽지 않을 수 없었다. 사립문 맞은편에는 가파른 초지만 펼쳐졌고, 얼마나 급경사인지 전방으로 20미터 정도부터는 아예 시야에도 들어오지 않았다. 그 비탈진 초지 너머 멀리 까마귀들이 나는 것으로 보아 1.5킬로미터는 족히 될 것 같은 곳에 작은 마을이 하나 있었다. 교회 첨탑과 그 주위에 옹기종기 모여 있는 검은 슬레이트 지붕들이 안개 사이로 눈에 들어왔고 굴뚝 여기저기에서 가늘고 하얀 연기 줄기가 오르고 있었다. 그 순간 나는 낙담에 가까운 심경이 되었다고 고백해야겠다. 물론 완전히 절망적인 상황이라고는 할 수 없었다. 다만 연료가 떨어졌을 뿐 포드는 멀쩡했으니까 말이다. 걸어서 마을까지 가려면 삼십 분 남짓 걸릴 것이었고 거기에서 숙박처와 휘발유 한 통 정도는 구할 수 있을 터였다. 그렇다 해도 해는 거의 떨어지고 안개만 점점 자욱해져 가는 인적 없는 산마루에 홀로 서서 사립문 너머 전등이 하나둘 들어오는 먼 마을을 바라보고 있자니 썩 유쾌하지는 않았다.

그러나 의기소침해진들 얻을 것이 없었다. 얼마 남지 않은 일광마저 허비한다면 어쨌거나 어리석은 짓이었다. 나는 포드로 되돌아가 필수품 몇 개만 가방에 챙겨 넣었다. 그리고 예상 외로 환한 빛을 발하는 자전거용 램프로 무장하고 마을로 내려가는 길을 찾아보기 시작했다. 그러나 사립문을 지나쳐 산꼭대기 쪽으로 한참 멀리 올라갈 때까지도 내가 찾던 그런 길은 모습을 드러내지 않았다. 잠시 후 오르막길이 끝나자 도로가 나뭇잎 사이로 이따금 보이던 마을의 불빛들과 '멀어지는' 방향으로 완만하게 굽어 내려가기 시작한다는 것을 깨닫고 나는 또 한 번 실의를 맛보아야 했다. 차라리 포드로 되돌아가 다른 차가 지나갈 때까지 죽치고 앉아 기다리는 게 최선의 전략이 아닐까 하는 생각까지 잠시 스쳤다. 그러나 그 무렵에는 사방이 거의 깜깜해져 있었고 그런 상황에서 지나가는 차를 불러 세우려 하다가는 자칫 노상강도쯤으로 오인받을 수 있다는 생각이 들었다. 게다가 내가 포드에서 내린 후로 지나간 차가 단 한 대도 없었다. 아니, 타비스톡을 벗어난 뒤로 내 차 말고 다른 차를 본 기억조차 없었다. 결국 나는 지나온 지 한참 된 사립문으로 되돌아가 거기에서 초지를 타고 내려가기로 마음먹었다. 길이든 아니든 마을 불빛을 향해 최대한 직선으로 가 볼 생각이었다.

결과적으로 그다지 험난한 하산은 아니었다. 계단식으로 줄줄이 이어진 방목지들이 마을까지 가는 길이 되어 주었으므로 계속 초지 가장자리에 붙어 내려가기만 하면 그럭저럭 괜찮은 편이었다. 다만 딱 한 번 마을을 코앞에 둔 거리에서 그다음 층으로 연결되는 정확한 길을 찾지 못하여 앞을 가로막은 울타리 덤불에 자전거용 램프를 이리저리 비추며 가야 했다. 이윽고 조그만 구멍을 발견했는데 재킷 어깨 부분과 바짓단이 긁히는 대가를 치른 후에야 어렵사리 통과할 수 있었다. 설상가상으로 마지막 남은 방목지 몇 뙈기가 갈수록 진흙탕으로 변해 가는 바람에 스스로 더 큰 낙담에 빠질까 두려워 구두와 바짓단에는 램프 불빛이 닿지 않게 애썼다.

마침내 나는 마을로 들어가는 포장길에 올라 있었고, 그 길을 내려가던 중에 드디어 오늘 저녁 나를 친절하게 받아들여 준 테일러 씨와 마주치게 된 것이다. 그는 몇 미터 전방 모퉁이에서 불쑥 나타나 내가 다가가도록 예의 바르게 기다렸다가 모자를 슬쩍 치켜들어 보이며 도와줄 일이 있는지 물었다. 나는 최대한 간략하게 내 처지를 설명한 후 괜찮은 여관을 하나 안내해 주면 정말 고맙겠다고 덧붙였다. 그 말에 테일러 씨가 고개를 가로저으며 말했다.

"우리 마을에는 그만한 여관이 없는 것 같습니다, 선생님. 평소에는 존 험프리 부부가 운영하는 '크로스트 키스'에서 손님들을 받았는데 현재 그 집이 지붕을 수리하는 중이랍니다."

그러나 이 곤란한 정보가 내게 완전히 전달되기도 전에 테일러 씨는 곧바로 말을 이었다.

"좀 불편해도 괜찮으시다면 선생님, 우리 집 방을 하나 내드릴 테니 하룻밤 묵고 가시지요. 보잘것없는 방이긴 하지만 집사람이 깨끗이 치우고 기본적인 편의는 챙겨 드릴 겁니다."

나는 그렇게까지 폐를 끼칠 수는 없다는 요지로 몇 마디 중얼거렸는데 아마 다소 내키지 않는 듯 보였을 것이다. 그러자 테일러 씨가 말했다.

"분명히 말씀드리지만 선생님을 모시게 되면 우리로선 영광일 겁니다. 사실 선생님처럼 이렇게 모스콤을 지나가는 사람들을 자주 보기도 힘듭니다. 그리고 솔직히 말해, 선생님, 이 시각에 달리 무슨 수가 있을지 모르겠습니다. 선생님을 이런 어둠 속에 두고 가면 아마 집사람이 절 용서하지 않을 겁니다."

그렇게 해서 결국 나는 테일러 부부의 친절한 호의를 받아들이게 되었다. 그러나 좀 전에 내가 말한 오늘 저녁의 '힘든' 사건은 단지 휘발유가 떨어져 어렵사리 마을까지 내려온 고생을 가리킨 것이 아니었다. 결과적으로 심리적 부담이 훨씬 더 컸던 것은 그 같은 육체적 고생보다도 그 후에 벌어진 상황, 내가 테일러 부부와 그의 이웃들이 함께하는 저녁 식사 자리에 끼게 되면서 시작된 상황 때문이었다. 그리고 마침내 이 방으로 올라오게 되었을 때 나는 정말 구원이라도 받은 느낌이었고, 그 덕에 이렇게 옛날 달링턴 홀의 추억들을 잠시나마 돌아볼 수 있는 것이다.

사실 나는 요즘 들어 부쩍 이런 회고에 자주 젖게 되었다. 그리고 몇 주 전에 켄턴 양을 다시 볼 수 있겠다는 전망이 생긴 후로 지난날 우리의 관계가 그러한 변화를 겪게 된 이유를 곰곰 생각하며 보내는 시간도 많아진 것 같다. 우리 두 사람이 오랜 세월 훌륭한 직업적 공감대를 꾸준히 쌓아 온 후인 1935년인가 그 이듬해 무렵의 분위기는 가히 변화임에 틀림없었다. 결국에는 하루 일이 끝난 후 코코아 한 잔과 더불어 일과처럼 진행되었던 우리의 모임마저 중단되어 버렸다. 그러나 그러한 변화들을 야기한 진정한 원인이 무엇인지, 대체 어떤 사건들의 고리에 진정한 책임이 있는지 아직까지 명쾌하게 판단된 적이 한 번도 없었다.

최근 들어 이 문제를 생각해 본 바로는 초대받지도 않은 켄턴 양이 내 집무실로 찾아온 날 저녁에 있었던 기묘한 사건이 중대한 전환점이 되었을 가능성이 높다. 그녀가 왜 내 집무실에 왔었는지는 분명하게 기억이 나지 않는다. 방 안을 환하게 만들겠다며 꽃병을 들고 왔던 것 같기도 하지만, 그 전에 우리가 면식을 튼 지 얼마 되지 않았던 시절에도 그런 일이 있었기 때문에 어쩌면 내가 그때와 혼동하는지도 모른다. 그동안 그녀가 내 집무실에 꽃을 들여놓으려고 적어도 세 차례 이상 시도했던 것은 확실하나 그 특별한 날 저녁에 그녀가 들어온 이유도 그것이었는지는 자신하기 어렵다. 어쨌거나 내가 강조하고 싶은 것은 우리가 비록 오랜 세월 업무 차원에서 훌륭한 관계를 다져 오긴 했어도 총무가 내 집무실을 수시로 들락거리는 상황은 내가 결코 허용하지 않았다는 점이다. 내가 아는 한 집사의 집무실은 중추적 사무 공간이자 가사 운영의 심장부로서 전쟁을 수행 중인 사령관의 본부와 크게 다르지 않으며, 따라서 실내의 모든 것이 내가 원하는 대로 정확하게 정돈되어야 한다는 것은 필수 사항에 속한다. 온갖 부류의 사람들이 질문과 불평거리를 들고 제멋대로 드나들도록 내버려 두는 집사들도 있기는 하지만 나는 이날 이때까지 한 번도 그런 집사였던 적이 없다. 집안일이 매끄럽고 조화롭게 꾸려지기 위해서는 무엇보다도 집사의 집무실이 그 집에서 프라이버시와 독립성이 보장되는 유일한 공간이 되어야 한다는 것은 분명한 사실이다.

그날 저녁 그녀가 집무실로 들어왔을 때는 공교롭게도 내가 일을 하고 있지 않을 때였다. 다시 말해 큰일 없이 조용했던 한 주간의 하루가 마감되려는 시각에 모처럼 일에서 벗어나 한 시간 정도 여가를 즐기고 있던 참이었다. 앞서도 말했듯 켄턴 양이 그때 꽃병을 들고 왔는지는 확실하지 않지만 그녀가 했던 말은 분명하게 기억이 난다.

"스티븐스 씨, 당신의 방은 낮에도 그렇지만 밤이 되면 훨씬 더 을씨년스러워 보여요. 전등도 너무 희미해서 독서하시는 데 좋지 않을 것 같고요."

"고맙지만 불빛은 지극히 적당해요, 켄턴 양."

"아니에요, 스티븐스 씨. 이 방은 마치 감방 같아요. 구석에 작은 침상만 하나 갖다 놓으면 마지막 시간을 보내고 있는 사형수의 모습이 그려지고도 남아요."

내가 무어라고 대꾸는 했을 텐데 기억이 나지 않는다. 아무튼 나는 책에서 눈을 떼지도 않은 채 켄턴 양이 나가 주기만 기다렸고 그렇게 몇 분이 흘렀다. 그런데 그녀가 이렇게 말하는 것이 들려왔다.

"그러고 보니 스티븐스 씨, 당신이 대체 어떤 책을 읽으시는지 궁금해지네요."

"그냥 책이오, 켄턴 양."

"그건 알아요, 스티븐스 씨. 과연 어떤 책이냐, 그게 제 관심사죠."

고개를 쳐든 나는 켄턴 양이 나를 향해 다가오는 것을 보았다. 나는 얼른 책을 덮어 품에 끌어안고는 벌떡 일어섰다.

"이봐요, 켄턴 양."

내가 말했다.

"프라이버시를 존중해 달라고 말하지 않을 수 없군요."

"책을 가지고 뭘 그렇게 부끄러워하세요, 스티븐스 씨? 뭔가 난잡한 내용이 아닐까 의심스럽군요."

"켄턴 양, 그게 말이나 됩니까? 당신 표현대로 '난잡한' 것이 어찌 우리 나리의 서가에 꽂혀 있을 수 있겠소?"

"제가 비록 배짱이 없어서 직접 보지는 못했지만 학구적인 책 중에도 지극히 난잡한 대목들이 담긴 게 많다고 들었어요. 자, 스티븐스 씨, 뭘 읽고 계시는지 한번 보게 해 주세요."

"켄턴 양, 부탁이니 날 혼자 내버려 둬요. 모처럼 잠시 여가를 즐기는 사람을 이렇게 쫓아다니다니 있을 수 없는 일이오."

그러나 켄턴 양이 계속 접근해 왔으므로 솔직히 말해 어떤 행동을 취하는 것이 최선일지 판단하기가 좀 힘들었다. 책을 책상 서랍에 집어넣고 서랍을 잠가 버릴까 하는 생각도 들었지만 아무래도 우스꽝스러워 보일 것 같았다. 나는 책을 품에 안은 채 몇 걸음 뒤로 물러났다.

"제발 들고 계시는 그 책 좀 보여 주세요, 스티븐스 씨."

켄턴 양이 계속 다가오며 말했다.

"그렇게 해 주면 혼자 독서를 즐기시게 해 드릴게요. 도대체 왜 그렇게 숨기려고 안달이세요?"

"켄턴 양, 당신이 이 책의 제목을 알게 되느냐 마느냐는 하등 문제가 되지 않소. 난 다만 원칙적인 견지에서 당신이 이런 식으로 등장해 내 사적인 시간을 빼앗아서는 안 된다는 얘기요."

"스티븐스 씨, 정말 궁금하군요. 그게 과연 지극히 점잖은 책인지, 아니면 제가 받을 충격을 우려해서 이러시는 건지."

다음 순간 그녀는 내 코앞에 서 있었는데 그때 갑자기 분위기가 야릇해졌다. 마치 우리 두 사람이 완전히 다른 어떤 차원으로 던져진 것 같았다. 무슨 뜻인지 정확하게 설명하기는 아무래도 힘들 듯하다. 나로서는 다만 우리를 둘러싼 모든 것이 느닷없이 깊은 정적으로 바뀌었고, 내가 받은 인상으로는 켄턴 양의 태도 역시 급격히 변했으며, 그녀의 표정에 담긴 기묘한 진지함 때문에 마치 겁먹은 사람처럼 보였다고밖에는 말할 수 없다.

"제발 스티븐스 씨, 그 책 좀 보게 해 주세요."

그녀가 손을 내밀더니 내 손아귀에서 가만가만 책을 빼내기 시작했다. 그녀가 그러는 동안 나는 외면하고 있는 게 좋겠다고 판단했지만 그녀가 워낙 바짝 붙어서 고개를 다소 부자연스러운 각도로 비튼 후에야 시선을 돌릴 수 있었다. 켄턴 양은 아주 천천히 내 손가락을 한 번에 하나씩 풀며 책을 차지해 가고 있었다. 그 과정이 내게는 아주 긴 시간처럼 느껴졌는데 그동안에도 나는 어렵사리 그 자세를 계속 유지하고 있었다. 이윽고 그녀의 목소리가 들려왔다.

"어머나, 스티븐스 씨, 별 창피할 것도 없는 책이잖아요. 감상적인 연애 소설일 뿐인데."

내가 더는 참아 줄 필요가 없다고 판단한 것은 바로 그때쯤이었을 것이다. 켄턴 양에게 무슨 말을 했는지는 정확하게 생각나지 않지만 아무튼 지극히 단호한 태도로 그녀를 집무실 밖으로 안내했던 것으로 기억되며, 그것으로 이 일도 종결되었다.

이 대목에서 이 작은 사건의 발단이 되었던 그 책에 대해 몇 마디 덧붙여야 하겠다. '감상적인 연애 소설'이라 불릴 만한 책이었던 것은 물론 사실이다. 그 책은 서재에 꽂힌 무수한 책들 중 하나였고 숙녀 손님들을 배려하여 객실 몇 곳에도 비치되어 있었다. 내가 이런 작품들을 정독하게 된 이유는 간단했다. 영어 구사력을 유지하고 발전시키는 데 지극히 효과적이었기 때문이다. 여러분도 동의할지는 잘 모르겠지만 내가 볼 때 우리 세대는 전문가로서 바람직한 자질 중에서도 훌륭한 악센트와 어휘 구사력을 지나치게 강조해 왔다. 때로 다른 중요한 자질들을 희생하면서까지 강조해 왔다는 말이다. 물론 그렇다 해서 내가 훌륭한 악센트와 어휘 구사력을 매력적이지 않다고 생각한 것은 절대 아니며, 따라서 그러한 특성들을 힘닿는 데까지 발전시키는 것을 항상 나의 의무로 생각했다. 그 목적을 위한 아주 간단한 방법 중 하나가 바로 자투리 시간을 활용해 잘 쓰인 책을 몇 쪽씩 읽는 것이다. 내 나름의 이 방침을 나는 꽤 오래 고수했으며, 종종 그날 저녁 켄턴 양에게 들켰던 그런 책도 선택하곤 했다. 그 이유는 오직 하나, 그런 책들이 대체로 훌륭한 영어로 쓰였을 뿐 아니라 내 입장에서 실용 가치가 높은 우아한 대화들이 많이 나오기 때문이었다. 좀 더 무거운 책, 이를테면 학문적 연구서 같은 것은 폭넓은 지식을 함양하는 데 도움이 되긴 하지만 내가 신사 숙녀들과 맺는 통상적인 교제에서는 사용 가치가 별로 없는 표현들로 되어 있는 편이다.

나는 이런 연애 소설들을 처음부터 끝까지 읽어 볼 시간도 욕구도 별로 없었으나 내가 아는 한 한결같이 황당한, 그리고 과연 감상적인 줄거리였기 때문에 앞서 말한 이점들이 없었다면 단 한 순간도 그런 책들에 낭비하지 않았을 것이다. 사실 말은 그렇게 했어도 이따금 이런 이야기들에서 부수적인 즐거움 같은 것을 얻기도 했다. 오늘날에는 나도 아무 거리낌 없이 고백할 수 있으며 부끄러워할 것도 전혀 없다고 본다. 아마도 그 옛날에는 이런 사실을 나 자신에게조차 인정하지 않았을 테지만 솔직히 말해 그것이 뭐가 부끄러운가? 사랑에 빠진 신사 숙녀들이 흔히 지극히 품위 있는 어법으로 서로에게 자기 감정을 표현하는 이야기들을 왜 가벼운 마음으로 즐기면 안 된단 말인가?

그렇다고 해서 그날 저녁에 내가 이 책을 두고 취했던 태도가 잘못되었다고 말하려는 것은 결코 아니다. 여러분도 분명 납득하겠지만 그때 그 상황에는 한 가지 중요한 원칙이 걸려 있었다. 다시 말해 켄턴 양이 내 집무실로 진군해 들어왔을 당시 나는 '쉬고' 있었다. 그리고 당연한 이야기지만 자기 직업에 자부심을 느끼는 집사라면, 그 옛날 '헤이스 소사이어티'가 명시한 '자신의 지위에 상응하는 품위'를 열망하는 집사라면 남들 앞에서 결코 '쉬지' 않는 법이다. 그때 들어온 사람이 켄턴 양이었든 생면부지의 인물이었든 그런 것은 하등 중요하지 않았다. 어느 정도 자질을 갖춘 집사라면 완전하게 그리고 전적으로 자신의 역할 속에 '사는' 모습을 보여 주어야 마땅하다. 자신의 역할이 무슨 팬터마임 의상이라도 되는 양 아무 때고 벗어 던졌다가 다시 착용하는 모습을 보여서는 안 되는 것이다. 품위를 중시하는 집사가 역할의 짐을 벗어도 무방하다고 느끼는 상황은 한 가지 뿐이며 오직 그 상황에서만 가능한 법인데, 즉 그가 온전히 홀로 있을 때다. 따라서 여러분도 이해가 되겠지만 내가 나 혼자여야 한다고 생각하고 있을 때, 내 입장에서는 그다지 무분별한 판단이 아니었던 그때 켄턴 양이 불쑥 들어온 사건의 경우에 원칙의 차원, 아니 품위의 차원에서 중대한 문제가 되는 것은 그때 내가 완벽한 본연의 역할 속에 사는 모습이 아니었다는 데 있다.

그러나 벌써 오래전의 작은 사건을 가지고 여기에서 여러 측면들을 시시콜콜 분석할 생각은 없다. 중요한 것은 그 사건이 내게 켄턴 양과 나 사이가 바람직하지 못한 관계에 도달했다(물론 여러 달에 걸쳐 점진적인 과정이 선행되었겠지만)는 사실을 경고해 주었다는 점이다. 그녀가 그날 저녁 그런 식으로 행동했다는 것은 상당히 경계할 만한 사실이었으므로 나는 그녀가 집무실에서 나가는 것을 확인한 후에 잠시 생각을 정리할 시간을 가진 다음 우리의 업무 관계를 더 바람직하게 기초부터 다시 세우기로 결심했던 것으로 기억된다. 그러나 그 후 우리의 관계에 일어난 커다란 변화에 그 사건이 어느 정도나 작용했는지는 아직도 제대로 설명하기 어렵다. 어쩌면 그 변화를 설명할 수 있는 더 근본적인 다른 상황들이 있는지도 모른다. 예를 들자면 켄턴 양의 휴무 사건 같은 것 말이다.

켄턴 양의 휴무는 그녀가 달링턴 홀에 들어온 순간부터 내 집무실에서 그 사건이 터지기 한 달여 전까지 줄곧 예측 가능한 패턴을 따르고 있었다. 즉 여섯 주에 한 번씩 이틀 휴가를 내고 사우샘프턴의 이모를 방문하거나 혹은 내가 하는 것을 본떠 특별히 별일 없는 시기에 휴가를 따로 내지 않고 하루 정도 정원이나 거닐고 자기 집무실에서 독서나 하는 식이었다. 그런데 좀 전에도 말했듯 그런 방식에 변화가 찾아왔다. 어느 날인가부터 갑자기 고용 계약서에 명시된 휴가를 모두 쓰기 시작했고, 휴가를 낸 날은 밤 몇 시까지 귀가하겠다는 말만 달랑 남기고 아침 일찍부터 집에서 사라져 버리기 일쑤였다. 물론 자기 권리를 초과하여 시간을 쓴 적은 없었기 때문에 내 입장에서 그러한 외출에 대해 꼬치꼬치 캐묻는 것은 적절하지 않은 듯했다. 그런데 이러한 변화가 나를 다소 동요시켰던 모양이다. 어느 날 밤 당시 달링턴 홀을 정기적으로 방문하던 제임스 체임버스 경의 시종 겸 집사인 그레이엄 씨와 난롯가에 앉아 대화하면서 그 이야기를 꺼냈던 기억이 나는 것을 보면 말이다. 그레이엄 씨는 훌륭한 동료였는데 말이 난 김에 덧붙이면 지금은 연락할 길이 없어 보인다.

그때 사실 나는 총무가 '요즘 약간 침울한' 상태인 것 같다는 정도로만 말했기 때문에 그레이엄 씨가 고개를 끄덕이고는 내 쪽으로 몸을 굽혀 사정을 알 만하다는 투로 말했을 때 약간 놀라지 않을 수 없었다.

"내 예전부터 얼마나 더 가려나 했지."

그게 무슨 말이냐고 묻자 그레이엄 씨가 말을 이었다.

"당신네 켄턴 양 말이오. 그녀가 지금 몇이더라? 서른셋? 서른넷? 출산 적령기를 놓치기는 했지만 아직도 그리 늦은 나이는 아니죠."

"켄턴 양은 헌신적인 전문인입니다."

그리고 나는 자신 있게 덧붙였다.

"우연히 알게 된 사실이지만 그녀는 가정을 일굴 생각이 없어요."

그러나 그레이엄 씨는 빙그레 웃으며 고개를 가로저었다.

"가정을 원하지 않는다는 총무의 말을 믿으면 안 되죠. 생각해 봐요, 스티븐스 씨. 그렇게 말해 놓고 결혼해서 떠나 버린 총무가 얼마나 많은지. 우리 둘이 이 자리에서 당장 세어 봐도 최소한 열둘은 될 거요."

그날 저녁 나는 꽤 자신 있게 그레이엄 씨의 지론을 반박했던 것으로 기억된다. 그러나 그 후로 켄턴 양의 알쏭달쏭한 외출의 목적이 정말 구혼자를 만나는 데 있을지도 모른다는 생각이 솔직히 말해 머리에서 쉽게 떠나지 않았다. 그 것은 생각만 해도 심란한 일이었다. 켄턴 양이 떠나 버릴 경 우 적지 않은 업무상의 손실이 발생할 것이며 달링턴 홀이 그 손실을 메우려면 상당한 어려움이 따르리란 것을 예상하 기 어렵지 않았기 때문이다. 뿐만 아니라 그레이엄 씨의 지 론을 뒷받침하는 듯한 소소한 징후들을 내키지 않지만 인정 하지 않을 수 없었다. 한 예로 편지 건을 들 수 있다. 우편물 수취가 내 업무 중 하나였으므로 어쩔 수 없이 알게 된 사 실인데, 어느 날인가부터 켄턴 양에게 우리 지역 소인이 찍 힌 편지들이 상당히 규칙적으로 일주일에 한 번 정도씩 날 아들기 시작했다. 모두 동일인이 보내오는 것들이었다. 이 대 목에서 지적해 두고 싶은 것은 그녀가 그전까지 받은 편지 는 우리 집에 있었던 기간을 통틀어 정말 몇 통 되지 않았 기 때문에 당시 내가 그 편지들에 주목하지 않을 수 없었다 는 점이다.

그 밖에도 확실치는 않지만 그레이엄 씨의 견해를 보강 하는 징후들이 더 있었다. 예를 들어 그녀는 평소와 다름없 이 부지런하게 자기 직무를 수행하고는 있었지만 전반적인 기분이 내가 일찍이 본 적이 없었을 정도로 심하게 왔다 갔 다 하는 경향이 보였다. 며칠 동안은 연일 쾌활하기 그지없 다가 뚜렷한 이유도 없이 갑자기 침울해지는 기간으로 넘어가기 일쑤였는데 내 입장에서는 두 가지 경우 모두 심란하기만 했다. 좀 전에도 말했듯 자기 일만큼은 시종일관 철저하게 해내고 있었다. 그러나 긴 안목에서 집안의 안위를 생각해야 하는 것이 내 의무였다. 만에 하나 이런 징후들이 켄턴 양이 결혼하기 위해 떠날 생각을 하고 있다는 그레이엄 씨의 견해를 뒷받침하는 것이 사실이라면 내게는 이 문제를 좀 더 캐 보아야 할 의무가 분명 있었다. 그래서 어느 날 저녁 우리의 코코아 모임 자리를 빌려 감히 물어보았다.

"그래, 이번 화요일에도 외출할 생각이오, 켄턴 양? 당신이 쉬는 날 말이오."

이렇게 물으면 화를 발칵 내지 않을까 예상했었는데 오히려 그녀는 이 이야기가 나오기만 학수고대했던 사람처럼 참았던 것을 토해 내듯 말하기 시작했다.

"아, 스티븐스 씨, 그분은 제가 그랜체스터 로지에 있을 때 알았던 사람일 뿐이에요. 당시에는 그 집 집사로 있었지만 지금은 이 직업을 떠나 이 근처의 어느 업체에 근무하고 계시죠. 제가 여기에 있다는 걸 어떻게 알아내고는 편지를 보내오기 시작했는데 다시 교제해 보자는 식의 내용이었죠. 더도 덜도 말고 그게 전부예요, 스티븐스 씨."

"그렇군요, 켄턴 양. 이따금 집에서 나가는 것도 기분 전환에 좋지요."

"그건 그래요, 스티븐스 씨."

짧은 침묵이 흘렀다. 이윽고 켄턴 양이 뭔가 결심한 듯한 표정으로 말을 이었다.

"방금 말씀드린 제 지인 말인데요. 제 기억으로 그는 그랜체스터 로지의 집사로 있을 당시 아주 거창한 야심에 차 있었어요. 아마 달링턴 하우스 같은 저택의 집사가 되는 게 궁극적인 목표였을 겁니다. 하지만 그가 일하는 방식을 지금 와서 생각해 보면, 오! 만약 당신이 보셨다면 어떤 표정을 지으실지 눈에 선할 정도랍니다, 스티븐스 씨. 그의 야망이 실현되지 못한 건 지극히 당연해요."

나는 가볍게 웃고 나서 말했다.

"내 경험으로 볼 때도 이런 높은 수준에 어떤 것들이 요구되는지 정확히 알지도 못하면서 자신의 업무 능력을 과신하는 사람들이 너무 많아요. 이런 일은 결코 아무나 할 수 있는 게 아니죠."

"그렇고말고요. 궁금하기 짝이 없어요, 스티븐스 씨. 만약 당신이 당시의 그를 지켜보았다면 과연 뭐라고 하셨을까!"

"켄턴 양, 이런 수준의 전문성은 아무나 감당할 수 있는 게 아닙니다. 높은 야망을 품는 건 어려운 일이 아니지만 확실한 자질을 갖추지 못한다면 집사로서 일정 수준 이상 발전하기는 힘들죠."

켄턴 양은 이 말을 잠시 되씹는 듯하더니 말했다.

"스티븐스 씨, 당신은 정말 스스로 만족할 만한 위치라는 생각이 들어요. 보시다시피 자신의 업에서 최고의 자리에 오르셨고, 자기 분야의 모든 측면들을 속속들이 잘 관리하고 계시니 말입니다. 인생에서 더 이상 바랄 게 뭐가 있을까 싶을 정도예요."

나는 적당한 대꾸가 떠오르지 않았다. 약간 어색한 침묵이 이어지자 켄턴 양이 시선을 아래로 깔더니 자기 코코아 잔에서 뭔가 흥미로운 것을 발견하기라도 한 듯 잔 밑바닥만 내려다보았다. 이윽고 내가 잠시 생각해 본 뒤 말했다.

"나로 말하자면 켄턴 양, 내가 최선을 다해 노력하여 나리께서 스스로 짊어지신 저 숭고한 과업들이 마무리되는 것을 볼 때까지는 결코 사명을 다했노라고 할 수 없어요. 나리의 과업이 완결되는 날, '그분'께서 합당한 모든 요청에 부응했노라고 흐뭇하게 자부하시며 명예의 월계관을 누리시게 되는 날, 그날에야 비로소 나도 방금 당신이 말한 바와 같은 만족을 느낄 수 있을 거요."

그녀가 내 말에 좀 어리둥절했는지도 모른다. 혹은 내 이야기가 어떤 이유로 그녀를 불쾌하게 만들었을 수도 있다. 어쨌거나 그 순간부터 그녀의 기분이 돌변한 듯 보였고, 다소 친밀한 분위기를 타던 우리의 대화도 급격히 분위기가 바뀌었다.

그녀의 집무실에서 이루어지던 코코아 모임이 마침내 파국에 이른 것은 그로부터 얼마 되지 않아서다. 우리가 그 형식을 빌려 마지막으로 만났던 시간을 나는 지금도 생생하게 기억하고 있다. 그때 나는 다가올 행사에 대비해 켄턴 양과 의논할 생각이었다. 스코틀랜드의 저명한 인사들을 모시는 주말 회합이 예정되어 있었다. 행사까지는 물론 한 달 넘게 시간이 있었지만 우리는 본래 그러한 행사를 일찌감치 의논하는 게 습관처럼 되어 있었다. 그 특별한 날 저녁에 행사와 관련해 한동안 여러 가지 문제를 논의하던 나는 켄턴 양이 별말이 없다는 사실을 문득 깨달았다. 좀 더 지켜보니 생각이 완전히 엉뚱한 데 가 있는 것이 분명했다. 나는 몇 차례나, 특히 내 이야기가 좀 장황하게 늘어질 때마다 이런 식의 말을 해야만 했다.

"내 말 듣고 있소, 켄턴 양?"

그러면 그녀는 잠깐 정신을 모으는 듯하다가 몇 초 지나지 않아 또 주의가 흩어지곤 했다. 내가 한참을 떠들고 나면 겨우 한다는 소리가 "물론이죠, 스티브스 씨.", "전적으로 동감입니다, 스티브스 씨." 정도였으므로 참다못한 내가 그녀에게 말했다.

"미안하지만 켄턴 양, 계속해 봐야 소용없겠소. 당신은 지금 이 대화의 중요성을 인식하지 못하는 것 같소."

"죄송합니다, 스티븐스 씨."

그녀가 등을 펴고 고쳐 앉으며 말했다.

"제가 오늘 저녁 좀 피곤해서요."

"요즘에는 갈수록 피곤해하는군요, 켄턴 양. 예전에는 그런 핑계를 대는 일이 없었는데."

이 말에 켄턴 양이 놀랍게도 발끈하며 대꾸했다.

"스티븐스 씨, 전 대단히 바쁜 한 주를 보냈어요. 아주 피곤하다고요. 사실은 벌써 서너 시간 전부터 침대에 들어가고 싶은 생각밖에 없었어요. 전 지금 너무 많이 피곤해요, 스티븐스 씨. 모르시겠어요?"

그녀의 사과를 기대한 것까지는 아니었지만 이처럼 삐걱거리는 반응을 보이니 솔직히 약간 움찔했다. 그러나 꼴사납게 그녀와 설전을 벌일 생각은 없었으므로 보란 듯이 잠시 동안 입을 다물고 있다가 아주 차분하게 말했다.

"당신이 그렇게 느끼신다면, 켄턴 양, 이런 저녁 모임을 계속할 필요가 전혀 없습니다. 그동안 이 모임이 당신을 그렇게나 불편하게 만들었다니 이때까지 그걸 눈치채지 못한 내가 되레 미안하오."

"스티븐스 씨, 저는 그냥 오늘 밤에 피곤하다는 얘기였는데……."

"아니, 아니오. 켄턴 양, 충분히 이해할 만해요. 당신도 바쁜 생활을 하고 있는데 이런 모임은 전혀 불필요한 추가 부담이지. 업무에 필요한 의견 교환은 이런 식의 만남이 아니더라도 얼마든지 대안이 있소."

"스티븐스 씨, 이렇게까지 나오실 건 없잖아요. 제 얘기는 그저……."

"진지하게 하는 말이오, 켄턴 양. 사실 나도 한동안은 가뜩이나 눈코 뜰 새 없이 바쁜 하루를 더 연장하는 이런 모임을 굳이 계속해야 하나 생각했어요. 벌써 수년째 이렇게 만나 왔다고 해서 이제부터 더 편리한 방안을 강구하지 말라는 법은 없소."

"스티븐스 씨, 그러지 마세요. 저는 이 모임이 아주 유용하다고 믿으며……."

"그러나 당신을 불편하게 하고 있어요, 켄턴 양. 당신을 녹초로 만들어 버리잖소. 그러니 이제부터는 일상 업무 시간에 잠깐씩 중요한 정보나 교환하는 걸로 합시다. 상대가 쉽게 눈에 띄지 않을 때는 집무실 문 앞에 메모지를 남기면 될 것 같소. 내가 볼 때는 그게 완벽하게 좋은 해결책이오. 자, 켄턴 양, 너무 오래 붙들고 있었던 점 사과하겠소. 코코아 정말 고마웠어요."

당연한 일이지만 나는 이따금 다음과 같이 자문해 보곤 했다.(솔직하게 말하지 못할 이유가 뭐가 있겠는가?) 내가 그때 우리의 저녁 모임에 대해 그렇게 단호한 태도를 보이지 않았다면 장기적으로 상황이 어떻게 달라졌을까? 다시 말해 그날 이후 여러 주에 걸쳐 켄턴 양이 그 모임을 재개하자고 수차 제의해 왔을 때 내가 태도를 누그러뜨렸다면 어떻게 되었을까? 지금 와서 이런 생각을 해 볼 수밖에 없는 이유는 그 후 이어진 사건들로 볼 때 그 모임을 중단하기로 단호하게 결정할 당시 내가 거기에 함축된 의미들을 완전하게 인식하지 못했던 것 아니냐고 따져도 별로 할 말이 없기 때문이다. 게다가 내가 내린 작은 결정은 일대 전환의 계기가 되었다. 다시 말해 그 결정이 상황을 훗날의 사태를 낳게 될 숙명적인 길로 내몰았다고까지 말할 수 있을지 모른다.

어쨌거나 때늦은 깨달음에 의지해 과거를 뒤져 보노라면 그러한 '전환점'들이 도처에서 눈에 띄게 마련이다. 우리의 저녁 모임을 중단하기로 한 나의 결정뿐 아니라 그전에 내 집무실에서 있었던 일도 그런 시각으로 보자면 얼마든지 '전환점'으로 볼 수 있다. 그녀가 꽃병을 들고 들어왔던 그날 저녁에 만약 내가 약간 달리 반응했다면 과연 어떤 일이 벌어졌을까 자문해 보지 않을 수 없다. 그리고 위에 언급한 사건들과 거의 같은 시기였는데, 켄턴 양이 이모의 사망 소식을 접했던 날 오후에 식당에서 그녀와 마주쳤던 일도 또 하나의 '전환점'으로 볼 수 있지 않을까 싶다.

사망 소식이 날아든 것은 그 일이 일어나기 몇 시간 전이었다. 사실 아침에 편지를 전해 주려고 그녀의 집무실 문을 두드렸던 사람이 바로 나였다. 그때 나는 업무 이야기를 하려고 잠깐 그 방에 머물렀는데 그녀가 탁자 앞에 앉아 한참 대화를 나누던 중에 편지를 뜯었던 것으로 기억된다. 그녀가 갑자기 잠잠해졌다. 그러나 기특하게도 냉정을 잃지 않고 편지를 끝까지 최소한 두 번은 읽었을 것이다. 이윽고 그녀가 편지를 조심스레 봉투에 넣고 나서 탁자 맞은편의 나를 처다보았다.

"제 이모의 친구이신 존슨 부인께서 보낸 편지예요. 이모가 그저께 운명하셨다는군요."

그녀는 잠시 쉬었다가 말을 이었다.

"내일 장례식을 치른답니다. 제가 휴가를 낼 수 있는 상황인지 모르겠네요."

"내가 책임지고 조처하겠소, 켄턴 양."

"고맙습니다, 스티븐스 씨. 죄송하지만 잠시 저 혼자 있을 수 있을까요?"

"물론이오, 켄턴 양."

나는 바깥으로 나왔다. 그런데 그녀에게 조의도 제대로

표하지 못했다는 생각이 그제야 머리를 스쳤다. 그녀에게 사실상 어머니와도 같았던 이모였으니 그 소식에 얼마나 충격을 받았을지 짐작이 되고도 남았다. 다시 노크를 하고 들어가서 실수를 만회해야 하나 말아야 하나 나는 잠시 복도에 서서 고민했다. 그러나 다시 들어갔다가는 그녀의 내밀한 슬픔을 침해할 우려가 있다는 생각이 들었다. 실제로 바로 저 문 맞은편에서 그 순간에도 엉엉 울고 있을 가능성도 없지 않았다. 그 생각이 내 마음에 이상한 감정을 불러일으키면서 한동안 복도에서 서성대게 만들었다. 그러나 결국 따로 기회를 잡아 조의를 표하기로 하고 발길을 돌렸다.

그런데 오후가 될 때까지 그녀의 모습을 볼 수 없었다. 그러다 좀 전에 말했듯 식당에서 찬장에 그릇을 챙겨 넣고 있던 그녀와 마주치게 되었다. 그 무렵 나는 벌써 몇 시간째 켄턴 양의 슬픔에 대해 생각해 본 터였고, 내가 어떻게 하면 혹은 무슨 말을 하면 그녀의 아픔을 조금이나마 덜어 줄 수 있을까를 두고 특히 많은 생각을 했었다. 그때 나는 홀에서 뭔가 바쁘게 일하던 중이었는데 마침내 식당으로 들어가는 그녀의 발소리가 들려오자 잠시 기다렸다가 하던 일을 내려놓고 뒤따라 들어갔다.

"아, 켄턴 양."

내가 말했다.

"오늘 오후에는 좀 어떻소?"

"아주 좋습니다. 고마워요, 스티븐스 씨."

"별문제 없지요?"

"별문제 없습니다, 고마워요."

"진작부터 물어보려 했는데 신입 직원들 때문에 무슨 특별한 어려움을 겪고 있는 건 아니겠지요?"

나는 짧은 웃음을 터뜨렸다.

"새 직원들이 한꺼번에 많이 들어오면 갖가지 사소한 어려움이 발생하게 마련이오. 이럴 때 우리 고참들이 잠깐씩 의논하는 게 여러모로 유익하다고 할 수 있어요."

"감사합니다만 스티븐스 씨, 제가 볼 때 신입 여직원들은 대단히 잘하고 있습니다."

"새 직원들도 왔고 하니 현재의 인력 관리안을 좀 바꿀 필요가 있다고 생각되지는 않소?"

"수정할 것까지는 없다고 생각됩니다, 스티븐스 씨. 하지만 혹시 그 부분에서 생각이 바뀌면 즉시 알려 드리겠습니다."

그녀가 다시 찬장으로 관심을 돌렸으므로 식당에서 그만 나갈까 하는 생각이 잠시 들었다. 그래서 실제로 문간 쪽으로 몇 걸음 옮기다가 다시 돌아서서 그녀를 향해 말했다.

"그러니까, 켄턴 양, 새 직원들이 잘하고 있다는 그런 얘기지요?”

“두 처녀 모두 썩 잘하고 있습니다, 정말입니다.”

“아, 좋은 소식이구려.”

나는 또 한 번 짧은 웃음을 터뜨렸다.

“두 처녀 모두 이런 큰 집에서 일해 본 적이 없었다고 해서 물어본 것뿐이오.”

“그렇긴 합니다, 스티븐스 씨.”

나는 그녀가 찬장을 채우는 것을 지켜보면서 무슨 말을 더 해 주려나 기다렸다. 하지만 몇 분이 지나도 그럴 기미가 없기에 내가 말했다. “사실은, 켄턴 양, 이 얘길 좀 해야겠소. 내가 최근에 본 바로는 한두 가지 일 처리가 수준 미달이오. 신입 직원들 부분에서 당신이 좀 느긋하게 생각하지 않나 싶소.”

“대체 무슨 뜻이지요, 스티븐스 씨?”

“내 경우로 말하자면, 켄턴 양, 새 직원들이 들어오면 모든 일을 항상 두 배로 챙긴다오. 그들의 작업을 모든 각도에서 점검하고 다른 직원들과의 관계에서 어떻게 처신하는지를 파악하려고 애쓰지요. 결국 기술적인 면에서, 또 그들이 직원 전체의 사기에 미치는 영향 면에서 그들에 대한 분명한 시각을 가지는 게 중요하오. 이런 말을 하게 되어 유감이지만, 켄턴 양, 그런 점에서 당신이 좀 게으른 것 같소.”

켄턴 양은 잠시 혼란스러워하는 것 같았다. 이윽고 그녀가 나를 돌아보았는데 얼굴이 굳어진 기색이 확연했다.

"무슨 말씀인지 잘 모르겠는데요, 스티븐스 씨?"

"예를 들자면, 켄턴 양, 식기 설거지는 평소대로 아주 잘되고 있지만 주방 선반에 챙겨서 얹는 방식에 문제가 있소. 물론 딱히 위험해 보이는 건 아니지만 그대로 두면 불필요한 파손이 생겨나기 쉽지요."

"그런가요, 스티븐스 씨?"

"그렇소, 켄턴 양. 게다가 조찬실 바깥 벽감도 먼지를 털어 낸 지 꽤 된 것 같소. 미안한 얘기지만 지적하려 든다면 그 밖에도 몇 가지가 더 있어요."

"그렇게 압박하실 것 없어요, 스티븐스 씨. 말씀하신 대로 제가 신참 하녀들의 작업을 점검해 보겠어요."

"눈에 뻔히 보이는 그런 것들을 간과하다니, 켄턴 양, 당신답지 못하군요."

켄턴 양은 시선을 돌렸고, 뭔가 크게 고민되는 문제를 풀려고 애쓰는 듯한 표정이 또 한 번 그녀의 얼굴을 스쳤다. 상심했다기보다는 대단히 지친 듯 보였다. 이윽고 그녀가 찬장을 닫고 나서 말했다.

"이만 실례하겠습니다, 스티븐스 씨."

그러고는 나가 버렸다.

하지만 이런저런 순간에 다르게 했더라면 어떻게 되었을까 상상하고 앉아 있어 본들 무슨 의미가 있겠는가? 마음만 심란하게 만드는 건지도 모른다. 사실 '전환점'이 어쩌고저쩌고하지만 내가 그런 순간들을 제대로 파악할 수 있는 것은 이렇게 돌이켜 볼 때뿐이다. 당연한 말이지만 오늘날 그런 상황들을 되돌아보면 내 인생에서 정말 중요하고 소중한 순간들로 다가온다. 그러나 당시에는 물론 그런 생각을 하지 못했다. 오히려 나와 켄턴 양의 관계에서 엉뚱한 것들을 솎아 낼 수 있는 날이, 달이, 해가 끝없이 남아 있는 줄만 알았다. 이런저런 오해의 결과를 바로잡을 기회는 앞으로도 무한히 많다고 생각했다. 그때는 그처럼 사소해 보이는 일들이 모든 꿈을 영원히 흩어 놓으리라고 생각할 근거가 전혀 없는 것 같았다.

그런데 지금 지나치게 자책에 빠져들면서 침울해지는 것 같다. 밤늦은 시각이어서 그럴 수도 있고, 오늘 저녁에 견뎌야 했던 힘든 사건들도 물론 작용했을 것이다. 그리고 내일 테일러 부부가 장담하는 대로 인근 정비소에서 휘발유를 공급받는다고 가정할 때 점심때쯤이면 리틀컴프턴에 도착하여 켄턴 양을 수십 년 만에 다시 보게 되리라는 점도 지금의 내 기분과 무관하지 않을 것이다. 우리의 만남이 허심탄회하지 않을 것이라고 볼 이유는 없다. 사실 내 예상으로는 적절한 상황에서 격식을 벗어던진 대화가 몇 마디 오가기는 하겠지만 일 이야기가 주를 이루게 될 것 같다. 다시 말해 안됐지만 결혼 생활이 파경에 이른 듯하고 딱히 거처도 없는 처지니 달링턴 홀의 옛 자리로 복귀할 뜻이 있는지 여부를 판단하는 일이 내 임무가 될 것이다. 오늘 밤에 그녀의 편지를 다시 읽어 본 결과 내가 그녀의 몇 구절을 좀 현명하지 않게 해석했던 것이 아닌가 생각된다는 점도 이쯤에서 밝혀 두는 게 좋겠다. 그러나 몇몇 대목에서는 여전히 향수나 그리움이라고만은 할 수 없는 무엇인가가 엿보인다고 주장하고 싶은데 특히 다음과 같은 구절들이 그렇다. "저는 3층 침실들에서 내려다보이던 잔디밭과 멀리 언덕진 초원 풍경을 정말 좋아했습니다."

그러나 앞서도 말했듯 내일이면 켄턴 양 본인에게서 확인하게 될 마당에 지금 그녀의 의사가 무엇일까 끝없이 상상해 본들 무슨 소용이 있겠는가? 어쨌거나 내가 오늘 저녁의 이야기를 하다가 상당히 멀리까지 빗나가 버렸다. 사실 지난 몇 시간이 내게 부담스러웠다는 것만은 분명하다. 나는 황량한 산길에 포드를 버려둔 채 어둠을 헤치고 길도 아닌 길로 이 마을까지 내려온 것만 해도 하루 저녁에 겪는 불편치고는 과하다고 생각했다. 물론 친절하게 나를 초대해 준 테일러 부부가 나를 일부러 그런 곤경으로 밀어 넣은 것은 결코 아니라는 것을 잘 안다. 그러나 내가 저녁을 먹으려고 식탁에 앉고, 그들의 이웃들이 우르르 몰려든 다음부터 불편하기 그지없는 상황들이 펼쳐지기 시작했다.

이 집 아래층 정면의 방은 테일러 부부의 식당 겸 잡다한 생활 공간으로 사용되는 것 같았다. 그럭저럭 아늑한 방으로 농가의 주방에서 흔히 볼 수 있는, 도끼질 흔적이 그대로 남아 있는 큼직한 목재 식탁이 공간의 대부분을 차지하고 있었다. 니스 칠도 되어 있지 않은 식탁 표면에는 고기용 식칼과 빵 자르는 나이프가 남긴 자국들이 무수했다. 방 한쪽 구석의 선반에 놓인 기름 램프에서 퍼져 나오는 노르스름하고 희미한 불빛 아래에 앉아 있는데도 칼자국들이 선명하게 눈에 들어왔다.

"우리 집에 전기가 들어오지 않는 건 아닙니다."

어느 대목에서 테일러 씨가 고갯짓으로 램프 쪽을 가리키며 내게 말했다.

"다만 전기 배선에 문제가 생겨서 거의 두 달째 이러고 살지요. 사실 크게 아쉬운 것도 모르겠어요. 이 마을에는 전기를 아예 쓰지 않는 집도 몇 집 있답니다. 기름 불빛이 훨씬 푸근하거든요."

우리는 테일러 부인이 내온 먹음직한 묽은 수프에 껍질이 딱딱한 빵을 곁들여 먹었다. 그때까지만 해도 한 시간 정도 유쾌한 대화를 즐기다 자러 가면 되겠구나 하고 생각되었을 뿐 내 앞에 험한 일이 기다리고 있다는 징조는 전혀 찾아볼 수 없었다. 그러나 저녁 식사가 끝나고 한 이웃이 직접 빚었다는 맥주를 테일러 씨가 내게 한잔 따라 주고 있을 때 바깥 자갈길에서 발소리가 들려왔다. 내 귀에는 어둠 속에서 외딴 오두막으로 접근해 오는 발소리가 왠지 불길하게 느껴졌지만 주인 내외는 위험을 예상하는 태도와는 거리가 멀었다.

"어이, 이 시간에 누구지?"

이렇게 말하는 테일러 씨의 목소리에서는 호기심 외에 다른 어떤 것도 묻어나지 않았으니까 말이다.

테일러 씨가 중얼거리듯 한 말이었으나 잠시 후 화답이라도 하듯 바깥에서 소리치는 목소리가 들려왔다.

"조지 앤드루스입니다. 그냥 지나던 길이에요."

그리고 어느새 테일러 부인이 50대쯤 되어 보이는 건장한 사내를 집 안으로 안내하고 있었다. 차림새로 보건대 농사일로 하루를 보낸 모양이었다. 사내는 이 집의 단골손님임을 암시하는 거리낌 없는 태도로 문간 옆의 작은 걸상에 앉더니 무릎까지 오는 장화를 끙끙대며 벗었고 그 와중에도 테일러 부인과 일상적인 이야기를 몇 마디 주고받았다. 이윽고 식탁으로 다가온 그가 내 앞에서 걸음을 멈추더니 장교에게 보고하는 졸병처럼 차려 자세를 취했다.

"저는 앤드루스라고 합니다, 선생님."

그가 말했다.

"좋은 밤 되시기 바랍니다. 그런 불상사를 당하셔서 참으로 유감입니다만 여기 모스콤에서 하룻밤을 묵게 되셨으니 큰 고생은 아닐 겁니다."

이 앤드루스 씨가 그의 표현대로 나의 '불상사'를 어떻게 주워듣게 되었는지 나로선 좀 어리둥절했다. 어쨌거나 나는 미소를 지으며 '고생'이라니 가당치도 않다고, 이렇게 환대해 주시니 감사할 따름이라고 대답했다. 나는 물론 테일러 부부의 친절을 두고 한 말이었는데 앤드루스 씨는 거기에 자신도 포함된다고 생각한 모양이었다. 내 말이 끝나기 무섭게 큼직한 두 손을 방어적으로 추켜올리고 이렇게 말했으니 말이다.

"아이고, 아니에요, 선생님, 무슨 그런 말씀을. 우리는 선생님을 모시게 되어 반갑기 그지없답니다. 선생님 같으신 분이 여기를 지나가는 일이 흔치 않거든요. 이렇게 들러 주셨으니 온 동네의 기쁨입니다."

그의 말로 보건대 내가 '불상사'를 겪고 이 집에 와 있다는 것을 동네가 다 아는 듯했다. 내가 잠시 후에 알게 된 사실이지만 실제 상황도 거의 그랬다. 결국 테일러 부부가 처음에 침실로 안내했을 때 내가 손을 씻고 손상된 재킷과 양복 바짓단을 어떻게 좀 해 보려 애쓰고 있던 그 몇 분 사이에 지나가는 행인들에게 내 소식을 전했다고 짐작할 수밖에 없다. 아무튼 그러고 나서 몇 분 지나지 않아 또 손님이 하나 찾아왔는데 앤드루스 씨와 모습이 상당히 비슷한 남자였다. 다시 말해 체격이 떡 벌어지고 농사꾼 분위기에 진흙 투성이 긴 장화를 신었는데, 그도 방금 앤드루스 씨가 했던 식으로 장화를 벗기 시작했다. 두 사람이 여러 가지로 얼마나 비슷한지 혹시 형제간 아닌가 생각하고 있을 때 새로 들어온 사람이 내게 자신을 소개했다.

"모건입니다, 선생님, 트레보 모건."

모건 씨는 나의 '불행'에 유감을 표하면서 날이 밝으면 모든 게 다 잘될 것이라고 안심시킨 뒤 온 동네가 나를 환영한다고 덧붙였다. 그 분위기는 물론 내가 몇 분 전에 이미 전해 들은 것이었지만 모건 씨가 좀 더 정확하게 표현해 주었다.

"선생님 같은 신사분을 우리 모스콤에 모시게 되어 영광입니다."

내가 대꾸할 말을 미처 생각해 내기도 전에 바깥 자갈길에서 더 많은 발소리가 들려왔다. 곧이어 중년 부부가 들어

왔고 해리 스미스 씨와 그 부인이라고 소개했다. 이 사람들은 농사꾼 같아 보이지 않았으며, 체격이 듬직하고 넉넉해 보이는 스미스 부인은 1920년대와 1930년대에 달링턴 홀의 요리사로 근무했던 모티머 부인을 연상시켰다. 반면에 해리 스미스 씨는 체격이 작았고 이마에 주름이 잡혀 표정이 다소 강렬했다. 식탁에 자리를 잡은 후 그가 내게 물었다.

"저기 '가시덤불 산'에 세워진 고급 포드가 선생님 차입니까?"

"이 마을을 굽어보는 산길을 말씀하신다면 맞습니다."

내가 말했다.

"그런데 그걸 보셨다니 좀 놀랍군요."

"직접 본 건 아닙니다. 데이브 손턴이 얼마 전에 트랙터를 타고 집으로 오다가 지나쳤다고 하더군요. 그런 곳에 그런 차가 있는 걸 보고 얼마나 놀랐는지 트랙터를 세우고 나가 보기까지 했답니다."

이 대목에서 해리 스미스 씨가 고개를 돌려 식탁에 앉은 다른 사람들을 둘러보며 말했다.

"정말 기막힌 차랍니다. 그렇게 멋진 차는 생전 처음 보았대요. 린제이 씨가 몰던 차는 저리 가라래요!"

그 말에 와르르 웃음이 터져 나왔고 테일러 씨가 내게 보충 설명을 해 주었다.

"예전에 여기서 멀지 않은 큰 집에 살던 신사 얘기랍니다, 선생님. 이런저런 이상한 짓을 해서 근방에서 평이 안 좋았지요."

이 말에 동의하는 소리가 두런두런 일었다. 그때 누군가가 "선생님의 건강을 위하여!"라고 외치며 테일러 부인이 방금 나누어 준 맥주잔을 쳐들었고, 다음 순간 좌중의 모든 사람들이 내게 건배를 보내고 있었다.

내가 빙그레 웃으며 말했다.

"저로선 참으로 영광입니다."

"정말 친절하시군요, 선생님."

스미스 부인이 말했다.

"그게 바로 진짜 신사예요. 린제이 씨는 신사가 아니었답니다. 돈이 많은지는 몰라도 결코 신사는 아니었지요."

또 한 번 동의를 표하는 소리들이 터져 나왔다. 그때 테일러 부인이 스미스 부인의 귀에 대고 뭐가 속삭이자 스미스 부인이 다음과 같이 대꾸했다.

"가급적 빨리 오게 해 보겠다고 하셨어요."

그러고는 두 여인이 무안한 듯 나를 쳐다보았고, 스미스 부인이 입을 열었다.

"선생님께서 여기에 와 계시다고 저희가 칼라일 박사님께 알렸거든요. 선생님과 인사를 나누게 되면 박사님도 크게 반가워하실 겁니다."

"지금 환자를 보고 계시나 봐요."

테일러 부인이 미안한 투로 덧붙였다.

"박사님이 선생님께서 자리를 뜨시기 전에 들를 수 있을지 모르겠습니다."

그때 이마에 주름이 잡힌 왜소한 남자 해리 스미스 씨가 다시 상체를 기울이며 말했다.

"그 린제이 씨 말입니다. 뭘 영 모르는 사람이었던 거 아세요? 하는 짓이 그랬어요. 자기가 우리보다 엄청 잘났다고 생각하면서 모두를 바보 취급했지요. 아나나 다를까 그게 아니란 걸 금방 깨치더군요. 이 마을에도 냉정한 사고와 대화란 게 있습니다. 훌륭하고 확고한 소신들이 수두룩하며 누구나 그걸 주저 없이 표현하지요. 린제이 씨가 재깍 깨달은 게 바로 그거였어요."

"그는 신사가 아니었어요."

테일러 씨가 조용하게 말했다.

"신사라고 할 수 없었지요, 린제이 씨 말입니다."

"맞습니다, 선생님."

해리 스미스 씨가 말했다.

"그를 봤다면 선생님께서도 대번 알아보셨을 겁니다. 네, 그는 좋은 집을 가졌고 근사한 양복을 입었지요. 하지만 신사는 아니란 걸 척 알 수 있었답니다. 그리고 실제로 얼마 못 가 입증되었고요."

참석자들이 모두 중얼중얼 동의를 표하더니 이 지역 인사에 관해 내게 이러쿵저러쿵 털어놓는 게 합당한지를 두고 잠시 생각해 보는 눈치들이었다. 이윽고 테일러 씨가 침묵을 깨며 말했다.

"해리의 말이 맞습니다. 진정한 신사와 겉만 번지르르한 가짜 신사는 표가 나게 되어 있지요. 선생님만 봐도 그렇습니다. 입고 계신 옷이 훌륭하다거나 말씀하시는 게 점잖다거나 해서 하는 얘기만은 아닙니다. 선생님께는 신사임을 말해 주는 다른 뭔가가 있습니다. 정확히 꼬집어 말하기는 어렵지만 바로 이거구나 하는 걸 누구나 금세 알 수 있지요."

이 말에 호응하는 소리가 더 요란하게 터져 나왔다.

"이제 곧 칼라일 박사님이 오실 겁니다, 선생님."

테일러 부인이 끼어들었다.

"그분과 얘기해 보시면 즐거우실 겁니다."

"칼라일 박사에게도 그런 게 있어요."

테일러 씨가 말했다.

"확실히 있습니다. 그분도 진정한 신사이지요."

들어온 후로 거의 말이 없던 모건 씨가 상체를 굽히더니 내게 말했다.

"어떻게 생각하세요, 선생님? 그게 뭔지는 그걸 갖추신 분이 아무래도 더 잘 설명하실 수 있을 것 같은데. 누가 그걸 가졌느냐 못 가졌느냐 지금 이렇게 얘기들을 하고는 있지만 사실 우리는 제대로 알지도 못하고 떠들어 대는 거랍니다. 선생님이라면 우리를 좀 깨우쳐 주실 수 있을 겁니다."

식탁에 침묵이 흘렀고 좌중의 모든 얼굴이 내게로 향해 있음을 알 수 있었다. 나는 가볍게 기침을 한 다음 입을 열었다.

"글쎄, 내게 있을 수도 있고 없을 수도 있는 자질을 두고 무어라고 말하기는 어렵군요. 그러나 군이 그렇게 물으신다면 지금 거론되고 있는 자질을 달리 표현했을 때 '품위'란 말이 가장 적합하지 않을까 생각됩니다."

나는 이 이야기를 더 깊이 설명할 필요는 없다고 생각했다. 사실 나는 앞서 사람들이 하는 이야기를 들으며 머리에 스쳤던 생각들을 말로 뱉은 데 불과했으며 아마 불쑥 요구하는 상황이 아니었다면 입도 열지 않았을 것이다. 그런데 내 대답이 좌중에 꽤 큰 만족을 불러일으키는 듯했다.

"참으로 옳으신 말씀이십니다, 선생님."

앤드루스 씨가 고개를 끄덕이며 말했고 다른 사람들도 앵무새처럼 따라 말했다.

"린제이 씨도 좀 더 품위 있게 처신할 수 있었을 텐데."

테일러 부인이 말했다.

"그런 사람들은 높은 지위와 권력을 품위인 줄 착각하는 게 문제라니까요."

이때 해리 스미스 씨가 끼어들었다.

"선생님의 말씀을 전적으로 존중하기는 합니다만 유의해야 할 점이 있다고 말씀드리지 않을 수 없습니다. 품위는 단지 신사들만의 것이 아닙니다. 품위란 이 나라의 남녀 누구나 노력하면 얻을 수 있는 것입니다. 선생님께서는 좀 실례가 되는 얘기지만 제가 좀 전에도 말씀드렸듯 우리는 이렇게 견해를 표현하는 자리에서 격식이나 차리는 사람들이 아닙니다. 그런 뜻에서 제 생각을 있는 그대로 말씀드리자면 품위란 신사들만의 전유물이 아닙니다."

물론 나는 이 부분에서 해리 스미스 씨와 나의 목적이 다소 엇갈린다는 것을 감지했지만 이 사람들에게 내 생각을 더 명확하게 설명하자면 너무 복잡해질 것 같았다. 그래서 그저 빙그레 웃으며 이렇게만 대꾸하기로 했다.

"물론 지당하신 말씀입니다."

나의 대꾸는 해리 스미스 씨가 말하는 동안 좌중에 형성되었던 약간의 긴장감을 순식간에 흩어 놓았다. 신이 난 해리 스미스 씨는 완전히 자제력을 잃은 듯 상체를 기울인 채 계속해서 말했다.

"우리가 히틀러와 맞서 싸운 이유도 결국에는 그겁니다. 만약 모든 게 히틀러의 뜻대로 되었다면 우리는 지금쯤 노예 신세밖에 더 되었겠습니까? 소수의 지배자와 수억 수십만의 노예들만 존재하는 세상이 되었을 겁니다. 제가 이 자리에서 군이 지적할 필요도 없겠지만 노예 상태에서는 결코 품위를 갖출 수 없습니다. 우리가 싸운 이유도 그거고 우리가 마침내 얻은 것도 바로 그겁니다. 우리는 자유 시민으로 살 권리를 쟁취했습니다. 그리고 여러분의 신분이 무엇이냐, 부자냐 가난뱅이냐를 떠나서 영국 사람으로 태어났다는 자체가 일종의 특권입니다. 우리는 태어나면서부터 자유인으로서 자신의 견해를 마음껏 표현하고 투표로 의원 나리들을 의사당에 앉혔다 뺐다 할 수 있으니까요. 외람된 말씀이지만, 선생님, 그게 바로 진정한 품위입니다."

"어허, 해리, 자네의 그 정치 연설이 나오려고 시동이 걸린 모양이군."

테일러 씨가 말했다.

이 말에 와르르 웃음이 터졌다. 해리 스미스 씨가 무안한 듯 씩 웃었으나 열변은 계속되었다.

"지금 정치를 얘기하는 게 아닙니다. 그냥 하는 얘기예요. 사람이 노예가 되어서는 품위를 갖출 수 없는 법입니다. 그러나 우리 영국인들은 누구나 마음만 먹으면 그걸 움켜쥘 수 있습니다. 왜냐하면 우리가 지난날 바로 그 권리를 위해 싸웠기 때문이지요."

"이 지역 사람들이 차지한 자리가 보잘것없고 외진 자리로 보일지도 모르겠습니다, 선생님."

스미스 부인이 끼어들었다.

"그러나 우리는 전쟁 때 주어진 몫 이상으로 참여했답니다. 이상도 한참 이상이었지요."

그녀의 말이 끝나자 잠시 엄숙한 분위기가 감돌더니 이윽고 테일러 씨가 나를 향해 말했다.

"여기 해리는 우리 지역 대표를 위해 여러 가지 조직 활동을 하고 있답니다. 슬쩍 기회만 줘 보세요, 이 나라의 잘못된 국정 방식을 좔좔 쏟아 낼 겁니다."

"아, 저는 지금 이 나라의 '좋은 점'만 얘기했는데요."

"선생님께서도 정치에 많이 관여해 오셨습니까?"

앤드루스 씨가 물었다.

"직접적으로는 아닙니다."

내가 말했다.

"특히 근래 들어서는 전혀. 전쟁 전에 좀 관련이 있었다고나 할까요."

"그러고 보니 일이 년 전에 스티븐스란 성을 가진 의원이 계셨던 것 같기도 하네요. 라디오에서 한두 번 그분의 연설을 들었습니다. 주택 문제에 대해 상당히 사리에 맞는 말씀을 하시더군요. 설마 그분은 아니시겠지요?"

"아, 물론 아닙니다."

내가 한차례 껄껄대며 말했다. 그때 내가 대체 무엇 때문에 그다음 말을 내뱉었는지는 지금 생각해도 영 모르겠다. 다만 내가 처한 상황이 웬지 그렇게 하도록 요구하는 것 같았노라고밖에 말할 수 없다. 아무튼 나는 곧이어 이렇게 말했다.

"사실 저는 국내 문제보다는 국제 사안들에 관심이 많았던 편입니다. 외교 정책 말입니다."

이 말이 청중들에게 준 효과를 감지하고 나는 약간 움찔해졌다. 모두들 경외감에 사로잡힌 듯 보였던 것이다. 그래서 나는 서둘러 덧붙였다.

"아, 무슨 고위직에 몸담았던 건 결코 아닙니다. 제가 혹시 무슨 영향력을 발휘했더라도 철저하게 비공식적인 자격으로 했을 뿐입니다."

그러나 모두들 잠잠한 가운데 몇 초가량 더 침묵이 흘렀다.

이윽고 테일러 부인이 말했다.

"실례합니다만, 선생님, 혹시 처칠 씨도 만나 보셨나요?"

"처칠 씨요? 그분도 저희 집에 여러 차례 오셨지요. 그러나 솔직히 말해, 테일러 부인, 제가 중대한 문제들에 한창 깊이 관여하던 시절의 처칠 씨는 그다지 중요한 인물도 아니었을뿐더러 그런 인물이 되리라는 기대조차 받지 못했답니다. 당시엔 에덴 씨나 핼리팩스 경 같은 분들이 더 자주 드나들었죠."

"어쨌거나 처칠 씨를 직접 만나셨다는 얘기잖아요? 그런 얘기를 할 수 있다는 것만도 얼마나 큰 영예입니까."

해리 스미스 씨가 말했다.

"저는 처칠 씨가 말하는 것들에 크게 공감하지는 않습니다만 그분이 위대한 인물이란 데는 의심의 여지가 있을 수 없지요. 그런 사람과 사안을 논한다는 것은 참으로 대단한 일이었겠습니다."

내가 말했다.

"글쎄, 또 한 번 반복하게 됩니다만 제가 처칠 씨와 더불어 도모한 일은 많지 않습니다. 그러나 선생께서 제대로 지적하셨듯 그분과 가까이할 수 있었던 것에 대해선 매우 흐뭇하게 생각합니다. 사실 저는 전반적으로 운이 좋았던 것 같습니다. 그 점은 누구보다 먼저 인정하는 바입니다. 처칠 씨뿐 아니라 미국, 유럽의 여러 위대한 지도자와 영향력 있는 인물들을 접해 왔다는 건 어쨌거나 대단한 행운이지요. 그리고 그런 분들 앞에서 당대의 중대한 이슈들을 논했다는 것도 큰 행운이 아니냐고 하신다면, 맞습니다. 지난날을 생각하면 정말 감사함 같은 것을 느끼게 됩니다. 비록 작은 역할이나마 아무튼 세계를 무대로 활약하는 건 흔치 않은 특권이지요."

앤드루스 씨가 말했다.

"외람된 질문입니다만, 선생님, 에덴 씨는 어떤 사람이었습니까? 그러니까 인간적인 면에서요. 저는 늘 그분을 아주 괜찮은 사람으로 생각해 왔습니다. 지위 고하, 빈부를 가리지 않고 누구하고나 대화할 수 있는 그런 사람 말입니다. 제 생각이 옳은가요, 선생님?"

"대체로 정확하게 보셨다고 할 수 있습니다. 그러나 앞서 말씀드렸듯이 몇 년 전부터는 에덴 씨를 보지 못했는데 그동안 여러 가지 힘든 일로 많이 변하셨을지도 모르겠습니다. 제가 지켜본 바로는 공직 생활이란 게 몇 년 안 되는 짧은 기간에도 사람을 몰라보게 바꿔 놓을 수 있거든요."

"지당하신 말씀입니다, 선생님."

앤드루스 씨가 말했다.

"여기 해리만 해도 몇 년 전에 나름의 정치 철학을 가지고 뛰어든 이래 한 번도 같은 모습을 보여 준 적이 없거든요."

또 한 번 와르르 폭소가 터지는 사이에 해리 스미스 씨가 어깨를 들썩이더니 마지못해 잠시 미소를 지어 보인 후에 말했다.

"제가 선거전에서 많이 활동한 것은 사실입니다만 그저 지역 차원의 활동에 불과합니다. 그러니 선생님과 관계 맺고 계신 분들만큼 명성 있는 인물은커녕 그 절반쯤 되는 사람조차 만나 보기 힘들지만 작게나마 저 나름대로 역할을 하고 있다고 믿습니다. 제가 보는 영국은 민주주의 국가이며 그 민주주의를 수호하는 싸움에서 우리 마을 사람들도 누구 못지않게 고초를 겪었습니다. 이제 우리의 권리를 행사하는 것은 우리 각자에게 달려 있습니다. 이 특권을 우리에게 안겨 주기 위해 이 마을에서도 훌륭한 청년들이 목숨을 바쳤습니다. 따라서 제가 볼 때 여기에 있는 우리 한 사람 한 사람이 각자의 역할을 다하는 게 그들에게 진 빚을 갚는 길입니다. 우리는 확고한 소신을 가지고 있으니 이제 그걸 알리는 게 우리의 의무인 것입니다. 그렇습니다. 우리는 변방의 작은 마을에 불과하고, 우리 중 다시 젊어질 수 있는 사람은 아무도 없으며, 마을의 규모도 점차 작아지고 있습니다. 그러나 우리는 마을에서 사라져 간 그 청년들에게 빚을 지고 있다고 봅니다. 제가 우리 목소리를 상부에 전달하고자 이렇게 많은 시간을 바치는 것도 바로 그 때문입니다, 선생님. 그러니까 설사 제 모습이 변하더라도, 때 이른 죽음을 맞게 되더라도 개의치 않을 겁니다."

"제가 경고했지요, 선생님."

테일러 씨가 빙그레 웃으며 말했다.

"선생님처럼 영향력 있는 신사께서 마을을 지나는데 해리가 평소의 지론을 덮고 넘어갈 리가 있겠습니까? 막을 도리가 없답니다."

모두들 다시 한바탕 껄껄댔고 곧이어 내가 말했다.

"당신의 입장을 충분히 이해할 것 같습니다, 스미스 씨. 세상이 더 나은 곳이 되기를 염원하시고, 그런 세상을 만들고자 여기 계신 동료 주민들과 더불어 공헌하셨던 것 아니겠습니까. 참으로 박수 받아 마땅한 생각입니다. 사실 제가 전쟁 전에 여러 가지 대사에 관여하게 된 것도 비슷한 취지에서였다고 감히 말씀드릴 수 있습니다. 지금도 마찬가지지만 그때도 세계 평화는 잡으면 부서질 듯 위태로워 보였고 그래서 제 역할을 하리라 마음먹었던 겁니다."

"죄송합니다만, 선생님."

해리 스미스 씨가 말했다.

"제 요지와는 약간 다른 말씀 같습니다. 이 나라의 막강한 실력자들을 친구로 꼽을 수 있는 선생님 같은 분들은 영향력을 행사하기가 어렵지 않지요. 그러나 이런 곳에 사는 우리 같은 사람들은 몇 년씩 지나도록 제대로 된 신사 한 번 보기가 어렵답니다. 물론 칼라일 박사는 다르지만 말입니다. 그분은 일급 의사이면서도 존경스럽게도 그런 쪽과는

'연줄'을 맺지 않으시지요. 아무튼 이런 상황이다 보니 모두들 시민으로서 의무를 망각하기 쉽답니다. 제가 선거 운동에 그렇게 열심히 뛰어다니는 것도 그 때문입니다. 저는 지지를 받든 못 받든, 사실 이 방에 앉아 있는 사람 중에도 제 말을 '모조리' 지지하는 사람은 없는 줄로 압니다만, 최소한 사람들에게 생각하게끔 만들 겁니다. 각자의 의무가 무엇인지 일깨워 줄 겁니다. 이것이 바로 우리가 살고 있는 민주주의 국가인 것입니다. 우리는 그것을 위해 싸웠습니다. 우리 모두 각자의 역할을 해야만 합니다."

"칼라일 박사님께 무슨 일이라도 생겼나?"

스미스 부인이 중얼거렸다.

"벌써 도착해서 '유식한' 얘기를 풀어놓으셨을 시각인데."

그 말에 또 한 번 웃음이 터졌다.

내가 말했다.

"사실 여러분들을 만나 지극히 즐거운 시간을 보냈습니다만 솔직히 제가 조금씩 피곤해……."

테일러 부인이 말했다.

"아무렴요. 정말 피로하실 겁니다. 담요를 하나 더 갖다 드릴까요? 요즘 밤공기가 점점 차가워진답니다."

"아, 아닙니다, 테일러 부인. 아주 편안한 밤이 될 겁니다."

그러나 내가 식탁에서 일어서기 전 모건 씨가 앞서 말했다.

"궁금했던 게 있는데요, 선생님. 우리가 라디오에서 즐겨 만나는 레슬리 맨드레이크란 사람이 있습니다. 혹시 그 사람을 만나 보셨는지요?"

나는 만난 적이 없다고 대답하고 다시 자리를 뜨려 했다. 그러나 이런저런 사람을 만나 보았느냐는 질문들이 계속 쏟아지며 나를 붙들어 놓고 있었다. 그래서 식탁을 뜨지 못하고 있을 때 스미스 부인이 말했다.

"아, 누가 오고 있군요. 마침내 의사 선생님이 오셨나 봐요."

"저는 정말 물러나야겠습니다."

내가 말했다.

"상당히 피곤하군요."

"하지만 선생님, 이번엔 틀림없이 의사 선생님이에요."

스미스 부인이 말했다.

"잠깐만 더 기다려 주시지요."

그녀의 말이 끝나기 무섭게 문 두드리는 소리가 났고 목소리가 들려왔다.

"접니다, 테일러 부인."

안으로 안내된 신사는 아직 마흔 안팎인 듯한 꽤 젊은 나이에 비썩 마르고 키가 큰 사람이었다. 실제로 오두막 문간을 통과하기 위해 상체를 구부정하게 굽혀야 할 만큼 대단한 키다리였다. 그가 사람들에게 인사를 건네자마자 테일러 부인이 그에게 말했다.

"이분이 바로 우리의 손님이십니다, 박사님. '가시덤불' 산길에서 차가 오도 가도 못 하게 되는 바람에 할 수 없이 이렇게 해리의 일장 연설을 들어 주고 계신답니다."

의사가 식탁 앞으로 오더니 내게 손을 내밀었다.

"리차드 칼라일입니다."

그가 쾌활한 미소를 지으며 말했고 나는 일어나서 그와 악수를 나누었다.

"차가 그렇게 되었다니 정말 유감입니다. 하지만 이 댁에서 후한 대접을 받고 계시는 것 같군요. 대접이 너무 후하다 싶을 정도인데요?"

"고맙습니다."

내가 대답했다.

"모두들 친절하기 그지없습니다."

"어쨌거나 이렇게 뵙게 되어 반갑습니다."

칼라일 박사가 식탁에 앉았는데 나와 거의 정면으로 마주 보는 자리였다.

"그래 어느 지방에서 오셨습니까?"

"옥스퍼드셔에서 왔습니다."

이렇게 대답은 했지만 나는 사실 본능적으로 튀어나오는 '선생님'이란 경칭을 억누르기가 쉽지 않았다.

"훌륭한 고장이지요. 제 삼촌 한 분도 옥스퍼드 바로 근교에 살고 계십니다. 정말 근사한 데지요."

"이 선생님께서 방금 그러시는데요, 박사님,"

스미스 부인이 말했다.

"처칠 씨를 아신답니다."

"그래요? 저도 예전에 처칠 씨의 조카 되는 사람과 알고 지냈습니다만 지금은 연락이 끊겼지요. 물론 그 대단한 분을 대면하는 영광은 누려 본 바는 없지만 말입니다."

"처칠 씨뿐만 아니에요." 스미스 부인이 계속해서 말했다. "에덴 씨와 핼리팩스 씨도 아신답니다."

"오, 정말입니까?"

나를 유심히 훑어보는 의사의 눈길이 느껴졌다. 내가 적절한 설명을 좀 덧붙이려는 순간에 앤드루스 씨가 한발 앞서 말했다.

"이 선생님께서 한창때 외교 문제에 두루 관여하셨다고 합니다."

"그러세요?"

칼라일 박사가 나를 계속, 지나칠 만큼 오래 뜯어본다는 느낌이 들었다. 이윽고 그는 다시 쾌활한 태도로 돌아와 물었다.

"소일 삼아 여행하시는 중인가요?"

"그렇다고 할 수 있지요."

나는 이렇게 대답하고 가볍게 웃었다.

"이 부근에도 근사한 데가 많습니다. 아 참, 앤드루스 씨. 지난번 그 톱, 아직 돌려 드리지 못해 미안해요."

"아니에요, 급할 거 전혀 없습니다, 박사님."

그사이에 잠시 내게 쏠렸던 관심이 흩어졌으므로 나는 침묵을 지킬 수 있었다. 마침내 내가 적당하다 싶은 때를 포착하여 일어서면서 말했다.

"대단히 죄송합니다. 지금까지 너무나 즐거운 저녁이었습니다만 이젠 정말 올라가 봐야겠습니다."

"벌써 올라가신다니 정말 섭섭하네요, 선생님."

스미스 부인이 말했다.

"박사님도 이제 막 도착하셨는데."

해리 스미스 씨가 상체를 굽혀 옆에 앉은 아내를 가로막으며 칼라일 박사에게 말했다.

"박사님께서 구상하고 계시는 '제국'에 대해 이 신사분의 말씀을 몇 마디 들어 봤으면 좋겠습니다."

그는 다시 내 쪽으로 고개를 돌리고 말을 이었다.

"여기 우리 의사 선생님께서는 각종 소국들의 독립을 지지하는 입장이십니다. 저는 그러한 생각이 부당하다고 생각하지만 그걸 증명하기엔 학식이 부족하답니다. 선생님 같은 분들은 그 문제에 대해 과연 어떻게 말씀하실지 평소부터 한번 들어 보고 싶었습니다."

이번에도 칼라일 박사의 시선은 나를 뜯어보는 느낌이었다. 잠시 후 박사가 말했다.

"아쉽기는 하지만 이분을 쉬게 해 드리는 게 좋겠습니다. 힘든 하루를 보내셨을 테니까요."

"정말 그렇습니다."

나는 또 한 번 가벼운 웃음을 보이며 이렇게 말하고 식탁을 빙 둘러 걷기 시작했다. 그러자 황송하게도 칼라일 박사를 비롯해 좌중의 모든 사람들이 자리에서 일어섰다.

"여러분 대단히 감사합니다."

나는 미소를 띠고 말했다.

"테일러 부인, 저녁 식사 정말 훌륭했습니다. 여러분 모두 좋은 밤 되시기 바랍니다."

그러자 이구동성으로 합창이 터져 나왔다.

"안녕히 주무십시오, 선생님."

내가 문 앞에 거의 다다랐을 때 의사의 목소리가 나를 불러 세웠다.

"잠깐만요."

내가 돌아보자 그는 여전히 선 채로 말했다.

"제가 내일 아침 일찍 스탠베리로 갈 일이 있습니다. 그때 선생님을 차가 있는 데까지 태워 드리면 공연한 걸음을 하실 필요가 없을 것 같습니다. 도중에 테드 하다크르의 가게에서 휘발유도 한 통 구할 수 있을 겁니다."

"그래 주시면 더할 나위 없이 고맙지요."

내가 말했다.

"하지만 더 이상 폐를 끼치고 싶지는 않습니다."

"폐라니요? 별말씀을. 내일 아침 7시 30분, 괜찮으시겠습니까?"

"이거 정말 큰 도움이 되겠습니다."

"그럼 7시 30분으로 하겠습니다. 테일러 부인, 댁의 손님께서 그 시각에 맞춰 기상하시고 조반을 드실 수 있도록 도와주셔야겠어요."

그는 다시 내 쪽을 보며 덧붙였다.

"그때 얘기를 계속할 수 있겠군요. 여기 해리는 제가 망신당하는 꼴을 구경하지 못해 애석하겠지만 말입니다."

그 말에 폭소가 터져 나왔고 한 번 더 인사가 오간 뒤에야 나는 피난처와도 같은 이 방으로 겨우 올라올 수 있었다.

오늘 밤 나라는 사람에 대해 불행하게도 오해가 생기면서 겪어야 했던 나의 고초는 굳이 강조할 필요도 없을 것이다. 과연 상황이 그렇게 되는 것을 막을 방법이 없었던가?

지금으로선 아무리 생각해도 대책이 없었다고밖에 말할 수 없다. 돌아가는 분위기를 감지했을 무렵에는 이미 사태가 커진 뒤여서 만약 내가 그들에게 사실대로 밝힌다면 엄청난 파장이 일어날 게 뻔했으니까 말이다. 아무튼 유감스럽기 짝이 없는 상황이긴 했지만 특별히 피해를 준 것은 없다고 본다. 어차피 내일이면 나는 이 사람들과 작별하게 될 테고 아마 두 번 다시 마주칠 일도 없을 것이다. 그러니 이 일로 계속 끙끙댈 필요는 없을 것 같다.

그러나 불행했던 오해와는 별도로 오늘 저녁의 일들 가운데 한두 가지는 잠시 생각해 보는 게 옳을 듯하다. 그냥 넘어가 버리고 나면 결국에는 며칠 더 갑작갑작 신경 쓰이게 만들 테니까. 우선 해리 스미스 씨가 설명한 '품위'의 본질에 대해 이야기하고 싶다. 사실 그의 이야기에는 진지한 생각이라고 할 만한 게 별로 없어 보인다. 해리 스미스 씨가 '품위'란 말을 내가 이해하는 것과는 전혀 다른 의미로 사용했다는 점은 물론 인정한다. 그렇다 치더라도, 그 나름의 관점을 인정한다손 치더라도 존중해 주기엔 너무나 관념적이고 이론적인 이야기들이었다. 우리 영국 같은 나라에 사는 사람들은 중대한 나랏일을 고민하고 각자 견해를 가질 의무가 있다는 대목에는 어느 정도 일리가 있기는 하다. 그러나 보통 사람들의 삶이란 게 뻔한 마당에 어떻게 온갖 국사에 대해 좀 황당한 주장이지만 해리 스미스 씨가 말하는 이 마을 사람들 수준만큼의 '확고한 소신'을 기대할 수 있단 말인가? 그러한 기대는 지극히 비현실적일 뿐 아니라 내가 보기에는 크게 바람직하지도 않다. 평범한 사람들의 지식과 학식에는 어차피 한계가 있게 마련이며, 그런 사람들에게 '확고한 소신'을 가지고 중대한 국사를 논의하는 데 기여하라고 요구하는 것은 결코 현명하지 않을 것이다. 아무튼 이런 관점에서 사람의 '품위'를 정의할 수 있다고 생각하는 자체가 어리석은 짓이다.

말이 난 김에 생각나는 사례를 하나 덧붙이고 싶다. 해리 스미스 씨의 견해에 혹시 진실이 담겨 있다손 치더라도 그 한계가 얼마나 뚜렷한지를 여실히 입증하는 사례라고 생각되기 때문이다. 내가 직접 겪은 일인데 전쟁 전이니까 아마 1935년 무렵의 일일 것이다.

하루는 자정이 지난 밤늦은 시각에 나리와 세 분의 신사가 저녁을 드신 후 계속 환담을 나누고 있던 응접실로 호출을 받았다. 물론 그 전에도 다과를 대접하려고 대여섯 차례 응접실을 드나들면서 신사분들이 비중 있는 사안을 놓고 깊은 대화에 빠져 있는 것을 보아 온 터였다. 그런데 이번에는 내가 응접실에 들어서자 신사분들이 모두 대화를 멈추고 나를 쳐다보았다. 그리고 나리께서 이렇게 말씀하셨다.

"잠깐 이쪽으로 와 줄 수 있겠나, 스티븐스? 스펜서 씨가 자네와 얘기해 보고 싶다고 하시네."

좀 전부터 다소 늘어진 자세로 안락의자에 앉아 있던 문제의 신사분이 그 자세 그대로 잠시 나를 쳐다보더니 말했다.

"여보게, 자네한테 물어보고 싶은 게 있네. 우리가 지금까지 논의해 온 어떤 문제가 있는데 자네의 도움이 좀 필요해. 자네가 볼 때 미국과 관련된 부채 상황이 지금 당면한 무역 침체의 중요한 요소인 것 같은가? 아니면 혹시 그것은 핵심에서 비켜난 얘기이며 금 본위제를 포기하는 것이 문제의 근원이라고 생각하는가?"

다소 놀란 것은 당연했지만 나는 어떤 상황인지 금방 파악할 수 있었다. 그 같은 질문 앞에서 쩔쩔매는 모습을 기대하고 있음에 분명했다. 사실 내가 이 점을 간파하고 적절한 대답을 생각해 내기까지 잠시 시간이 걸리기도 했지만, 좌중의 신사분들이 서로 즐거운 미소를 교환하는 것으로 보건대 질문을 붙들고 씨름하는 듯한 인상까지 준 모양이었다.

"대단히 죄송합니다만 나리, 저로선 그 문제에 도움을 드릴 능력이 없습니다."

여기까지는 내가 상황을 잘 요리했다. 그 신사가 연신 키득대고 있었으니까 말이다. 이윽고 스펜서 씨가 다시 말했다.

"그렇다면 다른 문제에서 우리를 도와줄 수 있을지도 모르지. 만약 프랑스인들과 러시아 볼셰비키들 사이에 군사 협정이 체결된다면 유럽의 통화 문제가 개선되거나 악화될 것이라고 말할 수 있을까?"

"거듭 죄송합니다만 저는 도움을 드리기가 어렵습니다."

스펜서 씨가 말했다.

"맙소사, 결국 어느 것 하나 도움이 되지 않는군."

꾹꾹 참는 웃음이 번지자 마침내 나리께서 말씀하셨다.

"잘했네, 스티븐스. 이제 끝났을 거야."

"잠깐만, 달링턴, 이 사람한테 하나 더 물어볼 게 있소."

스펜서 씨가 말했다.

"요즘 우리를 한창 괴롭히는 문제이자 우리의 외교 정책을 결정짓는 중대한 문제에서 난 이 사람의 도움이 절실히 필요하오. 자, 여보게, 좀 도와주게. 최근에 북아프리카 상황에 대해 연설을 한 무슈 라발의 본심은 무엇이었을까? 자파내 비주류인 자국의 민족주의자들을 압살하기 위한 책략에 불과했다는 견해에 자네도 동조하는가?"

"죄송합니다만 저는 그 문제에 대해서도 도와 드릴 능력이 없습니다."

"보십시오, 여러분."

스펜서 씨가 다른 사람들을 향해 말했다.

"여기 이 사람은 이런 문제들에서 우리를 도와줄 수가 없습니다."

그러자 다시 와르르 웃음이 터져 나왔는데 이번에는 별로 참는 기색들도 아니었다.

스펜서 씨가 계속해서 말했다.

"그런데도 우리는 여전히 이 나라의 중대한 결정들을 여기 이 사람과 그 동류인 수백만 대중의 손에 맡겨야 한다고 고집하고 있습니다. 우리가 지금과 같은 의회 제도에 묶여 있는데도 수많은 난제의 해결책을 찾아내지 못한다는 게 좀 놀랍지 않습니까? 뭐, 전쟁 캠페인이라도 기획하신다면 '어머니 연맹 위원회'에 물어보시는 게 좋을 겁니다."

이 말에 모두들 배꼽을 잡고 웃었고 그 와중에 나리께서 더듬더듬 말씀하셨다.

"고맙네, 스티븐스."

덕분에 나는 밖으로 나올 수 있었다.

내 입장에서 다소 불편했던 것은 사실이지만 직무 수행 과정에서 크게 힘들다거나 아주 특이하다고 할 수도 없는 상황이었다. 그리고 여러분도 물론 동의하겠지만 제대로 된 직업인이라면 그 정도 상황쯤은 돌파할 수 있어야 하는 법이다. 아무튼 그러고 나서 나는 그 일을 거의 잊고 있었는데 이튿날 아침에 달링턴 나리께서 당구장으로 들어오셔서 말씀하셨다. 그때 나는 당구장에 걸린 초상화의 먼지를 터느라 접이사다리에 올라서 있었다.

"여보게, 스티븐스, 어젯밤엔 좀 심했네. 우리 때문에 자네가 그런 시련을 겪었으니 말일세."

나는 하던 일을 멈추고 말했다.

"아닙니다, 나리. 제가 쓸모 있었다는 게 기쁠 따름입니다."

"아니야, 좀 심했어. 우리가 어제저녁을 너무 푸짐하게 먹은 모양이야. 내 사과를 받아 주게나."

"감사합니다만, 나리, 저는 정말 큰 불편을 못 느꼈습니다."

나리께서 다소 기운 빠진 걸음으로 가죽 의자에 가 앉으시더니 한숨을 길게 내쉬셨다. 나는 사다리에 올라서 있는 덕분에 프랑스풍 창으로 쏟아져 들어와 실내 곳곳에 광선의 줄무늬를 드리우는 겨울 햇살 속에서 그분의 호리호리한 신체를 한눈에 내려다볼 수 있었다. 세월이 몇 년 흐른 것 같지도 않은데 그사이에 삶의 중압감이 나리를 정말 상하게 만들었구나 싶어 가슴이 저며 오는 그런 순간이었던 것 같다. 항상 날씬한 체격을 유지하시긴 했지만 놀라울 만큼 야위어 보기 민망할 정도였고, 머리에는 벌써 백발이 성성하고 얼굴에도 노인처럼 힘줄이 불거져 있었다. 프랑스풍 창으로 멀리 언덕 쪽을 한참 내다보시던 나리께서 이윽고 다시 입을 떼셨다.

"정말 너무 심한 짓이었어. 하지만 스티븐스, 스펜서 씨는 레너드 경을 반박할 생각으로 그랬던 것뿐이네. 이런 얘기가 위로가 될지 모르겠지만 사실 자네가 아주 중요한 논점을 증명하는 데 도움이 되었다네. 레너드 경은 예의 그 구태의연한 논리를 주장해 온 분이지. 민중의 의지가 가장 현명한 중재자라는 식의 논리 말일세. 내 말 믿어 주는 건가, 스티븐스?"

"그럼요, 나리."

"사실 우리 나라 사람들은 시대에 뒤떨어진 부분을 인식하는 속도가 너무 느려. 새로운 시대의 도전에 대처한다는 게 무슨 뜻이냐, 낡은 것을 폐기한다, 때로는 지난날에 애용되었던 방식들까지 과감하게 버려야 한다는 뜻이지. 다른 강대국들은 이미 다 알고 있건만 우리 영국은 그렇지가 못하네. 아직도 많은 사람들이 어젯밤 레너드 경이 피력한 것과 같은 견해를 얘기하고 다닌다네. 스펜서 씨가 자신의 요지를 입증해 보이겠다고 한 것도 바로 그 때문이었어. 분명히 말하지만, 스티븐스, 만약 레너드 경 같은 사람들이 정신을 차리고 잠시라도 생각할 수 있는 계기가 되었다면 어젯밤 자네가 겪은 수난은 결코 헛되지 않았다고 봐도 될 걸세."

"물론입니다, 나리."

달링턴 나리께서 다시 한숨을 지으셨다.

"우리는 항상 꼴찌야, 스티븐스. 시대에 뒤떨어진 제도를 항상 끝까지 고수하려 들지. 그러나 조만간 우리도 현실에 직면하지 않을 수 없을 거야. 민주주의는 이미 지나간 시대의 유물이야. 보통 선거제 따위를 논하기엔 세상이 너무나 복잡하게 변해 버렸어. 무수한 사람들이 의회에 앉아 국정을 논하다가 답보 상태에 빠져드는 식으로는 아무것도 안 되네. 몇 년 전까지는 좋았다고 볼 수도 있겠지. 그러나 오늘날의 세계에서도 과연 그럴까? 스펜서 씨가 어젯밤에 뭐라고 했었지? 아주 적확하게 표현했는데."

"제 기억으로는 현행 의회 제도를 전쟁 캠페인을 벌이려 하는 '어머니 연맹 위원회'에 비유했던 것 같습니다, 나리."

"맞았어, 스티븐스. 솔직히 말해 이 나라 사람들은 시대에 뒤처져 있어. 앞을 내다보는 사람들이 나서서 레너드 경 같은 사람들을 깨우쳐 주는 작업이 시급하네."

"맞습니다, 나리."

"귀담아듣게, 스티븐스. 우리는 지금 계속되는 위기 상황에 봉착해 있어. 지난번에 휘터커 씨와 함께 북부를 돌아볼 때 내 눈으로 직접 확인했다네. 민중이 고통받고 있어. 성실하게 일하는 평범한 사람들이 말할 수 없이 고생하고 있어. 독일과 이탈리아는 법령으로 의회를 정돈했네. 불쌍한 볼셰비키들도 나름대로 체제를 정비한 걸로 아네. 심지어 루스벨트 대통령도 그렇네. 자기네 국민의 편에서 과감한 조치를 취하는 것을 두려워하지 않지. 그런데 우리는 어떤가, 스티븐스. 하염없이 세월만 보내고 나아지는 것은 하나도 없지. 그저 하는 짓이라곤 논쟁하고 토론하고 늑장 부리는 게 전부야. 훌륭한 생각을 제안해 본들 이런저런 위원회를 거치느라 시간을 다 잡아먹다가 결국 유명무실한 안으로 수정되기 일쑤라네. 사정을 알 만한 소수의 사람들은 무지한 사람들에 의해 봉쇄되어 입도 벙긋하지 못하지. 이런 상황을 자네는 어떻게 생각하나, 스티븐스?"

"나라가 참으로 유감스러운 상황에 처해 있는 것 같습니다, 나리."

"내 말이 그 말일세. 독일과 이탈리아를 보게, 스티븐스. 강력한 지도력을 행사할 여건이 되었을 때 과연 무엇을 이뤄 낼 수 있는지 보라고. 보통 선거제니 뭐니 하는 허튼소리는 일절 나오지 않는 나라들이야. 만약 자네 집에 불이 났다면 가솔들을 응접실로 불러들여 온갖 탈출 방법을 의논하면서 한 시간씩 앉아 있겠는가? 예전에는 그것이 훌륭한 방식이었을지 몰라도 지금은 세상이 복잡다단해졌다네. 정치나 경제, 국제 통상 같은 것을 일반인들이 제대로 이해하기란 힘들지. 또 그런 걸 알 필요가 뭐 있겠는가? 사실 어젯밤 자네의 대답은 아주 훌륭했어, 스티븐스. 자네가 그런 걸 어떻게 설명할 수 있었겠나? 자네 분야와 동떨어진 것을 알고 있어야 할 이유가 없지, 안 그런가?"

이런 말씀들을 돌이켜 보면 달링턴 경의 생각 중 많은 부분들이 오늘날의 시각에서는 다소 이상하게, 때로는 전혀 흥미롭지 못한 이야기로까지 느껴질 수 있겠구나 하는 생각도 든다. 그러나 그날 아침 당구장에서 하셨던 말씀에는 아주 중요한 일리가 있다는 것을 결코 부인할 수 없을 것이다. 물론 집사라는 사람에게 그날 밤 스펜서 씨가 한 것과 같은 질문들을 던지고 믿을 만한 답변을 기대한다는 것도 지극히 어리석고, 그런 질문에 척척 답변할 수 있냐 없냐에 사람의 '품위'가 달려 있다고 하는 해리 스미스 씨의 주장도 허튼소리에 다름 아니다. 여기서 우리가 분명하게 짚고 넘어가야 할 것은 집사의 의무는 훌륭하게 봉사를 하는 것이지 중대한 나랏일에 끼어드는 것이 결코 아니라는 사실이다. 실제로도 그런 큰 문제들은 여러분이나 나 같은 사람들의 이해 수준을 뛰어넘는 차원이게 마련이어서 우리 분야에서 진정 이름을 떨치고 싶은 사람이라면 자기 영역의 '현실'에 초점을 맞추는 것이 최선임을 깨달아야만 한다. 다시 말해 문명사회의 운명을 실제로 좌지우지하는 저 위대한 신사들에게 가장 훌륭하게 봉사하기 위해 노력하는 것이 최선인 것이다. 그거야 뻔한 이야기가 아니냐고 할지도 모르겠지만 나는 잠시나마 전혀 다르게 생각하는 집사들을 너무나 많이 보아 왔다. 사실 오늘 밤 해리 스미스 씨가 한 이야기는 지난 1920년대와 1930년대에 우리 세대의 주요 분파들을 포위하다시피 했던 오도된 이상주의를 연상시키는 대목이 많다. 진정한 야망을 품은 집사라면 끊임없이 자신의 주인을 재평가할 수 있어야 한다고 주장했던 우리 업계의 한 분파를 두고 하는 말이다. 그들은 주인의 동기를 엄밀하게 검토하고 그의 견해에 담긴 포괄적인 내용들을 분석해야 하며 오직 그러한 방법을 통해서만 자신의 기능이 바람직한 목적에 사용되는지 여부를 확인할 수 있다고 보았다. 이 같은 내용을 골자로 하는 이 이상주의는 나도 공감하는 부분이 물론 없지는 않지만, 오늘 밤 스미스 씨의 견해와 마찬가지로 오도된 사고의 결과물일 뿐이다. 그러한 접근법을 실천에 옮기고자 했던 집사들의 말로를 보면 그 직접적인 결과로 그들이 얻은 것은 하나도 없었음을 금방 확인할 수 있다. 그들 중에는 전도양양한 경력의 소유자들도 있었다. 내가 개인적으로 아는 사람만 해도 최소한 둘이 그런 경우에 해당하는데, 두 사람 다 능력이 있는 전문가들이었으나 주인에게 만족을 느끼지 못하고 여기저기 옮겨 다니다가 결국 어디에도 정착하지 못한 채 무대 뒤로 사라져 버렸다. 사실 놀라울 것도 없는 결과다. 주인을 그처럼 비판적인 태도로 대하면서 훌륭하게 봉사한다는 자체가 현실적으로 어렵기 때문이다. 그런 문제들에 정신을 팔면서 수준 높은 봉사에 필요한 온갖 요구들에도 대처한다는 것이 불가능할 것 같아서 하는 말은 아니다. 더 근본적인 문제는 주인에 대해 자기 나름의 '확고한 소신'을 형성하고자 끊임없이 애쓰는 집사의 경우 훌륭한 전문가의 필수 조건에 속하는 자질, 다시 말해 '충성심' 면에서 부족해질 수밖에 없다는 데 있다. 이 대목에서 오해하지는 않았으면 좋겠다. 내가 지금 이야기하는 '충성심'은 질적으로 우수한 전문가에게서 지속적으로 봉사를 받지 못하는 이류급 주인들이 충성심 부족을 한탄할 때 언급하는 지각없는 '충성심'과는 완전히 다르니까 말이다. 실제로 나는 어쩌다 한때 모시게 된 신사나 숙녀에게 무턱대고 충성을 바쳐야 한다는 생각에 철저히 반대하는 사람에 속한다. 그러나 어떤 경우에서든 어떤 사람 앞에서든 가치 있게 살아온 집사라면 결국 한 번은 기회가 찾아오게 되어 있다. 마침내 탐색을 끝내고 "이 주인이야말로 내가 생각하는 고귀함과 존경할 만한 덕목을 모두 갖추었다. 이제부터 내 한 몸 다 바쳐 이분을 섬기겠다."라고 자기 자신에게 단언할 수 있는 순간 말이다. 이것이 바로 '이지적으로' 부여된 충성심이다. 여기에 무슨 '품위 없는' 요소가 담겨 있는가? 나는 다만 피할 수 없는 불변의 진실을 받아들이고 있을 뿐이다. 여러분이나 나 같은 사람들은 결코 오늘날 세상의 거창한 문제들을 이해할 위치에 있지 않다는 것, 따라서 현명하고 존경스럽다고 판단되는 주인에게 신뢰를 바치고 우리 능력이 닿는 한 열과 성을 다해 모시는 것만이 최선의 길이라는 사실을 말이다. 우리 업계의 확실한 거목 마셜 씨나 레인 씨 같은 사람들을 예로 들어 보자. 캠벌리 경이 말년에 외무성에 파견된 것을 두고 마셜 씨가 그분을 상대로 논쟁하는 장면을 과연 상상이나 할 수 있는가? 레너드 그레이 경이 하원에서 연설하려 할 때마다 레인 씨가 그를 붙잡고 이러쿵저러쿵 참견하지 않았다고 해서 레인 씨에 대한 우리의 존경이 줄어들겠는가? 어느 경우든 상상도 할 수 없음은 물론이다. 그러한 태도가 왜 잘못되었단 말인가? 뭐가 '품위'가 없단 말인가? 달링턴 경의 노력이 잘못되었을 뿐 아니라 어리석기까지 했음을 세월이 입증해 주었다고 해서 어떤 면으로든 어떻게 내가 비난받아야 한단 말인가? 내가 그분을 모신 세월을 통틀어 증거를 저울질하고 나아갈 길을 판단한 것은 바로 그분 자신이었으며, 나는 다만 나 자신의 전문 분야에서 지극히 온당하게 움직였을 뿐이다. 그리고 가히 '일등급'이라고 인정받을 만한 수준에서 내 능력 닿는 데까지 직무를 수행한 것밖에 없다. 오늘날 나리의 삶과 업적이 안쓰러운 헛수고쯤으로 여겨진다 해도 내 탓이라고는 할 수 없다. 나에게도 응분의 가책이나 수치를 느끼라고 하는 것은 논리적으로 앞뒤가 맞지 않는다.

콘월주, 리틀컴프턴

나는 드디어 리틀컴프턴에 도착해 지금 막 '로즈 가든' 호텔 식당에서 점심 식사를 끝내고 앉아 있는 중이다. 밖에는 비가 계속 내리고 있다.

'로즈 가든' 호텔은 화려하다고는 할 수 없지만 소박하고 편안한 곳임에 분명하여 여기에서 묵는 대가로 치르게 될 초과 경비가 아깝지 않게 느껴진다. 담쟁이덩굴로 뒤덮인 이 장원 영주의 저택은 편리하게도 마을 광장 한 귀퉁이에 자리 잡고 있으며 내 짐작에 대충 서른 명의 손님을 수용할 수 있을 것 같다. 그러나 내가 지금 앉아 있는 '식당'은 본관 옆에 현대식으로 지은 별관으로 양쪽 벽에 줄줄이 달린 큼직한 창문들이 특색이라면 특색일까 실내가 멋없이 길기만

하다. 한쪽으로는 마을 광장이 눈에 들어오고 반대쪽으로는 후원이 보이는데 이 후원에서 업소의 이름을 따온 듯하다. 방풍 효과가 좋을 듯한 후원에는 여기저기 테이블이 놓여 있어 날씨만 화창하면 식사나 다과를 즐기기에 안성맞춤일 듯싶다. 사실 조금 전에 일부 손님들이 거기에서 점심 식사를 시작했다가 험상궂은 먹구름이 등장하는 바람에 중단되고 만 것으로 알고 있다. 한 시간 전쯤 내가 도착해 들어왔을 때는 직원들이 후원 식탁의 보를 치우느라 황급히 뛰어다니고 후원에 막 자리 잡았던 손님들은 다소 황당한 표정으로, 그중 몇몇 신사는 셔츠에 아직도 냅킨을 꽂은 채로 군데군데 서 있는 상황이었다. 그리고 거의 곧바로 비가 쏟아지기 시작했는데 얼마나 사납게 내리던지 순간 모든 손님이 식사를 중단하고 창밖만 내다보는 것 같았다.

내가 앉은 테이블은 마을 광장이 보이는 쪽이어서 아까부터 이렇게 광장과 바깥에 주차된 내 포드와 다른 차 한두 대 위에 퍼붓는 비를 바라보며 주로 시간을 보내고 있다. 비가 시작된 지 꽤 한참 되었는데도 여전히 기세가 험악하니 밖으로 나가 마을을 둘러볼 엄두조차 내기 어렵다. 지금 그냥 켄턴 양을 만나러 나갈까 하는 생각도 물론 했었다. 그러나 그녀에게 보낸 편지에서 내가 3시에 데리러 가겠다고 해놓은 터여서 괜히 일찍 도착해 사람을 놀라게 하는 것은 현명하지 않다는 생각이 들었다. 그러니 비가 금방 그치지 않는 한 적당한 때를 기다리며 계속 여기에서 차나 마시고 있게 될 것 같다. 점심을 들고 온 젊은 여인에게 주소를 확인해 본바 퀜턴 양이 현재 거주하는 곳은 도보로 십오 분 거리라고 하니 적어도 사십 분은 더 기다려야 할 모양이다.

솔직히 말하자면 나는 실망스러운 사태에 대비하지 못할 정도로 어리석지는 않다. 퀜턴 양에게서 이 만남을 반긴다는 회신이 없었다는 사실을 나는 너무나 잘 알고 있다. 그러나 내가 아는 퀜턴 양의 성품에 비추어 아무 회신도 없다는 것은 결국 동의한다는 뜻이라고 생각하고 싶다. 어떤 이유에서든 이 만남이 불편하게 느껴졌다면 주저하지 않고 내게 알려 주었을 게 분명하니까 말이다. 게다가 내가 편지에서 이 호텔을 예약했다는 것까지 밝혔기 때문에 급한 전갈이 있었다면 벌써 여기로 왔을 것이다. 그런 전갈이 기다리고 있지 않다는 것이 또 하나의 근거가 되어 만사가 잘 풀리리라 생각하게 된 것 같다.

지금 내리는 소낙비는 사실 좀 뜻밖이다. 내가 달링턴 홀을 떠나온 후로 아침마다 누려 온 행운이지만 오늘 역시 화창한 아침 햇살과 함께 시작되었기 때문이다. 테일러 부인이 차려 준 신선한 농장 계란과 토스트로 조반을 들었다. 그리고 칼라일 박사가 약속대로 7시 30분에 들러 주어 끝까지 사례를 고사한 테일러 부부에게 작별 인사를 고할 때까지는 대체로 좋은 시작이었다. 그러나 잠시 후 또다시 당혹스러운 대화가 전개되기 시작했다.

"휘발유를 한 통 구했습니다."

칼라일 박사가 로버 차 앞자리로 나를 안내하며 말했다. 내가 그의 배려에 감사를 표하고 휘발윳값을 물어보았으나 이 사람 역시 한사코 받지 않았다.

"무슨 그런 말씀을. 제 집 차고 뒷간에서 조금 찾아냈을 뿐인걸요. 그래도 크로스비 게이트까지는 충분히 가실 수 있을 거고, 거기에서 넉넉하게 제대로 보충하실 수 있을 겁니다."

아침 햇살에 드러난 모스콤 마을의 중심가에는 작은 가게들이 어제저녁에 내가 산에서 본 첨탑이 있는 교회를 에워싸고 늘어서 있었다. 그러나 칼라일 박사가 차를 힘차게 꺾어 어느 농장의 진입로로 들어서는 바람에 마을을 제대로 살펴볼 새도 없었다.

"약간 더 빠른 길이죠."

헛간들과 정차된 농기계들을 지나쳐 가는 사이에 박사가 말했다. 농장 어디에도 사람은 없는 듯 보였는데 잠시 후 차가 닫힌 대문 앞에 다가서자 박사가 말했다.

"죄송합니다만, 노인장, 수고 좀 해 주시겠습니까?"

내가 차에서 내려 대문으로 다가가기 무섭게 근처 헛간에서 여러 마리의 개가 일제히 사납게 짖어 대는 소리가 터져 나왔다. 그러고 잠시 후 로버 앞자리에서 칼라일 박사와 다시 합류하게 되었을 때 나는 구원이라도 받은 기분이었다.

우리는 키 큰 나무들 사이로 난 좁다란 산길을 올라가면서 잠시 한담을 나누었다. 테일러 씨 댁에서 잠자리가 어땠느냐는 둥 가벼운 질문을 던지던 그가 느닷없이 이렇게 말했다.

"저, 너무 무례하게 생각하시지는 않았으면 합니다만 영감님은 혹시 남의 집에서 일하시는 분이 아닌가요?"

그 말을 듣는 순간 나는 차라리 홀가분해지는 심정이었다고 고백하지 않을 수 없다.

"맞습니다, 박사님. 사실 저는 옥스퍼드 근처에 있는 달링턴 홀의 집사입니다."

"그럴 줄 알았습니다. 윈스턴 처칠을 비롯해 여러 저명인사를 만나 봤다는 얘기를 들었을 때 속으로 생각했지요. '이 노인이 지금 새빨간 거짓말을 하고 있거나 아니면', 그때 바로 머리에 떠올랐지요. '간단하게 설명될 수 있는 경우가 하나 있구나.' 하고 말이죠."

칼라일 박사는 가파르게 휘어진 산길로 차를 몰아가면서 나를 향해 한차례 미소를 지어 보였다. 내가 말했다.

"처음부터 누구를 속이려 했던 건 아닙니다, 박사님. 다만……."

"아, 해명하실 필요 없습니다, 영감님. 어떻게 된 상황인지 충분히 이해할 수 있으니까. 솔직히 상당히 인상적인 분이신 건 사실입니다. 이런 데 사는 사람들이 귀족 아니면 공작쯤으로 보는 게 당연해요."

박사는 한바탕 호탕하게 껄껄대고는 말했다.

"이따금 귀족으로 오해받는 것도 나쁠 건 없겠지요."

잠시 침묵이 흐른 뒤 칼라일 박사가 다시 말했다.

"어쨌거나 짧은 체류였지만 우리 마을에서 즐거우셨기를 바랍니다."

"즐거웠고말고요, 감사합니다, 박사님."

"그래 모스콤 주민들을 보니 어떠세요? 그다지 나쁜 사람들은 아니지요?"

"아주 매력적인 사람들입니다, 박사님. 특히 테일러 씨 부부는 친절하기 그지없었어요."

"말끝마다 그렇게 '박사님, 박사님.' 하지 마세요, 스티븐스 씨. 그래요, 이 근방 사람들은 크게 나쁜 사람들은 아닙니다. 저로 말하자면 여생을 기꺼이 이곳에서 보낼 겁니다."

그렇게 말하는 칼라일 박사에게서 약간 묘한 어감이 느껴졌다. 잠시 후 그가 다시 질문을 계속했는데 여기에도 역시 뭔지 모를 날이 서 있었다.

"어쨌거나 이곳 사람들을 아주 좋게 보셨군요, 그렇죠?"

"그럼요, 박사님. 더할 나위 없이 싹싹한 사람들이에요."

"그래 어젯밤에는 무슨 얘기들을 하던가요? 주책없이 동네 풍문이나 늘어놓아 영감님을 지루하게 만들지 않았는지 모르겠네요."

"아이고, 전혀 안 그랬습니다, 박사님. 대화가 꽤 진지한 편이었고 몇 가지 흥미로운 견해들도 나왔답니다."

"오, 해리 스미스 말씀이시군."

의사가 껄껄대며 말했다.

"그 사람은 신경 쓸 것 없어요. 잠깐 듣기에는 재미있는 사람이지만 알고 보면 그 사람 뒤죽박죽이니까. 어떤 때는 공산주의자처럼 보이고, 어떤 때 말하는 걸 들으면 골수 보수당원 같기도 하고 그래요. 실상 온갖 잡동사니가 뒤섞여 있는 사람이죠."

"아, 그거 참 재미있는 말씀이군요."

"그 사람, 간밤에는 또 무슨 강의를 하던가요? 대영제국에 대해? 아니면 국민 보건에 대해?"

"스미스 씨는 좀 더 일반적인 얘기만 했습니다."

"오. 예를 들자면?"

나는 헛기침을 하고 말했다.

"스미스 씨가 품위의 본질을 두고 생각을 좀 했더군요."

"오호, 해리 스미스가 감당하기엔 너무 철학적인 주제 같은데. 그래 어떻게 둘러대던가요?"

"자기가 마을에서 벌이고 있는 선거 운동의 중요성을 강조했던 것 같습니다."

"그래서요?"

"모스콤 주민들이 여러 방면의 중요한 문제들에 대해 확고한 소신을 가지고 있다는 점을 특히 강조하더군요."

"아, 그랬군요. 해리 스미스다운 얘기입니다. 영감님도 물론 짐작하셨겠지만 모두 말도 안 되는 소리들이죠. 해리는 늘 사방으로 돌아다니며 이슈를 가지고 사람들을 움직이려 애씁니다. 하지만 사실 이곳 주민들은 가만히 내버려 두는 걸 더 좋아하지요."

잠깐 동안 다시 침묵이 흐른 뒤 내가 입을 열었다.

"실례되는 질문입니다만, 박사님, 스미스 씨가 좀 우스꽝스러운 사람으로 여겨지고 있다는 말씀인가요?"

"으흠, 그렇게까지 말하기는 좀 그렇고요. 이곳 사람들에게는 뭐랄까, 정치적 양심 같은 것이 있어요. 해리가 선동하고 다니는 것처럼 이런저런 사안에 확고한 견해를 가지는 것을 무슨 '의무'처럼 생각하지요. 그러나 실상 다른 고장 사람들과 별반 다를 게 없어요. 주민들은 조용한 삶을 원합니다. 해리는 갖가지 변화들을 수없이 구상하고 있지만 사실 마을 주민 누구도 풍파가 이는 걸 바라지 않습니다. 설사 그렇게 해서 자기한테 이득이 온다고 해도 말입니다. 그저 조용히 소박한 삶을 이어 가도록 내버려 두었으면 하는 게 주민들의 바람이죠. 이 문제 저 문제로 시달리고 싶지 않은 겁니다."

나는 그새 의사의 목소리에 혐오감이 밴 것을 감지하고 내심 놀랐다. 그러나 그는 짧은 웃음과 함께 곧바로 평정을 되찾고 말했다.

"그쪽으로 보면 마을 풍경이 근사하답니다."

과연 저 밑으로 마을이 모습을 드러내기 시작했다. 아침 햇살을 받아 아주 다른 느낌이긴 했지만 어제저녁 어스름 속에서 처음 보았던 그 풍경과 크게 다르지 않은 것으로 보건대 이제 내 포드가 있는 곳에 거의 다 온 모양이었다.

내가 말했다.

"스미스 씨는 사람의 품위가 그런 것들에 의해 좌우된다고 생각하는 것 같았습니다. 확고한 소신이 있는가 없는가, 뭐 그런 것 말입니다."

"아, 네, 품위. 제가 깜박 잊고 있었네요. 해리가 철학적 의미를 붙들고 씨름했다고 하셨지요. 맙소사, 온갖 허튼소리가 다 나왔겠군."

"그가 딱히 동의를 강요하는 결론을 내린 건 아닙니다."

칼라일 박사는 고개를 끄덕이기는 했지만 뭔가 혼자 생각에 빠져드는 듯 보였다. 이윽고 그가 말했다.

"그거 아세요, 스티븐스 씨? 여기에 처음 왔을 당시 저는 열렬한 사회주의자였답니다. 모든 민중을 위해 온 세상을 위해 최대한 봉사해야 한다는 믿음이 있었죠. 그때가 1949년 도였어요. 사회주의는 민중을 품위 있게 살게 만든다. 여기 처음 왔을 때 제가 믿었던 게 바로 그거였죠. 죄송합니다. 이런 쓸데없는 얘기를 듣고 싶진 않으실 텐데."

그가 밝은 표정으로 나를 쳐다보았다.

"어떤가요, 영감님?"

"무슨 말씀이신지?"

"품위에 대해 어떻게 생각하시느냐고요?"

이 단도직입적인 질문에 솔직히 말해 꽤나 당혹스러웠다. 내가 말했다.

"몇 마디로 설명하기는 힘들겠지만…… 결국 사람이 공중 앞에서 옷을 벗지 않는 것으로 귀착된다고 봅니다."

"죄송하지만 뭐 말씀인가요?"

"품위 말입니다, 박사님."

"아하."

박사는 고개를 끄덕였지만 약간 어리둥절한 표정이었다.

잠시 후 그가 말했다.

"자, 이제부터는 눈에 익으신 길이겠군요. 밝을 때라 좀 달라 보일지도 모르겠지만. 아, 저기 저겁니까? 야, 정말 근사한 차군요!"

칼라일 박사는 포드 바로 뒤에 차를 세우고 내리더니 또 한 번 감탄했다.

"이거 정말 근사한데."

그는 재빨리 깔때기와 휘발유 통을 꺼내 왔고, 고맙게도 나를 도와 포드의 연료 탱크를 채워 주었다. 시동을 걸어 엔진이 살아나는 우렁찬 소리가 들려오는 순간 포드에 무슨 심각한 문제가 생긴 것이 아닌가 했던 우려는 말끔히 가셨다. 그제야 나는 칼라일 박사에게 감사를 표했고 서로 작별 인사를 나누었다. 그러나 박사의 로버 뒤에 붙어 구불구불한 산길을 1.5킬로미터 정도 더 내려와서야 각자의 길로 헤어졌다.

내가 주 경계를 넘어 콘월로 들어선 것은 9시 무렵이었다. 그때부터 적어도 세 시간은 더 지나 비가 시작되었기 때문에 하늘의 구름은 여전히 티 없이 하얗기만 했다. 사실 오늘 아침에 나를 반겨 준 여러 풍경들은 내가 지금까지 마주친 풍경 중에서 가장 훌륭한 편에 속했다. 그러나 불행하게도 그 수준에 걸맞은 관심을 주지 못한 채 대부분의 시간을 보내고 말았다. 사실은 예상치 못한 복잡한 상황이 발생하지 않는 한 오늘이 가기 전에 켄턴 양을 다시 만나리라는 생각에 빠져 있었기 때문이다. 그런 까닭에 몇 킬로미터가 지나도록 사람이나 자동차를 구경할 수 없는 허허벌판을 질주하거나 돌집 몇 채만 옹기종기 모여 있는 놀랍도록 작은 마을들을 조심조심 통과하면서 어느새 다시 과거의 추억들로 돌아가 있는 나 자신을 발견하곤 했다. 그리고 지금 얼마 남지 않은 시간을 붙들고 리틀컴프턴의 쾌적한 호텔 식당에 앉아 마을 광장의 포도를 때리는 빗줄기를 내다보고 있자니 좀 전의 그 궤도를 따라 계속 방랑하는 내 마음을 가라앉힐 도리가 없다.

특히 오전 내내 머리에서 떠나지 않았던 기억, 아니 기억의 파편 혹은 오랜 세월 무연히 생생하게 남아 있는 한순간이라고 하는 것이 좋을 옛 모습이 하나 있다. 뒤편 복도, 켄턴 양의 집무실, 닫힌 문 앞에 홀로 서 있는 내 모습이 바로 그것이다. 정확히 말하자면 그때 나는 그녀의 집무실 문을 마주하고 있었던 것이 아니라 문 쪽으로 몸을 반쯤 튼 채 노크를 할까 말까 망설이며 꼼짝 않고 서 있었다. 내 기억에 따르면 그때 나는 켄턴 양이 바로 저 문 뒤에서, 내게서 불과 몇 미터 거리에서 엉엉 울고 있으리라 확신한 나머지 충격을 받은 상태였다. 좀 전에도 말했듯 그 순간이 내 마음에 깊이 새겨졌을 뿐 아니라 그렇게 서 있는 동안 내 마음에 일었던 독특한 감정의 기억까지 함께 각인되었다. 그러나 나를 그렇게 뒤편 복도에 서 있게 만든 구체적인 정황에 대해선 지금도 정확하게 알지 못한다. 앞부분 어딘가에서 내가 그 같은 기억들을 긁어모으다가 켄턴 양이 이모의 사망 소식을 접한 직후에, 다시 말해 그녀가 혼자 슬퍼할 수 있도록 자리를 뜬 내가 복도로 나온 후에야 조의를 표하지 못했음을 깨달았던 순간과 이 장면이 이어진 것처럼 이야기했던 것 같다. 그런데 지금 곰곰 생각해 보니 이 부분에서 좀 혼동이 있었던 것 같다. 그러니까 이 기억의 파편은 켄턴 양의 이모가 사망하고 적어도 몇 달은 지난 어느 날 저녁의 사건들임에 분명하다. 젊은 카디널 씨가 예고 없이 불쑥 달링턴 홀에 나타난 것도 바로 그날 저녁이었다.

카디널 씨의 부친인 데이비드 카디널 경은 오랜 세월 우리 나리의 절친한 친구이자 동료였으나 내가 지금 이야기하려는 때로부터 삼사 년 전쯤에 불행하게도 승마 사고로 사망했다. 한편 당시 젊은 카디널 씨는 재치 있는 논평을 쓰는 국제 정세 전문 칼럼니스트로서 꽤 명성을 쌓고 있었다. 그의 칼럼들이 달링턴 경의 호감을 산 경우는 드물었던 것 같다. 그분이 신문을 보다 말고 이런 식으로 말씀하시는 것을 여러 차례 들었던 기억이 나니까.

"레지 군이 또 엉뚱한 글을 썼군. 제 아버지가 이런 꼴을 안 보고 돌아가시길 다행이지."

그러나 칼럼과 무관하게 카디널 씨는 변함없이 우리 집을 자주 드나들었다. 실제로도 나리는 그 청년이 당신의 대자라는 사실을 잊지 않으시고 항상 피붙이처럼 대해 주셨다. 그런데 카디널 씨가 사전 통지 없이 저녁 식사 시간에 불쑥 나타난 경우는 한 번도 없었기 때문에 그날 저녁에 현관문을 열었을 때 서류 가방을 품에 안고 서 있는 그를 발견한 나는 다소 놀라지 않을 수 없었다.

"아, 스티븐스, 안녕하시오?"

그가 말했다.

"오늘 밤에 내가 좀 곤란한 사정이 생겨 이 댁에서 하룻밤 묵어갈 수 있을까 하고 왔어요."

"뵙게 되어 반갑습니다, 도련님. 나리께 도련님이 오셨다고 전해 드리지요."

"본래 롤런드 씨의 거처에서 묵을 계획이었는데 무슨 오해가 생겼는지 일행들이 어디론가 사라져 버렸소. 혹시 큰 폐가 되는 건 아니오? 오늘 밤에 무슨 특별한 행사라도 있는 건 아니냔 뜻이오."

"글쎄요, 저녁 식사 후에 손님 몇 분이 방문하시는 걸로 압니다만."

"오, 이걸 어쩌나. 내가 때를 잘못 택해 왔나 보군. 얌전하게 있는 게 좋겠는걸. 어차피 나도 이렇게 밤새 일할 거리가 있긴 하지만."

카디널 씨가 서류 가방을 가리키며 말했다.

"일단 나리께 보고 드리겠습니다, 도련님. 어쨌거나 때는 잘 맞추신 것 같군요. 나리와 함께 저녁을 드실 수 있겠습니다."

"그거 잘됐군. 내가 기대했던 상황이오. 하지만 모티머 부인에겐 내가 썩 반가운 손님이 아니겠죠?"

카디널 씨를 응접실로 안내하고 나리의 집무실로 간 나는 깊은 생각에 빠진 표정으로 서류를 뒤적이고 계시는 나리를 발견했다. 내가 카디널 씨의 도착을 보고하자 그분의 얼굴에 놀라움과 노여움이 뒤섞인 기색이 스쳐 갔다. 뭔가 골치 아픈 문제를 풀려고 애쓰시는 듯 잠시 의자에 등을 기대고 계시던 나리께서 말씀하셨다.

"카디널 씨에게 곧 내려가겠다고 전하게. 잠깐은 그 친구 혼자 있어도 될 거야."

아래층 거실로 내려와 보니 카디널 씨가 벌써 예전부터 보아 왔을 친숙한 물품들을 새삼스레 뜯어보며 좀 불안스레 왔다 갔다 하고 있었다. 나는 그에게 나리의 말씀을 전하고 무슨 다과를 갖다 드릴까 물어보았다.

"아, 일단 차만 줘요, 스티븐스. 그런데 경께서 오늘 기다리고 계시는 사람들이 누구지요?"

"죄송합니다만, 도련님, 저도 잘 모르겠습니다."

"전혀 몰라요?"

"죄송합니다."

"흠, 이상한 일이군. 아, 걱정 마요, 오늘 밤엔 쥐 죽은 듯 얌전히 있을 테니까."

내가 켄턴 양의 집무실로 내려간 것은 그로부터 얼마 지나지 않아서였을 것이다. 그녀가 탁자에 앉아 있긴 했는데 손에 무언가를 든 것도 아니었고 앞에 놓인 탁자도 텅 비어 있었다. 품새로 보아 내가 노크하기 한참 전부터 그렇게 멍하니 앉아 있던 모양이었다.

"카디널 씨가 오셨어요, 켄턴 양."

내가 말했다.

"그분이 평소 쓰셨던 객실을 준비해 드려야 할 것 같습니다."

"알겠습니다, 스티븐스 씨. 제가 나가기 전에 조처하겠어요."

"아, 오늘 저녁 외출할 건가요? 켄턴 양?"

"그렇습니다, 스티븐스 씨."

내가 좀 놀란 것처럼 보였는지 그녀가 이렇게 덧붙였다.

"스티븐스 씨, 제가 벌써 두 주 전에 상의드린 일인데 기억 안 나세요?"

"아, 그렇군요, 켄턴 양. 미안해요, 내가 잠깐 정신이 없었어요."

"뭐 문제라도 있나요, 스티븐스 씨?"

"천만에요, 켄턴 양. 저녁에 손님 몇 분이 오실 예정이기는 하지만 당신이 꼭 있어야 할 이유는 없어요."

"오늘 저녁에 제가 외출한다는 건 우리가 두 주 전에 합의한 사항입니다, 스티븐스 씨."

"물론이오, 켄턴 양. 정말 미안하오."

나가려고 돌아서던 나는 켄턴 양이 다시 부르는 바람에 문간에서 멈추었다.

"스티븐스 씨, 드릴 말씀이 있어요."

"아, 무슨?"

"제 지인에 대한 얘깁니다. 오늘 밤에 제가 만나기로 한 사람이죠."

"그런데요?"

"그 사람이 제게 청혼을 해 왔어요. 당신도 알 권리가 있는 것 같아서 말씀드리는 겁니다."

"물론이오, 켄턴 양. 정말 흥미로운 얘기로군요."

"저는 아직도 생각 중입니다."

"그렇겠지요."

그녀는 잠깐 자기 손을 내려다보는가 싶더니 다음 순간 내게로 시선을 돌렸다.

“제 지인이 내달 중으로 서부 지방에서 일을 시작하게 되어 있어요.”

“아하.”

“좀 전에도 말씀드렸듯 저는 아직 마음을 결정하지 못했답니다. 하지만 당신에게 상황을 알려 드리는 게 좋을 듯해서요.”

“고맙소, 켄턴 양. 즐거운 저녁이 되기 바랍니다. 그럼 이만 실례하겠소.”

내가 켄턴 양과 다시 마주친 것은 그로부터 이십 분쯤 지나서였을 것이다. 나는 그때 저녁 준비를 하느라 한창 분주했는데 음식을 가득 얹은 쟁반을 들고 뒤편 계단을 반쯤 올라갔을 때 밑에서 요란하게 바닥을 때리는 성난 발소리가 들려왔다. 돌아보니 켄턴 양이 층계참에서 나를 쏘아보고 있었다.

“스티븐스 씨, 오늘 밤 저더러 계속 근무하라는 뜻인가요, 뭔가요?”

“그럴 리가 있겠소, 켄턴 양? 좀 전에 당신이 지적했듯 벌써 오래전에 나한테 통고한 일이잖소.”

“하지만 제가 외출하는 것을 상당히 못마땅해하시는 것 같은데요.”

“전혀 그렇지 않소, 켄턴 양.”

“주방에서 그런 소동을 일으키고 내 방 바로 앞에서 이렇게 쿵쾅대며 계속 왔다 갔다 하시면 제 마음이 변할 거라고 생각하세요?"

"켄턴 양, 주방에서 사소한 소란이 벌어진 것은 식사 시간을 코앞에 두고 카디널 씨가 오셨기 때문일 뿐이오. 당신이 오늘 저녁에 외출하지 못할 이유는 하나도 없어요."

"스티븐스 씨, 분명히 말씀드리지만 당신이 싫든 좋든 저는 오늘 나갈 겁니다. 벌써 몇 주 전에 한 약속이라고요."

"그래요, 켄턴 양. 다시 한번 말하지만 부디 즐거운 시간 되길 빌겠소."

잠시 후에 저녁 식사가 시작되었으나 두 신사 사이에 기묘한 분위기가 감도는 느낌이었다. 꽤 한참 동안 두 분 다 잠자코 드시기만 했는데 특히 나리의 관심이 영 다른 데 가 있는 것 같았다. 그러던 중에 카디널 씨가 입을 열었다.

"오늘 밤 뭐 특별한 일이라도 있으십니까, 어르신?"

"으응?"

"손님들이 오기로 되어 있다면서요. 특별한 분들인가요?"

"말하기 곤란하네. 극비 사항이라서."

"아, 네. 제가 끼어서는 안 된다는 말씀이시군요."

"어디에 낀다고?"

"어떤 자리인지는 모르겠지만 아무튼 오늘 밤에 자리가 만들어질 것 아닙니까?"

"아, 자네가 흥미를 가질 일이 못 되네. 아무튼 극비 중의 극비에 속하는 일일세. 자네 같은 사람이 얼씬거려선 안 돼. 아무렴, 절대로 안 되지."

"아, 네. 정말 특별한 모임인가 봅니다."

카디널 씨가 아주 날카로운 시선으로 나리를 살폈지만 나리는 더 이상 덧붙이지 않고 묵묵히 식사에 열중하셨다.

잠시 후에 두 분은 차도 마시고 담배도 태울 겸 흡연실로 옮겨 가셨다. 나는 식당을 치우는 한편 곧 오실 손님들에 대비해 응접실도 챙겨야 했던 관계로 흡연실 입구를 뻔질나게 지나다니게 되었다. 그러니 식탁에선 그렇게 조용했던 두 신사가 갑자기 열띤 대화로 들어섰다는 것을 눈치채지 않을 수 없었다. 십오 분쯤 지나자 목소리들이 점점 높아졌는데 노기까지 띠고 있었다. 물론 내가 걸음을 멈추고 엿들은 것은 아니지만 바깥으로 새어 나오는 나리의 고함을 피할 도리가 없었다.

"하지만 자네와는 상관없는 일이야! 자네가 참견할 일이 아니라고!"

이윽고 두 신사가 밖으로 나왔을 때 나는 식당에 있었다. 두 분은 평정을 되찾은 듯 홀을 지나갔다. 그때 나눈 대화라고는 나리의 다음과 같은 말씀뿐이었다.

"명심하게. 난 자네를 믿어."

그 말에 카디널 씨가 다소 짜증스러운 투로 웅얼거렸다.

"네, 네, 약속드릴게요."

그러고 나서 각자 걸음이 갈리면서 나리는 집무실로, 카디널 씨는 서재 쪽으로 향했다.

8시 30분이 되는 것과 거의 동시에 차가 멈추는 소리가 마당에서 들려왔다. 내가 달려가 현관문을 열자 운전기사가 나타났는데 그의 어깨 너머로 경관 몇 사람이 마당 여기저기 흩어져 있는 모습이 보였다. 곧이어 나는 대단히 저명한 신사 두 분을 안으로 안내했고 나리께서 홀에서 그들을 맞아 재빨리 응접실로 모시고 갔다. 십 분 정도 지나자 다시 차 소리가 났다. 문을 열어 보니 그 무렵 달링턴 홀을 가끔 찾은 덕에 구면이 되어 있던 독일 대사 리벤트로프 씨가 서 있었다. 나리께서 나와서 그분을 맞으셨고 두 신사는 은밀한 시선을 교환하는 듯하더니 나란히 응접실로 사라졌다. 잠시 후 내가 다과를 대령하려고 들어가 보니 네 분의 신사는 각종 소시지의 장점을 비교하는 한담을 나누고 있었고, 적어도 표면적인 분위기는 상당히 유쾌해 보였다.

그 후 나는 중요한 회의가 진행될 때면 습관적으로 서 있곤 했던 응접실 바깥 홀 입구 아치 근처에 자리를 잡았다. 그때부터 두 시간쯤 지나 뒷문 초인종이 울릴 때까지 그 위치에서 옴짝달싹할 수 없었다. 아래층으로 내려가 보니 경관 하나가 켄턴 양과 나란히 서서 내게 그녀의 신분을 확인해 달라고 했다.

"보안상의 절차였을 뿐입니다, 아가씨. 불쾌하셨겠지만 본의는 아니었습니다."

경관은 이렇게 중얼거리고 다시 어둠 속으로 어슬렁어슬렁 사라졌다.

문빗장을 채우던 나는 켄턴 양이 기다리고 있다는 것을 알아차리고 말했다.

"즐거운 저녁 되었으리라 믿어요, 켄턴 양."

그녀가 아무 대꾸도 없어서 둘이 같이 넓고 어두컴컴한 주방을 가로지르는 동안 내가 또 한 번 말했다.

"즐거운 저녁 보냈겠지요, 켄턴 양?"

"네, 고맙습니다, 스티븐스 씨."

"그렇다니 다행이오."

뒤따라오던 켄턴 양이 갑자기 걸음을 멈추더니 이렇게 말하는 것이 들려왔다.

"스티븐스 씨, 최소한 오늘 밤 제 지인과 저 사이에 무슨 일이 있었을지 정도는 궁금하지 않으세요?"

"실례할 생각은 없지만, 켄턴 양, 나는 지체 없이 위층으로 다시 가 봐야 하오. 그야말로 세계적으로 중요한 사건이 지금 이 순간 이 집에서 진행되고 있어요."

"안 그런 때가 있기는 한가요? 좋아요, 그렇게 급하시다면 요지만 말씀드리지요. 제 지인의 청혼을 수락했습니다."

"뭐라고 했소, 켄턴 양?"

"청혼을 받아들였다고요."

"아, 그래요, 켄턴 양? 그렇다면 축하할 일이군요."

"고맙습니다, 스티븐스 씨. 물론 사직서는 내겠습니다만 저희 두 사람의 입장에선 하루라도 빨리 저를 놓아주시면 감사하겠어요. 제 지인이 두 주 내로 서부 지방에서 근무를 시작하게 되었거든요."

"최대한 빨리 새 사람을 구할 수 있게 힘써 보겠소, 켄턴 양. 그럼 이만 실례하고 위층으로 돌아가겠소."

나는 다시 걸음을 옮겼으나 복도로 나가는 문간에 거의 다다랐을 때 "스티븐스 씨."라고 부르는 켄턴 양의 목소리가 들려와 또 한 번 돌아서야 했다. 그녀는 조금 전의 그 자리에 꼼짝 않고 서 있었기 때문에 나를 부르기 위해 목소리를 약간 높이지 않을 수 없었다. 그래서 어둡고 텅 빈 동굴 같은 주방 안에 그녀의 목소리가 좀 기묘하게 울려 퍼졌다.

"제가 이 집에서 일해 온 지 여러 해가 되었건만 떠난다는 소식을 듣고도 겨우 축하한다는 얘기밖에 못 하시나요?"

"켄턴 양, 나는 진심으로 축하했을 뿐이오. 거듭 말하지만 지금 위층에서 중차대한 일이 진행되고 있기 때문에 속히 내 자리로 돌아가 봐야 하오."

"스티븐스 씨, 당신이 제 지인과 저에게 상당히 중요한 인물이었다는 거 알고 계셨나요?"

"그래요?"

"네, 스티븐스 씨. 저희는 종종 당신 이야기로 즐거운 시간을 보내죠. 예를 들면 당신은 음식에 후추를 뿌릴 때 항상 코를 감싸 쥐는데, 제 지인이 툭하면 제게 그걸 흉내 내 보라고 하고는 배꼽을 잡고 웃지요."

"아, 네."

"또 하나 그이가 좋아하는 건 바로 당신의 '직원 격려사'랍니다. 솔직히 말해 제가 그걸 흉내 내는 데 꽤 전문가가 되었거든요. 몇 줄 읊기만 해도 우리 둘 다 깔깔 넘어간답니다."

"알겠어요, 켄턴 양. 자, 그럼 이만 실례하겠소."

나는 혼자 올라와 다시 내 위치로 돌아갔다. 오 분도 채 지나지 않아 카디널 씨가 서재 문간에 나타나더니 손짓으로 나를 불렀다.

"귀찮게 해서 미안하지만, 스티븐스."

그가 말했다.

"브랜디를 조금 더 갖다줄 수 있어요? 아까 놓고 간 병이 거의 바닥난 것 같아서."

"필요하신 다과가 있으면 언제든 말씀하십시오, 도련님.

그런데 마무리해야 할 칼럼이 있으시다면서 술을 더 드셔도 되는지 모르겠네요."

"내 칼럼은 걱정 마요, 스티븐스. 당신은 브랜디만 좀 더 갖다주면 돼요."

"알겠습니다, 도련님."

잠시 후 내가 서재로 돌아가 보니 카디널 씨는 책장 앞에서 어슬렁거리며 서적들의 책등을 훑어보고 있었다. 근처에 있는 필기용 책상 위에는 종잇장들이 어지럽게 널려 있었다. 내가 다가가자 카디널 씨는 감사의 뜻을 표하면서 가죽으로 된 안락의자에 몸을 파묻었다. 나는 옆으로 가 브랜디를 조금 따라서 건네주었다.

그가 말했다.

"스티븐스, 알다시피 우리는 꽤 오랫동안 친구로 지내 왔지 않소?"

"그럼요, 도련님."

"나는 여기에 올 때마다 당신과 잠깐씩 나누는 대화를 기대하곤 해요."

"예, 도련님."

"어때요, 나하고 한잔하지 않겠어요?"

"고마운 말씀입니다만 사양하겠습니다, 도련님."

"어허, 스티븐스, 당신 지금 괜찮아요?"

"괜찮고말고요. 감사합니다, 도련님."

내가 슬쩍 웃으며 대답했다.

"몸이 안 좋은 건 아니죠?"

"약간 피곤하다고 할 수는 있겠지만 지극히 양호합니다, 도련님."

"좋아요, 그럼 잠시 앉아 보세요. 방금 전에도 얘기했듯 우리는 꽤 오래된 친구 사이요. 그러니 내가 당신을 진심으로 신뢰하는 게 당연하지. 당신도 물론 짐작했겠지만 오늘 밤 내가 우연히 들른 게 결코 아니오. 사실은 은밀한 정보를 하나 얻었어요. 바로 이 순간 저 홀 건너편에서 진행되고 있는 일에 관해서 말이오."

"예, 도련님."

"그러지 말고 좀 앉아 봐요, 스티븐스. 친구로서 얘기 좀 하자는데 금방 나가 버릴 사람처럼 그렇게 쟁반을 들고 서 있으면 어떡해요?"

"죄송합니다, 도련님."

나는 쟁반을 내려놓고 카디널 씨가 가리키는 안락의자에 도리에 어긋나지 않는 자세로 앉았다.

"한결 낫군."

카디널 씨가 말했다.

"어때요? 스티븐스, 지금 저 응접실에 혹시 총리가 와 계시는 건 아니오?"

"총리 각하라뇨?"

"아, 괜찮아요, 대답하지 않아도 됩니다. 당신이 곤란한 입장이라는 건 나도 잘 아니까."

카디널 씨는 한숨을 내쉬며 책상 위에 흩어져 있는 종이들을 맥 빠진 눈으로 바라보더니 다시 말했다.

"내가 어르신을 어떻게 생각하는지는 말하지 않아도 알거요, 스티븐스. 내게는 정말 친아버지 같은 분이죠. 무슨 말인지 알지요?"

"그럼요, 도련님."

"나는 어르신을 진심으로 아끼는 사람이죠."

"예, 도련님."

"그리고 당신도 그런 줄 알고 있소. 그분을 진심으로 아끼지. 안 그래요, 스티븐스?"

"그렇고 말고요, 도련님."

"좋아요, 그럼 우리 둘의 진심은 확인된 거요, 하지만 현실을 봅시다. 어르신은 지금 깊은 수렁에 빠져 계시오. 그동안 점점 깊이 빠져드는 그분을 지켜보면서 솔직히 나는 심히 걱정스러워요. 지금 그분은 너무 깊이 빠져 헤어나실 수 없는 지경이라오, 스티븐스."

"그게 사실입니까, 도련님?"

"스티븐스, 우리가 여기서 얘기하고 있는 지금 이 순간 저기 몇 미터 앞에서 무슨 사건이 벌어지고 있는지 아시오? 내가 굳이 확인해 줄 필요도 없겠지만 지금 저 방에는 영국 총리와 외무 장관, 독일 대사가 모여 앉아 있어요. 이 자리를 만들고자 어르신께서 백방으로 뛴 결과 이런 놀라운 성과를 거두신 거요. 그리고 어르신은 당신께서 지금 훌륭하고 명예로운 일을 하는 중이라고 믿고 계시오. 그분께서 오늘 밤 왜 저 거물급 신사들을 불러들였는지 알아요? 지금 이 집에서 어떤 일이 벌어지는지 알기나 해요, 스티븐스?"

"잘 모릅니다, 도련님."

"잘 모른다고? 이봐요, 스티븐스, 관심도 없소? 궁금하지도 않소? 이 어리숙한 양반아, 지금 이 집에서 막중대사가 진행되고 있는데 아무 호기심도 못 느껴요?"

"저는 그런 일에 관심을 가질 위치가 못 됩니다, 도련님."

"하지만 어르신이 걱정되지도 않소? 당신이 진심으로 아끼는 분이라고 방금 전에 그랬잖소. 그분을 그렇게 생각한다면 관심을 가져야 하는 거 아니오? 최소한 일말의 호기심이라도 보여야 하는 거 아닌가? 영국 총리와 독일 대사가 당신 상전의 주선으로 저렇듯 심야에 밀회를 나누고 있는데 궁금증도 생기지 않는단 말이오?"

"전혀 궁금하지 않다고는 할 수 없지만 그런 일에 호기심을 보이는 것은 제 직분에 어긋나는 겁니다, 도련님."

"직분에 어긋난다고? 아, 당신은 그걸 충성이라 생각하는 모양이군. 그래요? 정말 그게 충성인 것 같소? 당신의 주인에게든 이 나라 국왕에게든?"

"죄송합니다만, 도련님, 무슨 제안을 하시려는 건지 저로선 헤아리기 어렵군요."

카디널 씨는 다시 한숨을 지으며 고개를 내저었다.

"제안할 것도 없어요, 스티븐스. 어떻게 하면 좋을지 솔직히 나도 모르니까. 하지만 당신이라면 적어도 관심을 가지는 게 옳아요."

그는 잠시 입을 다물고 내 발치의 카펫만 멍하니 바라보는 것 같았다.

"한잔 나눌 생각이 정말 없소, 스티븐스?"

이윽고 그가 말했다.

"고맙습니다만 안 되겠습니다, 도련님."

"내 말 새겨들어요, 스티븐스. 어르신은 지금 농락당하고 계시오. 현재 독일의 상황에 대해선 나도 많은 조사를 해 보았고 이 나라 사람 누구 못지않게 잘 알기 때문에 하는 얘긴데, 어르신은 지금 농락당하고 있소."

나는 아무 대꾸도 하지 않았고 카디널 씨는 계속 바닥만 멍하니 바라보았다. 잠시 후 그가 말을 이었다.

"어르신은 정말 고귀하신 양반이오. 그러나 이 현실에서는 수렁에 빠져 계시오. 그분은 지금 조종당하고 있어요. 나치들이 그분을 꼭두각시처럼 조종하지. 이런 사실을 알고 있었소, 스티븐스? 바로 이게 적어도 지난 삼사 년 사이에 진행되어 온 일의 실상이란 걸 알고 있느냐 그 말이오."

"죄송합니다만, 도련님, 상황이 그런 식으로 전개되었다는 건 알지 못했습니다."

"일말의 의혹도 들지 않았소? 저기 베를린에서 아무 힘도 들이지 않고 수많은 꼭두각시를 조종하고 있는 히틀러란 사람이 지금 저 방에 와 있는 리벤트로프란 친구를 통해 어르신도 꼭두각시로 이용하고 있을지 모른다는 생각이 정말 한 번도 들지 않았단 말이오?"

"죄송합니다, 도련님. 저는 그런 낌새를 느끼지 못했습니다."

"스티븐스, 당신이 관심을 안 갖기 때문에 눈치채지 못한 거요. 이 모든 일이 당신 목전에서 진행되고 있는데도 당신은 실상을 볼 생각을 전혀 하지 않소?"

안락의자에 앉은 카디널 씨는 자세를 바꾸어 상체를 꼿꼿이 세우더니 옆 책상에 놓인 미완의 기사를 잠시 생각하는 것 같았다. 이윽고 그가 말했다.

"어르신은 신사 중의 신사요. 그게 바로 문제의 근원이지. 신사이기 때문에 지난 전쟁에서 독일인들과 맞서 싸웠고,

패한 적에게는 자비와 온정을 베풀어야 한다고 생각하시고, 그것이 그분의 본심이오. 왜냐하면 그분은 신사시니까, 그야말로 진정한 영국 신사시니까. 당신은 다 보았을 거요, 스티븐스. 당신이 못 보았다는 게 말이나 되오? 저들이 그 점을 어떤 식으로 이용하고 조종하여 훌륭하고 숭고한 것을 엉뚱한 것으로, 저들의 추악한 목적을 위한 수단으로 변질시켜 왔는지 당신은 분명 다 보았소, 스티븐스."

카디널 씨는 또 바닥만 뚫어지게 쳐다보았다. 그렇게 잠시 침묵을 지키던 그가 입을 열었다.

"몇 년 전 여기 왔을 때 일이 생각나는군. 미국인 신사도 와 있었지. 당시 큰 회담이 열렸는데 내 부친도 회담 추진 작업에 관여하셨소. 그 미국인 신사가 모든 참석자들이 모인 만찬장에서 벌떡 일어났지. 지금의 나보다 더 취해 가지고 말이오. 그러고는 이 집 어르신을 아마추어라고 꼬집었어요. 어설픈 아마추어라고, 역량이 안 되는 사람이라고 비난했지. 그래요, 스티븐스, 나는 지금 그 사람 얘기가 지극히 옳았다고 말하지 않을 수 없소. 그게 바로 현실이라오. 오늘날의 세계는 훌륭하고 숭고한 도리가 들어설 자리가 없는 추악한 곳이 되어 버렸지. 훌륭하고 숭고한 것을 저들이 어떤 식으로 이용하는지 당신 눈으로 똑똑히 보지 않았소, 스티븐스?"

"죄송하지만 딱히 그렇다고는 말씀드릴 수 없군요."

"그래요? 좋아요, 당신 생각이 어떤지는 모르겠지만 나는 가만히 두고 볼 수가 없소. 아버님께서 살아 계셨더라도 분명 무슨 조치든 취하셨을 거요."

카디널 씨는 다시 침묵에 빠졌고 한순간 부친의 기억이 살아난 탓도 있었겠지만 몹시 울적해 보였다.

이윽고 그가 입을 열었다.

"스티븐스, 저렇게 낭떠러지를 걷고 계신 어르신을 정말 지켜보고만 있을 생각이오?"

"죄송합니다, 도련님. 무슨 말씀이신지 잘 알아듣지 못하겠습니다."

"못 알아듣겠다고, 스티븐스? 좋소, 우린 친구 사이니까 내 솔직하게 얘기하지요. 지난 몇 년 사이 이 집 어르신은 아마도 히틀러가 이 나라에서 벌여 온 선전 책략의 가장 유용한 도구이자 유일한 도구였을 거요. 진실하고 지조가 곧은 양반일 뿐 아니라 당신이 하는 일의 진정한 성격을 간파하지 못하셨기 때문에 더더욱 유용했겠지. 지난 삼 년만 돌아보더라도 어르신은 이 나라의 가장 영향력 있는 시민 육십여 명을 베를린과 이어 주는 핵심적인 도구 역할을 해 오셨소. 저들에게는 참으로 갸륵한 공로였겠지. 그 덕에 리벤트로프 씨는 사실상 우리의 외무성을 제쳐 놓고 활동할 수 있었으니까. 가증스러운 전당 대회와 올림픽*으로도 부족했던지 저들이 지금 어르신을 사주해 무슨 일을 획책하는지 알아요? 지금 이 집에서 어떤 얘기가 논의되고 있는지 알기나 해요?"

"제가 어찌 알겠습니까, 도련님?"

"어르신은 그동안 히틀러의 방문 초청을 수락하도록 총리를 설득하는 작업을 해 오셨소. 그분은 우리 총리가 현 독일 정권을 크게 오해하고 있다고 진심으로 믿고 계시지."

"그걸 왜 반대해야 하는지 저는 잘 모르겠습니다, 도련님. 나리는 항상 국가들 간의 이해 증진을 돕고자 애써 오신 분 아닙니까."

"그게 전부가 아니오, 스티븐스. 지금 이 순간, 내가 크게 잘못 안 게 아니라면 지금 이 순간에도 어르신은 총리 각하의 히틀러 방문 건을 논의하고 계시오. 우리의 새 국왕이 나치들에게 항상 호의적이었다는 건 공공연한 비밀이오. 그러니 히틀러의 초청을 수락한다고 하면 국왕은 적극 찬성할 게 분명해요. 바로 이런 상황에서 어르신은 그 가공할 계획에 반대하는 외무성의 반발을 무마하려 안간힘을 쓰고 계시는 거라오."

---

* 1936년 나치가 주도하여 개최한 베를린 올림픽.

"죄송합니다만, 도련님, 제가 볼 때 나리는 지극히 훌륭하고 숭고한 작업을 하고 계실 뿐입니다. 어쨌거나 유럽의 지속적인 평화를 위해 노력하고 계시는 것 아닙니까?"

"이봐요, 스티븐스. 내 말이 옳을 수도 있다는 생각이 정말 손톱만치도 들지 않소? 내가 하는 얘기에 일말의 '호기심'조차 못 느끼겠다는 거요?"

"죄송합니다만, 도련님, 저는 나리의 훌륭한 판단을 전적으로 신뢰한다는 말씀밖에 드릴 게 없습니다."

"라인란트 점거* 이후로 판단력이 훌륭한 사람이라면 그 누구도 히틀러의 말을 믿어 주자고 고집할 수 없었소. 스티븐스, 어르신은 지금 수렁에 빠져 계시오. 맙소사, 내가 지금 당신을 엄청 불쾌하게 만들고 있군."

"아닙니다, 도련님."

나는 이렇게 말하고 자리에서 일어났다. 응접실에서 종소리가 났기 때문이었다.

"응접실에서 저를 찾으시는 모양입니다. 이만 실례하겠습니다, 도련님."

응접실에 들어서니 자욱한 담배 연기로 공기가 탁했다. 과연 저명하신 신사들은 한마디 말도 없이 근엄한 표정으

---

* 1936년 나치군이 비무장 지대인 라인란트 지역에 진주한 사건.

로 연신 시가만 피워 대고 있었고 나리가 내게 저장실에 있는 특별히 좋은 포도주를 한 병 가져오라고 분부하셨다.

그처럼 야심한 시각에 뒤편 층계를 내려왔으니 발소리가 유난하지 않을 수 없었는데 켄턴 양을 일어서게 만든 것도 분명 그 소리였을 것이다. 내가 컴컴한 복도를 걸어가고 있을 때 그녀의 집무실 문이 열렸고, 안쪽에서 흘러나오는 불빛을 받으며 켄턴 양이 문지방에 모습을 드러냈다.

"이런, 아직 올라가지 않고 있었소, 켄턴 양?"

내가 다가가면서 말했다.

"스티븐스 씨, 아까는 제가 너무 어리석었어요."

"미안하지만, 켄턴 양, 내가 지금은 얘기할 틈이 없군요."

"스티븐스 씨, 제가 좀 전에 한 얘기를 마음에 담아 두시면 안 됩니다. 제가 너무 어리석게 굴었어요."

"전혀 담아 둔 것 없소, 켄턴 양. 사실 당신이 지금 무슨 말을 가지고 이러는지도 기억나지 않아요. 위층에서 아주 중대한 일이 진행되고 있어서 한담을 나눌 형편이 못 되오. 어서 올라가서 쉬라고 하고 싶소."

그렇게 말하고 나는 바삐 걸음을 옮겼는데 내가 주방 문간에 거의 도착했을 때 복도가 다시 어두워져 그제야 켄턴 양의 집무실 문이 닫혔음을 말해 주었다.

지하 저장실에서 나리께서 말씀하신 병을 찾아내고 필요

한 것들을 챙기는 데는 그리 긴 시간이 걸리지 않았다. 그래서 내가 술 쟁반을 받쳐 들고 복도로 되돌아온 것은 켄턴양과 잠시 마주친 때로부터 불과 몇 분 후였다. 켄턴 양의 집무실이 가까워지자 문틈으로 불빛이 새어 나오는 게 보였고 그녀가 아직도 안에 있다는 것을 알 수 있었다. 이제야 확실하게 기억나는데 내 기억에 그렇게 끈질기게 남아 있었던 장면이 바로 그 순간이었다. 그때 나는 쟁반을 받쳐 든채 어두컴컴한 복도에 잠시 멈춰 섰고, 문 안쪽 바로 몇 미터 앞에서 켄턴 양이 울고 있을 것 같은 확신이 걷잡을 수 없이 커져 갔다. 실제로 울음소리 같은 것은 전혀 듣지 못했기 때문에 그 같은 확신을 설명해 줄 증거는 사실 전무했던 것으로 기억된다. 그런데도 나는 지금 저 문을 두드리고 들어가면 눈물 젖은 그녀를 발견하게 되리라고 굳게 확신했던 것 같다. 내가 얼마 동안이나 거기에 그렇게 서 있었는지 모르겠다. 아무튼 당시에는 꽤 긴 시간으로 느껴졌는데 실제로는 몇 초 정도에 지나지 않았을 것이다. 이 나라 최고의 신사들을 시중들기 위해 한시바삐 위층으로 올라가야 했던 상황에서 쓸데없이 지체했을 내가 아니니까.

응접실로 돌아와 보니 신사분들의 분위기는 여전히 무거웠다. 다른 분위기를 감지할 틈은 없었다. 내가 들어서자마자 나리께서 쟁반을 받아 드시며 이렇게 말씀하셨기 때문이다.

"고맙네, 스티븐스, 내가 하지. 이제 그만 가 보게."

나는 다시 홀을 가로질러 아치 밑 내 자리로 돌아갔고, 그로부터 한 시간쯤 흐른 뒤 마침내 신사분들이 자리를 파할 때까지 내가 자리를 떠야 할 일은 전혀 없었다. 그런데도 거기에 그렇게 서 있었던 시간이 지금까지 두고두고 내 마음에 선명하게 새겨져 있다. 처음에는 약간 울적한 기분이었음을 기꺼이 인정할 수 있다. 그런데 계속 그렇게 서 있는 사이에 이상한 일이 벌어졌다. 아주 깊은 승리감이 내 마음속에서 솟구치기 시작했던 것이다. 당시 내가 이 감정을 어디까지 분석해 보았는지는 기억할 수 없지만 오늘날 그 순간을 돌이켜 보면 그다지 설명하기 힘든 것 같지는 않다. 그때나는 극도로 힘든 시간들을 거의 마무리한 직후였다. 그날 저녁 내내 '내 직위에 상응하는 품위'를 지키느라 애써야 했고, 게다가 내 부친도 자랑스러워하셨을 정도로 잘해 냈다. 그리고 홀 건너편 내 시선이 머물고 있는 문 뒤, 방금 막 내 직무를 수행하고 나온 바로 그 방에는 유럽 최고의 실력자들이 우리 대륙의 운명을 논하고 있었다. 그 순간에 누가 의심할 수 있었겠는가? 내가 집사라면 누구나 소망하는, 세상의 저 위대한 중심축에 거의 도달했다는 것을. 그때 거기에 서서 그날 저녁의 사건들, 즉 그 시각까지 있었던 일들, 그리고 현재도 진행되고 있는 것들을 되씹어 보자니 내가 그때까지 살아오면서 성취했던 모든 것들의 요약판인 양 느껴졌다. 그날 밤 나를 고무시켰던 승리감을 나로선 달리 설명할 길이 없다.

웨이머스

이 바닷가 마을은 오래전부터 한번 와 보고 싶었던 곳이다. 여기에서 즐거운 휴가를 보냈다고 말하는 사람들이 많았고, 시먼스 부인도 『영국의 명승지』에서 "아무리 오래 머물러도 알차게 즐길 수 있는 마을"이라고 소개해 놓았다. 실제로 그녀는 내가 지금 삼십 분째 거닐고 있는 이 선창을 특별히 언급하면서 형형색색의 전구들이 빛을 발하기 시작하는 저녁 시간에 꼭 찾아가 보라고 권하고 있다. 조금 전에 나는 한 공무원에게서 '이제 금방' 전등에 불이 들어온다는 이야기를 듣고 이 벤치에 눌러앉아 그 이벤트를 기다리기로 마음먹었다. 여기에서는 멀리 바다로 기우는 석양도 잘 보이고, 오늘은 날이 참 좋아서 해가 아직 많이 남았는데도 해

안을 따라 군데군데 불빛들도 보이기 시작한다. 선창은 사람들로 붐비고 있다. 내 뒤편에서 널빤지를 때리는 무수한 발소리가 쿵쿵 그칠 새 없이 계속 들려온다.

나는 어제 오후에 이 마을에 도착했으며 오늘 하루를 좀 느긋하게 보내고 싶어 여기서 하룻밤 더 묵기로 했다. 그리고 솔직히 말해 차를 타지 않아도 된다는 데 한결 마음이 편안해졌다. 물론 차를 타는 것은 즐거운 일이지만 시간이 지나면 역시 좀 지루해지게 마련이다. 어쨌거나 시간은 넉넉하기 때문에 여기에서 하루 더 묵어도 별 무리는 없을 것이다. 내일 아침 일찍 출발하면 오후 다과 시간 전까지는 충분히 달링턴 홀에 도착할 수 있을 것이다.

리틀컴프턴의 로즈 가든 호텔 휴게실에서 켄턴 양과 재회한 지 오늘로 꼬박 이틀째다. 놀랍게도 켄턴 양이 호텔로 직접 찾아오는 바람에 거기에서 자리를 함께하게 되었다. 그때 나는 점심을 마치고 아마 식탁 옆 창을 통해 멍하니 빗줄기만 내다보며 빈둥빈둥 시간을 보내던 참이었는데 호텔 직원이 다가오더니 웬 숙녀가 프런트로 찾아와 나를 만나고 싶어 한다고 전해 주었다. 얼른 일어나 로비로 나가 보았지만 아는 얼굴을 발견할 수 없었다. 그때 프런트 직원이 알려 주었다.

"숙녀분은 휴게실에 계십니다, 선생님."

그녀가 가리키는 문으로 들어가니 안락의자와 예비용 탁자들이 어울리지 않게 놓여 있는 실내가 나타났다. 다른 사람은 아무도 없었고 켄턴 양만 앉아 있었는데 내가 들어서자 그녀가 자리에서 일어나 미소를 지으며 손을 내밀었다.

"아, 스티븐스 씨. 다시 뵙게 되어 정말 반갑습니다."

"벤 부인, 정말 고우시군요."

비가 내려 실내가 몹시 어두컴컴했으므로 우리는 퇴창 옆 의자로 자리를 옮겼다. 그리고 그때부터 두 시간 남짓 창으로 들어오는 우중충한 빛 속에서 대화를 나누게 되었다. 바깥 광장에는 비가 추적추적 쉼 없이 내리고 있었다.

물론 그녀도 나이를 먹었을 테지만 적어도 내 눈에는 아주 우아하게 늙은 것처럼 보였다. 가녀린 몸매나 꼿꼿한 자세가 예전 그대로였다. 자칫 거만해 보이기 쉬운 빳빳하게 고개를 쳐드는 습관도 그대로 남아 있었다. 물론 그녀의 얼굴로 떨어지는 궁색한 빛 속에서 군데군데 주름이 잡힌 것을 놓치고 넘어가기는 어려웠다. 그러나 내 앞에 앉아 있는 켄턴 양의 모습은 대체로 지난 세월 내 기억 속에 살아온 그 모습과 놀라울 만큼 비슷해 보였다. 아무튼 그녀를 다시 보게 되어 지극히 기뻤다고 말할 수 있다.

처음 이십 분 정도는 낯선 사람들끼리 나누는 듯한 대화만 오갔다. 그녀는 내게 공손한 태도로 여행길은 어땠느냐,

휴가를 잘 즐기고 있느냐, 그동안 어디 어디를 방문했느냐 등을 물어 왔다. 그렇게 이야기를 계속하는 사이에 더 많은 것들, 세월이 그녀에게 남긴 더 미묘한 변화들이 눈에 들어오기 시작했다고 말하지 않을 수 없다. 이를테면 켄턴 양은 '약간 느려진' 것 같았다. 나이를 먹으면 사람이 대체로 침착해지니까 그렇게 보였을 수도 있는데 실제로 나도 한동안은 그렇게 보려고 애썼다. 그러나 내 눈에 보이는 이 분위기는 삶의 고단함에 다름 아니라는 느낌을 피하기 힘들었다. 지난날 그녀를 때로 들뜬 사람처럼 보일 만큼 활기차게 만들었던 생기의 광채가 이제 사라진 듯 보였다. 게다가 이따금 그녀가 말을 하지 않고 있을 때, 다시 말해 얼굴에 움직임이 없을 때면 표정에서 서글픔 같은 것이 느껴지기도 했다. 그러나 이 역시 내가 잘못 보았는지도 모른다.

시간이 좀 흐르자 만나고 처음 얼마간 지속되었던 어색함이 말끔히 가시면서 대화도 한결 친밀한 분위기를 띠게 되었다. 우리는 옛날에 함께했던 이런저런 사람들을 회고하고 각자 알고 있는 그들의 소식을 교환하기도 하면서 한동안 시간을 보냈는데 참으로 즐거운 시간이었다고 하지 않을 수 없다. 그러나 옛날 우리 두 사람이 대화할 때의 리듬이나 습관들을 생생하게 살려 낸 것은 그 같은 대화 내용들이었다기보다 말끝마다 떠오르는 그녀의 작은 미소, 슬쩍슬쩍 찌르는 그녀의 반어적 어법, 그녀의 어깨나 두 손이 만들어 내는 특유의 제스처 따위였다.

그녀의 현 상황을 약간이나마 확인할 수 있었던 것도 대충 그 단계에서였다. 내가 알게 된 사실을 몇 가지 들자면 그녀의 결혼 생활이 지난번 편지에서 암시했던 것만큼 그렇게 위태로운 상황은 아니라는 것, 사오 일 정도 가출했던 것은 사실이었으며 내가 받은 편지도 그때 쓴 것이었다는 것, 하지만 곧 집으로 돌아갔고 벤 씨도 그녀의 귀가를 크게 반겼다는 것 등이다.

"이런 일들에서 우리 둘 중 하나는 지각이 있다는 게 그나마 다행이지요."

그녀가 빙긋이 웃으며 말했다.

물론 나는 그런 문제들이 나하고는 아무 상관이 없다는 것을 잘 알고 있다. 여러분도 기억하겠지만 중대한 업무상의 이유, 다시 말해 현재 달링턴 홀이 직면한 직원 문제만 아니었다면 그런 부분을 파고들 생각조차 못했을 것이라는 점을 분명히 해 두고 싶다. 어쨌거나 켄턴 양은 그러한 문제들을 거리낌 없이 털어놓는 듯했고, 나는 그것을 지난날에 우리가 맺었던 업무상의 관계가 돈독했음을 입증하는 증거로 흐뭇하게 받아들였다.

그러고 나서 잠시 켄턴 양은 남편과 딸에 대해 이런저런 이야기를 덧붙였다. 남편은 현재 건강이 좋지 못해 좀 이른 나이긴 하지만 곧 퇴직할 예정이고 결혼한 딸은 가을에 아이를 낳게 된다고 했다. 그러면서 내게 집으로 돌아가는 길에 꼭 한번 들러 달라며 도르싯에 사는 딸의 주소를 적어 주었는데 퀜턴 양의 그러한 열성을 확인하고 나는 솔직히 약간 우쭐해지기까지 했다. 내가 도싯의 그 지역을 거쳐 갈 것 같지 않다고 설명했는데도 퀜턴 양은 계속 졸라 댔다.

"캐서린이 당신 얘기를 많이 들어 왔답니다, 스티븐스 씨. 직접 만나게 되면 엄청나게 좋아할 거예요."

한편 나는 그녀에게 오늘날의 달링턴에 대해 최대한 설명해 보려 애썼다. 패러데이 어르신께서 참으로 자상한 주인라는 점을 그녀에게 이해시키고 저택에서 달라진 점들, 개조되었거나 먼지 가리개가 씌워진 구역들, 그리고 작금의 직원 상황까지 이야기해 주었다. 내가 달링턴 홀에 대해 이야기하자 그녀의 기분이 확연히 좋아지는 듯했고 이내 우리는 즐거운 웃음 속에 갖가지 옛 추억들을 더듬고 있었다.

달링턴 경을 언급한 것은 딱 한 번으로 기억된다. 그녀와 더불어 젊은 카디널 씨와 관련된 이런저런 추억을 즐기던 나는 그 신사가 전쟁 때 벨기에에서 사망했다는 소식을 전해야 했다. 그 이야기 끝에 그만 이런 말이 나오고 말았다.

"평소 카디널 씨를 몹시 아끼셨던 나리는 물론 크게 애석해하셨지요."

언짢은 이야기로 즐거운 분위기를 망치고 싶지는 않았으므로 나는 얼른 화제를 돌려 보려 했다. 그러나 내가 우려했던 대로 퀸턴 양도 실패로 끝난 그 명예 훼손 소송에 대해 이미 알고 있었기 때문에 나를 추궁해 볼 기회를 놓칠 리가 없었다. 그때 나는 말려들지 않으려고 꽤나 애썼던 것으로 기억되지만 결국 이렇게 털어놓고 말았다.

"사실은 벤 부인, 전쟁 기간 내내 나리를 둘러싸고 아주 추악한 얘기들이 나돌았는데 특히 '그' 신문이 심했어요. 나리는 나라가 위기에 처한 동안에는 모든 것을 꾹 참으셨지만 전쟁이 끝난 후에도 교묘하게 빗대어 표현하는 기사가 계속 발표되자 더 이상 침묵 속에 고통받을 이유가 없다고 판단하셨지요. 지금에 와서 보면 너무나 뻔한 사실일 수도 있겠지만 그 시절에 그 같은 사회적 분위기에서 법정에 나선다는 것은 참으로 위험한 일이었어요. 그러나 알다시피 그렇게 되었습니다. 나리는 법의 심판을 굳게 믿으셨지요. 그러나 그 신문의 판매 부수를 늘려 주는 결과만 낳고 말았어요. 그리고 나리의 훌륭한 명성은 무참하게도 영원히 깨져 버렸지요. 그 뒤로 나리는, 벤 부인, 정말 병자나 다름없었어요. 집도 적막하기 그지없는 집으로 변해 버렸고. 내가 이따금 차를 들고 응접실에 들어가 보면 나리는 뭐랄까…… 참으로 눈 뜨고 볼 수 없을 정도로 처참했어요."

"미안합니다, 스티븐스 씨. 상황이 그렇게나 나빴으리라고
는 짐작하지 못했어요."

"나빴고말고요. 하지만 이제 관둡시다. 당신은 아마도 큰
회합이 열리고 저명한 손님들로 북적대던 시절의 달링턴 홀
을 기억하고 있겠지요. 지금 나리도 그런 식으로 기억되어야
마땅하건만."

좀 전에도 말했듯 우리가 달링턴 경을 언급한 것은 그것
이 전부였다. 우리의 관심은 주로 행복했던 기억들에 모아졌
으며, 휴게실에서 함께한 그 두 시간이 나는 지극히 즐거운
시간이었다고 기꺼이 말할 수 있다. 우리가 대화하는 동안
다양한 손님들이 들어오고 잠시 앉았다 나가고 했던 것 같
기는 하지만 결코 우리의 주의를 흩어 놓지는 못했다. 실제
로 나는 켄턴 양이 벽난로 장식 선반에 놓인 시계를 쳐다보
며 그만 집에 가 봐야겠다고 말했을 때 꼬박 두 시간이 지
났다는 사실이 믿기지 않을 정도였다. 그녀가 빗속을 걸어
마을 외곽에 있는 버스 정류장까지 가야 한다는 것을 알게
된 나는 포드로 데려다주겠다고 우겼고, 그래서 프런트에서
우산을 하나 구한 다음 둘이 나란히 바깥으로 나왔다.

포드를 세워 놓은 곳에 와 보니 사방에 큼직한 물웅덩이
가 생겨 있었으므로 켄턴 양은 내가 좀 도와준 후에야 어렵

사리 조수석에 탈 수 있었다. 잠시 후 우리는 마을 대로를 달리고 있었고, 가게들이 사라지고 나자 탁 트인 전원이 펼쳐졌다. 그때 지나가는 풍경만 구경하며 조용하게 앉아 있던 켄턴 양이 나를 쳐다보며 말했다.

"무슨 일로 그렇게 빙그레 웃고 계시나요, 스티븐스 씨?"

"아…… 실례가 될지 모르겠습니다만, 벤 부인, 당신의 편지에 적혀 있던 구절들이 떠올라서 그럽니다. 그걸 읽을 때는 사실 좀 걱정이 되었는데 이제 그럴 필요가 없겠다는 생각이 드는군요."

"그래요? 구체적으로 어떤 구절을 말씀하시는 거죠, 스티븐스 씨?"

"아, 별것 아니에요, 벤 부인."

"오, 스티븐스 씨, 꼭 듣고 싶어요."

"글쎄요, 이를테면……"

내가 웃으면서 말했다.

"에, 뭐랄까, '남은 내 인생이 텅 빈 허공처럼 내 앞에 펼쳐집니다.' 하는 식의 구절들이 보이더군요."

"아니에요, 스티븐스 씨."

그녀도 쑥스럽게 웃으며 말했다.

"제가 그런 걸 썼을 리가 없어요."

"아니, 틀림없이 그렇게 적혀 있어요, 벤 부인. 내가 똑똑히 기억하는걸요."

"맙소사. 그래요, 이따금 그런 기분이 드는 날이 있기는 하죠. 하지만 금방 지나가 버리곤 해요. 이참에 분명히 말씀드리겠는데요, 스티븐스 씨, 제 인생은 결코 공허하게 펼쳐지지 않아요. 무엇보다도 우리에겐 이제 곧 손자가 생긴답니다. 아마도 여럿 중의 첫 놈이 되겠지만."

"그렇군요. 참 좋겠어요."

우리는 잠시 침묵 속에 달려갔다. 이윽고 켄턴 양이 말했다.

"당신은 어떤가요, 스티븐스 씨? 달링턴 홀로 돌아가면 당신에겐 어떤 미래가 기다리고 있을까요?"

"글쎄요, 무엇이 기다리고 있을지는 모르겠지만 공허함은 아닐 겁니다, 벤 부인. 그런다면 얼마나 좋겠습니까마는 그럴 리가 없지요. 일 다음에 일, 그리고 또 일이 기다리고 있을 뿐이죠."

이 말에 우리 둘 다 큭큭 웃었다. 잠시 후 켄턴 양이 멀리 도로변 전방에 나타난 버스 정류장을 가리켰다. 정류장에 가까워지자 그녀가 말했다.

"잠시만 저와 같이 기다려 주시겠어요, 스티븐스 씨? 몇 분 후면 곧 버스가 올 겁니다."

차에서 내리는 동안에도 비가 계속 내리고 있었으므로 우리는 총총걸음으로 정류장 대합실로 들어갔다. 석조 건물에 타일 지붕이 얹힌 대합실은 아주 견고해 보였는데, 허허벌판에 바람막이 하나 없이 동그마니 서 있으니 정말 견고해야 하기는 했다. 대합실 내부는 여기저기 페인트칠이 벗겨져 있었지만 그런대로 깨끗했다. 켄턴 양이 대합실에 비치된 긴 의자에 앉았고 나는 버스가 오면 잘 보일 것 같은 지점에 계속 서 있었다. 도로 건너편에도 경작지밖에 보이지 않았고, 그 위로 전신주들이 눈 닿는 데까지 멀리멀리 줄지어 있었다.

우리는 잠시 침묵 속에서 버스만 기다렸다. 이윽고 내가 용기를 내어 입을 열었다.

"실례의 말씀입니다만, 벤 부인, 이제 헤어지면 오래도록 다시 못 보지 않겠습니까? 좀 사적인 질문을 하더라도 이해해 주실 수 있는지요. 한동안 마음에 걸렸던 문제라서요."

"그럼요, 스티븐스 씨. 우린 오랜 친구잖아요."

"맞습니다, 말씀하셨듯이 우리는 친구죠. 그저 뭐 하나 물어보고 싶어 그럽니다, 벤 부인. 내키지 않으면 대답하지 않아도 되고요. 지금까지 당신에게서 몇 통의 편지를 받았습니다만 특히 마지막으로 받은 지난번 편지에서 말입니다, 뭐랄까, 당신이 별로 행복하지 않은 것 같은 느낌을 받았어요. 혹시 어떤 면에서 부당한 대우를 받고 계신 게 아닌가 하는 생각이 들었습니다. 미안합니다. 하지만 좀 전에도 말쏨드렸듯 그런 생각으로 한동안 힘들었어요. 예까지 달려와 당신을 만났는데 그걸 물어보지 못하고 간다면 두고두고 후회될 것 같아요."

"스티븐스 씨, 그렇게 어려워하실 것 없어요. 우린 오랜 친구잖아요? 아무튼 그렇게 염려해 주시니 가슴이 다 뭉클합니다. 그리고 그 문제에 대해선 마음 푹 놓으셔도 좋을 것 같습니다. 남편이 저를 부당하게 대하는 일은 전혀 없거든요. 성격이 잔인하다거나 급하다거나 한 사람도 절대 아니랍니다."

"그 얘길 들으니, 벤 부인, 솔직히 마음의 짐을 덜어 낸 느낌입니다."

나는 빗속으로 고개를 내밀고 버스가 오는지 살펴보았다.

"제가 보기엔 별로 만족하신 것 같지 않군요, 스티븐스 씨."

켄턴 양이 말했다.

"제 말을 못 믿으시나요?"

"아, 아니에요, 절대 그런 건 아닙니다, 벤 부인. 다만 당신이 지난 세월 행복하게 지낸 걸로 보이지가 않아서 말입니다. 이런 말까지 하게 되어 정말 미안합니다만 그동안 부군 곁을 떠나기로 마음먹은 것도 한두 번이 아니었을 것으로 짐작되는군요. 부군의 학대가 원인이 아니라면, 글쎄요……당신이 왜 행복하지 못했는지 나로선 전혀 감이 잡히지 않는군요."

나는 다시 가랑비 속으로 고개를 내밀었다. 잠시 후 뒤에서 켄턴 양의 목소리가 들려왔다.

"스티븐스 씨, 어떻게 설명할 수 있을까요? 제가 왜 그런 짓을 하는지 저 자신도 잘 모른답니다. 그래요, 사실입니다. 집을 나온 게 이번까지 세 번째죠."

그녀가 잠시 입을 다물었고 나는 도로 맞은편 들판만 내다보고 서 있었다. 이윽고 그녀가 말했다.

"스티븐스 씨, 당신은 지금 제게 남편을 사랑하느냐 안 하느냐를 묻고 있는 것 같군요."

"그럴 리가요, 벤 부인, 내가 어떻게 감히……."

"어쨌든 꼭 답변해 드려야 할 것 같네요, 스티븐스 씨. 당신도 말씀하셨듯이 이제 우린 오래도록 다시 못 볼지도 모르니까요. 그래요, 저는 남편을 사랑합니다. 처음에는 아니었어요. 처음 오랫동안은 아니었어요. 그 옛날 달링턴 홀을 떠나올 때만 해도 제가 정말 영원히 떠나게 될 거라곤 생각지 못했답니다. 그저 스티븐스 씨 당신을 약 올리기 위한 또하나의 책략쯤으로만 생각했던 것 같아요. 그러나 막상 여기로 와 한 남자의 아내가 되어 있는 나 자신을 발견했을 때 저는 큰 충격을 받았지요. 그 후 오랫동안 저는 무척이나 불행했어요. 이루 말할 수 없이……. 그러나 한 해 두 해 세월

이 가고 전쟁이 지나가고 캐서린이 장성했어요. 그리고 어느 날 문득 남편을 사랑한다는 걸 깨달았습니다. 누구하고든 오랜 시간을 함께하다 보면 그 사람한테 익숙해지게 마련이죠. 남편은 자상하고 착실한 사람이에요. 그래요, 스티븐스 씨, 이제 저는 그를 사랑하게 되었답니다."

그러고는 침묵을 지키던 켄턴 양이 잠시 후 말을 이었다.

"하지만 이따금 한없이 처량해지는 순간이 없다는 얘기는 물론 아닙니다. '내 인생에서 얼마나 끔찍한 실수를 저질렀던가.' 하고 자책하게 되는 순간들 말입니다. 그럴 때면 누구나 지금과 다른 삶, 어쩌면 내 것이 되었을지도 모를 '더 나은' 삶을 생각하게 되지요. 이를테면 저는 스티븐스 씨 당신과 함께했을 수도 있는 삶을 상상하곤 한답니다. 제가 아무것도 아닌 사소한 일을 트집 잡아 화를 내며 집을 나와 버리는 것도 바로 그런 때인 것 같아요. 하지만 한 번씩 그럴 때마다 곧 깨닫게 되지요. 내가 있어야 할 자리는 남편 곁이라는 사실을. 하긴, 이제 와서 시간을 거꾸로 돌릴 방법도 없으니까요. 사람이 과거의 가능성에만 매달려 살 수는 없는 겁니다. 지금 가진 것도 그 못지않게 좋다, 아니 어쩌면 더 나을 수도 있다는 걸 깨닫고 감사해야 하는 거죠."

그때 내가 곧바로 무슨 대꾸를 했을 것 같지는 않다. 켄턴 양의 말을 제대로 소화하는 데 일이 분 정도 걸렸으니까.

게다가 그녀의 말에는 여러분도 짐작하겠지만 내 마음에 적지 않은 슬픔을 불러일으킬 만한 의미가 함축되어 있었다. 이제 와서 뭘 숨기겠는가? 실제로 그 순간 내 가슴은 갈기갈기 찢기고 있었다. 그러나 얼마 지나지 않아 나는 돌아서서 그녀에게 미소를 보내며 말했다.

"옳은 말씀이에요, 벤 부인. 말씀하신 대로 시간을 돌리기엔 너무 늦었습니다. 그래요, 그런 이유들 때문에 당신과 부군이 불행하다고 생각하면 나 또한 마음이 편치 않았을 겁니다. 당신도 지적했듯 우리는 '지금 현재' 자신이 가진 것에 감사해야 합니다. 그리고 얘기를 들어 보니, 벤 부인, 당신도 만족하실 만한 여건입니다. 조만간 벤 씨가 은퇴하고 손자도 보게 될 테니 두 분 앞에도 행복한 세월이 기다리고 있을 거라고 감히 말씀드리고 싶군요. 이제는 정말 그런 어리석은 생각들이 당신 자신과 당신 몫의 행복 사이로 비집고 들어오게 해서는 안 될 겁니다."

"지당하신 말씀입니다, 스티븐스 씨. 정말 감사합니다."

"아, 벤 부인, 저기 버스가 오는 것 같군요."

내가 뛰어나가 버스에 신호를 보내는 사이에 켄턴 양도 일어나 대합실 가장자리로 나왔다. 나는 버스가 정차한 뒤에야 켄턴 양을 힐끔 쳐다보았는데 두 눈이 눈물로 얼룩졌음을 알 수 있었다. 내가 빙그레 웃으며 말했다.

"자, 벤 부인, 부디 몸조심해야 합니다. 많은 사람들이 그러더군요, 퇴직 후의 인생이야말로 부부 생활의 황금기라고. 당신과 부군에게 행복한 나날이 될 수 있도록 최선을 다해야 해요. 벤 부인, 혹시 다시 못 보게 될까 싶어 당부드리는 것이니 부디 명심하기 바랍니다."

"명심할게요, 스티븐스 씨, 고맙습니다. 여기까지 태워 주신 것도 고마웠고요. 여러 가지로 너무나 잘해 주셨어요. 다시 뵙게 되어 정말 반가웠습니다."

"저도 정말 즐거웠습니다, 벤 부인."

이윽고 선창의 전등들에 불이 들어오자 내 뒤의 군중들이 환호성을 울리며 이벤트를 반겼다. 바다 위의 하늘이 옅은 적색으로만 바뀌었을 뿐이어서 햇볕이 아직 많이 남아 있는데도 지난 삼십 분 사이에 선창에 모여든 사람들은 벌써 어둠이 떨어지기를 바라는 눈치들이다. 이것만 보아도 조금 전 이 벤치에 나와 나란히 앉아 묘한 이야기를 나누고 간 사람의 말이 맞다는 것이 확인되는 것 같다. 그의 주장에 따르면 대부분의 사람들에게 저녁은 하루 중 가장 좋아하는 시간, 가장 기다려지는 시간이라고 한다. 내가 생각해도 어느 정도 일리가 있는 것 같다. 그게 아니라면 그저 선창에 불이 들어왔을 뿐인데, 아무도 시키지 않았는데 왜 이 많은 사람들이 환호성을 질렀겠는가?

물론 그 사람은 비유적으로 이야기했지만 그의 말이 이렇게 금방 문자 그대로 증명되었다는 것이 흥미롭다. 아마도 그는 내가 눈치채기 한참 전부터 옆에 앉아 있었을 것이다. 그때 나는 이틀 전 켄턴 양과 재회한 일을 추억하는 데 푹 빠져 있었기 때문에 그가 소리 내어 중얼거리지 않았다면 옆에 사람이 있는지도 몰랐을 것이다.

"바다 공기는 사람한테 참 좋지요."

그 말에 고개를 쳐드니 60대 후반쯤 되어 보이는 건장한 노인이 눈에 들어왔다. 속셔츠의 목깃을 열어 놓았고 낡은 트위드 재킷 차림이었다. 그는 수면 위만 바라보고 있었는데 저 멀리 갈매기들을 응시하는 것 같기도 했다. 그러니 이 사람이 지금 나한테 한 말인지 아닌지 정확히 알 수 없었다. 다만 달리 대꾸해 주는 사람도 없고 그래 줄 만한 사람이 딱히 근처에 보이지도 않았으므로 별수 없이 내가 입을 열었다.

"예, 그렇고말고요."

"의사 말이 그렇다고 하더군요. 그래서 전 날씨만 허락하면 이곳을 찾아요."

그는 계속해서 자기가 앓는 갖가지 병에 대해 이야기를 늘어놓으면서도 나한테 고개를 끄덕이거나 씩 웃어 보일 때 외에는 석양에서 눈길을 돌리는 경우가 드물었다. 내가 겨우 그에게 관심을 가져 보려 할 무렵 어쩌다 그는 이야기 끝에 삼 년 전에 퇴직하기 전까지 이 근방의 어느 집에서 집사로 일했노라고 말했다. 좀 더 캐물어 보니 정식 직원이라고는 그 사람밖에 없는 아주 작은 규모의 집이었음을 알 수 있었다. 내가 혹시 전쟁 전에 직원을 거느리고 일해 본 적이 있느냐고 물었더니 이렇게 대답했다.

"아, 그때는 내가 일개 하인에 불과했어요. '그 시절만 해도' 나는 집사가 되는 '비법'을 알지 못했지요. 당시 내로라 하는 큰 저택에서 일을 하려면 필요한 요건이 얼마나 많았는지, 들어 보면 아마 깜짝 놀랄 거요."

나는 이쯤에서 내 신분을 밝히는 것이 적절하다고 판단했고, '달링턴 홀'이 그에게 어떤 의미로 다가갔을지 정확히는 알 수 없지만 아무튼 그는 적당히 놀라는 눈치였다.

"아이고, 내가 그런 분 앞에서 사설을 늘어놓고 있었군요."

그가 껄껄대며 말했다.

"미리 밝혀 주기를 잘했지 하마터면 내 꼴이 더 우스워질 뻔했습니다. 낯선 사람은 같이 얘기해 보기 전에는 절대 알 수 없다더니 그 말이 꼭 맞습니다그려. 아무튼 노인장께선 무수한 직원을 거느렸겠군요. 전쟁 전에 말이오."

그는 쾌활한 친구였고 또 진심으로 관심도 있는 듯 보였으므로 나는 약간의 시간을 할애하여 옛 시절의 달링턴 홀에 대해 이야기해 주었다. 내가 그에게 주로 들려준 이야기는 예전에 우리가 자주 치렀던 대규모 행사를 감독하는 데 필요한, 그의 표현에 따르면 약간의 '비법'들이었다. 뿐만 아니라 직원들에게서 여분의 일손을 확보하기 위해 창안했던 내 나름의 업무상 '기밀' 몇 가지와 다양한 '속임수'까지 알려 준 것 같다. 그 '속임수'란 마술사들이 쓰는 용어와 같은 의미로 집사가 적확한 때와 장소에서 일을 도모하더라도 그 뒤에 크고 복잡한 책략이 숨어 있다는 것을 손님들이 전혀 눈치채지 못하게 하는 기법이다. 좀 전에도 말했듯 내 말동무는 진심으로 관심을 보였지만 잠시 후 나 스스로 충분히 밝혔다는 느낌이 들었기 때문에 다음과 같은 말로 이야기를 끝맺었다.

"물론 내가 현재의 주인을 모시고 있는 오늘날의 상황은 크게 다릅니다. 그분은 미국 신사이시지요."

"미국인요? 하긴 요즘 시절에 그럴 여력이 있는 건 그 사람들밖에 없지요. 그러니까 당신은 그 집과 함께 남았군요. 일괄 거래에 낀 한 품목으로서."

그가 나를 쳐다보며 씩 웃었다.

나도 슬쩍 웃으며 말했다.

"예, 말씀하셨듯이 일괄 거래의 한 품목이었죠."

노인은 다시 바다로 시선을 돌리더니 숨을 깊이 들이켜 흡족하게 한숨을 내쉬었다. 그리고 얼마간 우리는 말없이 나란히 앉아 있었다.

내가 먼저 입을 열었다.

"사실 나는 달링턴 경께 모든 걸 바쳤습니다. 내가 드려야 했던 최고의 것을 그분께 드렸지요. 그러고 나니 이제 나란 사람은 줄 것도 별로 남지 않았구나 싶답니다."

노인이 말없이 고개만 끄덕였으므로 나는 계속 말했다.

"새 주인인 패러데이 어르신께서 도착하신 후 내 나름대로 정말 열심히 무던히도 애써 왔습니다. 그분께서 받아 마땅하다고 생각되는 수준으로 봉사를 하려고 말입니다. 그런데 노력하고 노력했지만 무슨 일을 하든 지난날 내가 설정했던 기준들에 한참 미달해 있는 나 자신을 발견하게 됩니다. 나의 작업에서 점점 더 많은 실수들이 나타나고 있어요. 지극히 사소한 것들이죠. 적어도 지금까지는 말입니다. 그러나 예전 같았으면 결코 저지르지 않았을 실수들이에요. 그게 무엇을 의미하는지 나는 잘 압니다. 나는 맹세코 노력하고 노력했지만 아무 소용이 없어요. 나는 주어야 했던 것을 줘 버렸습니다. 달링턴 나리께 모두 줘 버렸지요."

"저런, 형씨. 손수건이 필요해요? 내가 어디 넣어 가지고 왔는데, 아, 여기 있군. 아주 깨끗한 거라오. 아침에 내가 코만 한 번 풀었어요. 이걸 써요, 형씨."

"아니, 괜찮아요. 고맙지만 됐습니다. 미안합니다. 여행을
하다 보니 좀 지쳤나 봅니다. 정말 미안하게 됐어요."

"그 나리인가 뭔가 하는 양반한테 애착이 컸던 것 같군
요. 돌아가신 지 삼 년째라고 했죠? 내가 볼 때 그 양반한테
너무 집착했어요, 형씨."

"달링턴 나리는 나쁜 분이 아니셨어요. 전혀 그런 분이
아니었습니다. 그리고 그분에게는 생을 마감하면서 당신께
서 실수했다고 말씀하실 수 있는 특권이라도 있었지요. 나
리는 용기 있는 분이셨어요. 인생에서 어떤 길을 택하셨고
그것이 잘못된 길로 판명되긴 했지만 최소한 그 길을 택했
노라는 말씀은 하실 수 있습니다. 나로 말하자면 그런 말조
차 할 수가 없어요. 알겠습니까? 나는 '믿었어요'. 나리의 지
혜를. 긴 세월 그분을 모시면서 내가 뭔가 가치 있는 일을
하고 있다고 믿었지요. 나는 실수를 저질렀다는 말조차 할
수 없습니다. 여기에 정녕 무슨 품위가 있단 말인가 하고 나
는 자문하지 않을 수 없어요."

"이봐요, 형씨. 내가 당신의 이야기를 제대로 이해한 건지
어떤지는 모르겠소만, 만약 나한테 묻는다면 이런 태도는
정말 잘못되었다고 말하고 싶어요. 알겠어요? 만날 그렇게
뒤만 돌아보아선 안 됩니다. 우울해지게 마련이거든요. 그래

요, 이제 당신은 예전만큼 일을 해낼 수 없어요. 하지만 그건 우리도 다 마찬가지 아니겠어요? 사람은 때가 되면 쉬어야 하는 법이오. 나를 봐요. 퇴직한 그날부터 종달새처럼 즐겁게 지낸답니다. 그래요, 우리 둘 다 피 끓는 청춘이라고는 할 수 없지만 그래도 계속 앞을 보고 전진해야 하는 거요."

그러고 나서 그는 그렇게 말했던 것 같다.

"즐기며 살아야 합니다. 저녁은 하루 중에 가장 좋은 때요. 당신은 하루의 일을 끝냈어요. 이제는 다리를 쭉 뻗고 즐길 수 있어요. 내 생각은 그래요. 아니, 누구를 잡고 물어봐도 그렇게 말할 거요. 하루 중 가장 좋은 때는 저녁이라고."

"지당한 말씀인 것 같소."

내가 말했다.

"이렇게 흉한 꼴을 보여서 정말 미안하군요. 내가 너무 과로했던 모양이오. 여행을 좀 지나치게 했거든요."

노인이 자리를 뜬 후 이십여 분 지났지만 나는 방금 막 치러진 이벤트, 즉 선창의 전등에 불이 켜지는 행사를 기다리며 계속 이 벤치에 앉아 있다. 즐거움을 찾아 선창에 모여든 사람들이 작은 이벤트 앞에서 행복해하는 걸 보니 앞서도 말했듯 대다수 사람들에게 저녁은 하루 중 가장 즐거운 때라고 한 내 말동무의 말이 정말 옳다는 생각이 든다. 그리고 이제 뒤는 그만 돌아보고 좀 더 적극적인 시선으로 내

하루의 나머지 시간을 잘 활용해 보라고 한 그의 충고도 일리가 있는 것 같다. 하긴 그렇다. 언제까지나 뒤만 돌아보며 내 인생이 바랐던 대로 되지 않았다고 자책해 본들 무엇이 나오겠는가? 여러분이나 나 같은 사람들은 궁극적으로 이 세상의 중심축에서 우리의 봉사를 받는 저 위대한 신사들의 손에 운명을 맡길 뿐 다른 선택의 여지가 별로 없다. 이 것이 엄연한 현실이다. 내 인생이 택했던 길을 두고 왜 이렇게 했던가 못 했던가 끙끙대고 속을 태운들 무슨 소용이 있을까? 여러분이나 나 같은 사람들은 진실되고 가치 있는 일에 작으나마 기여하고자 '노력하는' 것으로 충분할 듯하다. 그리고 누군가 야망을 추구하는 데 인생의 많은 부분을 희생할 각오가 되어 있다면 결과가 어떻든 그 자체만으로도 긍지와 만족을 느낄 만하다.

덧붙이자면 나는 몇 분 전, 그러니까 전등에 불이 들어온 직후에 몸을 돌려 내 뒤에서 웃고 재잘대는 사람들 무리를 잠시 유심히 살폈다. 선창에는 온갖 연령대의 사람들이 어슬렁대고 있다. 아이들을 데리고 온 가족들, 팔짱을 끼고 걸어가는 젊은 연인들, 나이 지긋한 부부들. 내 등에서 약간 떨어진 곳에 예닐곱 명의 사람들이 모여 있는데 그 무리가 슬쩍 호기심을 불러일으켰다. 처음에는 친구들끼리 저녁을 즐기려고 나왔나 보다 했다. 그런데 오가는 이야기를 들어 보니 내 뒤편 그 지점으로 하나둘 우연히 모여든 낯선 사람들의 무리란 것을 알 수 있었다. 모두들 불이 들어오기를 기다리며 잠시 걸음을 멈춘 게 분명했는데 이벤트가 끝난 지금은 옆 사람들과 대화를 나누고 있다. 나는 지금 한데 어우러져 즐겁게 웃는 그들을 바라보고 있다. 사람들이 모여 이렇게 금방 이토록 따뜻한 분위기를 만들어 낼 수 있다는 것이 신기하다. 어떻게 보면 이 사람들은 그저 다가올 저녁에 대한 기대로 엮여 있을 뿐이다. 그러나 내가 볼 때는 저렇게 스스럼없이 농담을 주고받을 수 있는 기술이 더 크게 작용한 것이 아닌가 싶다. 내가 듣고 있는 이 순간에도 그들은 서로 우스갯소리를 주고받는다. 사람들이 좋아하는 것이 바로 저런 거구나 싶다. 어쩌면 좀 전에 내 옆에 앉았던 노인도 나와 농담이나 주고받으려 했는지 모른다. 그게 사실이라면 내가 본의 아니게 실망만 안겨 준 셈이다. 이제 정말 이 농담 문제를 좀 더 진지하게 생각해야 할 때가 되었는지도 모른다. 생각해 보면 탐닉한다고 해서 크게 어리석은 것도 아니다. 농담을 주고받는 것이 인간의 따뜻함을 느끼는 열쇠가 될 수 있다면 더더욱 그렇다.

한 걸음 더 나아가 전문가에게 농담은 결코 터무니없는 의무가 아니라 주인의 입장에서 얼마든지 기대할 수 있는 의무라는 생각마저 든다. 물론 나는 농담의 기술을 발전시키고자 이미 많은 시간을 투자해 왔지만 내 모든 역량을 바쳐 농담이라는 이 직무에 접근한 적은 없다고 할 수 있다. 그러니 내일 달링턴 홀에 돌아가면 새로운 각오로 연습에 임해야 할 것이다. 다행히 패러데이 어르신은 아직 일주일 더 있어야 돌아오신다. 그래서 내 주인께서 돌아오실 즈음에는 그분이 흐뭇하게 감탄하실 만한 수준에 이르러 있으면 좋겠다.

저녁은 하루의 끝이 아니다

김남주(번역가)

"마술에 가까운 솜씨"라는 《뉴욕 타임스》의 찬사가 과장이 아니라는 것을 읽어 갈수록 확인시켜 주는 일본계 영국 작가 가즈오 이시구로의 이 소설은 영어판으로만 100만 부 이상이 팔렸고 이십여 개 국어로 번역되어 저자에게 평론가의 찬사뿐 아니라 대중적 성공까지를 안겨 준 작품이다. 1954년 일본 나가사키에서 태어나 1960년 영국으로 이주해 켄트 대학과 이스트앵글리아 대학에서 수학한 후 런던에서 작품을 쓰고 있는 이시구로는 현재 영국뿐 아니라 세계에서 가장 주목받는 작가 중 하나로 평가받는다. 1982년 『창백한 언덕 풍경(A Pale View of Hills)』(위니프레드 홀트비 기념상 수상), 1986년 『부유하는 세상의 화가(An Artist of Floating World)』(휘트브레드 상, 이탈리아 스칸노 상 수상, 부커 상 후보)에 이어 세 번째로 발표한 이 장편 소설로 그는 1989년에 부커 상을 수상했다. 1995년『위로받지 못한 사람들(The Unconsoled)』(첼트넘 상 수상), 2000년『우리가 고아였을 때(When We Were Orphans)』(부커 상 후보)에 이어 문제작『나를 보내지 마(Never Let Me Go)』, 그리고『녹턴(Nocturnes)』에 이르기까지 가즈오 이시구로의 작품들은 눌러쓴 흔적도 꿰맨 흔적도 보이지 않는, 사색의 결을 살린 특유의 문체에 인간과 문명에 대한 비판의 칼날을 담고 있으면서도 감동과 재미로 읽힌다.

달링턴 홀의 집사로서 평생을 보낸 스티븐스가 새로 그곳을 인수한 새 주인의 호의로 떠난 육 일간의 여행을 씨실로, 그곳에서 보낸 그의 과거의 삶을 날실로 해서 짜인 이 작품은 얼핏 보기에는 문양이 단순하고 색채가 강하지 않은 하나의 태피스트리다. 씨실과 날실이 교차해 문양을 만들면서 실을 바꿔야 할 때마다 화자는 이야기한다. 집사란 무엇인지, 위대한 집사란 무엇인지, 그냥 집사와 위대한 집사를 나누는 품위란 무엇인지, 자기가 어째서 그냥 집사가 아니라 위대한 집사인지, 위대한 집사가 되기 위해 자기가 어떤 것을 희생해야 했는지를.

그리고 독자는 스티븐스에게 설득당한다. 그가 위대한 집사라는 사실에 두 손 두 발 다 들고 동의한다. 그는 집사의 직무를 흠 없이 수행했다. 달링턴 홀의 모든 공간은 '보를 씌우지' 않고도 말끔하게 유지되었으며, 초상화들은 제자리에서 이탈하는 법이 없었고, 은 식기들은 어느 저택보다 반짝거렸고, 초청객들에게는 방해받지 않는 가운데 극진한 봉사가 제공되었다. 위대한 집사로서 복무하기 위해 그는 친부의 임종을 지키는 일을 포기했고, 동료 켄턴 양에 대한 사사로운 감정을 억누르고 결국은 그녀를 떠나보냈다. 요컨대 일류급 집사들의 모임인 '헤이스 소사이어티' 회원답게 사적인 실존을 위해 전문가적 실존을 포기하지 않았다. "나는 다만 나 자신의 전문분야에서 지극히 온당하게 움직였을 뿐이다. 그리고 가히 '일등급'이라고 인정받을 만한 수준에서 내 능력 닿는 데까지 직무를 수행한 것밖에 없다."라고 그는 힘주어 말한다.

그런데 왜 인생의 황혼 녘에서 위대한 집사 스티븐스는 자신이 잘못 살지 않았음을 이리도 절박하게 역설하는 것일까? 이 작품에서 의도적으로 화려함을 버린 담담하고 나직한 이시구로의 문체가 빛을 발하는 스티븐스의 내레이션은 무엇보다도 자신의 지나온 삶을 정당화하는 데 헌정된다. 그의 목소리는 아프리카나 미국처럼 "전율에 가까운 흥분"이 아니라 "땅 자체가 자신의 아름다움을, 위대함을 자각하고 있어 굳이 소리 높여 외칠 필요를 느끼지 못하는 것 같은" 영국의 자연을 닮아 있다. 그런데 진정 집사다운 집사의 품위에 걸맞지 않게 그는 왜 이토록 자신이 일류라는 것을 매번 강조해야 하는 것일까? 그리 크지 않은 이 태피스트리의 이면에 지나치게 주렁주렁한 그 자기 합리화의 매듭들이야말로 역설적으로 무봉의 솜씨로 전개되는 이 작품의 이면으로 들어가기 위해 지나야 할 관문이다.

그 자신이 "이지적으로" 선택했다는 달링턴 홀의 주인 달링턴 경은 동정 넘치고 온유한 신사였지만 그런 순진성으로 인해 결과적으로 히틀러에게 이용당한다. 1차 세계 대전과 2차 세계 대전 사이, 독일에서 히틀러가 세를 불리는 동안 달링턴 홀은 패전국 독일에 대한 동정을 이끌어 내려는 달링턴 경의 물밑 정치의 장으로서 기능하고, 스티븐스의 흠잡을 데 없는 집사 정신은 이에 복무한다. 스티븐스의 말대로 그 자신이 "내 한 몸 다 바쳐 이분을 섬기겠다."라고 선택한 주인이라면 주인의 "노력이 잘못되었을 뿐 아니라 어리석기까지 했음을 세월이 입증해 주었"을 때 그 비난 역시 당연히 나누어 가져야 하지 않겠는가?

실제로 달링턴 홀에 대한 스티븐스의 헌신은 그곳에서 일했던 삼십오 년 동안 그 저명한 가문에 소속되었다는 긍지로 나타난다. 그리고 여행 셋째 날에는 자신을 귀족으로 여기는 마을 사람들의 추측을 굳이 부정하지 않음으로써 달링턴 경과 자신을 동일시하고자 하는 내적 욕망이 발현된다. 그러면서도 스티븐스는 "오늘날 나리의 삶과 업적이 안쓰러운 헛수고쯤으로 여겨진다 해도 내 탓이라고는 할 수 없다. 나에게도 응분의 가책이나 수치를 느끼라고 하는 것은 논리적으로 앞뒤가 맞지 않는다."라고 구별 짓는다.

한나 아렌트는 '악의 평범성에 관한 보고서'인 『예루살렘의 아이히만』에서 성실하게 일상을 반복함으로써 악을 돕고 악에 이용당하는 범인들의 삶, 그 소름 끼치는 관성의 폐해에 대해 말한다. 600만여 명의 유대인을 가스실로 보내는 데 앞장선 전범 아이히만은 도착적이고 가학적인 성향을 지닌 괴물이 아니라 명령에 복종하고 근면하게 직무를 수행하는 평범한 인간이었다. 스티븐스가 위대한 집사였다면 아이히만은 좋은 아버지, 자상한 남편, 성실한 직업인이었다.

계급과 편견과 차별에 길들여져 있었던 근대인의 조건은 고려해야겠지만, 결국 인간은 자신의 더듬이로 길을 가고 그 여정에 대해 책임을 져야 한다. 여행 첫째 날 주인의 포드를 몰던 스티븐스는 왠지 길을 잘못 든 것 같아 차에서 내려 주변을 살피며 회상을 시작한다. 하지만 이 당연한 지각력은 정작 그의 삶에서는 안타깝게도 억압되어 있다. 집사의 품위에 앞서 존중되어야 했던 인간으로서의 품위에 대한 성찰은 없는 것이다. 집사의 정신, 집사의 역할, 집사의 품위는 입는(wear)것이지만 인간으로서의 사고와 행위는 본 연적인 것임을 그는 인식하지 못했다.

그래서 이번에 독자는 설득당하지 않는다. 진실한 알맹이 (context) 없는 멋진 태도(attitude)는 그 품새가 삼대에 걸 쳐서야 완성된다고 해도 언제든 벗을 수 있는 외적인 것에 지나지 않는다. 은 식기의 광채는 식탁을 넘어서지 못하는 것이다. 그 점을 스티븐스 역시 여행을 떠나기 전부터 알고 있는 듯하다. 자신은 집사로서의 품위를 위해 헌신했으나 인간으로서의 품위를 갖지는 못했다는 것을. 흠잡을 데 없 는 하녀 둘을 유대인이라는 이유로 해고하라는 '인자한' 주 인의 지시를 "식료품 주문 목록을 논하듯" 켄턴 양에게 통고 한 것은 '악'이었다는 것을 그 자신도 알고 있기 때문에 그 토록 많은 자기 확인의 매듭들이 필요했던 것이다.

당시 자신도 많은 고민을 했노라고 뒤늦게 토로하는 스티 븐스에게 켄턴 양은 묻는다. "당신은 왜, 왜, 왜 항상 그렇게 '시치미를 떼고' 살아야 하죠?" 결국 루스와 사라는 달링턴 홀에서 해고되었고, 그것을 죄악으로 인식하며 자신도 떠나 겠다고 공언했던 켄턴 양 역시 현실과 타협해 그곳에 남는 다. "제가 만약 약간이라도 존경을 받을 만한 사람이었다면 벌써 오래전에 달링턴 홀에서 나갔을 거예요."

이 작품에서 켄턴 양은 유능하고 합리적이면서도 조금쯤 비겁하고 타협적인 바로 우리의 모습을 대변한다. 그녀는 집사보다 낮은 총무로서 경력을 마쳤지만 스티븐스에게는 없는 삶의 나침반을 갖고 있었고 고통스럽지만 그것이 가리키는 방향을 따랐다. 그녀는 거부당한 꽃병을 들고 스티븐스의 방에서 나가 자신을 사랑하는 벤에게로 갔다. 물론 때로는 후회하고 방황하지만 그곳이 자기 자리임을 알고 만족한다. 적어도 그녀는 자신의 삶을 '살았다'. 그래서 하루 중 가장 좋은 때인 이 저녁에 편안히 과거를 돌아볼 수 있는 것이다. 사족이지만 원작의 향기를 살리면서 한 시대를 요약하는 우아한 풍미를 시각화하는 데 뛰어난 제임스 아이보리의 영화에서 엠마 톰슨은 정말이지 켄턴 양의 화신이었다.

하지만 여행 여섯째 날 저녁 바닷가 마을 웨이머스에서 석양 앞에 앉은 스티븐스는 그 좋은 저녁을 누리는 대신 할 일을 생각한다. 자신에게 부족한 농담과 유머의 기술을 발전시켜 새 주인과의 관계를 더 잘 이끌어 가 보려는 것이다. 실제로 스티븐스는 여러 차례 위대한 집사로서 자신의 자질에 거의 유일한 단점인 부족한 농담 실력에 대해 일화와 함께 언급하고 있다. 그가 주인의 부탁을 받고 자연의 이치를 깨쳐 주려 했던 젊은 카디널에게 오히려 통렬한 지적을 당하는 부분에서 독자는 스티븐스에게 부족했던 것은 농담 실력이나 유머 감각이 아니라 사태 인식 능력이라는 것을 확인할 수 있다. "훌륭하고 숭고한 것을 저들이 어떤 식으로 이용하는지 당신 눈으로 똑똑히 보지 않았소, 스티븐스?" "죄송하지만 딱히 그렇다고는 말씀드릴 수 없군요." 보아도 보지 못하는 스티븐스의 맹목이 위대한 집사라는 긍지의 옷을 입고 갈팡질팡하는 대목이다.

달링턴 홀의 새 주인인 미국 신사 패러데이는 전 주인의 경우와는 달리 스티븐스가 이지적으로 충성을 각오하며 선택한 인물이 아니다. 오히려 스티븐스는 "일괄 거래의 한 품목"으로 달링턴 홀과 함께 그에게 양도되었다.

무수한 매듭 끝에 도달한 스티븐스의 이런 궤도 수정은 그의 삶만큼이나 정곡을 벗어나 있고, 하루의 끝 무렵에 삶전체를 돌아보고 도달한 결론치고는 미흡하고 안타깝다. 하지만 농담과 유머를 위해서는 계급과 겉치레를 벗어던지고 같은 계단에 서야 한다는 전제가 있는바, 이제 스티븐스는 느리지만 꾸준하게 상호 소통의 길로 나아갈 것이라고 독자는 믿고 싶다. 성공 가능성이 낮은 길이지만 그 힘든 발걸음을 스티븐스의 장기인 긍지와 성실이 도와줄 것이다.

그런 그에게서 독자는 희망을 본다. 남아 있는 시간은 많지 않지만 저녁은 아직 끝이 아니다. 그 가능성이 백중팔구라 해도 그 가느다란 기대를 열어 두는 지점에서, 안도감으로 과거를 돌아보는 켄턴 양이 아니라 주렁주렁한 매듭의 수만큼이나 아픈 회오를 안고 다시 일로 돌아가는 스티븐스에게 기꺼이 귀기울여 주는 그 지점에서 문학은 시작된다. 이 저녁이라는 시간은 그 가느다란 기대로 해서, 그리고 혹시 스티븐스가 실패하더라도 이번에는 그 여파가 그리 오래가지 않으리라는 역설적인 기대로 해서 이중의 희망으로 작용한다. 아렌트와 이시구로가 만나는 지점이다.

작품의 제목에 대해 이시구로는 이렇게 밝히고 있다. "제목을 정하는 것은 아이의 이름을 짓는 것과 비슷하다. (……) 『남아 있는 나날』의 경우에는 (……) 한 작가 친구가 언급한 '낮의 잔재'라는 프로이트의 개념에서 나온 것이다."(《파리 리뷰》와의 인터뷰 중에서) 프로이트는 『꿈의 해석』에서 꿈을 깨어 있는 동안, 곧 낮 동안의 사유 활동과 연관시켜 의미를 부여했다. 이 '주간 잔재(day residue)'라는 개념이 분위기상 작품과 어울린다고 본 이시구로는 이를 조금 변형시켜 자신의 작품에 The Remains of the Day라는 제목을 붙였다. 그런데 이 '낮'이란 하루의 한 부분인 동시에 인간의 활동 기간 전체를 가리키는 것이기도 하다. 『남아 있는 나날』이라는 우리말판 영화와 소설 제목은 그 점에 비중을 둔 셈이다.

옮긴이 송은경

1963년 부산에서 태어났다. 서울대학교 영어영문학과를 졸업하고 교직 생활을 거쳐 전문 번역가로 활동했다. 옮긴 책으로 조안 해리스의 『블랙베리 와인』, 버트런드 러셀의 『게으름에 대한 찬양』과 『인간과 그 밖의 것들』, 『나는 왜 기독교인이 아닌가』, 노암 촘스키의 『중동의 평화에 중동은 없다』, 카렌 레빈의 『한나의 가방』, 피터 메일의 『프로방스에서의 1년』 등이 있다.

남아 있는 나날

1판 1쇄 펴냄 2009년 7월 13일
2판 1쇄 펴냄 2010년 9월 17일
2판 26쇄 펴냄 2021년 1월 11일
3판 1쇄 펴냄 2021년 4월 9일
3판 3쇄 펴냄 2023년 7월 21일

지은이 가즈오 이시구로
옮긴이 송은경
발행인 박근섭·박상준
펴낸곳 (주)민음사

출판등록 1966. 5. 19. 제16-490호
주소   서울특별시 강남구 도산대로1길 62(신사동)
          강남출판문화센터 5층 (우편번호 06027)
대표전화 02-515-2000 | 팩시밀리 02-515-2007
홈페이지 www.minumsa.com

한국어판 ⓒ 민음사, 2009, 2010, 2021, Printed in Seoul, Korea

ISBN 978-89-374-4435-7 (03840)